Les origines franques

V^e-IXe siècle

Stéphane Lebecq

Nouvelle histoire
de la France médiévale

1

Les origines
franques

Ve-IXe siècle

Éditions du Seuil

(ISBN 2-02-011555-7, édition complète)
(ISBN 978-2-02-011552-0 (tome 1)

Pour Juliette.

La mort de Childéric

« *Childericus* étant mort, *Chlodovechus* son fils fut appelé
à lui succéder. » Grégoire, cet Auvergnat qui fut évêque de
Tours de 573 à 594, et qui écrivit pendant ses années d'épiscopat *Dix Livres d'Histoire* sans lesquels l'historien ne saurait rien, ou presque, de la Gaule franque aux vᵉ-vɪᵉ siècles,
n'est décidément pas bavard quand il évoque la mort de Childéric (*Hilde-Rik*, ce qui veut dire en vieux francique « puissant à la guerre ») et l'avènement de son fils Clovis (*Hlod-Wig*,
« illustre au combat »). Sur la mort de Clovis et de sa femme
Clotilde, il en dirait un peu plus ; plus encore, beaucoup plus
même, sur celle des rois mérovingiens, ses contemporains.
C'est qu'avec Clovis cette dynastie barbare qui se voulait la
terreur des champs de bataille avait basculé dans le christianisme, et que désormais la mort des rois prenait aux yeux de
l'évêque de Tours un tout autre sens. Même la date précise de
la mort de Childéric et de l'avènement de son fils ne nous est
pas donnée : c'est plus par convention que par une véritable
certitude qu'on la situe en général en 481.

On n'en aurait pas su davantage si l'archéologie n'était
venue au secours de l'histoire. Archéologie est une façon
de parler, car c'est d'une manière tout à fait fortuite que,
le 27 mai 1653, un maçon qui procédait au creusement de
fondations nouvelles dans le quartier périphérique de Saint-
Brice à Tournai, sur la rive droite de l'Escaut, éventra d'un
coup de pioche une bourse contenant une centaine de sous
d'or frappés au nom de divers empereurs romains d'Orient
depuis Théodose II (408-450) jusqu'à Zénon (476-491), et
dégagea successivement des lambeaux de soie et des fils d'or,
des armes, des bijoux, quelques petites abeilles d'or
cloisonné de grenats, et surtout le squelette d'un homme

qui avait pu mesurer 1,80 mètre, et qui portait au doigt un anneau sigillaire marqué au nom de *Childirici Regis*. Ce qui, dans cet abondant trésor, fut préservé du pillage atterrit en 1665, après un long périple, au Cabinet des médailles de Paris ; puis l'essentiel disparut lors d'un gigantesque cambriolage, dans la nuit du 5 au 6 novembre 1831. Heureusement, Jean-Jacques Chiflet, médecin de l'archiduc gouverneur des Pays-Bas et passionné d'antiquités, avait en 1655 établi le relevé systématique de la découverte, agrémenté de nombreux dessins qui autorisent l'établissement de très fiables reconstitutions : c'est grâce à lui qu'il nous reste quelque chose du trésor de Childéric. C'est aussi grâce à lui que des générations d'historiens ont pu gloser sur les funérailles — mi-barbares, mi-romaines — de ce roi, enterré avec ses armes, une parure sophistiquée, peut-être son cheval, un peu à l'écart de la cité qui avait été sa principale résidence, et à l'écart — aussi — de toute autre sépulture.

Or voici que, depuis 1983, des fouilles systématiques entreprises dans les parages immédiats de l'église Saint-Brice ont totalement bouleversé les connaissances que nous avions de l'environnement de la tombe, et peut-être du rituel qui accompagna l'inhumation [1]. D'abord, une nécropole a été mise au jour, dont les tombes les plus anciennes remontent à la période 450-525, sans qu'on puisse préciser davantage, en sorte qu'on ne peut affirmer si c'est la tombe royale qui attira à elle les autres sépultures ou si, au contraire, le roi fut inhumé dans un cimetière préexistant. Surtout ont été découvertes, creusées à même la roche à une vingtaine de mètres de l'emplacement présumé de la tombe royale, trois fosses distinctes contenant chacune une dizaine de chevaux, le plus souvent des étalons, retrouvés entiers, ce qui signifie qu'ils ont été délibérément et collectivement sacrifiés. L'ont-ils été à l'occasion des funérailles royales ? Le fait qu'en deux endroits les fosses ont été recoupées par des tombes de guerriers du VIe siècle ainsi que la datation des ossements des chevaux au carbone 14 peuvent le donner à penser. La coutume

---

1. Fouilles de Raymond Brulet (13*)
* Le nombre entre parenthèses renvoie à la bibliographie finale.

n'était pas rare, dans le monde germanique du Vᵉ siècle, plus précisément entre le Danube moyen et la basse vallée du Rhin, de sacrifier des chevaux qui étaient enterrés à côté des guerriers morts ; mais il ne s'agissait, dans les cas connus, que d'un à trois individus, exceptionnellement huit. L'importance, en tout état de cause stupéfiante, du sacrifice de Tournai pourrait confirmer la connexion avec la sépulture royale. Mais on ne saurait se faire plus affirmatif.

Pour l'historien qui se penche sur les origines « barbares » de la France médiévale, la destinée posthume de Childéric est doublement exemplaire. Exemplaire, d'abord, de la méthode historique propre à l'étude de ces temps réputés obscurs : des données textuelles le plus souvent laconiques ; un certain éclairage induit par des découvertes archéologiques anciennes, dépourvues de tout environnement scientifique ; un recours désormais systématique à la fouille, qui remet en question les idées reçues, mais pose finalement plus de problèmes qu'elle n'en résout vraiment. Exemplaire, ensuite, du débat sur la définition qu'il convient de donner de ces siècles de transition entre Antiquité et Moyen Age qui, longtemps considérés comme barbares, se voient de plus en plus souvent crédités de la permanence de structures héritées de la romanité, avec un faisceau argumentaire qui dépasse largement l'horizon économique naguère mis en avant par Henri Pirenne, pour atteindre les horizons culturel, juridique, politique même. Ainsi remarquera-t-on que l'anneau de Childéric, s'il porte cet anthroponyme à la barbarie tonitruante, l'associe aussitôt au titre romain de *rex*, qui, au Vᵉ siècle, désigne le chef d'une armée fédérée, c'est-à-dire d'une armée barbare passée par traité au service de Rome. Ainsi observera-t-on que la silhouette du roi qui figure sur le sceau, si elle montre de part et d'autre du visage de longs cheveux tressés qui veulent faire de lui l'authentique descendant des *reges criniti*, ou rois chevelus, c'est-à-dire de ces anciens rois francs chez qui la longueur des cheveux était le signe de la force et l'insigne de la royauté, montre aussi sur sa poitrine et ses

épaules la cuirasse et le manteau d'apparat — *paludamen-*
tum — des généraux romains. Ainsi relèvera-t-on dans le trésor funéraire, à côté d'armes et de bijoux au décor cloisonné
qui suggèrent d'étroits contacts avec la Germanie danubienne,
une fibule cruciforme en or, d'origine incontestablement
romaine, qui était la marque, dans un Empire devenu chrétien, des plus hautes fonctions officielles. Enfin constatera-
t-on que, si les funérailles de Childéric furent assurément barbares, et païennes (qu'on leur associe ou non le rite sacrifi-
ciel récemment découvert), l'inhumation eut lieu, à la manière
romaine, en bordure de route, à la périphérie de l'ancienne
cité — en un endroit où s'élèveraient à partir du VIIe siècle,
au milieu de tombes de plus en plus nombreuses, un oratoire,
puis une église dédicacée à saint Brice, premier successeur
de saint Martin à l'évêché de Tours, et l'un des patrons de
la dynastie mérovingienne désormais christianisée.

Alors, romains ou barbares, païens ou chrétiens, encore
antiques ou déjà médiévaux, ces temps de transition ? Le « cas
Childéric » montre qu'il faut se défier de toute définition
systématique qui cacherait une réalité beaucoup plus nuancée. Ces siècles ont vu la Gaule, entité restée homogène même
au temps de l'intégration dans le grand Empire romain, se
muer peu à peu, grâce à la conquête franque, en une *Fran-*
cia, mère aussi bien de l'Allemagne et des petits États médians
(en particulier de ceux où l'on parle le néerlandais, héritier
de l'ancien francique) que de la France d'aujourd'hui. Or,
telle qu'elle apparaît à la lumière des découvertes archéologiques récentes ou à la relecture de textes dûment critiqués
et souvent plus fiables qu'on ne l'a cru longtemps, cette histoire fut beaucoup moins marquée par des césures brutales
que par de lentes mutations, variables aussi bien dans l'espace
que dans le temps. Les grandes charnières qui donnent à ce
livre son rythme quasi séculaire ne visent qu'à suggérer les
traits dominants de cette évolution : un long VIe siècle (de
481 environ à 613), où pèse encore le souvenir de Rome, réac-
tivé par l'ambition unificatrice de Clovis et de ses héritiers,

ainsi que par la reconquête byzantine de la majeure partie du bassin occidental de la Méditerranée ; un VIIᵉ siècle (de 613 à 714) où, dès les règnes de Clotaire II et de Dagobert, véritables fondateurs du Moyen Age, s'affirment, au nord de la Gaule, les forces de l'avenir, singulièrement dans le milieu des élites franques, récemment converties au christianisme et résolument ouvertes aux courants, spirituels autant qu'économiques, venus du Nord ; un VIIIᵉ siècle, enfin (de 714 à 814), qui, avec le triomphe des Pippinides, voit s'ébaucher la première grande synthèse médiévale, entre des forces économiques et sociales désormais enracinées au Nord et des modèles politiques et culturels toujours empruntés au Midi.

Avant d'entrer dans la dynamique de cette histoire, il convient de présenter à grands traits la Gaule du Vᵉ siècle, moins pour en dresser un bilan institutionnel, qui serait aussi inutile que fastidieux, que pour planter le décor dans lequel vont se mouvoir pendant les siècles à venir ces hommes qui de la Gaule feraient la *Francia*, puis la France.

Introduction

Vers 480, la Gaule

Incontestablement, après deux siècles d'infiltration plus que d'invasions de peuples étrangers, la Gaule de 480 était encore romaine — mais d'une romanité fortement mâtinée de barbarie, et que le christianisme commençait de changer en profondeur. Parmi ses habitants, dont on ne sait trop s'ils étaient trois, cinq ou six millions, nombreux étaient ceux qui, gallo-romains de vieille souche aussi bien que barbares récemment installés, regardaient plus ou moins confusément vers une Rome plus mythique que matérielle, soit pour en célébrer l'éclat des dernières pompes, comme Sidoine Apollinaire, aristocrate auvergnat (v. 408-488) devenu préfet de Rome, puis évêque de Clermont ; soit pour en fustiger les élites, jugées responsables de sa décadence, comme Salvien, prêtre originaire de Trèves mais qui passa la majeure partie de sa vie (v. 400-v. 484) à Lérins, puis à Marseille ; soit pour en briguer les plus prestigieux commandements militaires, comme Childéric ou tant d'autres chefs barbares. Certes, il n'y avait plus d'empereur en Occident depuis que, le 4 septembre 476, Odoacre, chef d'une troupe barbare passée au service de Rome, avait déposé Romulus Augustule — dont le nom associait curieusement celui du fondateur de la ville à celui du fondateur de l'Empire ; mais il y en avait toujours un en Orient qui continuait, et continuerait jusqu'au règne de Charlemagne, d'exercer, ou au moins de revendiquer, un magistère moral sur l'Occident, et vis-à-vis duquel bien des hommes qui aspiraient aux pouvoirs se croyaient obligés de se positionner : « Je parais roi parmi les miens, écrivait au début du VIe siècle le Burgonde Sigismond à l'empereur Anastase, mais je ne suis que votre soldat. »

Non seulement la Gaule était encore romaine, mais elle

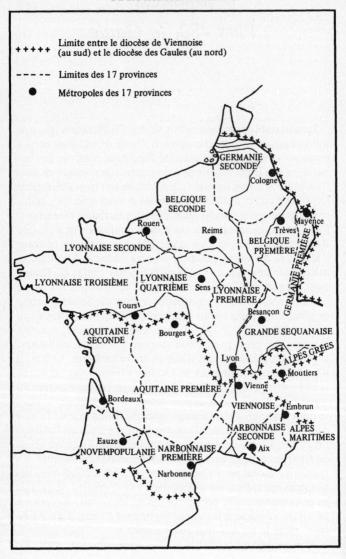

LES LIMITES ADMINISTRATIVES
DE LA GAULE AU Ve SIÈCLE

+ + + + + Limite entre le diocèse de Viennoise
(au sud) et le diocèse des Gaules (au nord)

- - - - - Limites des 17 provinces

● Métropoles des 17 provinces

GERMANIE
SECONDE

Cologne

BELGIQUE
SECONDE

Rouen

Reims

Mayence

Trèves

BELGIQUE
PREMIÈRE

LYONNAISE SECONDE

GERMANIE PREMIÈRE

LYONNAISE TROISIÈME

LYONNAISE
QUATRIÈME

Sens

LYONNAISE
PREMIÈRE

Tours

Besançon

GRANDE SEQUANAISE

AQUITAINE
SECONDE

Bourges

ALPES GRÉES

Lyon

Moutiers

AQUITAINE PREMIÈRE

Vienne

Bordeaux

VIENNOISE

Embrun

NARBONNAISE
SECONDE

ALPES
MARITIMES

Eauze

NOVEMPOPULANIE

NARBONNAISE
PREMIÈRE

Aix

Narbonne

possédait encore, grâce à Rome, une véritable unité, en dépit
de sa géographie, de ses divisions administratives, singulièrement réduites depuis que Dioclétien avait, vers 300,
regroupé sa centaine de cités et ses dix-sept provinces dans
les deux seuls *diocèses* (mot qui a alors un contenu sémantique et territorial totalement différent de celui qu'allait bientôt lui donner l'Église chrétienne) de la « Viennoise », au sud,
et des « Gaules », au nord, en dépit aussi des enclaves lin-
guistiques que le substrat celtique ici (par exemple dans
l'Armorique la plus occidentale) et que la présence barbare
ailleurs (par exemple le long des frontières du nord et de l'est)
opposaient à un fond latin à peu près cohérent.

La route.

Le réseau routier dont Rome l'avait dotée n'était pas le
moindre ciment de cette unité, même s'il avait été surtout
conçu pour assurer son intégration dans l'Empire et pour
assurer la défense de ses frontières. Certes, dès avant la
conquête romaine, une voirie relativement dense avait permis de relier entre elles les cités gauloises, ou encore les rivages de la Méditerranée à ceux de la Manche. Mais Rome,
c'est-à-dire surtout Agrippa, sous Auguste, avait, pour assurer la cohérence et l'efficacité des transports stratégiques,
substitué à la sinuosité des anciens tracés la ligne droite, aux
fonds de vallées, les lignes de crêtes, aux défauts de structure, la construction systématique, bref, à l'empirisme, la
politique délibérée. D'énormes travaux préalables avaient parfois été nécessaires, surtout en milieu humide et sur les sols
meubles : il avait fallu tasser, renforcer le sol avec des pilo-
tis, des fascines ; creuser un fossé axial, nécessaire au drai-
nage, et des fossés latéraux, qui marquaient les limites de
l'emprise publique. Le revêtement carrossable, généralement
de sable, d'empierrements ou de graviers, n'avait reçu que
rarement — à l'approche des carrefours, des grandes villes
— le dallage appareillé dont on fait trop volontiers le trait
spécifique de la voirie romaine. Au passage des rivières, des
ponts avaient été construits, de bois le plus souvent, mais parfois de pierre : même les fleuves les plus larges n'étaient pas

des obstacles, puisqu'on pouvait jeter d'une rive à l'autre,
comme sur le Rhône à hauteur d'Arles, des ponts de bateaux.

Les axes majeurs du réseau — en particulier l'épine dor-
sale qui longeait le Rhône, la Saône, puis, par Langres, Toul
et Trèves, la Moselle et le Rhin, ainsi que les grandes trans-
versales qui assuraient les liaisons avec l'Italie, d'une part,
et avec les ports de l'Atlantique et de la Manche, d'autre part
— avaient de surcroît reçu un équipement destiné à marquer
l'emprise de Rome et à donner plus d'efficacité au service
public : des bornes monumentales disposées tous les milles
romains (1 480 mètres), des relais de poste (*mutationes*) où
l'on changeait de montures et des gîtes d'étapes (*mansiones*)
où l'on s'arrêtait pour la nuit. Le système fonctionnait encore
bien dans l'hiver 467-468, quand Sidoine Apollinaire,
empruntant le *cursus publicus* (disons la « poste impériale »)
pour une mission officielle, trouva régulièrement entre Lyon
et Rome de nouveaux équipages, et constata avec plaisir que
les passages des Alpes, enneigés en cette période de l'année,
avaient été dégagés. D'ailleurs, le chevelu des voies secondaires (publiques, elles aussi, quand elles reliaient les chefs-
lieux des cités au réseau principal ; et vicinales, voire privées,
quand elles desservaient les agglomérations rurales, ou *vici*,
et les fermes isolées, ou *villae*) faisait encore au Vᵉ siècle
l'objet d'aménagements : si, au début du siècle, le richissime
Claudius Postumus Dardanus taillait à titre privé une route
dans les Alpes provençales, le fonctionnaire Evanthius faisait reboucher en 469 les fondrières de la route qui menait
de Toulouse à Mende, et de là à Lyon. Aussi la voirie qui
avait permis à Rome de marquer son empreinte sur la Gaule
était-elle à la fin du Vᵉ siècle en assez bon état pour canali-
ser, et éventuellement orienter, le mouvement des armées
franques parties à sa conquête.

L'emprise du « saltus ».

C'était elle d'ailleurs qui, grâce aux trouées qu'elle ouvrait
dans toutes les directions, permettait d'élargir (aux yeux du
conquérant franc comme naguère à ceux du pacificateur
romain) aux dimensions de la Gaule entière un horizon sin-

gulièrement limité par l'emprise de la nature sauvage. Car des millénaires d'occupation lâche, l'afflux de populations celtiques, cinq siècles de colonisation romaine n'avaient abouti qu'à ouvrir çà et là des clairières, plus ou moins vastes suivant les milieux et les aléas de la conjoncture, dans l'immensité du *saltus*, c'est-à-dire dans l'ensemble des forêts et des landes, des massifs montagneux et des marais tourbeux, des eaux courantes et des rivages marins. Sans qu'il soit possible d'imposer une très aléatoire statistique, on peut avancer que l'*ager*, espace cultivé, ou plus généralement humanisé, n'atteignait pas la moitié de ce qu'il est aujourd'hui. Le reste était tout entier livré à la pression des conditions naturelles : au nord, les raz de marée de la « seconde transgression dunkerquienne », la plus importante des temps historiques, qui, entre le IVe et le VIIIe siècle, entama l'homogénéité de l'ancien cordon littoral ; dans les Alpes, une probable extension des glaciers, repérée à partir du Ve siècle dans l'Oberland bernois ; et, partout, une sensible détérioration du climat qui, jusqu'au début du VIIe siècle, fut marqué par la fraîcheur et par l'humidité.

Celles-ci étaient plutôt favorables au développement de l'arbre, singulièrement aux feuillus — chênes, hêtres —, qui dominaient au nord ; mais aussi aux résineux — pins, sapins, épicéas —, qui gagnèrent du terrain en Aquitaine, en Languedoc, ou encore dans des massifs montagneux comme le Jura. Aussi la forêt était-elle, au Ve siècle, beaucoup plus répandue et plus dense que de nos jours : épais massifs résiduels ici, où se perpétuait une faune dans laquelle se singularisaient l'ours et le loup, le cerf et le sanglier, le lynx et le chat sauvage, le bison et l'aurochs — gibier privilégié des chasses royales à venir ; la forêt s'étendait ailleurs en de véritables rubans-frontières, semblables à ce *murus nativus* que César avait jadis reconnu entre les territoires suève et chamave, et qui, bornant souvent le territoire des cités gallo-romaines et de leurs héritiers territoriaux, les diocèses de la toute jeune Église chrétienne, allaient longtemps encore matérialiser les frontières des royaumes barbares : ainsi la Forêt Charbonnière, qui faisait écran entre les diocèses de Cambrai et de Tongres, sépara-t-elle la Neustrie de l'Austrasie ; ainsi la forêt

vosgienne, frontière entre les diocèses de Toul et de Besançon,
sépara-t-elle l'Austrasie de la Burgondie; ainsi même
l'Argonne, autour de laquelle s'articulaient les cités des Rèmes,
des Leuques, des Mediomatrices et des Trévires, puis les diocèses de Reims, de Châlons, de Toul et de Verdun, servit-elle
de frontière, en 843, entre le royaume de Francie occidentale
dévolu à Charles le Chauve et le royaume de Lothaire.

Globalement, le *saltus*, avec ses richesses végétales, ani-
males, minérales, appartenait au fisc, c'est-à-dire au domaine
public, suivant un droit romain que les Mérovingiens reprirent à leur compte, contribuant même à répandre à partir du
VIIe siècle le mot nouveau de *forestis* (forêt) pour désigner
l'ensemble des anciennes *silvae* désormais considérées comme
des réserves royales. N'empêche qu'au Ve siècle le *saltus* restait ouvert à tous ceux qui, munis ou non d'une concession
impériale, voulaient en exploiter les ressources : les chasseurs
qui, tels ces aristocrates auvergnats décrits par Sidoine Apollinaire, chassaient le sanglier à l'épieu et l'oiseau au faucon ;
les résiniers et les distillateurs de poix, qu'on aperçoit dans
le Médoc et dans les Causses ; les mineurs, charbonniers et
métallurgistes qu'on rencontre dans tous les massifs fores-
tiers, par exemple dans l'Ardenne, dans la Sarre autour de
Neunkirchen et dans les forêts lorraines ; les carriers et les
tailleurs de marbre des Pyrénées, dont la production était
exportée dans l'ensemble de la Gaule ; les sauniers des plateaux lorrains et jurassiens, et ceux du bord de mer ; plus précisément, les paludiers des marais salants du Midi
méditerranéen et atlantique ; les pêcheurs et ramasseurs de
coquillages des côtes aquitaines ; sans oublier les ermites, que
la première diffusion du christianisme commençait à jeter au
plus profond des solitudes.

Mis à part les parcours de transhumance le long desquels,
dans les Alpes du Sud et en Corse par exemple, l'équilibre
de la forêt méditerranéenne a pu être rompu au profit des
formations secondaires de la garrigue et du maquis, seules
les lisières des clairières de peuplement ont été affectées par
l'action de l'homme : c'est dans cette première auréole de fri-
ches — la *silva communis* des loìs franques — que les populations allaient chercher les matériaux indispensables à leur

habitat, à leur outillage et à leur chauffage, qu'elles allaient chasser le petit gibier, qu'elles allaient faire paître leurs porcs, et qu'éventuellement, quand l'exigeait la pression de la conjoncture, elles allaient ouvrir par brûlis quelques champs temporaires.

L'« ager ».

La question se pose naturellement de savoir si les troubles et l'insécurité des III-Ve siècles n'ont pas provoqué une progression du *saltus* aux dépens de l'*ager*. La réponse varie suivant les régions : si la basse Auvergne, échappant au délabrement général, vit dans l'ensemble ses habitats de plaine se perpétuer [1], on constate ailleurs désertion, voire destruction brutale, de nombreux sites habités, que donnent à connaître la photographie aérienne et l'archéologie, et abandon corrélatif des cultures, que révèle la palynologie (c'est-à-dire la science des pollens fossiles). Si le fait est surtout avéré dans les contrées de l'extrême Nord et dans une bonne partie de la Rhénanie romaine, des recherches ponctuelles montrent qu'aucune région n'est restée tout à fait à l'abri. Ainsi les champs de blé de Spézet (Finistère) ont-ils été abandonnés ; ainsi les *vici*, ou agglomérations rurales, de la forêt de Brotonne (Normandie) et du bois de La Tourette, à Blond (Limousin), ont-ils été désertés ; ainsi, partout en Gaule, d'antiques *villae* ont-elles été peu à peu gagnées par la friche : à Warfusée-Abancourt (Picardie), à Pré-Haut et à Roullée (dans la moyenne vallée de la Loire), à Montmaurin (bas Comminges), dont la *villa* pourtant avait été reconstruite avec luxe à la faveur de la grande accalmie du IVe siècle, à La Boisse, à Annecy-le-Vieux et à Saint-Paul-lès-Romans (dans le bassin du Rhône)... Parfois, cependant, on constate, plutôt qu'une pure et simple désertion, un déplacement de l'habitat vers des sites mieux protégés : ainsi les *villae* provençales de Font-Crémat ont-elles été abandonnées au profit des sommets voisins ; et celles de Rougiers, au profit d'un éperon qui avait été occupé à la fin de l'âge du fer et qui le resterait désormais jusqu'à la fin du Moyen Age. Ailleurs, à Saint-Blaise

1. Gabriel Fournier (54).

(basse Provence), à Lombren (Languedoc rhodanien), comme au mont Lassois (Bourgogne), ce sont de vieux *oppida*, abandonnés aux beaux temps de la paix romaine, qui ont été réhabilités. Même l'on vit, çà et là, la réoccupation aux IV-Ve siècles de grottes abandonnées depuis les temps protohistoriques : certes, ce ne fut souvent, comme à Reyrevignes (Causses) ou à La Fourbine (Crau), qu'habitat temporaire, lié aux mouvements de la transhumance, mais on constate ailleurs, comme à Valflaunés (Hérault), que la réhabilitation de la grotte put prendre un tour plus durable, donnant lieu à une remise en culture des terrains voisins.

Aussi l'image qu'on gardera de la respiration respective de l'*ager* et du *saltus* aux III-Ve siècles sera-t-elle fortement nuancée : si, par endroits, surtout au nord, la friche a gagné du terrain, elle se fit ailleurs, en particulier dans les régions au relief contrasté, éventuellement attractive. Mais cela ne revient pas à dire que l'*ager* était en plein dépérissement. Bien au contraire, on a l'impression, à lire les auteurs de la latinité tardive, que les campagnes connurent alors une espèce d'âge d'or. Ce ne fut certes pas le cas pour la plupart des paysans propriétaires, dont certains exploitaient de tout petits domaines isolés, souvent disparus dans la tourmente, et dont d'autres vivaient dans des hameaux, parfois dans ces importantes agglomérations rurales que nos textes appellent *vici* et qu'on aperçoit beaucoup plus nombreux qu'on ne l'a cru longtemps, par exemple dans le Nord de l'Aquitaine, en Auvergne ou dans le Maine. Nombre de ces *rustici*, ruinés par le fisc, par le brigandage, ou encore par une conjoncture déprimée, ont été, suivant les dires de Salvien, contraints de se livrer corps et biens entre les mains des puissants. Que cet abandon fût total, comme dans le cas du colonat, singulière préfiguration du servage médiéval, ou qu'il ne concernât que leur terre, comme dans le cas de la précaire, ces petits paysans tombaient à terme plus ou moins rapproché dans l'entière dépendance de leur *patron*, contribuant au renforcement d'une grande propriété qui était jusqu'alors exploitée en faire-valoir direct par une *familia* d'esclaves placés sous l'autorité d'un puissant intendant.

Car l'âge d'or que célèbrent les auteurs des IV-Ve siècles

fut bien celui des somptueuses *villae*, dans lesquelles les élites de la Gaule romaine, fuyant les villes et les malheurs des
temps, avaient trouvé refuge. Sidoine Apollinaire nous a laissé
la description du domaine d'*Avitacum*, au bord du lac
d'Aydat, en Auvergne, qui appartenait à la dot de sa femme
Papianilla, fille de l'empereur Avitus, et dans lequel il a lon-
guement séjourné, entre 461 et 467. Avec sa *pars urbana* —
la demeure du maître au luxe raffiné, où, bordés par un
cryptoportique, se succédaient les thermes, les salles à man-
ger d'hiver et d'été, les chambres, la piscine même ; avec sa
pars rustica qui, comme dans tant de *villae* révélées par la
fouille ou la photographie aérienne, devait regrouper les bâtiments d'exploitation agricole, les logements domestiques et
les ateliers ; avec ses champs, ses prés, ses bois, il couvrait
peut-être jusqu'à cinq mille hectares. Si les *villae* des amis
auxquels Sidoine rendait visite, et dont il a également brossé
le tableau, étaient moins gigantesques, elles n'étaient sûrement pas moins luxueuses : sur les bords du Gardon, celles
d'Apollinaris et de Tonantius Ferreolus avaient de riches
bibliothèques ; elles n'avaient pas encore de thermes, mais
ceux-ci étaient en construction, ce qui montre que, vers 465,
l'aristocratie n'avait pas renoncé aux délices de la civilisation
romaine. Celle de Pontius Leontius, à Bourg, au confluent
de la Dordogne et de la Garonne, était, elle aussi, partagée
derrière ses portiques entre quartiers d'été et quartiers d'hiver ;
certains de ses murs étaient couverts de peintures, qui font
écho aux superbes mosaïques qui ont été découvertes dans
tant de *villae* du Sud-Ouest, à Sorde-l'Abbaye (Landes), au
Palat de Saint-Émilion (Gironde), aux Prés-Bas de Loupian
(Hérault), à Séviac de Montréal et à Mian de Valence (Gers) ;
mais la *villa* de Bourg présentait un caractère nouveau : elle
était tout entière entourée d'un rempart. Signe des temps, elle
n'était pas la seule : les seize hectares de la *villa* de Chiragan,
près de Martres-Tolosane (Haute-Garonne), furent tout
entiers enfermés dans un mur rectangulaire ; les trente hectares de celle de Carouge, dans le Genevois, déjà protégés par
un méandre de l'Arve, furent isolés par l'édification d'un vaste
talus ; et quand, au début du Ve siècle, l'*illuster vir* Claudius
Postumus Dardanus et sa femme, elle aussi *clarissime* et

illustre, voulurent aménager dans la montagne, à l'est de Sisteron, le domaine qu'en hommage à saint Augustin ils appelèrent Theopolis, « ils le fortifièrent, dit l'inscription qui commémore l'entreprise, par des murs et des portes [...], voulant qu'il serve à la protection de tous ». Certes, le cas n'est pas encore général, mais il faut convenir que ces domaines fortifiés, résidences aristocratiques et centres d'exploitation autour desquels gravitaient, dans une dépendance accrue, un nombre de plus en plus important de petits paysans en mal de protection, annoncent des temps nouveaux.

Les élites de la Gaule romaine entre la campagne et la ville.

Si Dardanus avait mérité le titre d'*illuster vir*, qui le plaçait, ainsi que sa femme, au sommet de l'échelle des honneurs, c'est qu'il avait été, dans les premières décennies du Ve siècle, patrice, gouverneur de la province de Viennoise (une des composantes du diocèse du même nom), questeur, et surtout préfet du prétoire des Gaules — c'est-à-dire le puissant représentant de l'empereur non seulement dans le diocèse des Gaules, mais aussi dans ceux de Viennoise et d'Espagne, et dans celui, alors en voie d'abandon, de (Grande-)Bretagne. Tonantius Ferreolus, l'un des amis auxquels Sidoine était allé rendre visite sur les bords du Gardon, avait été, lui aussi, préfet du prétoire. Quant à Sidoine, fils et petit-fils de préfets du prétoire, il avait été successivement *comte*, ou compagnon, de l'empereur Majorien, préfet de la ville de Rome et patrice. Est-ce à dire que tous les membres de l'aristocratie sénatoriale, parmi lesquels étaient recrutés les titulaires de charges aussi enviées et les bénéficiaires d'une titulature aussi sophistiquée, avaient définitivement préféré la retraite campagnarde à la vie citadine ? Non, sans doute — d'ailleurs, Sidoine lui-même reprenait volontiers le chemin de la ville, Lyon en l'occurrence, quand ça n'était pas Rome, pour y vaquer à des occupations privées aussi bien que publiques. N'empêche que l'exode des élites urbaines vers les résidences rurales est partout avéré, au nord comme au sud.

Ça n'était sûrement pas pour répondre à un besoin de sé-

curité corporelle, car, si quelques *villae* seulement étaient pro-
tégées par des défenses, toutes les villes d'importance, en tout
cas tous les chefs-lieux de cités, étaient entourées de fortifications. D'ailleurs, tout montre que les campagnes étaient
plus directement menacées par le mouvement des armées, et
surtout par le développement des bagaudes — ces soulèvements, spasmodiques jusqu'en plein Ve siècle, de paysans que
la misère et la ruine jetaient en bandes entières, accrochées
parfois à des contingents barbares, sur l'Armorique, la Picardie, la Champagne, l'Aquitaine, ou encore les vallées alpi-
nes : l'insécurité, d'ailleurs, devenait telle à la campagne
qu'on voyait de plus en plus de latifundiaires s'entourer, à
l'instar des plus grands personnages de l'Empire, d'une bande
de gardes du corps privés, nourris par eux, qu'on appelait
les *buccelarii*. Il faut donc chercher ailleurs que dans le besoin
de sécurité les raisons déterminantes de l'exode des élites citadines. Les nécessités du ravitaillement jouèrent sûrement un
rôle : tandis que l'approvisionnement des villes devenait, du
fait de l'insécurité, plus aléatoire, l'économie domaniale,
fidèle à une vieille tradition de polyculture, tournait à une
autarcie pure et simple, qui ne concernait plus seulement la
production agricole, mais aussi la production artisanale.
Ainsi, pourvu que la topographie s'y prêtât, chaque domaine
auvergnat associait-il, suivant le tableau qu'en a laissé
Sidoine, les champs de blé de la plaine, les vignobles des basses pentes et les parcours d'élevage des sommets ; ainsi chaque domaine de la basse Provence juxtaposait-il, comme les
environs d'Avignon décrits par Grégoire de Tours, les champs
et les prés, les vignes et les oliveraies. Mais voici que partout, dans chaque *vicus*, dans chaque *villa*, apparaissaient
des ateliers — ouvroirs de toutes sortes pour le travail des
peaux, de la céramique, des métaux ; gynécées pour la production textile, tel le *textricum* d'*Avitacum*, ou l'atelier de
soierie de Pontius Leontius, à Bourg : dans tous les cas, il
fallait suppléer les vieilles manufactures, privées ou surtout
d'État, généralement défaillantes, sauf le long du *limes* rhénan, où elles continuaient à fabriquer des armes.

Ainsi le repli à la campagne fut-il pour les élites sociales
de la Gaule un moyen de se rapprocher des foyers de pro-

duction qui assuraient le maintien de leur train de vie ; mais il fut aussi l'occasion de fuir des villes qui non seulement n'offraient plus le confort de jadis, mais étaient devenues la source de tous les soucis. Car, rançon des honneurs qui lui étaient dévolus, l'aristocratie urbaine n'était plus, bien souvent, que rouage d'une administration impériale devenue au IVe siècle terriblement bureaucratique ; elle se trouvait de ce fait détestée par une population toujours plus strictement encadrée et plus lourdement mise à contribution.

Ça n'était pas tant le cas de la plus haute aristocratie, de celle où se recrutaient les sénateurs de Rome et les titulaires des plus hautes fonctions provinciales — préfets du prétoire qui, depuis le début du Ve siècle, ne résidaient plus à Trèves, mais à Arles ; vicaires, placés à la tête des deux diocèses de Viennoise et des Gaules ; gouverneurs de chacune des dix-sept provinces, enfin. Leurs fonctions s'étaient peu à peu vidées de leur contenu, à mesure que s'anémiait l'autorité impériale en Gaule, surtout après la chute de Majorien, en 461 ; et cela faisait longtemps que, dans les lieux où s'exerçaient les vrais pouvoirs, à Ravenne (où la cour était installée depuis 402) aussi bien que dans les commandements militaires, on leur préférait les Barbares. La famille des *Syagrii* fait figure d'exception, qui réussit à garder dans la seconde moitié du Ve siècle le commandement de la grande armée d'intervention de la Gaule du Nord, se transmettant de père en fils la fonction très officielle de *maîtres de la milice* ; la plupart des grandes familles avaient déjà choisi de se retirer dans un Aventin rural et dédaigneux, pour mieux méditer sur la grandeur passée de Rome.

La cité.

Les magistrats locaux, par contre, notamment les membres des curies, qui constituaient dans chaque chef-lieu de cité un véritable petit sénat, ne pouvaient que se lamenter de la situation dans laquelle les avait plongés l'Empire. Chargés de la collecte de l'impôt, et, un peu à la manière des fermiers généraux de l'Ancien Régime, responsables des levées sur leurs propres biens, ils étaient devenus tellement impopulaires que Salvien, exprimant la colère du petit peuple, a pu s'exclamer qu'il y avait « autant de tyrans que de *curiales* ». Ils se sont donc empressés d'abandonner une charge qui, sans leur apporter la moindre gratification, ne leur valait que déboires. L'Empire s'est inquiété de leur exode, devenu général, et, d'une manière autoritaire qui trouve un écho dans le Code théodosien (compilation des lois romaines établie vers 437), il a voulu les fixer à leur fonction aussi bien qu'à leur résidence urbaines, comme il avait voulu le faire de tout un chacun, tant à la campagne qu'à la ville. En réalité, il n'a fait qu'accroître leur amertume. Du coup, la désaffection des élites à l'égard de leur petite cité a souvent préparé le terrain à la dégradation du sens civique à l'égard de la grande cité, Rome. Et les villes, qui — signe des temps — commençaient à troquer le nom dont Rome les avait dotées pour réhabiliter celui de leurs origines celtiques (Lutèce redevint la cité des Parisiens, Avaricum celle des Bituriges — Bourges —, Divona celle des Cadurques — Cahors), ne furent bientôt plus que des foires d'empoigne, livrées à la loi des plus forts, aristocrates en rupture de ban, ou encore arrivistes tirant profit des incertitudes du temps, jouant par exemple la carte de la collaboration avec les Barbares et du démembrement de ce qu'il restait d'autorité romaine. Dans une lettre adressée en 474 à son oncle Thaumastus, Sidoine Apollinaire a voulu les fustiger : « Oui, ce sont de telles gens que la Gaule gémit d'avoir à supporter depuis si longtemps au milieu de barbares plus humains qu'eux [...]. Ce sont eux qui achètent les sentences, qui vendent leurs interventions [...], qui envient leurs loisirs aux gens du peuple, leurs soldes aux généraux, leurs provisions de route aux marchands [...], les droits de péage aux percepteurs, leurs domaines aux provinciaux [...], la naissance aux nobles, le rang de préséance à leurs supérieurs, la parité à leurs égaux [...]. Ce sont eux enfin qui, enivrés par leurs nouvelles richesses, montrent par l'usage qu'ils en font leur inexpérience de la fortune : lions au palais, lièvres dans les camps, ils redoutent les traités de paix par crainte de devenir inutiles, les guerres par crainte d'avoir à combattre [1]. » Mais Sidoine était-il le mieux

---

1. Traduction d'A. Loyen (148).

placé pour faire la morale, lui qui s'était félicité en 458 d'avoir
obtenu de l'empereur Majorien un dégrèvement fiscal de trois
mille *capita* (unité d'imposition qui avait perdu, sous Dioclétien, le sens strict de capitation pour désigner plutôt une
masse foncière imposable)?

L'Empire, qui n'avait plus guère confiance dans ces élites, a dépêché, pour contrôler les curies et protéger les
citoyens, des commissaires aux attributions diverses : *cura-
teurs*, aux compétences financières ; *défenseurs des cités*, chargés de veiller au bon fonctionnement des institutions et
garants de la justice sociale ; *comtes des cités*, enfin, investis
de l'autorité militaire et judiciaire. Si chacun connaît la fortune médiévale de ces derniers, apparus dans la seconde moitié du Ve siècle, généralisés par les rois wisigoths, burgondes
puis francs, systématisés enfin par Charlemagne, on sait
moins qu'il s'est trouvé dans certaines cités des défenseurs
jusqu'en plein VIIe siècle ; et que leur rôle, principalement
d'autorité morale et de défense des humbles, préfigure celui
que les évêques furent amenés à jouer dans les cités du très
haut Moyen Age. Ceux-ci d'ailleurs, quand, tel le *Defensor*
d'Angers à la fin du IVe siècle, ils ne cumulaient pas les deux
fonctions, tinrent à partir des environs de 400 une place déterminante dans leur désignation. On ne s'en étonnera pas, car,
dès ce moment, l'institution ecclésiastique apparaît comme
la principale puissance morale de la cité, avant d'en devenir
la principale puissance politique et économique — celle qui,
dans tous les cas, va lui permettre de se perpétuer dans les
siècles à venir.

La place toute nouvelle de l'Église s'inscrit dans le paysage urbain. Depuis la multiplication des incursions barbares à la fin du IIIe siècle, les villes qui n'avaient pas reçu
d'enceinte aux temps de la colonisation romaine ou du haut
Empire (enceintes souvent immenses — 285 hectares à Trèves, 120 à Mayence, 90 à Toulouse —, trop grandes désormais pour une population déclinante) s'enfermèrent dans des
murailles le plus souvent étroites. Si celles de Metz envelop-
pent quand même 70 hectares, celles de Reims, 35, ou celles
de Bordeaux, 30, celles de non moins authentiques chefs-lieux
de cités, comme Senlis, Tours ou Clermont, ne couvrent res-

pectivement que 7, 6 ou 3 hectares. Partout, les grands monuments périphériques furent mis à contribution pour fournir une part au moins des matériaux nécessaires à la construction de la muraille ; même les autres, laissés à l'écart, furent appelés à un progressif abandon. Ainsi, à Metz aussi bien qu'à Paris, le grand amphithéâtre, trop excentrique, servit-il de carrière à la construction du rempart, tandis qu'un nouvel édifice, plus petit et situé plus près du centre, fut aménagé pour recevoir les jeux et les représentations. Mais, sauf à Trèves et à Arles, résidences privilégiées des empereurs et préfets du prétoire, le développement d'une monumentalité laïque est relativement rare dans les cités des IV-Vᵉ siècles : on s'est le plus souvent contenté d'entretenir les équipements hérités du passé, qui donnaient à ces villes comme un air de famille : thermes, théâtres, arcs triomphaux, portiques entourant le forum, *prætorium* ou palais du gouverneur, aqueducs même. La plupart des temples païens ont disparu ; et ceux qui sont restés debout le durent souvent — à Nîmes, à Vienne — au fait qu'ils étaient étroitement associés aux cultes impériaux ou qu'ils ont été transformés en églises.

Car voici un fait nouveau, qu'on constate surtout à partir de la fin du IVᵉ siècle : dans chaque chef-lieu de cité, en particulier au sud de la Gaule, il y eut multiplication des églises chrétiennes. D'abord, ce furent, dans les enceintes, des groupes épiscopaux complexes, organisés autour d'une église cathédrale de plan basilical — semblable, peut-être, à celle de Lyon, dont les portiques et les mosaïques ont été célébrés par Sidoine Apollinaire à l'occasion de la dédicace de 469-470 — et autour d'une église baptismale à plan centré — comme celle, octogonale, de Fréjus, parvenue à peu près jusqu'à nous dans son état du Vᵉ siècle. Ensuite, ce furent, dans les nécropoles périphériques, les basiliques funéraires, élevées sur le tombeau des saints martyrs ou confesseurs, souvent les évêques fondateurs des toutes premières églises urbaines : l'afflux des pèlerins et les nécessités de la liturgie, par exemple à Saint-Just de Lyon, à Saint-Victor de Marseille, à Saint-Sernin de Toulouse ou à Saint-Martin de Tours, attachèrent à ces sanctuaires suburbains des communautés de clercs, puis de véritables monastères, qui — première manifestation de

l'*apprivoisement de la mort*[1] caractéristique des siècles
médiévaux — allaient faire des anciennes nécropoles le cœur
de faubourgs nouveaux, foyers d'un développement urbain
à venir.

Le christianisme.

C'est que, grâce à la diffusion et au triomphe du christianisme, était en train de s'opérer une véritable révolution mentale. Les décisions de Constantin — en particulier son édit
de tolérance de 313, instituant la liberté des cultes —, puis
celles de Théodose, qui, après plusieurs mesures favorisant
le christianisme, en vint, en 391, à interdire toutes les pratiques du paganisme, ont entraîné la généralisation, jusqu'à
chaque cité, de communautés chrétiennes qui n'étaient guère,
avant le IVe siècle, sorties des quelques villes — Marseille,
Arles, Vienne, Lyon, Autun, Narbonne, Toulouse, Trèves,
Cologne — qui comptaient des colonies de marchands ou des
garnisons de soldats d'origine orientale. A l'avènement de
Clovis, on trouve des évêques dans presque tous les chefs-
lieux de cité ; et si l'on n'en trouve pas, à Jublains par exemple, c'est que la ruine précoce de la ville a nécessité la fusion
avec une cité voisine — Le Mans, en l'occurrence. Les évêques intallés dans les dix-sept chefs-lieux de province reven-
diquent une autorité métropolitaine sur leurs collègues :
encouragée par l'Empire, la nouvelle hiérarchie est calquée
sur celle de l'administration civile. D'ailleurs, les liens entre
l'une et l'autre, on en a déjà eu un aperçu, sont extrêmement
étroits ; c'est généralement dans les familles sénatoriales,
exceptionnellement curiales, que sont recrutés les évêques.
Témoin *Remigius* — saint Remi —, aristocrate originaire du
Laonnois, promu en 459 au siège métropolitain de Reims ;
ou son frère *Principius*, promu à Soissons ; ou encore Sidoine
Apollinaire, devenu en 470 évêque de Clermont. Ainsi
comprend-on mieux comment l'autorité morale de l'évêque
a pu, dans bien des cas, se substituer à l'autorité civile défail-
lante, et comment l'Église fut bientôt amenée à donner au

1. Expression empruntée à Philippe Ariès (1).

détenteur de la puissance publique sa légitimité : ce fut le mérite du jeune Clovis que de l'avoir compris.

La christianisation restait alors un phénomène essentiellement urbain — mais elle était un phénomène indéniable, qui commençait à toucher en profondeur les populations, comme l'atteste la multiplication des épitaphes chrétiennes, à Cologne aussi bien qu'à Lyon, ou des sarcophages décorés de scènes bibliques, à Arles aussi bien qu'à Marseille. Ainsi la découverte récente, dans la basilique de Saint-Victor, de la tombe d'une jeune chrétienne de vingt ans, inhumée à la fin du Ve siècle (le corps enveloppé d'un manteau, la tête reposant sur un coussin végétal et le front ceint d'une couronne de fleurs à laquelle pendait une petite croix d'or) dans un sarcophage orné du sacrifice d'Abraham et de la guérison de l'aveugle par le Christ, offre-t-elle un singulier contrepoint à ce que l'on a entrevu de la sépulture strictement contemporaine de Childéric : les populations citadines de la Gaule, spirituellement encadrées par un clergé placé sous l'autorité de l'évêque, avaient commencé d'adhérer, non seulement aux grandes lignes du dogme chrétien, mais encore au message rédempteur de l'Évangile, comptant sur la médiation des corps saints pour mieux assurer leur salut dans l'autre monde.

Le monde des campagnes était-il resté totalement fermé au christianisme, justifiant l'assimilation par le vocabulaire du mot « païen » au mot « paysan » (*paganus*) ? En fait, on a gardé le souvenir, dans le Midi en particulier, des efforts de certains évêques du Ve siècle pour promouvoir la religion nouvelle au-delà des murs de leur cité — un *Rusticus* de Narbonne, par exemple, allant créer en 457 une église dans le bourg de Minerve (Hérault), ou un de ses collègues de Javols allant élever une basilique dans un lieu de culte païen du haut Gévaudan. L'archéologie a permis de constater ici et là, dans la *villa* de Séviac à Montréal (Gers) par exemple, l'adjonction d'un oratoire, voire d'une église baptismale, à un ancien domaine. Et il paraît même, suivant Grégoire de Tours, qu'aux funérailles de saint Martin, en 397, « tous les habitants des campagnes et des bourgs » voisins de la cité tourangelle étaient venus participer au cortège. Il est vrai qu'avec Martin on avait affaire à une figure tellement exceptionnelle qu'il allait être promu patron du christianisme gaulois et que le sanctuaire élevé sur son tombeau allait devenir, après 460, le principal relais de la diffusion du christianisme dans la Gaule du Nord.

Il est vrai aussi qu'avec lui on avait affaire à un moine, fondateur, à Ligugé près de Poitiers, puis à Marmoutier près de Tours, des premières communautés monastiques de la Gaule, et, ce faisant, partie prenante d'un mouvement qui ne fut pas le moindre agent de propagation du christianisme dans les campagnes. Car, avant d'aller structurer les communautés installées dans les basiliques suburbaines, le monachisme gaulois fut d'abord, fidèle à sa vocation, un mouvement de fuite de la cité, un authentique érémitisme, suivant le modèle répandu par les premiers solitaires de la thébaïde égyptienne. Telles furent les premières expériences méridionales, celle de Théodore, installé aux îles d'Hyères, ou celle d'Honorat, installé à Lérins. Ce n'est que devant l'afflux des disciples que ce dernier se trouva contraint, vers 410, d'organiser une communauté cénobitique. Son exemple fut bientôt suivi par Jean Cassien, qui organisa en 416 la communauté monastique de Saint-Victor de Marseille : les conférences qu'il nous a laissées permettent d'entrevoir la vie des premiers moines, partagée entre les exigences de l'érémitisme (ils consacraient l'essentiel de leur temps, dans des cellules individuelles, à la méditation et au travail) et celles du cénobitisme (ils se rassemblaient à l'église pour les offices communs). Parfaitement adaptés aux conditions de vie du temps et du lieu, moins austères que leurs précédents orientaux, les monachismes lérinien et cassianite eurent dans le Midi une influence comparable à celle que le monachisme martinien avait exercée dans la Gaule moyenne. Comme lui, ils donnèrent aux cités du Ve siècle certains de leurs meilleurs évêques, tel Césaire, contribuant à diffuser hors des cloîtres les modèles de l'ascèse et de la spiritualité monastique, invitant l'institution ecclésiale à une plus grande rupture d'avec le siècle : c'était le début d'un long combat.

La tâche des évangélisateurs n'était pas mince, en ces temps troublés où l'on voyait ici la résurgence de vieux cultes celtiques, et ailleurs la revendication par les Barbares du paga-

nisme germanique, ou, pis, de l'arianisme, cet avatar du christianisme répandu chez certains d'entre eux depuis le IVe siècle, et qui, niant la divinité de Jésus-Christ, rompait avec le
fondement même de la foi et avait été de ce fait condamné
par le concile de Nicée, en 325. Certes, il est arrivé que des
Barbares, le plus souvent francs ou burgondes, se fussent ralliés au christianisme orthodoxe, mais ça ne restait l'affaire
que d'une petite minorité, appartenant de surcroît à une haute
aristocratie passée depuis longtemps au service de Rome.
Ainsi Arbogast, petit-fils et homonyme d'un maître de la
milice franc de la fin du IVe siècle, comte de Trèves aux alentours de 470, souhaita-t-il terminer sa carrière comme évêque : si on l'identifie avec l'Arbogast cité comme évêque de
Chartres en 490, on constate que son *cursus* ne diffère en rien
de celui des membres de la plus haute aristocratie gallo-
romaine. Et l'on sait maintenant que sainte Geneviève, qui
sut refréner par la diplomatie les ambitions hégémoniques
de Childéric en direction de Paris, appartenait à l'aristocratie barbare, vraisemblablement franque [1].

Les Barbares.

C'est que beaucoup de Barbares participaient désormais
à la vie de l'Empire. Certes, leurs fulgurantes incursions, en
particulier celles de la fin du IIIe siècle et du début du Ve,
avaient laissé ici et là, dans les régions désertées, ou en tout
cas sous-peuplées, des isolats repliés sur eux-mêmes
— Vandales par exemple, que la toponymie révèle assez nombreux dans le Toulousain (Gandalou) ou dans l'Albigeois
(Gandaille) ; ou encore Saxons que les sources écrites et le
témoignage archéologique montrent égrenés le long des côtes
de la Manche et de l'Atlantique, dans le Boulonnais, le Bes-
sin, l'estuaire de la Loire ou la côte charentaise. Les recherches anthropologiques les plus récentes donnent même à
penser que telle communauté saxonne — en l'occurrence celle
que révèle la nécropole de Vron, dans le Ponthieu — a pu
vivre totalement repliée sur elle-même, dans une endogamie

1. Voir M. Heinzelmann et J.-C. Poulin (73).

restée stricte de la fin du IVe siècle jusqu'à un VIe siècle bien
avancé[1]. Mais la plupart des Barbares installés en Gaule
avaient été, d'une manière ou d'une autre, intégrés. C'était
assurément le cas de ces colons que les textes appellent *laeti*,
ou lètes, qui apparaissent nombreux dans le Nord et le Nord-
Est de la Gaule à partir de la fin du IIIe siècle, et qui restent
mystérieux à bien des égards : si certains étaient incontestablement des prisonniers barbares installés autoritairement par
l'Empire dans des colonies agricoles telles que désormais,
comme dit un panégyriste des environs de 300, « le Chamave
laboure la terre pour nous, lui qui nous a si longtemps ruinés par ses pillages », d'autres étaient peut-être d'anciens
prisonniers des Barbares, d'origine éventuellement gallo-
romaine, restitués à l'Empire au titre des traités de paix.

Précisément, ce fut souvent au terme de traités que les peuples barbares numériquement les plus importants ont été autorisés à s'installer en Gaule. Ça n'était certes pas le cas des
Bretons venus de (Grande-)Bretagne, dont les premiers
contingents débarquèrent à la fin du IVe siècle en Armorique, mais dont l'immigration se fit massive à partir du Ve :
il apparaît en effet aujourd'hui que les pionniers, Britto-
Romains sujets de l'Empire, ont été appelés sur le continent
au titre de la conscription pour assurer la défense des côtes
armoricaines menacées par les peuples marins dont ils avaient
commencé de prendre chez eux la mesure ; et si les autres,
ensuite, vinrent en grand nombre, prenant la mer depuis les
côtes occidentales de la (Grande-)Bretagne, ce fut par un
mouvement diffus, non contrôlé, précipité par l'agression des
Scots venus d'Irlande, plutôt que des Anglo-Saxons, dont la
pression, effective à l'est et au nord, n'avait pas encore atteint
l'Ouest britannique.

Il n'y eut pas de traité non plus entre Rome et les Alamans,
ce peuple dont le nom, apparu entre haut Danube et Rhin
moyen au cours du IIIe siècle, dit bien le caractère compo-
site, et qui, après plusieurs raids infructueux en Gaule, s'installa en Alsace au bénéfice de la grande percée barbare de

---

1. D'après les fouilles de Claude Seillier (146) et les recherches anthropologiques en cours de Joël Blondiaux.

406, d'où il essaya de s'étendre, en descendant d'abord (ve siècle), puis en remontant ensuite (vi^e siècle) le cours du Rhin.

Au contraire, les trois principaux peuples barbares installés au ve siècle dans les limites de la Gaule — Wisigoths au sud-ouest, Burgondes au sud-est, et Francs au nord — étaient des peuples fédérés (*fœderati*), ce qui veut dire qu'ils avaient conclu avec Rome un *fœdus*, ou traité. Ils avaient été intégrés dans l'Empire; une terre (prélevée sur des domaines publics ou privés) ou une part de revenus fiscaux leur avaient été attribués en vertu des lois de l'*hospitalitas,* pourvu qu'ils assurent la défense de la ou des régions avoisinantes. Leur chef, qui restait le maître absolu de ses troupes, associait éventuellement au titre de *rex* (qu'on a vu, par exemple, attribué à Childéric) une plus ronflante titulature romaine : Gondioc, roi burgonde vers 450-470, était *magister militum Galliarum*; et son fils Gondebaud fut nommé patrice, avant de devenir, comme son père, maître de la milice. Dans tous les cas, cependant, l'autorité civile, avec ses prérogatives fiscales, ou encore judiciaires, était censée rester entre les mains des instances romaines traditionnelles, locales aussi bien que centrales. Mais quand l'autorité centrale en vint à s'effondrer, les instances locales, qui avaient achevé de se discréditer, pesèrent de peu de poids en face des fédérés barbares qui détenaient la force, et dont les chefs attendaient la première occasion de muer l'autorité guerrière qu'ils exerçaient sur leurs hommes en une véritable royauté territoriale, pesant du même coup sur les Gallo-Romains. Certains, tel Salvien, étaient prêts, par rancune à l'encontre de l'administration romaine, à plier l'échine (« Mieux vaudrait pour nous vivre sous la domination de braves Barbares que de subir la tyrannie de ces curiales qui nous oppressent »); d'autres, par opportunisme peut-être, à collaborer, tel ce membre de la puissante famille des *Syagrii* auquel Sidoine Apollinaire reprocha vers 469 d'avoir aidé les Burgondes à codifier leurs lois. Les seuls, dans l'ensemble, qui eurent le courage de faire front furent les évêques, en particulier dans les territoires du Midi (Aquitaine, livrée au pouvoir des Wisigoths; Sud-Est, à celui des Burgondes) où les chefs des armées fédérées avaient adhéré à l'arianisme.

Par le *fœdus* de 418, les Wisigoths avaient été les premiers fédérés installés loin du *limes*, au cœur même de la Gaule. Venus d'Italie avec femmes et enfants — cent mille au maximum —, ils avaient reçu des terres le long du grand isthme aquitain, entre Bordeaux et Narbonne, où la mission leur avait été confiée de briser la bagaude, alors endémique. Puis, sous la houlette de leurs rois, Euric (466-484) en particulier, ils avaient su, par des campagnes répétées et de leur propre initiative, étendre leur domination de la Loire à l'Espagne, et de la Provence (conquise en 476) au golfe de Gascogne, parvenant vis-à-vis de l'Empire à une indépendance de fait, puis de droit. Euric désormais légiféra, sans doute avec le conseil de ses compagnons goths, mais surtout avec celui d'aristocrates romains ralliés, tel Léon de Narbonne, rhéteur de formation classique, qui participa à la rédaction du *Code d'Euric*, recueil de coutumes wisigothiques où se reconnaît l'influence du droit romain. Partout, l'ancienne administration fut laissée en place, mais, pour mieux la contrôler, Euric envoya dans chaque cité un comte, recruté dans l'aristocratie romaine aussi volontiers que dans l'aristocratie gothique ; et il s'appliqua à concentrer les revenus de sa gestion dans l'abondant trésor qui le suivit de palais en palais, entre Toulouse, Bordeaux et Arles. Il n'est pas sûr qu'il se soit livré aux persécutions qu'on lui a longtemps imputées, mais les facilités données à la célébration des liturgies ariennes, doublées de certaines entraves opposées à la vie des églises (défaut de renouvellement des évêques dans plusieurs diocèses, interdiction des pèlerinages à Saint-Sernin de Toulouse), suscitèrent l'indignation de quelques évêques, en particulier dans l'Auvergne de Sidoine Apollinaire, qui devint le bastion de la résistance.

Au premier regard, l'histoire de la royauté burgonde n'est pas tellement différente. Ce peuple venu du Nord était de ceux que la grande ruée barbare de l'an 406 avait transportés de ce côté-ci du haut Rhin. Le *fœdus* de 443 les avait installés en *Sapaudia* (on dirait aujourd'hui Savoie), très exactement dans le Genevois, d'où une expansion continue dans les années 457-485 les conduisit du Diois, au sud, jusqu'à Dijon et Langres, au nord. Ce faisant, ils mettaient la main sur Lyon

et son important nœud de communications. A la différence
de ce qui s'était passé en Aquitaine, cette dilatation ne modifia
pas d'abord les rapports des rois burgondes avec Rome : ils
continuèrent de se considérer comme des fédérés, se flattant
à l'occasion, on l'a vu, de recevoir de l'autorité romaine une
titulature prestigieuse, continuant d'assurer la diffusion de
la législation impériale, et pratiquant la tolérance religieuse,
au point d'ailleurs qu'une partie de la famille royale adhéra,
bien avant Clovis, au catholicisme : Clotilde n'était-elle pas
une princesse burgonde ? Cela ne leur valut pas nécessairement la reconnaissance des Gallo-Romains, et chacun a en
mémoire les jérémiades de Sidoine Apollinaire, obligé de supporter, dans un de ses domaines du Lyonnais, le voisinage
de « ces hordes chevelues [...], les chansons du Burgonde gavé
qui s'enduit les cheveux de beurre rance [...], et l'odeur infecte
de l'ail ou de l'oignon que renvoient dès le matin leurs pré-
parations culinaires ». Mais tous les Romains ne firent pas
preuve d'une délicatesse aussi hautaine, et un personnage
aussi prestigieux que l'évêque Avit de Vienne entretint d'excel-
lentes relations avec le roi Gondebaud (480-516) — ce qui
ne l'empêcha pas, plus tard, d'adresser à Clovis récemment
baptisé des félicitations empressées qui ressemblaient à une
promesse de ralliement : l'arianisme était décidément un han-
dicap difficile à surmonter. Il y en avait un autre chez les
rois burgondes, c'était une conception patrimoniale de la
royauté comparable à celle qui allait s'imposer chez les
Francs, et qui, génératrice de luttes, allait donner à Clovis
le prétexte d'une intervention armée le long de la Saône et
du Rhône. Gondebaud serait sauvé par le loyalisme des Gallo-
Romains, dont la vacance de l'autorité impériale avait finalement fait ses sujets. Mais cela durerait-il longtemps devant
la puissance déferlante des Francs ?

Les Francs.

Les Barbares que les sources du Ve siècle appellent ainsi
sont les membres d'une confédération de peuplades généralement originaires de la rive droite du Rhin bas et moyen —
Chamaves, Sicambres, Bructères, Amsivariens, *Chattuarii* —

qui se sont regroupées au cours du IIIe siècle, d'abord à des fins défensives, sous un nom générique dont les spécialistes ne savent au juste s'il signifiait originellement les « libres » ou les « hardis », mais dont il est certain qu'il s'est chargé avec le temps de ce double sens. Si certains d'entre eux ont assurément participé à des raids fulgurants contre l'Empire dans la seconde moitié du IIIe siècle, on en voit un bon nombre s'infiltrer au cours du siècle suivant dans l'extrême Nord de la Gaule, d'une manière d'abord diffuse facilitée par le progressif démantèlement de l'appareil militaire romain, puis d'une manière plus massive et organisée, sans doute à la suite de la convention d'un *fœdus* avec Rome. Il faut dire que l'Empire avait pu apprécier les qualités militaires (étayées par des armes de qualité : épées longues, haches de jet, angons ou javelots) de ces Barbares, dont beaucoup étaient passés à son service dans les corps auxiliaires, et dont certains — Richomer, Bauto, Mérobaude, Arbogast — furent amenés à jouer à la fin du IVe siècle un rôle décisif dans les rouages les plus centraux de l'État.

Au Ve siècle, deux groupes apparaissent nettement distincts, séparés par l'écran que constituait, entre Brabant septentrional et haut Cambrésis, la Forêt Charbonnière : ceux du Nord, qui, désormais, occupaient d'une manière suffisamment majoritaire le Sud des actuels Pays-Bas, la moitié Nord de la Belgique et l'extrême Nord de la France, pour y imposer l'usage, définitif dans la plupart de ces régions, de leur langue ; et ceux de l'Est, longtemps stationnés sur les bords du Rhin en face de Cologne, d'où ils conduisirent à partir de 410 des raids dévastateurs le long de la vallée de la Moselle en direction de Trèves et de ses prestiges, et qui en vinrent à occuper les plateaux de la rive gauche du fleuve, tantôt avec l'alibi d'un *fœdus*, tantôt par de simples coups de force. Vers le milieu du siècle, ces Francs « rhénans » (et non « ripuaires », comme on les a trop longtemps appelés, en abusant d'un mot apparu au VIIe siècle avec un sens beaucoup plus restrictif) semblent placés sous l'autorité d'une royauté unique, désormais installée à Cologne, dans le *prætorium* des anciens légats de Germanie. Ceux du Nord, par contre, qu'on appelle à partir du IVe siècle les Saliens (peut-être parce qu'ils sont alors passés sous l'autorité d'un groupe, ou d'une famille, originaire du Salland, entre Vecht et Ijssel, au sud-est du Zuiderzee), paraissent encore au Ve siècle divisés en de multiples royautés, qu'il vaudrait sans doute mieux appeler chefferies, tant elles sont nombreuses et à finalité principalement guerrière. Elles sont associées les unes aux autres par un système d'alliances matrimoniales, qui limite à quelques lignées le port symbolique de la chevelure longue et la transmission de père en fils du *mund*, ou puissance magique du chef. Chez eux aussi bien que chez les Rhénans, c'est naturellement un fils royal, dont le nom d'ailleurs, véritable totem, porteur de toutes les promesses de courage et de victoires, a été choisi dès la naissance dans un stock anthroponymique propre à la lignée, qui est appelé, par acclamation des guerriers et peut-être ascension sur le pavois, à succéder à son père : sans doute est-ce cette procédure qui, en 481, fit de *Hlod-Wig* le successeur de *Hilde-Rik* à la tête des Francs de Tournai.

Il est clair qu'à ce moment-là la lignée de Clovis, dans laquelle se singularisent vers le milieu du siècle Clodion (*Hlodio*), maître du Cambrésis et de l'Artois méridional, et Mérovée, éponyme de la dynastie peut-être moins mythique qu'on l'a cru longtemps [1], avait pris un réel ascendant sur l'ensemble des chefferies saliennes. Fils de l'un ou de l'autre (on en discute), Childéric, roi fédéré, conduisit ses guerriers et assura leur fidélité grâce au butin ramassé, jusqu'aux bords de la Loire, où, dans les années 460-470, il combattit victorieusement les Wisigoths et les Saxons. Les liens attestés avec les Thuringiens du bas Rhin, chez qui il trouva une femme, Basine, qui allait lui donner Clovis, ainsi que le mobilier découvert dans sa tombe suggèrent que son rayonnement dépassa largement les limites de la Gaule. C'est tout cela qu'il légua à son fils — avec l'adhésion à un système de valeurs reposant sur le vieux paganisme germanique et sur la solidarité lignagère. Si l'on sait ce qu'il advint de celle-ci deux à trois générations plus tard, il est incontestable que Clovis ferait du paganisme, qui le singularisait par rapport à

---

1. Suivant la récente analyse d'Eugen Ewig (50).

l'arianisme des Wisigoths et des Burgondes, un atout décisif dans la lutte pour le pouvoir en Gaule.

Car le pouvoir était à prendre : dès avant 476 — on peut dire dès la mort de Majorien en 461 —, la Gaule était livrée à elle-même. L'autorité des derniers empereurs d'Occident était nulle, et on a vu que celle des Orientaux n'était que théorique. Dans le Midi, là où l'*ager* était le plus étendu, l'empreinte de Rome la plus profonde, le réseau routier le plus dense et l'urbanisation la plus importante, les Barbares étaient franchement minoritaires. Leur implantation la plus significative était limitée aux secteurs — axe Garonne-Lauragais pour les Wisigoths ; Genevois et Lyonnais pour les Burgondes — où l'autorité romaine leur avait attribué par *fœdus* des terres fiscales, mais aussi des portions de domaines privés réquisitionnés : on a rappelé la mauvaise humeur avec laquelle Sidoine Apollinaire fut contraint de supporter le voisinage nauséabond des Burgondes. La vacance de l'autorité impériale et l'impopularité des curies encouragèrent les abus de pouvoir des rois fédérés qui de l'autorité sur les hommes — sur leurs seuls hommes — et des tâches de défense territoriale qui leur avaient été dévolues firent peu à peu glisser leurs prétentions jusqu'à la revendication, parfois maquillée d'une délégation impériale, d'une autorité plénière sur des provinces entières. Dès lors, ils envoyèrent des fonctionnaires et des contingents armés dans l'immensité de leur ressort, ils perçurent l'impôt à leur profit, parfois même — les Burgondes ne tardèrent pas à suivre l'exemple des Wisigoths — ils commencèrent à légiférer. Leurs compatriotes étaient tellement peu nombreux qu'ils ne purent y parvenir qu'avec le concours de Gallo-Romains ralliés, et avec la complaisance du plus grand nombre. La résistance des évêques fut moins d'ordre politique (beaucoup, d'ailleurs, devaient penser comme le prêtre Salvien que Rome avait mérité ses malheurs et que les Barbares étaient les instruments du châtiment divin) que d'ordre religieux : Euric, Gondioc, Gondebaud étaient ariens.

De l'estuaire de la Somme jusqu'au haut Rhin, les Barbares étaient désormais majoritaires, même dans les deux anciennes provinces de Germanie, où, pourtant, les nécessités de la défense impériale avaient multiplié, au travers de hauts plateaux boisés, le quadrillage routier et urbain ; il n'y a guère que la région de Trèves, enclave de la Belgique première entre les deux Germanies, qui vit une résistance durable, pour des siècles encore, du peuplement romain et des parlers latins, en dépit des raids à répétition des Francs rhénans et de l'occupation définitive de la ville à partir des environs de 480. Dans l'extrême Nord, par contre, la romanisation n'avait jamais été très poussée, sauf sans doute le long des côtes, où l'infrastructure portuaire, centrée sur Boulogne, porte de la Bretagne, avait été complétée au cours du IVe siècle par le dispositif défensif du *litus saxonicum*. La région, où, il est vrai, dominait un *saltus* souvent impénétrable, était tout entière tombée entre les mains des Francs saliens, qui installèrent généralement leurs villages de bois à proximité des anciennes *villae* désertées, et dont les chefs — première forme d'appropriation du pouvoir — firent main basse sur les terres du fisc.

Entre la Somme, la Meuse, la Loire et la lointaine Armorique, il n'y avait guère de Barbares en dehors de ceux qui constituaient le gros des armées de campagne, de celle en particulier que commandèrent successivement les maîtres de la milice Ægidius et Syagrius. Ceux-ci, qui n'avaient reconnu aucun empereur depuis la mort de Majorien, détenaient-ils une légitimité plus grande que les rois fédérés qui avaient conclu avec Rome des pactes en bonne et due forme ? L'expansionnisme des seconds allait nécessairement se heurter aux positions acquises par les premiers ; et quand Clovis, informé par l'expérience de son père de la richesse plus ou moins préservée des cités et des campagnes du bassin de Paris et de l'inconsistance des pouvoirs hérités de l'ancienne administration romaine, lancerait ses guerriers sur les routes du Sud, il trouverait fatalement Syagrius sur son chemin. Les armes feraient la différence. Et l'autorité morale des évêques ferait le reste.

1
Les Francs et
le tropisme méditerranéen
481-613

Dès le règne de Clovis pointa l'ambition des rois francs de Tournai de réaliser à leur avantage l'unité de la Gaule et, ainsi, de mettre la main sur les rivages de la Méditerranée, mère de tous les modèles et de tous les prestiges hérités du passé : deux générations après le fondateur, des rois comme Théodebert ou comme Chilpéric restaient tout à fait fascinés par le legs impérial. Les uns et les autres ne répugnèrent pas à être reconnus par l'Empire d'Orient comme les délégués de son autorité, tant restait écrasant le poids idéologique de l'héritage romain. Où qu'on regarde d'ailleurs, aussi bien du côté des grands courants d'échanges économiques et culturels que du côté de la diffusion du christianisme, l'histoire de la Gaule franque dans un très long VIᵉ siècle apparaît comme celle d'un lointain avatar, certes barbarisé, de la romanité. Seule, à l'extrême fin du siècle, l'arrivée de missionnaires venus de la lointaine Irlande peut sembler annoncer, avec l'ouverture au nord, l'aube de temps nouveaux.

1

Clovis (481-511)

Grégoire de Tours et Clovis [1].

L'histoire de la Gaule fut marquée dans la première moitié du VIᵉ siècle par deux faits majeurs, intimement liés : le début de la conversion des élites franques au christianisme, et la réalisation de l'unité territoriale de la Gaule par ces mêmes élites. Dans les deux cas, Clovis apparaît unanimement et à juste titre comme l'initiateur, même si son histoire, longtemps informée par un recours trop exclusif à l'*Histoire des Francs* de Grégoire de Tours, continue de faire l'objet de vives controverses. En faveur du récit de Grégoire, écrit quelque quatre-vingts années après la mort de Clovis, les arguments pourtant ne manquent pas. Il se réfère à des traditions écrites trop souvent disparues, en particulier à des *Vies de saints* comme celles de saint Rémi ou de saint Maixent, à des correspondances comme celles de Sidoine Apollinaire ou de l'évêque Avit de Vienne, et peut-être même à des notes de type annalistique. Surtout, installé à Tours depuis 563, il a pu recueillir le témoignage de ceux à qui la reine Clotilde, retirée dans le monastère de saint Martin pendant son long veuvage, entre 511 et 544, s'était confiée et, plus généralement, les traditions orales dont le monastère tourangeau a pu être le conservatoire. C'est ici, a-t-il été objecté, que le bât blesse : Grégoire a basculé dans la célébration hagiographique, multipliant les anecdotes édifiantes, tel le fameux épisode du vase de Soissons, et faisant de Clovis, converti à la foi chrétienne et vainqueur sur le champ de bataille, un nouveau Constantin.

1. Voir en dernier lieu Ian Wood (163).

N'empêche que, si leur habillage est suspect, les principaux événements relatés par Grégoire se trouvent confirmés par les rares documents contemporains parvenus jusqu'à nous, en particulier des fragments des correspondances de Rémi et d'Avit, sans parler de toutes les traditions ultérieures indépendantes de Grégoire, comme la version courte du testament de Rémi, ou la lettre fameuse écrite vers 565 par l'évêque Nicetius de Trèves. L'unité franque, la maîtrise de la moitié nord de la Gaule, le baptême et certains événements qui l'ont préparé, la conquête de l'Aquitaine wisigothique, tout est désormais assuré : il n'est pas jusqu'à l'anecdote du vase de Soissons qui ne trouve un écho ailleurs. En somme, le problème que pose à l'historien de Clovis le bon usage de Grégoire de Tours est essentiellement un problème de décapage et de chronologie. Car celle-ci est totalement défectueuse : guère de datation précise, de simples références à des listes épiscopales mal établies, un rythme événementiel quinquennal, et des contradictions telles que, si l'on se référait à la seule _Histoire des Francs_ pour dater la mort de Clovis, on hésiterait entre 509, 512, même 517, alors que la confrontation sérieuse des sources les plus diverses suggère qu'il est mort le 27 novembre 511. Autant dire que toutes les dates proposées dans les pages qui suivent, surtout celle du baptême sur laquelle s'est focalisée la controverse, devront être entendues de manière approximative ; et que, plus généralement, l'exposé du règne de Clovis fera la part belle à l'hypothèse.

Vers le sud et vers l'est, les premières victoires.

Ce que Clovis hérita de son père en 481, ce fut, certes, la royauté guerrière sur son peuple, les Francs de Tournai, avec ses prestiges et ses limites, mais ce fut aussi l'amorce d'un gouvernement territorial, avec ses prérogatives judiciaires et fiscales : « Une grande nouvelle nous est parvenue, lui écrivit en effet l'évêque Rémi de Reims : voici que tu assumes l'administration de la Belgique seconde : il n'y a rien d'étonnant à ce que tu deviennes ce que tes parents ont toujours été… » Que cette lettre ait été écrite dès 481 ou cinq ans plus tard, après la victoire de Clovis sur Syagrius, Rémi, cet aristocrate gallo-romain dont on a vu qu'il avait été installé en 459 sur le siège métropolitain de la Belgique seconde, ne contestait pas que l'autorité héritée de son père par Clovis, avec le droit de commander et de punir, ces deux assises de tout pouvoir au Moyen Age, dépassait l'horizon limité de son peuple et s'étendait légitimement sur une province entière, définie suivant les critères de la romanité, et englobant non seulement Tournai et le bassin scaldien, mais encore tout le Nord de la Gaule, la Champagne et la Picardie — la cité de Soissons en particulier. Or c'est ici que Syagrius, fils d'Ægidius et comme lui maître de la milice commandant la grande armée romaine du Nord, avait planté son quartier général et installé sa « capitale », si tant est qu'on prenne au sérieux le titre de *rex Romanorum*, contraire à toutes les traditions, dont l'affubla Grégoire de Tours [1] : peut-être en effet celui-ci n'a-t-il parlé de *royaume* que faute de terme adéquat pour qualifier l'autorité militaire d'un chef romain parvenu à une indépendance de fait depuis la vacance de l'Empire d'Occident, en 476. Ce qui est sûr, c'est qu'il y a dualité de pouvoir dans la Gaule du Nord au moment de l'avènement de Clovis, et qu'on aurait tort de vouloir figer territorialement cette dualité : c'est ensemble qu'en 463 Childéric et Ægidius avaient repoussé les Wisigoths à Orléans ; et c'est ensemble qu'en 470 Childéric et le *comes* romain Paul avaient repoussé les Saxons à Angers.

Pourquoi donc, au printemps de 486 sans doute, Clovis mobilisa-t-il ses hommes contre Syagrius, et les deux armées *romaines* du Nord se trouvèrent-elles face à face sur le champ de bataille ? Plus personne ne songe à mettre l'événement sur le simple compte de la dynamique des *invasions barbares*. Il s'est agi bien plutôt d'un coup d'État militaire, comme il s'en était produit tant d'autres dans l'histoire de l'Empire, destiné à assurer à Clovis le monopole du pouvoir en Gaule du Nord, et préalable indispensable à la conquête de la Gaule du Sud, toute chargée encore des prestiges impériaux. Déjà, d'ailleurs, si l'on interprète la *Vie* ancienne de sainte Geneviève avec les yeux de la critique la plus contemporaine, Chil-

1. Voir Edward James (86).

déric avait dans les dernières années de son règne contesté l'autorité du maître de la milice jusque sous les murs de Paris.

Il est vraisemblable qu'une conjonction de menaces précipita le passage à l'acte de Clovis, qui n'avait alors guère plus de vingt ans. La pression des Francs rhénans, maîtres de Trèves depuis 480, en direction de la Belgique seconde a pu convaincre Clovis de la nécessité d'anticiper une rupture d'équilibre qui, à terme, se serait retournée contre les siens. Surtout, c'est l'équilibre géopolitique de la Gaule tout entière qui, après celui de la péninsule italienne, se trouvait compromis au début des années 480. Alors que Clovis avait hérité de son père un système d'alliance avec Odoacre, maître de Rome depuis 476, Syagrius, d'autant plus menacé d'isolement qu'il avait toujours refusé de reconnaître la légitimité d'Odoacre, se rapprocha du roi wisigoth Euric, qui, déjà maître de l'immense Aquitaine et d'une bonne partie de l'Espagne, venait de conquérir la Provence. Ce rapprochement, récemment mis en lumière [1], éclaire non seulement le coup de force de 486, mais l'histoire tout entière du règne de Clovis : c'est, dès ce moment, la suprématie sur l'ensemble de la Gaule qui commençait de se jouer entre les Francs, barbares païens fascinés par le mythe impérial, et les Wisigoths, barbares ariens et romanisés, mais jaloux de leur indépendance à l'égard de l'Empire.

La mort d'Euric en 484 et la minorité de son fils Alaric II purent paraître donner à Clovis l'occasion favorable d'attaquer Syagrius. Si Clovis avait acquis la sympathie d'une bonne partie de l'épiscopat, Rémi en tête, pour qui sans doute il valait mieux flatter un roi païen mal dégrossi mais riche de nombreuses promesses qu'un maître de la milice allié d'une royauté convertie à l'arianisme, il lui fallait encore, pour assurer ses arrières, faire le compte de ses amis parmi l'importante parentèle que constituait pour lui le petit monde des chefs francs. C'est sans doute à ce moment qu'il contracta une alliance matrimoniale avec les Francs rhénans, qui lui donnèrent une princesse sur laquelle Grégoire de Tours, qui ne veut connaître que Clotilde, ne souffle mot, mais dont il

1. Par Karl Ferdinand Werner (159).

eut son premier fils légitime, Thierry (*Theoderic*, *Deod-Rik*, nom dont les deux composés sont d'un usage fréquent dans la famille royale des Francs rhénans). Les chefs saliens, parents de Clovis, furent quant à eux sollicités d'apporter leur appui : Chararic refusa ; mais Ragnachar, roi des Francs de Cambrai, accepta. Peut-être ce dernier n'eut-il pas le choix, car, pour se rendre à Soissons, Clovis et ses guerriers devaient nécessairement remonter la haute vallée de l'Escaut et passer par Cambrai.

Syagrius put se préparer au choc : c'est même lui qui, suivant Grégoire de Tours, choisit le champ de bataille. N'empêche que sa déroute fut totale et qu'il ne trouva son salut que dans la fuite, qui l'amena à Toulouse, auprès d'Alaric (salut précaire au demeurant, puisque, dès la première menace, celui-ci le livra à Clovis, qui le fit aussitôt exécuter). Sans attendre, les vainqueurs de Soissons mirent au pillage les régions que la victoire venait de leur livrer, singulièrement les églises, qui recelaient d'importantes richesses mobilières. C'est dans ce contexte qu'intervient l'épisode, singulièrement éclairant, du vase de Soissons. Tandis que la loi de la guerre, romaine aussi bien que barbare, dont Clovis — *Heerkönig* — se devait d'être le garant, exigeait que le butin fût d'abord rassemblé puis équitablement réparti entre les vainqueurs, Clovis voulut en soustraire un vase liturgique que lui réclamait un évêque spolié. Évêque de Soissons, comme cela a été trop gratuitement affirmé, ou de Reims, comme a pu le donner à penser un passage ambigu du testament de saint Rémi ? Qu'importe, à dire vrai : l'important est qu'un évêque n'ait pas craint, dans cet environnement guerrier, d'intervenir personnellement auprès du vainqueur, et que celui-ci ait préféré gagner (garder ?) la grâce du prélat plutôt que de respecter la loi de l'armée. D'où l'altercation, gonflée par Grégoire de Tours, entre le soldat et le roi, le coup destructeur du premier sur le vase et la vengeance meurtrière du second à l'occasion de la revue des troupes, le printemps suivant.

Avant qu'on y voie l'amorce d'une conversion, on doit bien reconnaître que le ralliement de Clovis au parti des évêques, qui apparaissaient de plus en plus comme les détenteurs du vrai pouvoir dans les cités, l'aida à muer son coup de force en une véritable prise de pouvoir : il est vraisemblable que, désormais installé à Soissons, il s'efforça de s'approprier le revenu de l'impôt, de tirer profit de la frappe des monnaies, toujours marquées au nom de l'empereur d'Orient, et de mettre la main sur les domaines du fisc de façon à y installer ses troupes, au moins au nord de la Seine. Car, entre Seine et Loire, l'occupation fut plus lente, moins dense, dans tous les cas plus difficile. En direction du sud-est, les ambitions du roi s'arrêtèrent aux portes du royaume burgonde de Lyon, avec lequel il conclut un pacte de non-agression, obtenant même du roi Gondebaud (en 493 ?) la main de sa nièce Clodechilde, ou Clotilde, qui avait été élevée dans le catholicisme par sa mère Carétène ; à l'ouest, elles se heurtèrent longtemps à l'irréductible résistance des Armoricains, avec lesquels un pacte fut peut-être conclu aux environs de 500 [1]. Il n'y eut guère qu'au sud de la Loire, en territoire wisigothique, que Clovis sut conduire des raids victorieux, donc prometteurs, qui l'amenèrent en Saintonge vers 494, puis à Bordeaux en 498.

Ce n'est pourtant pas dans cette direction qu'il porta dans les années 490 l'essentiel de ses efforts, mais en direction de l'est, vers la Germanie rhénane et transrhénane. Cela doit retenir notre attention, car, jusqu'à Charlemagne, l'expansion franque fut ainsi marquée par un mouvement de balancier qui la porta tantôt au sud, tantôt à l'est, expression d'une ambition hégémonique aussi bien sur l'ancienne *pars occidentalis* de l'Empire que sur l'ensemble de la Germanie continentale, mais peut-être aussi nécessité stratégique liée aux conditions de la mobilisation des troupes et au souci permanent de ménager ses arrières. D'abord, Clovis s'attaqua aux Thuringiens du bas Rhin, peut-être pour régler un compte avec ceux qui, par sa mère Basine, se trouvaient être ses parents, et « il les soumit à sa domination », ce qui veut sans doute dire qu'il en fit ses tributaires. Ensuite, il fit la guerre aux Alamans qui, venus de haute Rhénanie, menaçaient les positions acquises par les Francs rhénans dans le bassin de Cologne : c'est au cours d'une de ces opérations, souvent identifiée, par le rapprochement de deux passages distincts

1. Suivant Léon Fleuriot (51).

dans l'œuvre de Grégoire, à la bataille de Tolbiac (Zülpich, à trente-cinq kilomètres au sud-ouest de Cologne), que, vers 496, Clovis aurait fait, nouveau Constantin, le vœu de se convertir au christianisme si « Jésus que Clotilde proclame fils du Dieu vivant » lui donnait la victoire.

Le baptême de Clovis (25 décembre 498 ?).

Nul événement n'a été plus commenté que le baptême de Clovis. D'une certaine manière, on peut dire qu'il est inscrit en filigrane dès les débuts du règne : dans la lettre déjà évoquée, Rémi avait prié Clovis de « veiller à ce que le Seigneur ne se détourne pas » de lui et de gouverner « avec le conseil des évêques ». Le mariage avec la catholique Clotilde dut être déterminant : non seulement Grégoire évoque ses ruses pour arracher à Clovis le baptême de leurs premiers fils (Ingomer, bientôt mort — mauvais présage ! —, puis Clodomir — malgré tout !), ou pour l'éveiller, par l'entremise de Rémi, décidément un familier, à la « Parole du Salut » ; mais encore l'évêque Nicetius de Trèves, dans une lettre adressée vers 565 à la reine lombarde Chlodoswinde, encouragea sa correspondante à suivre l'exemple de Clotilde, qui avait su « amener le seigneur Clovis à la loi catholique ». Certes, cela ne se fit pas sans mal, car son paganisme aussi bien que sa puissance n'avaient pas manqué d'attirer autour du roi les « sectateurs de tout poil », comme dit à peu près l'évêque Avit de Vienne dans la lettre de congratulation qu'il lui écrivit peu après son baptême — seul témoignage strictement contemporain dont nous disposons. Doit-on cependant considérer, comme l'hypothèse en a été récemment formulée [1], que Clovis fut d'abord converti à l'arianisme avant de se rallier au christianisme ? Vraisemblablement pas, même si sa sœur Lantechilde adhéra un temps à l'hérésie, car il est probable que, baptisé suivant le rituel arien, il n'eût point, conformément à l'usage du temps, été baptisé une seconde fois. Par contre, ce que suggère Avit et dit clairement Grégoire, c'est que, si le roi opposa une certaine résistance aux efforts des évêques, ce fut

---

1. Par Ian Wood (163).

plutôt par fidélité à la religion de ses ancêtres, ou plutôt par solidarité avec son peuple aux yeux duquel il était le garant de cette fidélité : d'où le secret qui entoura les entretiens, peut-être les tractations, avec Rémi, et qui ne fut rompu que par le vœu public formulé, suivant la lettre de Nicetius, à l'occasion d'un pèlerinage à Saint-Martin de Tours.

La mention de ce pèlerinage a amené certains historiens à vouloir subordonner le baptême de Clovis à sa mainmise sur Tours, ou en tout cas à l'une de ses campagnes aquitaines, par exemple à celle, décisive, de 507. Et ils l'ont fait d'autant plus volontiers qu'une lettre adressée à Clovis vers 506-507 par Cassiodore, au nom du roi ostrogoth Théodoric, fait la mention expresse de la toute récente victoire remportée par le roi sur les Alamans. Du coup, la date dévolue au baptême oscille suivant les auteurs entre 496 et 508. Dans un cas comme dans l'autre, pourtant, c'est négliger le fait que Clovis, dont Grégoire nous dit qu'il « ne cessait de battre les peuples », a pu conduire plusieurs campagnes contre les Alamans, comme il en a conduit plusieurs contre les Wisigoths. Plus fondamentalement, une date tardive ne paraît pas recevable dans la mesure, d'une part, où, dans sa lettre de congratulation, Avit de Vienne fait une allusion explicite à l'orthodoxie religieuse qui règne alors à Byzance (ce qui, au milieu du désordre provoqué par l'hérésie monophysite, ne peut que coïncider avec les premières années du règne d'Anastase, empereur depuis 491, mais qui, en 506, rompt des lances avec Rome) ; dans la mesure, d'autre part, où c'est un Clovis assurément et publiquement chrétien qui, en 507, conquiert l'Aquitaine. Il l'était même déjà, ou en tout cas cathéchumène, quand l'évêque de Tours Volusien (491-498) fut, dans la dernière année de son épiscopat, contraint à l'exil par son roi Alaric parce qu'il était soupçonné de « vouloir se soumettre à la domination des Francs ».

On peut de ce fait proposer une chronologie cohérente des derniers événements qui précédèrent le baptême de Clovis. C'est à l'occasion d'une campagne aquitaine, sans doute celle qui l'amena à Bordeaux en 498, que, de passage à Tours, le roi promit solennellement devant la basilique Saint-Martin, en présence de l'évêque Volusien ou de son successeur Verus,

lui aussi favorable à sa cause, de se faire baptiser *sine mora*,
« sans délai ». Aussi, la campagne terminée, se lança-t-on dans
les préparatifs. Une bonne partie de l'entourage de Clovis,
un certain nombre de ses guerriers choisirent, ou en tout cas
se laissèrent convaincre, de recevoir le baptême avec lui. Or
la coutume voulait que les baptêmes collectifs fussent célébrés à Pâques. Celui-ci le serait à Noël : Avit est formel sur
ce point. Voulait-on ne pas perdre de temps ? L'armée et ses
chefs devaient-ils être libres le printemps suivant pour respecter le calendrier de la guerre ? Ou souhaitaient-ils être régé-
nérés par la grâce du baptême afin d'y mieux triompher ?
Toujours est-il que, formidable propagande, l'annonce en fut
faite dans la Gaule entière ; les évêques du Midi en particulier,
ceux des royaumes — ariens, il convient d'insister — wisigoth et burgonde, furent invités, comme Avit, qui regretta
bien de ne pouvoir s'y rendre, à prendre leur place parmi les
ministres du culte, autour de Rémi, catéchiste et baptiste.
C'est le rôle joué par celui-ci dans la préparation du roi qui
explique que le baptême fut célébré à Reims.

C'est donc le jour de Noël d'une année qui fut peut-être
498 (mais manquera toujours la preuve décisive) que Clovis,
puis ceux de ses compagnons qui le voulurent bien pénétrè-
rent dans le baptistère situé au nord de la cathédrale Sainte-
Marie, déposèrent les colliers, amulettes et autres marques
de leurs anciennes croyances (c'est bien le sens de la phrase
fameuse : « *Depone colla, Sigamber !* », longtemps traduite
par : « Courbe la tête, fier Sicambre ») [1], descendirent les
degrés de la piscine baptismale, furent baptisés « au nom du
Père, du Fils et du Saint-Esprit », et « oints du chrême sacré
avec le signe de la croix du Christ ».

Clovis et les Burgondes, ou l'attraction méditerranéenne.

L'événement eut un retentissement considérable. Ce ne
furent plus seulement les évêques de la moitié sud de la Gaule,
comme Verus de Tours, Avit de Vienne ou encore Quintien

1. Rectification clairement établie par J. Hoyoux (80).

de Rodez, mais « une foule de gens qui, désormais, souhaitaient d'un ardent désir avoir les Francs pour maîtres ». Clovis ne tarda pas à utiliser l'avantage que lui conférait son nouveau prestige — d'autant que la récente conquête de l'Italie par les Ostrogoths de Théodoric, parachevée par l'assassinat d'Odoacre en 493, faisait courir la menace d'un front gothique homogène, de l'Atlantique à l'Adriatique, et dominé par la forte personnalité du roi ostrogoth. Sans doute Clovis a-t-il cru un temps pouvoir s'en accommoder, grâce au mariage de sa sœur Audoflède avec Théodoric. Mais la politique matrimoniale bientôt suivie par celui-ci, qui consista à donner une de ses filles à Alaric II, une autre à Sigismond, fils de Gondebaud, et même une nièce à Hermanfried, roi des Thuringiens, montra la gravité du péril : c'est l'ensemble des puissances de la Gaule du Sud et de l'Est, principalement soudées par la solidarité religieuse, qui risquait de constituer un glacis contre l'expansion franque. On comprend que Clovis saisit le premier prétexte pour briser ce glacis. Il le trouva dans l'appel à l'aide, étayé de promesses, du roi de Genève Godegisèle, qui rêvait de faire l'unité burgonde à son profit en éliminant son frère Gondebaud. Vainqueur, vers l'an 500, à Dijon, Clovis poursuivit Gondebaud jusqu'à Avignon, où il l'enferma. Jamais il ne s'était trouvé ni ne se trouverait dans l'avenir si près de la Méditerranée — mais ce ne fut qu'un ballon d'essai. Peut-être à cause d'une intervention d'Alaric, il accepta de lever le siège, pourvu que Gondebaud s'engageât à lui verser un tribut annuel. Le Burgonde n'en fit rien, il reconstitua même l'unité de son royaume par la capture, puis l'exécution de son frère, qui s'était installé dans Vienne. Mais Clovis ne bougea plus : sans doute l'évêque Avit sut-il le persuader de ménager Gondebaud, dont l'œuvre législative était en train de provoquer le ralliement de certains de ses sujets gallo-romains, mais surtout dont l'entourage le plus immédiat, à commencer par son fils aîné Sigismond, s'apprêtait à abjurer l'arianisme. Le mariage, vers 505, du prince franc Thierry avec Suavegotta, fille de Sigismond, confirme un rapprochement qui assurait Clovis de la neutralité, peut-être même de l'appui, de la cour de Lyon dans les luttes nouvelles qu'il entendait mener.

Clovis et les Wisigoths, ou l'ambition unificatrice.

Il ne semble pas que l'alliance burgonde lui fût nécessaire pour vaincre une nouvelle fois les Alamans, vers 505 comme le suggérait la lettre de Cassiodore et comme paraissent le confirmer les fouilles de l'*oppidum* du Runder Berg, non loin de Tübingen. Refoulées au-delà du Rhin et du haut Danube, les élites alémaniques reçurent la protection de Théodoric qui en fit, avec les Bavarois, des fédérés à la manière romaine, en leur confiant la garde des passages des Alpes. Contre les Wisigoths, en revanche, le nouveau système d'alliance joua pleinement en faveur de Clovis. Non seulement celui-ci reçut l'aide de contingents burgondes emmenés par Sigismond ; de contingents rhénans emmenés par Clodéric, fils du roi Sigebert de Cologne ; mais il put compter sur l'assistance de l'empereur Anastase, alors intéressé à la reconquête de l'Italie et qui espérait que la solidarité gothique détournerait vers l'ouest l'attention de Théodoric. Ces appuis militaires et diplomatiques s'avéraient d'autant plus nécessaires qu'Alaric, à son tour menacé d'isolement, multipliait les efforts pour rallier à sa cause les élites de l'Aquitaine romaine, en usant des mêmes moyens que Gondebaud quelques années plus tôt, c'est-à-dire en faisant rédiger un *bréviaire*, ou abrégé, de la loi romaine contenue dans le Code théodosien pour l'ensemble de ses sujets, puis en autorisant (septembre 506) la réunion à Agde d'un concile ouvert à tous les évêques catholiques de son royaume, et qui serait présidé par Césaire d'Arles, récemment rappelé d'exil. Avant de se séparer, ceux-ci prièrent pour le salut et la longue vie d'Alaric. Déjà, la vieille famille auvergnate des Apollinaire assurait le roi wisigoth de son soutien et de celui de sa clientèle. Décidément, il était temps pour Clovis d'intervenir et de réaliser la vieille ambition que le coup de force contre Syagrius, vingt ans plus tôt, n'avait fait que préparer.

Au printemps de 507, assisté de son fils Thierry et de Clodéric, Clovis se mit en route pour Tours, où son attitude, exprimée par un édit stipulant que « personne n'osât s'emparer de quoi que ce soit, sinon de l'herbe et de l'eau », montre clairement qu'il entendait associer saint Martin à sa cause. Cela, semble-t-il, ne fut pas sans efficacité, puisque les signes favorables se multiplièrent tout au long d'une route qui, passant par Saint-Martin, puis par Saint-Hilaire de Poitiers, ressemblait étrangement à un itinéraire de pèlerinage. Sans doute après avoir fait sa jonction avec une colonne burgonde emmenée par Sigismond, qu'Avit de Vienne avait encouragé, lui aussi, à combattre pour la cause du Christ, Clovis imposa la bataille à Alaric, dans la plaine de Vouillé, à une vingtaine de kilomètres à l'ouest-nord-ouest de Poitiers. La défaite des Wisigoths fut totale, leur roi fut tué, son fils Amalaric se replia sur ses domaines espagnols, laissant à Clovis et à ses alliés le champ libre pour conquérir et pacifier l'Aquitaine, au moment précis où une flotte byzantine, débarquée à Tarente, immobilisait Théodoric. Suivant la méthode de la conquête en tenaille, pratiquée jusqu'à Charlemagne et au-delà, plusieurs colonnes se partagèrent le travail : à Thierry et à Sigismond, les régions intérieures, Albi, Rodez, Clermont ; à Clovis, la côte et les prestigieuses capitales : Angoulême, Bordeaux, où l'armée hiverna, et Toulouse, résidence royale désertée, où il fit main basse sur les trésors d'Alaric. Pendant ce temps, Gondebaud essaya de s'emparer d'Arles et de s'offrir un débouché sur la Méditerranée ; mais Théodoric, cette fois, put détacher des contingents emmenés par le *dux* Ibba : la Provence tout entière, c'est-à-dire la Narbonnaise seconde et la Viennoise méridionale, tombèrent entre les mains ostrogothiques, tandis que la Septimanie (Languedoc méditerranéen et Roussillon) resta wisigothique.

En quelques mois, donc, Clovis s'était emparé de la majeure partie de l'Aquitaine : mais, n'ayant pu mettre la main sur les rivages de la Méditerranée, il échoua dans l'une de ses plus vieilles ambitions. Il reçut cependant une compensation toute symbolique dans la mesure où l'empereur Anastase, récemment informé de sa victoire, lui fit parvenir une lettre par laquelle, si l'on en croit Grégoire, il lui conféra les insignes du consulat, et qui semble l'avoir autorisé à se parer du titre prestigieux de *rex gloriosissimus*. Du coup, alors que Clovis, revenu de Toulouse, séjournait en 508 dans le monastère suburbain de Saint-Martin, que par action de grâces il

combla de présents, il effectua à la manière romaine une
entrée solennelle dans la cité de Tours, monté sur un cheval
et revêtu de pourpre, distribuant au peuple amassé le long
du cortège des pièces d'or et d'argent, acclamé même, paraît-
il, aux cris de «consul» et d'«Auguste».

Paris capitale.

« Quittant Tours, continue Grégoire, Clovis vint à Paris
et y établit le siège de son royaume. » Pourquoi prit-il cette
décision, lourde d'une si considérable postérité ? Certes, la
conquête de l'Aquitaine avait fait glisser vers le sud le centre
de gravité de son royaume. Mais, surtout, Paris offrait les
avantages d'une situation exceptionnelle — un site insulaire
renforcé par les fortifications bas-impériales, à la croisée
d'une voie fluviale est-ouest, jonchée d'îlots et de gués qui
facilitaient le passage, et des grandes voies nord-sud qui assuraient la liaison entre les terres d'origine des conquérants et
les terres récemment conquises, entre les régions de fort peuplement franc et celles qui s'offraient à la colonisation. En
outre, Paris gardait les restes d'une monumentalité héritée
de Rome : si les arènes de la rive gauche, encore debout mais
en voie d'abandon, étaient en train de se muer en site funéraire, les thermes dits aujourd'hui de Cluny étaient vraisemblablement encore en usage. Surtout, l'île de la Cité opposait
déjà à l'intérieur de ses remparts, suivant une dualité topographique qu'on perçoit encore aisément de nos jours, le
quartier religieux regroupé, à l'est, autour de la cathédrale
primitive, et le quartier civil concentré, à l'ouest, autour du
prœtorium, ancien palais des gouverneurs romains où avaient
séjourné jadis les empereurs Julien (pendant plusieurs hivers
de 357 à 360) et Valentinien Ier (en 365-366), et dont Clovis
fit naturellement sa résidence. A ce prestigieux héritage monumental, Clovis voulut ajouter sa marque, en faisant édifier
sur le tombeau de sainte Geneviève, décédée vers 502 et inhumée dans une nécropole périphérique de la rive gauche, une
basilique initialement dédicacée aux saints apôtres Pierre et
Paul, et dans laquelle Clotilde et lui-même seraient le jour
venu enterrés. Quand on sait que Constantin avait élevé à

Constantinople une église « des Saints-Apôtres » pour en faire
son mausolée et celui de sa dynastie, on doit reconnaître dans
l'entreprise de Clovis l'expression d'une politique délibérée,
celle d'un homme qui prenait au sérieux la récente reconnaissance impériale et qui voulait enrichir d'une nouvelle sacra-
lité sa personne, sa famille, son autorité.

La liquidation des chefs francs.

Sans doute de surcroît ne mésestimait-il pas les secours spirituels que Geneviève serait amenée un jour à lui prodiguer.
Car la fin de son règne — si nous continuons de respecter
la chronologie de Grégoire de Tours, qui tend vraisemblablement à concentrer, pour la commodité de l'exposition, une
histoire beaucoup plus étalée dans le temps — fut marquée
par l'élimination systématique de tout ce qu'il restait de chefs
francs, en particulier dans les franges septentrionales et nord-
orientales de la Gaule. S'il paraît, parfois, s'être contenté dans
un premier temps de leur faire couper les cheveux, c'est-à-
dire de leur ôter le signe extérieur de leur prestige royal, il
finit dans tous les cas par les faire exécuter. Ainsi fit-il des
chefs saliens, ses « parents » : de Chararic qui, naguère, lui
avait refusé son concours contre Syagrius ; de son fils, parce
qu'il était son fils ; de Ragnachar, bien que, dans les mêmes
circonstances, il lui eût apporté son aide ; de ses frères Richarius, puis Rignomer, parce qu'ils étaient ses frères. Ainsi aussi
des chefs rhénans, ses alliés : de Sigebert, qu'il fit assassiner
par son fils Clodéric ; et de celui-ci, qui cependant l'avait aidé
dans la croisade contre les Wisigoths, parce qu'il avait tué
son père ! En cette dernière occasion, et, d'après Grégoire,
en cette occasion seulement, Clovis fut « hissé sur le pavois »
par les Francs rhénans, suivant le vieux rituel d'accession à
la royauté guerrière — ce qui laisserait entendre qu'il exerçait déjà sur les chefferies saliennes une suprématie militaire
reconnue par l'ensemble des troupes. Vers 510, en tout cas,
Clovis s'était imposé de la moyenne vallée du Rhin jusqu'aux
Pyrénées comme le maître, délégué par l'empereur, d'un unique et gigantesque *regnum*.

Le législateur.

Dans le fond, cette liquidation procéda peut-être d'une tentative de mise en ordre de la Gaule qui, d'une certaine manière, préfigure l'œuvre de Charlemagne. Comme celui-ci, Clovis se voulut législateur, étendant à l'ensemble de ses sujets romains le *Bréviaire d'Alaric*, et complétant peut-être la loi qui semble avoir été rédigée pour les troupes franques d'entre Ardenne et Rhin au cours du IVᵉ siècle de façon à en faire le *Pactus legis salicae* — la loi salique en soixante-cinq titres [1]. Surtout, il convoqua à Orléans, en juillet 511, le premier concile des Gaules, auquel participèrent trente-deux évêques — soit à peu près la moitié des évêques du royaume, puisque de nombreux prélats de Belgique, dont saint Rémi, et quelques Aquitains compromis avec le pouvoir wisigothique ne répondirent pas à l'invitation du roi. Peut-être étaient-ils effarouchés par l'ordre du jour annoncé, car il ne s'agissait pas seulement de régler les problèmes liés à la liquidation de l'arianisme, mais aussi de fixer les modalités des relations des évêques avec leurs subordonnés, avec les moines, avec les comtes des cités, mais surtout avec le roi : il fut en particulier décidé qu'aucun laïc ne pourrait devenir clerc sans l'autorisation royale. En une période où l'essentiel du corps épiscopal était recruté parmi les laïcs, on entrevoit les menaces qu'une telle mesure faisait peser sur la liberté des églises : sans nul doute Clovis essayait-il de capter, pour en faire les relais de son autorité, le pouvoir que les évêques avaient acquis dans les cités. N'empêche que les prélats dédièrent à « leur seigneur, le *rex gloriosissimus* Clovis, fils de la sainte Église », les canons rédigés à sa demande : l'histoire récente avait décidément scellé la collaboration du roi et des évêques.

La mort de Clovis, cependant, survenue le 27 novembre 511, ne lui permit pas de profiter de l'avantage politique que

---

1. Jean-Pierre Poly, « La corde au cou », voir Compléments bibliographiques, p. 301.

cette disposition visait à lui donner. On l'enterra, conformément à son vœu, dans le *sacrarium* de la basilique des Saints-
Apôtres, tout près de sainte Geneviève, en cet endroit même
où, trente-trois ans plus tard, viendrait le rejoindre Clotilde.
Ainsi cet homme qui avait rassemblé sous son autorité militaire, et, l'espérait-il, politique, les trois quarts de la Gaule
s'était-il vu confirmé dans son pouvoir par l'empereur Anastase, qui était trop éloigné pour revendiquer sérieusement la
moindre tutelle, mais qui possédait encore, auprès des populations gallo-romaines aussi bien que barbares, un prestige
que Clovis sut tirer à lui. Avec un art consommé de la propagande, amplifié par le clergé tourangeau dont Grégoire,
plus tard, s'est fait l'écho, il utilisa son onction baptismale,
sa victoire sur l'hérétique, son triomphe consulaire et enfin
l'élévation de son mausolée *ad sanctos* comme autant de sources d'une légitimité nouvelle qui faisait de lui l'héritier de
Constantin et, par celui-ci, de Rome et du Christ — l'avatar
occidental, si l'on veut, de l'empereur d'Orient. De ce point
de vue, il annonce les premiers Pippinides, singulièrement
Charlemagne, qui ne s'y trompa point, puisqu'il donna à l'un
de ses fils légitimes le nom, inédit dans la tradition anthroponymique de son lignage, de *Hludowic* (Clovis, c'est-à-dire
Louis), cherchant par là non seulement à légitimer l'autorité
royale fraîchement acquise par son père, mais aussi à
reconnaître la dette contractée à l'égard du lointain fondateur. Les robertiens d'ailleurs, c'est-à-dire les comtes de cette
cité dont Clovis vieillissant avait fait le centre de son pouvoir, ne se comportèrent pas différemment quand, devenus
rois, ils donnèrent le nom de Louis à tant de leurs héritiers
royaux.

2

Les héritiers de Clovis et l'unité de la Gaule (511-561)

L'héritage.

« Après le décès de Clovis, écrit Grégoire de Tours, ses quatre fils, Thierry, Clodomir, Childebert et Clotaire, recueillirent son royaume et le partagèrent en tenant la balance égale entre eux. ». Il peut paraître paradoxal d'associer à la réalisation de l'unité de la Gaule les héritiers de Clovis quand on apprend que, dès 511, ils se partagèrent son héritage. Encore faut-il savoir l'exacte nature de la royauté que leur a léguée leur père. L'évocation par Grégoire de la liquidation successive des chefs francs par Clovis est de ce point de vue singulièrement éclairante : chaque fois qu'il s'était débarrassé d'un de ses rivaux — c'est vrai de Sigebert, de Chararic, de Ragnachar, de Richarius, de Rignomer —, Clovis s'en était approprié « le royaume et les trésors » — en sorte que paraît d'emblée établie une certaine confusion entre le patrimoine mobilier du roi et son autorité sur un « royaume » dont on ne sait au juste s'il désigne un ensemble de terres ou un ensemble d'hommes : une fois seulement — à propos de Chararic et de son fils —, il est précisé que Clovis s'était emparé de leur *regnum*, de leur *thesaurus* et de leur *populus*.

A dire vrai, la confusion s'inscrit parfaitement dans les conditions d'un gouvernement barbare qui reste surtout, au début du VIᵉ siècle, un commandement militaire. Pour conquérir et surtout tenir des terres, le roi doit être assuré de la fidélité à toute épreuve de la suite armée qui l'escorte et le protège, et de la masse des guerriers (de 3 000 à 5 000, peut-être, à l'époque du baptême de Clovis), recrutés essentiellement, mais pas exclusivement, dans sa propre tribu. Pour cela, le *mund*, prestige magique du chef, contenu dans son nom mais qui doit être confirmé sur le champ de bataille, ne suffit pas : le roi doit avoir le moyen de nourrir, d'armer et de payer ses hommes. Seul un important trésor le lui permet, seule la mainmise sur le trésor de ses rivaux lui permet d'acheter de nouvelles fidélités — ce qui devient indispensable quand ses ambitions territoriales s'étendent à la Gaule entière.

L'expansion franque ainsi que l'absence d'une autorité autre que celle de l'empereur Anastase, qui lui avait au demeurant conféré en 508 une espèce de légitimité, ont donné à Clovis l'occasion de faire main basse sur l'immensité des terres du fisc et sur un *saltus* que l'abandon de tant de terres au cours des derniers siècles n'avait cessé d'accroître, et de fonder une puissance foncière qui servirait, elle aussi, de nerf à la guerre. Ainsi Clovis put-il *caser* — le Moyen Age, bientôt, dirait *chaser* — ses guerriers de façon à mieux contrôler les régions conquises, de préférence dans des secteurs stratégiques comme le cœur du bassin parisien, certains passages de la Loire, les plateaux charentais, ou le Toulousain oriental, menacé, par le Lauragais, d'un retour en force des Wisigoths toujours maîtres de la Septimanie. Ainsi l'autorité royale avait-elle dès le règne de Clovis, et d'une manière indiscutable, une implication territoriale qui incluait l'ensemble des habitants, fussent-ils d'origine gallo-romaine, avec le droit de légiférer pour eux, mais aussi de lever des impôts sur eux.

Aussi les héritiers de Clovis qui, au temps d'une royauté fédérée sans souveraineté territoriale, se seraient normalement partagé les richesses mobilières de leur père se trouvaient-ils dans une situation nouvelle que seuls les Burgondes avaient connue avant eux : les revenus de la terre et d'un impôt principalement prélevé sur les populations autochtones se devaient d'être équitablement partagés, au même titre que les trésors accumulés.

Le partage de 511.

C'est pourquoi, sans doute, si le partage fut conçu — vraisemblablement au terme de tractations, peut-être de violences, dont les plus jeunes, finalement, ne se tirèrent pas trop mal — d'une manière équilibrée qui ne lésât personne, il conserva dans la délimitation des lots une logique administrative en grande partie héritée des anciens cadres de l'Empire, mais aussi de la dualité franque originelle. L'aîné, en effet, Thierry, dont on se rappelle qu'il était sans doute né d'une mère rhénane, reçut les territoires du Nord-Est (les deux provinces romaines de Germanie, la Belgique première et la partie sud-orientale de la Belgique seconde autour de Reims), avec tout le bassin du Rhin moyen, c'est-à-dire le vieux noyau du royaume de Sigebert. Clotaire, le plus jeune (onze ans, peut-être) des fils de Clotilde, reçut quant à lui les territoires du Nord, correspondant à la première expansion des Francs saliens, depuis la basse vallée du Rhin jusqu'à Soissons en passant par Tournai. Ses frères aînés, Clodomir et Childebert, reçurent respectivement le vaste bassin de la Loire, et quelque chose comme la future Normandie, augmentée d'appendices en direction de Paris et du Maine. L'Aquitaine, par contre, trop fraîchement conquise et faisant figure pour les Francs de territoire colonial aux richesses prometteuses, fut partagée d'une manière beaucoup moins rationnelle entre les quatre frères, chacun recevant son contingent de cités — Thierry en particulier, qui conserva celles qu'il avait lui-même conquises en Auvergne lors de la campagne de 507-508.

L'unité fondamentale du royaume était-elle pour autant compromise? Le partage de 511, tout comme les partages à venir, a été récemment réhabilité[1]. Il a été constaté, d'une part, que, s'il y eut désormais plusieurs rois, il n'y eut toujours qu'un seul *regnum Francorum*, partagé en ces lots que les historiens allemands appellent *Teilreiche*[2]. Et il a été rappelé que les capitales choisies par les quatre frères étaient respectivement Reims, et non Cologne, par Thierry; Soissons,

---

1. Par Eugen Ewig (49) et par Karl Ferdinand Werner (159).
2. Ou «parts de royaume». Voir en particulier Eugen Ewig (49).

et non Tournai, par Clotaire ; Orléans, et non Tours la prestigieuse où s'était retirée Clotilde, par Clodomir ; Paris, enfin, par Childebert — c'est-à-dire quatre villes relativement proches les unes des autres, situées au cœur du bassin de Paris, à proximité de l'endroit où le fondateur avait été enterré et où pouvait éventuellement s'élaborer une politique commune. « Déjà dans le passé, noterait vers le milieu du siècle le chroniqueur grec Agathias, leur royaume avait été divisé entre trois rois et même plus ; mais ça n'était point pour eux une occasion suffisante de guerre civile. Il est certes arrivé que leurs rois se menacent et que leurs armées entrent en campagne. Mais, arrivés face à face, les Francs préfèrent toujours s'arranger, et exercent sur leurs rois une pression en ce sens. Ça n'est chez eux ni le droit ni l'usage que l'État soit en difficulté à cause d'une querelle de rois [1]. »

Ce ne fut pas à proprement parler une querelle, mais un complot bien sanglant qui régla la succession de Clodomir, roi d'Orléans, mort prématurément au terme d'une expédition lancée en 524 contre les Burgondes : Childebert et Clotaire firent assassiner leurs neveux et s'en partagèrent l'héritage : derrière les apparences de l'unité commençaient à poindre les déchirements à venir. Il est un fait à noter, cependant, c'est que Thierry de Reims voulut d'abord rester à l'écart du coup de force, et que, lorsqu'un peu plus tard il exigea sa part, il se fit attribuer Sens et Auxerre, qui constituaient une espèce de pont entre son royaume rhénan et ses possessions aquitaines : il fut de loin celui qui fit preuve de la plus grande sagacité, et l'on ne doit pas s'étonner de ce qu'à sa mort, en 534, les grands de son royaume soutinrent son fils Théodebert contre ses oncles Childebert et Clotaire, qui s'apprêtaient à renouveler à ses dépens l'opération de 524. Thierry, qui avait toujours joué la carte de l'intégrité du royaume rhénan, avait su se faire respecter par l'aristocratie du Nord-Est : c'est assurément lui, et son fils Théodebert après lui, qui assumèrent le mieux l'héritage politique de Clovis.

1. Cité par Karl Ferdinand Werner (159).

Conquête de la Burgondie et annexion de la Provence : la Méditerranée enfin !

On se souvient que le mariage, conclu vers 505, de Thierry et d'une princesse burgonde avait mis un terme aux visées de Clovis en direction du Sud-Est. La mort de Gondebaud, en 516, et l'arrivée au pouvoir de son fils Sigismond, beau-père de Thierry, converti au catholicisme, fondateur en 515 du monastère de Saint-Maurice d'Agaune dans le Valais, et de surcroît promu par l'empereur d'Orient, comme son père et son grand-père avant lui, *maître de la milice des Gaules*, ne paraissaient pas devoir offrir aux Francs le prétexte d'une intervention armée. Mais, précisément, la persécution des ariens coupa Sigismond d'une partie de son aristocratie, tandis que la mise à mort de son fils Sigéric, qu'il avait eu d'une fille de Théodoric, acheva de lui faire perdre l'appui du roi ostrogoth. L'occasion parut favorable à Clodomir, Childebert et Clotaire, qui, en 523, lancèrent une première fois leurs troupes sur la Burgondie : Sigismond, battu, fut capturé et exécuté. Mais aussitôt l'aristocratie burgonde fit bloc derrière Gondomar, frère de Sigismond, et assurément plus tolérant que lui à l'égard des ariens : le royaume entier se souleva ; et pour les Francs tout était à refaire. Cette fois accompagnés de Thierry, qui n'avait plus à combattre son beau-père, ils lancèrent en 524 une seconde expédition, qui les amena jusqu'à la vallée de l'Isère. Mais, enfoncés trop loin dans les terres de l'adversaire, ils furent sévèrement battus à Vézeronce, où Clodomir trouva la mort. Il fallut attendre dix ans encore pour que, après plusieurs combats (532-534), Childebert, Clotaire et Théodebert, que son père, occupé à mater une révolte en Auvergne, avait délégué à sa place, parvinssent à mettre en fuite Gondomar et à se partager son royaume, considéré à l'image de l'Aquitaine comme un territoire colonial à exploiter.

Entre-temps (526) était mort le grand Théodoric, et la Provence, possession ostrogothique qui faisait écran entre le royaume burgonde et la mer, pouvait sembler bonne à cueillir. Les Francs n'eurent même pas à prendre les armes, car elle leur fut offerte. En effet, comme les empereurs d'Orient

Justin puis Justinien, s'apprêtant à reconquérir l'Italie, cherchaient à sceller une alliance avec les Francs, Theodat puis Vitigès, médiocres successeurs de Théodoric, voulurent surenchérir afin de n'être pas pris dans ce redoutable étau : à Childebert et à Théodebert, qui avaient déjà essayé de prendre Arles, Vitigès céda en 537 la Provence. Les rois francs se firent confirmer cette cession par Justinien, et ils vinrent sur place prendre possession du nouveau territoire : ils se montrèrent dans toutes les villes du bord de mer, singulièrement à Marseille ; et Théodebert organisa des courses à l'antique dans le grand amphithéâtre d'Arles.

C'est en effet Théodebert, seul successeur en 534 de son père Thierry, qui a le mieux compris la portée symbolique de la conquête de ce Sud-Est où s'étaient bien conservés les prestiges de la romanité. Lui qui était le roi des Francs de l'Est, lui qui avait hérité de son père des ambitions transrhénanes, lui dont les Thuringiens et les Alamans étaient devenus, après les victoires que lui-même avait ajoutées à celles de son père ct de son grand-père, les tributaires, voici qu'il s'entoura pour gouverner de conseillers gallo-romains cultivés et compétents : Asteriolus, Secundinus, ou encore le *patrice* Parthenius ; voici qu'il envoya régulièrement à Byzance ambassades et correspondances, faisant état des nombreux peuples sur lesquels il exerçait une autorité, et invoquant la protection qu'il accordait aux églises ; voici surtout que, suscitant l'indignation outrée de l'historien byzantin Procope, il se mit à frapper, premier souverain barbare à avoir osé le faire, « une monnaie d'or avec de l'or des mines gauloises, ne frappant pas au droit l'effigie de l'empereur romain, comme le veut la coutume, mais sa propre effigie ». Nul doute qu'après Clovis et avant son cousin germain Chilpéric il se voulut le plus « romain » des souverains francs. L'évêque Marius d'Avenches n'évoquerait-il pas, vers 580, *Theodebertus rex magnus Francorum*[1] ?

En 537, donc, la Gaule presque entière était tombée entre les mains des Francs, et Childebert et Théodebert, plus actifs dans les guerres de conquête, s'étaient taillé une part sensi-

---

1. Voir Roger Collins (24).

blement plus importante que celle de Clotaire. Seules désormais les bouches du Rhin, occupées par les Frisons païens, la Septimanie, toujours aux mains des Wisigoths, les Pyrénées occidentales, bastion des *Vascones* ou Basques, longtemps irréductibles, et la lointaine Armorique, dont l'indépendance était vivifiée par l'afflux, incessant jusqu'au milieu du VIe siècle, des immigrants venus d'outre-Manche, échappaient encore au pouvoir franc. Mais ce pouvoir, en quoi consistait-il désormais ?

Le pouvoir franc en Gaule au milieu du VIe siècle.

On sait suffisamment maintenant que, du fait de la conquête et de la vacance d'une autorité impériale autre que théorique, la royauté franque changea de caractère entre la fin du Ve siècle et le milieu du VIe : de royauté guerrière sur *un* peuple qu'elle était au départ elle devint royauté territoriale, et, de ce fait, permanente, sur *des* peuples. Du pouvoir qui avait été le sien en temps de guerre, le roi franc garda le caractère absolu, mais désormais étendu au temps de paix : aucune limite légale ne pouvait s'opposer à lui, pas même celle de l'assemblée des hommes libres, qui ne fut plus convoquée qu'à des fins militaires. Seule la force pouvait entraver son exercice, ou l'abattre : il était donc essentiel que le roi la mît de son côté. C'est pourquoi il multiplia les antrustions, ou membres de la sa *truste*, suite armée privée dont les membres étaient soumis à un serment très contraignant ; c'est pourquoi il voulut étendre le service militaire à tous ses sujets libres — même gallo-romains. Dans tous les cas, il avait besoin de relais dans l'ensemble des territoires conquis, qu'il trouva parmi les membres des aristocraties — franque, comme par le passé, mais aussi, et de plus en plus souvent, romaine —, auxquels il imposa le serment qui en faisait ses *leudes*, mais en faveur desquels il multiplia les gratifications, généralement sous forme de terres. On a vu comment le phénomène de l'expansion ne pouvait être compris sans cette nécessité dans laquelle se trouvait le roi de s'enrichir pour mieux enrichir ses compagnons. C'est elle, d'ailleurs, qui

amena les Francs à participer entre 539 et 553 à d'aventu-
reuses expéditions italiennes, d'abord comme mercenaires au
service de la reconquête justinienne, ensuite comme soudards
œuvrant pour leur propre compte.

Antrustions, leudes : les mots, comme les institutions qu'ils
recouvraient, étaient d'origine germanique. On peut en dire
de même de certains fonctionnaires du palais — sénéchal,
siniskalk, ou doyen des serviteurs, généralement chargé du
ravitaillement ; maréchal, *marshkalk*, ou palefrenier. Mais
on trouve aussi au palais un *comes stabuli*, connétable, ou
chef de l'écurie ; un *major domus*, « maire du palais », ou
chef de la maison du roi ; un chancelier ou plutôt un référendaire et des notaires, dans tous les cas affectés au secré-
tariat. Autant dire que l'institution palatiale a autant
emprunté à Rome qu'aux traditions germaniques : pour gouverner en effet, le roi franc du VIᵉ siècle disposait encore des
ressources, ou au moins des modèles, que l'Empire lui avait
laissés. Ainsi vit-on les rois, par exemple Théodebert, prétendre lever dans l'ensemble de leurs États le vieil impôt foncier ; mais les révoltes que, chaque fois, ces tentatives
occasionnèrent — comme celle qui, à Trèves, coûta la vie au
patrice Parthenius — laissent entendre que les populations
s'étaient volontiers déshabituées de ces levées impopulaires.
Ainsi vit-on les rois continuer de revendiquer le monopole
— avec son indissociable prélèvement — de la frappe des
monnaies, même si celles-ci, tiers de sous d'or (ou *trientes*)
le plus souvent, continuaient de copier les modèles byzantins (Théodebert ne fit somme toute que substituer un type
à un autre, conservant tous les autres canons des frappes
orientales). Ainsi vit-on surtout (car ce fut là leur œuvre la
plus durable) les rois perpétuer pour l'administration locale
le vieux cadre des cités antiques, conservées telles quelles dans
le Midi, ou subdivisées en *pagi*, en pays, dans le Nord, où
elles eussent été trop vastes pour un gouvernement efficace,
et y déléguer d'une manière de plus en plus systématique,
comme les Wisigoths et les Burgondes l'avaient fait avant eux,
des comtes aux attributions élargies, non plus seulement militaires, mais également judiciaires et fiscales.

Le recrutement des comtes, pour autant qu'on puisse le

saisir, est tout à fait éclairant : sur 43 noms recensés au sud de la Loire au cours du VIe siècle, 27 sont assurément gallo-romains ; et sur 12 noms connus au nord, 9 sont barbares. Certes, il pouvait s'agir dans ce dernier cas de Gallo-Romains que de nouvelles modes onomastiques avaient dotés de noms germaniques : mais, dans tous les cas, on constate que les souverains francs jouèrent la carte de la collaboration avec les élites locales, et que celles-ci se prêtèrent volontiers au jeu. Leur ralliement, sans doute encouragé par l'épiscopat, ne fut l'affaire que de quelques décennies ; du reste les rois ne se voulaient-ils pas les délégués, voire les continuateurs, des anciens empereurs ? Et qu'eussent-ils pu faire sans l'aide, comme relais de leur autorité dans les cités et les *pagi*, de leurs sujets gallo-romains, quand on sait grâce à l'archéologie que, sauf au nord de la Somme et, à un moindre degré, entre Somme et Seine, l'implantation de troupes d'occupation franques a été dérisoire ? Seules quelques nécropoles, comme Vicq dans les Yvelines, comme Herpes et Biron en Saintonge, comme Brèves et Hauteroche, sur les plateaux sud-orientaux du bassin de Paris, comme Bâle-Bernerring, sur le grand coude du Rhin aux confins de l'Alémanie et de la Burgondie [1], comme Audincourt et Dampierre dans la vallée du Doubs, comme Genlis, Charnay et Chaussin dans la plaine de la Saône, paraissent pouvoir être imputées à des groupes de guerriers francs, auxquels étaient éventuellement accrochés des éléments allogènes. Le pays dans l'ensemble, surtout les territoires conquis sur les Wisigoths et les Burgondes, restait profondément marqué par l'empreinte de Rome.

Clotaire seul roi des Francs (558-561).

C'était en particulier le cas de l'Auvergne, naguère terre d'adoption de *Sollius Apollinaris Sidonius* — Sidoine Apollinaire —, et plus récemment (538 ou 539) terre de naissance de *Georgius Florentius Gregorius* — Grégoire de Tours —, dans laquelle on avait déjà reconnu un môle de résistance

1. Voir par exemple Max Martin (111).

contre les influences ariennes, ou plus généralement barbares, venues de l'extérieur. Si l'habileté de Théodebert avait pu ménager les susceptibilités de son aristocratie — c'est en son sein, d'ailleurs, qu'il recruta son *patrice* Parthenius, petit-fils de l'empereur Avitus, et qu'il trouva l'épouse, Deoteria, qui lui donna son héritier royal, Théodebald (ou Thibaut) —, il n'en fut pas de même après lui. Certes, fâcheusement tué par un bison au cours d'une partie de chasse en 548, il put transmettre intacts, comme jadis son père l'avait fait en sa faveur, son pouvoir et ses biens à Théodebald ; mais quand celui-ci mourut à son tour en 555 sans laisser d'héritiers, son grand-oncle Clotaire, que les précédentes successions n'avaient pas particulièrement privilégié, se rua sur son héritage — et sur sa femme Vuldetrade. La première mesure de Clotaire ne manqua pas de pertinence : il délégua en Auvergne, avec des pouvoirs, et peut-être un titre, régaliens, son fils Chramn ; mais aussitôt celui-ci commença d'intriguer contre son père, obtenant même l'appui de son oncle Childebert. Une partie de l'aristocratie auvergnate, et plus généralement aquitaine, saisit l'occasion, se rangeant derrière Chramn, de se rebeller contre le pouvoir franc venu du Nord, et de créer contre lui et de trop arbitraires partages ce qu'on a appelé « le premier royaume d'Aquitaine [1] ». Mais la mort, survenue en 558, de Childebert, le vieux roi de Paris qui ne laissait que des filles, renversa définitivement l'équilibre en faveur de Clotaire, le dernier survivant des fils de Clovis, alors âgé d'une soixantaine d'années.

Clotaire s'empara « du royaume et des trésors » de son frère. Pour être le seul, et incontesté, maître du *regnum Francorum*, il ne lui restait plus qu'à briser Chramn, son fils rebelle, qui maintenant essayait d'entraîner les Bretons derrière lui. Avec les forces multipliées que venait de lui fournir son nouvel héritage, il alla le chercher jusque dans le Vannetais pour le mettre à mort et briser les dissidences (560). Mais la fièvre qui, à l'issue d'une partie de chasse, l'emporta l'année suivante rendit bien éphémère le retour à l'unité : « Ses quatre fils [dans l'ordre : Charibert, Gontran, Sigebert et Chilpéric], l'ayant transporté en grande pompe à Sois-

1. Michel Rouche (139).

sons », sa capitale de toujours, « l'ensevelirent dans la basilique de Saint-Médard », qu'il avait fondée quelques années plus tôt. Quatre fils, quatre royaumes donc, suivant un programme clairement établi par le roi lui-même, ainsi qu'on aura l'occasion de s'en rendre compte.

L'unité inachevée.

Si, au milieu du VIe siècle, la royauté franque, enfin parvenue sur les rivages de la Méditerranée, était sollicitée par Justinien d'intervenir en Italie ; si, en 541, elle prit l'initiative d'aller traquer les Wisigoths au-delà des Pyrénées ; si, à partir de 560, elle conclut avec les rois anglais de fructueuses alliances matrimoniales ; si elle était désormais reconnue par les peuples de la Germanie moyenne et méridionale — Thuringiens, Alamans, Bavarois —, dont Thierry, Théodebert et Clotaire avaient achevé la soumission, y trouvant au passage une de leurs meilleures reines (Radegonde, épousée par Clotaire en 538) ; si, à partir de 556-557, elle sut imposer un tribut aux très puissants Saxons du Nord ; bref, si elle était indiscutablement devenue la principale puissance de l'Occident, et reconnue comme telle par les autorités romaines aussi bien que barbares, la royauté franque n'était pas tout à fait maîtresse du sol gaulois. Sans parler des limites internes imposées ici et là par l'insubordination des aristocraties ou par la résistance des populations à l'impôt, elle n'avait pu s'imposer dans le grand delta du Nord, où convergeaient et se mêlaient les eaux du Rhin, de la Meuse et de l'Escaut, et qu'un peuple marin, les Frisons, alors en pleine expansion, était en train de conquérir ; elle avait dû laisser aux Wisigoths la Septimanie (Languedoc méditerranéen et Roussillon), où, en dépit de l'arianisme des rois de Tolède, confirmé jusqu'à la conversion de Reccared, en 587, le christianisme orthodoxe continuait de s'épanouir à partir de l'église métropolitaine de Narbonne, siège d'un important concile tenu en 589, ou des églises cathédrales d'Elne, d'Agde ou de Maguelone ; elle n'avait pu réduire, à l'autre extrémité des Pyrénées, le bastion basque ou vascon, singularisé par sa langue, d'origine peut-être préibérique, et qui, grâce à une lente infiltration, connut une véritable dilatation au cours des VIe-VIIe siècles, au point d'atteindre les limites de la Novempopulanie — en gros, les territoires compris entre Garonne et Pyrénées — pour en faire une vaste *Wasconia*, ou Gascogne, et y revitaliser les anciens parlers ; enfin, la royauté franque n'avait pu s'imposer, quoi qu'en aient voulu Clotaire, ou, plus tard, Gontran, dans la lointaine Armorique, qui était bel et bien devenue, si l'on se réfère à la langue de Grégoire de Tours, la Bretagne : il ne faut pas croire l'historien des Francs, en effet, quand il écrit que, « depuis la mort de Clovis, les Bretons sont toujours sous la domination des Francs, et qu'ils n'ont pas de roi, mais des comtes ». Peut-être le discours de Grégoire était-il particulièrement intéressé, parce qu'en tant que titulaire du siège métropolitain de Tours de 573 à 594 il revendiquait, comme ses prédécesseurs l'avaient fait avant lui, l'autorité sur les évêques bretons : « Qu'aucun Breton, qu'aucun Romain en Armorique ne soit sacré évêque sans l'autorisation du métropolitain et des coprovinciaux », proclamait un concile tourangeau de 567 ! En fait, les Bretons du VIe siècle sont dirigés, tout comme les Francs, par des royautés tribales et patrimoniales, qui sont en train de devenir, dans le Broerec (Vannetais), en Domnonée (Trégor et Léon) et en Cornouaille, des royautés territoriales.

Il fallut attendre plusieurs générations pour que ces différentes poches de résistance fussent résorbées, et finalement intégrées au *regnum Francorum* : c'est Pépin II et Charles Martel qui mirent la main sur la Frise cisrhénane ; c'est Charles Martel et Pépin le Bref qui chassèrent de Septimanie les musulmans qui s'en étaient entre-temps emparés ; et l'on sait que, faute d'avoir pu imposer durablement son autorité sur les roitelets bretons, Charlemagne dut créer pour protéger sa frontière un comté de la marche de Bretagne. En 778, le comte Roland, titulaire de ce commandement, fut, au retour d'une expédition espagnole, massacré à Roncevaux avec toute l'arrière-garde de l'armée royale : les auteurs du guet-apens étaient des montagnards basques...

3

Dans un long VIᵉ siècle, le poids des vieilles structures

Toujours l'emprise de la nature.

A y regarder de haut, l'économie et la société de la Gaule revenue à une unité presque complète sous une autorité qui se voulait l'héritière de Rome paraissent perpétuer, sans solution de continuité, les structures héritées des temps plus anciens, en particulier de la basse Antiquité. L'emprise de la nature sur la vie des communautés resta toujours la même, plus oppressante peut-être : le marais continua de reconquérir, en particulier dans la basse vallée du Rhône, de basses plaines antérieurement drainées ; et, partout, l'arbre continua de progresser. Les rois mérovingiens en firent leur affaire, qui trouvèrent ainsi de nouveaux parcours pour la chasse au gros gibier dont ils firent leur monopole exclusif: on a vu ce qu'il en coûta à tels d'entre eux — Théodebert en particulier. La dépendance de l'homme à l'égard du milieu en même temps qu'une certaine rétraction des échanges confirment le retour à une véritable civilisation du bois, qui envahit tout, depuis le mobilier de vaisselle — au détriment de la céramique et du verre — jusqu'à l'habitat — au détriment de la pierre. C'est sans doute ce constat qui a fait dire au poète Fortunat, qui a vécu à la cour de plusieurs rois francs entre 560 et 570 : « Loin d'ici, murs de marbre de Paros ou de pierre ! Je vous préfère avec raison le bois de cet artisan. Son palais de planches élève jusqu'aux cieux sa masse imposante [1]. » Il est vrai qu'alors non seulement l'habitat, mais

1. Citation empruntée, comme plusieurs autres dans les pages qui suivent, à Charles Lelong (99).

même les églises rurales, en particulier dans les contrées du Nord et de l'Est, étaient construits de poteaux et de planches, quand ça n'était pas, plus frustes encore, de clayonnages enduits d'argile.

Il n'empêche qu'on constate çà et là, initiatives privées le plus souvent, ou bien érémitiques, l'amorce de défrichements, ou plutôt de remise en culture de terres abandonnées depuis peu — en Bourgogne, dans l'Albigeois, en Touraine. Plus précisément, des mentions sont faites de vignobles nouvellement plantés, généralement par des ecclésiastiques, dans des contrées de l'Ouest et du Nord : dans le Brivadois, par exemple, où sur les bords de la Vézère et de la Corrèze se développe un vignoble d'importance régionale, qui intéresse à la fin du siècle les percepteurs de Chilpéric ; dans le Val de Loire, où pour la première fois, si l'on se réfère aux textes (c'est-à-dire à Grégoire de Tours), la vigne gagne l'Anjou et la Touraine ; dans le Maine, où les moines de Saint-Calais en plantent dès le VIᵉ siècle sur les terres nouvellement défrichées ; dans le Bassin parisien même, où les évêques Remi de Reims et Germain de Paris en cultivent volontiers « de leur propre labeur », comme dit le premier.

Mais ces rares essarts pionniers ne peuvent masquer les vieux déséquilibres et la totale dépendance de l'homme à l'égard des forces naturelles, qui surgissent sous la forme des calamités qui se sont abattues sur la Gaule, en particulier à la fin du VIᵉ siècle et au tout début du suivant : vers 580, « une grande famine ravagea presque toutes les Gaules, écrit Grégoire ; bien des gens firent du pain avec des pépins de raisin, des fleurs de noisetier, quelques-uns même avec des racines de fougère, [...] en y mêlant un peu de farine. [...] Il y eut aussi beaucoup de gens qui n'avaient pas du tout de farine et qui, cueillant diverses herbes et les mangeant, enflèrent et succombèrent ». Il va de soi que les difficultés accrues des transports et que la spéculation n'arrangèrent rien : les populations de la fin du siècle furent livrées sans la moindre protection aux épidémies. Celles-ci furent terribles, en particulier dans le Midi : dysenterie, variole, et surtout peste bubonique, qui sévit de manière récurrente entre 571 et 599, tuant à Marseille, à Arles, à Narbonne — et dont ce fut la dernière apparition en Occident avant le XIVe siècle. C'est peu dire que la médecine était alors sans moyens (le roi Gontran fit même, en 582, exécuter les deux médecins dont les potions n'avaient pu guérir sa femme) ; mais on attendait tout de l'observation du ciel (d'où le traité, rédigé par Grégoire de Tours, *De l'observation ecclésiastique du cours des étoiles*) et des voies surnaturelles : ainsi est-ce la procession du suaire de saint Remi, promené dans toute la cité au son des cantiques et à la lueur des cierges, qui, suivant Grégoire, épargna Reims : « On ne passa pas devant une maison sans en faire le tour [...] et le fléau n'osa pas franchir ces limites. »

Est-ce à dire que les forces de la nature régnaient partout et toujours en maîtresses exclusives ? Non, bien sûr, car, en de nombreuses régions, on constate que les formes de l'habitat et l'organisation sociale traditionnelles avaient tenu bon à travers la tourmente des invasions, de l'infiltration barbare et des éventuelles expropriations : ce fut surtout vrai dans la Gaule moyenne et méridionale, où les grands domaines n'ont guère changé de mains, sinon pour passer de celles des grandes familles laïques à celles des grandes maisons religieuses, ce qui revenait au même.

La tradition latifundiaire
et le devenir des agglométations rurales.

C'est en effet souvent grâce à de pieux testaments qu'on connaît l'état de la grande propriété aristocratique d'origine gallo-romaine au VIe et au début du VIIe siècle, mais aussi parfois grâce à des descriptions littéraires qui font écho à celles que nous avait laissées Sidoine Apollinaire. Ainsi, près d'un siècle après que celui-ci avait visité la *villa* que son ami Pontius Leontius possédait à Bourg-sur-Gironde, Fortunat a-t-il été reçu dans les domaines que cette prestigieuse famille exploitait encore dans le Bordelais, à Besson, à Beaurech et à Preignac : maison du maître dotée de thermes raffinés, mais entourée de remparts, cohorte d'esclaves pour travailler la terre, mais aussi quelques tenures sur lesquelles étaient chasés des colons : hormis l'oratoire privé, ajout récent, sans doute, de cette famille qui donna à l'église de Bordeaux plusieurs de ses plus grands évêques, on a l'impression que rien n'a changé depuis le Ve siècle. Il en était de même encore au début du VIIe quand, en 615, l'évêque du Mans Bertechramn (ou Bertrand – *Bert-Ramn*, « brillant corbeau » –, né de l'union d'un père germanique et d'une mère gallo-romaine) légua à sa cathédrale les domaines bordelais qu'il tenait de sa mère, *villae* de Plassac et de Floirac, avec leurs esclaves, leurs terres, leurs vignes, leurs bois, ou encore leurs ateliers de distillation de poix : mais, signe de temps nouveaux, le testament indique clairement que sa famille avait dû lutter de haute main contre les usurpateurs pour conserver jusque-là la propriété de ces énormes domaines qui faisaient près de mille hectares.

Si l'on doutait de la pertinence des descriptions textuelles, même contenues dans des testaments qui ne sont pas néces- sairement exempts de rhétorique, on trouvera dans l'archéo- logie une confirmation convaincante de leurs allégations : ainsi les fouilles de ce qui fut vraisemblablement la *villa* de Bertechramn, à Plassac, ont-elles révélé une occupation pra- tiquement continue du Ier au VIIe siècle, avec une phase de reconstruction systématique au IVe qui a légué, intact, aux temps mérovingiens le luxe de ses mosaïques, de ses thermes et de son péristyle intérieur ; et celles de la *villa* de Marboué, près de Châteaudun, ont-elles suggéré une occupation, elle aussi continue jusqu'au VIIe siècle, mais marquée, jusqu'à son terme, par des embellissements — mosaïques encore, mais aussi chapiteaux aquitains — dus peut-être à l'initiative d'un résident barbare. Et, puisque cela s'est aussi produit, quand une *villa* a été construite de toutes pièces au temps des royau- mes barbares, burgonde en l'occurrence, elle l'a été suivant les canons de la construction romaine : bâtie, sans doute au VIe siècle, dans le site naturellement défendu des derniers pla- teaux du Jura méridional, la *villa* de Larina, à Hières-sur- Amby, a été, en dépit du caractère montagneux du site et de l'usage exclusif de matériaux locaux, conçue pour le plus grand confort de ses habitants — qui possédaient bijoux, épe- rons... et matériel d'écriture — et pour leur sécurité maté- rielle autant que spirituelle, puisque le domaine était fortifié, et qu'il comportait un oratoire.

Encore la perpétuation des traditions romaines ne concerne-t-elle pas que les *villae* de la Gaule méridionale. Quand l'évêque Domnulus du Mans voulut, en 572, doter la basilique Saint-Vincent qu'il venait de fonder, il lui donna des domaines manceaux de sa cathédrale — la *villa* de Tresson, avec ses champs, ses prés, ses pâtures, ses bois, ses eaux, ses chevaux et ses esclaves (au total, peut-être de 4 000 à 5 000 hectares) ; la *villa* de la Frênaie, avec ses esclaves, ses affranchis et ses colons ; un oratoire, situé « au Bois ». Et quand, sans doute vers 600, une riche veuve de la région de Paris nommée Erminethrude légua sa fortune à ses enfants et à diverses institutions religieuses, elle détailla explicitement le contenu de ses domaines de Bobigny et surtout de Lagny : dans cette dernière *villa*, qui possédait un oratoire, elle gardait un précieux mobilier (argenterie, vêtements, outils) ; surtout, elle commandait à un important contingent d'esclaves et de colons — ce qui s'avérait nécessaire pour exploiter les champs, les vignes, les prés, les bois, et pour élever un important troupeau de bœufs, de moutons et de porcs. Fait nouveau, cependant, marqué par l'influence de l'Église et en particulier de certains prélats, elle donna l'ordre que quarante-cinq esclaves « fussent tous affranchis, hommes et femmes, avec tout leur pécule, aussi bien leurs petits terrains, leurs petites cabanes, leurs petits jardins et leurs petites vignes, que tout ce qu'ils possédaient en tout domaine [1] ». L'esclavage rural à la mode antique était assurément sur le déclin. Mais cela ne revient pas à dire que la condition paysanne s'était unanimement améliorée : le colon restait rivé à la terre ; et il arrivait souvent que le paysan libre, endetté à la suite de mauvaises récoltes, fût contraint de travailler pour son créancier la moitié de son temps, forme de mort-gage assez répandue pour avoir été prévue dans le *Formulaire* (ou recueil de modèles d'actes juridiques) *d'Angers*, compilé à la fin du VIᵉ siècle, c'est-à-dire au moment où se sont accumulés les malheurs sur les campagnes.

1. D'après la traduction de Françoise Le Porzou, dans le catalogue des *Collections mérovingiennes du musée Carnavalet*, Patrick Périn éditeur, Paris, 1985.

Le testament d'Erminethrude laissait entendre qu'à proximité de la *villa* de Lagny avait pu se développer une petite agglomération d'habitats paysans faits de cabanes contenues dans des enclos. Depuis la fin du IIIᵉ siècle, en effet, peut-être sous l'influence germanique et en tout cas à cause des malheurs des temps, des formes d'habitat rudimentaires avaient commencé de se répandre dans les campagnes gauloises : c'étaient principalement des maisons rectangulaires, de bois ou de clayonnages baignant dans du torchis, ou encore ces huttes à demi enfoncées dans le sol qui dominaient dans les villages du Nord, comme Brebières, Proville, Douai, tous occupés à partir du VIᵉ siècle. Plus que dans des sites vierges, ces structures s'agglutinaient souvent à proximité d'habitats antérieurs ; ceux-ci pouvaient être des agglomérations ou *vici*, comme à Mondeville (Calvados), où, dès la fin du IIIᵉ siècle et jusqu'au VIIᵉ, le bois s'est imposé au détriment de la pierre, mais aussi des *villae* : dans ce cas, il se peut que des Barbares se soient installés dans leur voisinage en vertu des lois de l'*hospitalitas* qui étaient associées à la convention d'un *fœdus* ; mais, plus généralement, le système du colonat et les nécessités de la protection ont pu amener de petits paysans à se regrouper à l'ombre des murs qui, de plus en plus souvent, ceignaient les grands domaines. Ainsi la *villa*, maison domaniale — autant dire seigneuriale —, était-elle parfois en train de devenir le centre, ou pour le moins le point d'ancrage, de ce qu'on allait plus tard appeler le *village*. En revanche, il se peut que la synonymie, fréquente dans les documents de la Gaule moyenne, des mots *vicus* et *villa* signifie que des agglomérations de paysans libres étaient tout entières tombées, par l'institution collective du colonat, sous la coupe des puissants. Dans tous les cas était en train de s'amorcer le processus qui de la *villa* ferait la seigneurie, et du *vicus*, le village.

N'empêche qu'il subsistait, ici et là — dans le Maine, où on en a dénombré au moins quatre-vingt-dix, en Touraine, en basse Auvergne, en Limousin, en Poitou —, des communautés rurales libres de toute sujétion ; mais tout donne à croire qu'elles ne bénéficiaient que d'un sursis. L'insécurité et la misère, accumulées au tournant du VIᵉ et du VIIᵉ siècles, allaient en précipiter plus d'une dans les bras des maîtres du sol.

La toute-puissance des aristocraties.

La vieille aristocratie gallo-romaine garda au VIᵉ siècle toute sa puissance : les descendants des plus grandes familles, *Aviti, Syagrii, Apollinarii, Leontii*, continuaient de célébrer leurs ancêtres et cherchaient à perpétuer — on en a eu plusieurs aperçus — le même mode de vie : au début du VIIIᵉ siècle encore serait invoquée l'appartenance de tels d'entre eux à la classe sénatoriale. Si la vanité du titre était alors devenue évidente, il n'en est pas moins vrai que, tout au long du VIᵉ siècle, c'est dans ce milieu et dans celui de l'aristocratie curiale qu'étaient recrutées la majorité des comtes et la presque totalité des évêques.

Certaines familles se sont même approprié les sièges épiscopaux, qui, comme on l'a vu, tendaient à devenir les véritables lieux du pouvoir ; ainsi pourrait-on appliquer à de nombreux évêchés le mode de succession décrit par Grégoire de Tours dans sa métropole à la fin du Vᵉ siècle : « Le cinquième évêque, Eustache, était un homme saint et craignant Dieu, de famille sénatoriale [...]. Le sixième fut Perpétue, qui, lui aussi, était de famille sénatoriale et proche parent de son prédécesseur ; il était très riche et avait des possessions dans de nombreuses cités [...]. Le septième évêque fut Volusien, de famille sénatoriale ; c'était un saint homme et fort riche, proche parent lui aussi de l'évêque Perpétue [...]. » A Bordeaux, c'est la famille des *Leontii*, peut-être un rameau de l'ancienne famille des *Paulini*, d'origine romaine et sénatoriale, qui a monopolisé le siège épiscopal entre 511 et les environs de 570. Quand Remi était évêque de Reims, un de ses frères puis un de ses neveux dirigèrent successivement l'évêché de Soissons, et un autre de ses neveux, par alliance cette fois, dirigea celui de Laon, tout juste né du démembrement de la trop vaste cité de Reims. A Nantes, c'est la famille des *Nonnechii*, descendante d'un préfet du prétoire de l'empereur Magnence en 350, qui s'est approprié l'évêché depuis les environs de 460 jusqu'aux environs de 600 : le plus illustre de ses membres, Félix (549-582), s'insère dans la liste épiscopale entre son père Eumerius et son cousin Nonnechius : il est resté célèbre pour l'immensité de sa fortune, partagée entre l'Aquitaine et la basse Loire, pour le souci qu'il avait des intérêts temporels de sa famille, qui lui valurent occasionnellement l'inimitié de Grégoire de Tours, et pour son œuvre de bâtisseur, aussi bien tournée vers ses domaines privés que vers sa cathédrale [1].

L'appropriation par les grandes familles des sièges épiscopaux n'eut pas pour ceux-ci que des conséquences néfastes : elle a même pu contribuer, par la multiplicité des legs, à leur enrichissement. Elle a scellé en tout cas la solidarité, non plus seulement sociale, mais également économique, de l'aristocratie laïque et de l'aristocratie ecclésiastique, dont les souverains francs voulurent faire leurs principaux relais en direction des populations.

Car, on l'a dit, les guerriers francs n'étaient pas assez nombreux et ne quadrillaient pas suffisamment le pays, en particulier au sud de la Seine, pour assurer efficacement ce rôle. Il existait parmi eux une véritable élite, celle des chefs qu'entourait dans la vie quotidienne comme dans les opérations militaires une suite armée (c'est le phénomène que les historiens allemands appellent *Gefolgschaft*) et qui sont assez facilement identifiables dans les nécropoles grâce à la présence d'un armement sophistiqué, où, par exemple, se singularisaient les pièces défensives (bouclier à umbo, casque) et les équipements équestres (éperons, mors, en attendant les étriers). C'est dans cette élite, qui leur était étroitement associée sur le champ de bataille comme dans des alliances matrimoniales de seconde zone, que les rois recrutaient de préférence leurs compagnons assermentés, leurs leudes, ainsi que les titulaires de certains offices palatins ou de certaines charges comtales. Ses membres furent naturellement amenés à se frotter à ceux de l'aristocrtie gallo-romaine qui, de plus en plus nombreux, avaient accepté de collaborer, tant au palais que dans les fonctions épiscopales ou comtales, avec le pouvoir franc : ainsi le VIe siècle vit-il les lents et timides

1. Pour tout cela, voir Martin Heinzelmann (69).

prodromes de la fusion des élites. Du côté franc, on était désormais chrétien ; on se trouvait, en vertu des anciennes lois de l'*hospitalitas*, ou par la grâce des concessions d'une royauté conquérante, à la tête d'importants domaines fonciers ; et on restait de toutes les manières fasciné par les prestiges du mode de vie gallo-romain et de la culture méditerranéenne. Du côté romain, si la promiscuité avec les Barbares pouvait encore susciter les mêmes réserves qu'au temps de Sidoine Apollinaire, on n'hésita pas à renoncer à certains signes extérieurs de la romanité : on substitua définitivement à la toge le vêtement serré, éventuellement doublé d'un manteau, des élites franques ; on abandonna peu à peu le port des trois noms qui, pendant des générations, avait permis à chaque individu de se situer dans son prestigieux lignage, pour n'en plus garder qu'un, éventuellement choisi dans la tradition germanique ; bref, on se laissa contaminer par les habitudes plus frustes des Barbares. Certes, les mariages mixtes étaient encore peu nombreux (le cas du roi Théodebert ou celui des parents de l'évêque Bertechramn du Mans font figure d'exception), sans doute parce que le droit matri- et patrimonial était différent, mais ils ne tarderaient pas – au VIIᵉ siècle – à se multiplier, d'abord dans les milieux de la cour, ensuite dans les cités et les *pagi*.

Les survivances de la cité antique.

Au VIᵉ siècle, en effet, les comtes résidaient de préférence dans les chefs-lieux des anciennes cités, ou dans les bourgs importants récemment promus chefs-lieux de *pagi* : ils purent contribuer, un temps, à maintenir les apparences qui faisaient de la ville le lieu où s'exerçait le pouvoir. D'ailleurs, ils y trouvaient face à eux les hommes, et les institutions, qui, depuis l'époque impériale, s'en étaient fait les relais : les *curiales* d'abord, communément qualifiés de *boni homines* ou de *boni viri*, qu'ils continuaient d'impliquer dans la levée de l'impôt, mais dont la tâche se limitait de plus en plus souvent, comme on le voit à Lyon vers la fin du siècle, à l'enregistrement des actes publics ou privés, testaments par exemple, qui resterait le propre du magistrat urbain médiéval. Les comtes avaient

affaire ensuite aux défenseurs des cités, chargés de veiller,
un peu comme les médiateurs de nos sociétés modernes, au
bon fonctionnement des institutions et de la justice, et qu'on
voit encore actifs à Bordeaux, Orléans, Tours, Sens, Le Mans,
Paris : « C'est aujourd'hui le jour de Pâques, écrit Fortunat,
où le *defensor* donne le banquet traditionnel auquel le comte
lui-même se fait un plaisir d'assister [1]. » Ainsi, les représentants du pouvoir central et les magistrats locaux avaient-ils
de nombreuses occasions de se rencontrer au chef-lieu de la
cité. D'ailleurs, de la même façon que tel défenseur devenait
parfois évêque, comme Éleuthère à Tournai dans le premier
tiers du VIe siècle, il a pu se faire que tel autre devînt comte,
comme le Galactarius auquel Fortunat adressa un de ses poèmes à la fin du même siècle : « En tant que défenseur, tu étais
l'ami de Bordeaux ; tu passais pour digne de gérer ces deux
dignités et par la décision royale tu as mérité d'accéder à la
fonction comtale [2]. » Même, il n'était pas rare que tel comte
— ainsi Grégoire de Langres, ancêtre de Grégoire de Tours,
en 506 — devînt évêque de sa cité, ce qui en dit long sur le
prestige et l'attraction exercée désormais par le pouvoir
épiscopal.

Ces chassés-croisés entre les différentes instances de l'autorité citadine, restés semble-t-il aussi nombreux qu'au beau
temps de l'Empire chrétien, peuvent donner à penser que la
vie urbaine gardait son éclat de jadis. La préservation relative de la parure monumentale, plus souvent entretenue par
les rois ou par les évêques que par les curies, pouvait, en effet,
faire encore illusion : il y avait toujours à Vienne, au début
du VIe siècle, un homme chargé d'entretenir l'aqueduc ; et on
a vu qu'à Metz et à Paris, faute d'avoir pu conserver les
anciens amphithéâtres, de nouvelles arènes, bâties au plus près
des remparts, abritaient encore des jeux. On peut penser que
quand Théodebert, maître d'Arles en 537, voulut organiser
des courses dans le grand amphithéâtre, pour donner plus
de lustre à son triomphe, il ne rencontra pas beaucoup de
difficultés, puisque Césaire déplorait quelques années plus

---

1. Cité par Paul-Albert Février, dans Georges Duby (42).
2. Cité par Michel Rouche (139).

tôt que ses compatriotes se plussent à assister à des *spectacula cruenta*. Mais l'illusion serait assurément de courte durée : dès la fin du siècle sans doute, l'amphithéâtre d'Arles, tout comme ceux de Nîmes, de Trèves ou de Tours ou comme le théâtre d'Orange, serait appelé à d'autres usages — de défense, quand ça n'était pas d'habitation. Dans l'ensemble, le déclin de la population urbaine fut tel que beaucoup de villes en vinrent à ressembler, comme Toulouse, «à un homme qui maigrit dans ses vêtements flottants[1]», même si, à la différence de Toulouse, elles n'étaient enveloppées que d'une enceinte réduite des IIIe-IVe siècles.

Seule l'Église, désormais, était une puissance bâtisseuse : partout l'on entrevoit, dans les murs et hors les murs, les chantiers de construction ou de restauration des édifices liturgiques. On a pu évaluer à 40 le nombre des églises du Metz mérovingien, à 29 celles de Paris, à 22 celles de Reims, à 18 celles de Lyon, à 12 celles de Bordeaux. Autant dire que de nombreuses églises paroissiales étaient venues s'ajouter *intra muros* aux édifices du groupe cathédral ; et que dans les nécropoles périphériques se multipliaient de grandes basiliques élevées sur les tombeaux des martyrs et des évêques, quelquefois sur les reliques amenées à grands frais des mondes lointains : ainsi a-t-on vu Clovis fonder l'église des Apôtres-Pierre-et-Paul (bientôt Sainte-Geneviève) à Paris, Clotaire, celle de Saint-Médard à Soissons, ou encore l'évêque Domnulus, celle de Saint-Vincent au Mans. En fait, les exemples foisonnent : à Reims, où l'église Saint-Remi fut élevée sur le tombeau du grand évêque mort vers 530 ; à Paris encore, où Saint-Vincent, fondée en 542 par Childebert pour honorer une relique du saint ramenée d'Espagne, abrita bientôt la sépulture du roi, puis celle de l'évêque Germain de Paris, et fut appelée de ce fait Saint-Germain-des-Prés ; à Poitiers, où l'église Sainte-Marie reçut en 587 la dépouille de sa fondatrice la reine Radegonde — troisième épouse de Clotaire qui s'était fait une réputation de sainteté — et fut bientôt appelée, suivant le même processus, Sainte-Radegonde.

La dotation initiale de ces établissements, les offrandes

1. Suivant le mot de Philippe Wolff.

multipliées des pèlerins, enfin l'afflux des legs, souvent testamentaires, destinés à assurer le salut de leurs donateurs, ont tôt fait d'enrichir ces basiliques qui, bientôt transformées en monastères, devinrent le centre d'organismes économiques complexes : ainsi le site des anciennes nécropoles se mua-t-il souvent, par la médiation des reliques et des clercs voués à leur culte, en lieux de vie et d'échanges, noyaux de nouveaux faubourgs urbains.

Le poids de la tradition monumentale dans l'architecture religieuse.

Pour élever ces monuments à la gloire de Dieu et de ses saints, les évêques et les abbés utilisaient le concours des *architecti* et *structores* (architectes), des *lapidarii* (tailleurs de pierre) et *caementarii* (maçons) dont les textes gardent la trace. Or ces corps de métiers, encore organisés à la manière antique, perpétuaient dans l'architecture religieuse les anciennes techniques de construction. Ainsi l'usage resta-t-il répandu d'un beau petit appareil régulier, aussi bien dans les édifices poitevins que dans ceux de la région parisienne — par exemple, dans l'*augmentum* que Childebert fit ajouter vers 550 à la petite basilique naguère élevée par sainte Geneviève sur le tombeau de saint Denis —, même si les nécessités locales exigeaient parfois — en Normandie aussi bien qu'en Languedoc — l'usage de l'*opus spicatum* (appareil en « arêtes de poisson »), réputé plus fruste, mais remontant, lui aussi, à l'Antiquité romaine. Dans tous les cas, singulièrement en Aquitaine, on continua de couvrir les édifices avec l'alternance, toute classique, des tuiles plates (*tegulae*) et des tuiles rondes (*imbrices*).

La plupart des églises gardèrent le plan basilical, c'est-à-dire rectangulaire, des origines paléochrétiennes. C'était assurément le cas des grandes cathédrales, le plus souvent restaurées ou agrandies (Aix, au début ; Trèves, au milieu ; Tours, à la fin du VIᵉ siècle), mais parfois bâties *ex nihilo* (Nantes, consacrée par l'évêque Félix en 568) ; c'était aussi le cas des grandes basiliques suburbaines (Saint-Pierre-aux-Nonnains, à Metz ; Saint-Géréon, à Cologne ; Saint-Martin, à Tours ; Saint-Sernin, à Toulouse) ; voire de certaines églises paroissiales ou mémoriales créées en dehors des chefs-lieux de cités (Sainte-Reine, à Alise ; Montferrand, en Languedoc ; ou encore Selles-sur-Cher, élevée avant 558 sur l'ordre de Childebert pour perpétuer le souvenir de l'ermite Eusice). Toutes sortes de variantes pouvaient s'ajouter à la structure basilicale originelle — en particulier une grande abside semi-circulaire, parfois flanquée de chambres rectangulaires ou d'absidioles (ainsi à la cathédrale de Genève, reconstruite au début du VIe siècle après la guerre de Gondebaud et de Godegisèle ; ou à la basilique Saint-Martin d'Autun, achevée à la fin du siècle) ; ou encore le triplement des nefs par ajout de bas-côtés (comme à la cathédrale de Genève, toujours ; ou à celle de Nantes).

On construisit aussi beaucoup d'édifices à plan centré, suivant la mode orientale. Cela resta la règle pour les baptistères, par exemple ceux de Provence, qui furent souvent terminés au VIe siècle, parfois au VIIe siècle : généralement sommés d'une coupole octogonale élevée au-dessus de la piscine baptismale et entourés d'un déambulatoire (à Aix, à Riez comme naguère à Fréjus), ils avaient parfois, comme à Vénasque, une structure carrée flanquée sur chaque côté d'une abside semi-circulaire voûtée en cul-de-four. Mais le plan centré était éventuellement utilisé pour d'autres édifices — églises funéraires, comme Saint-Laurent de Grenoble, ancien hypogée transformé aux VIe-VIIe siècles en une vaste église quadrilobée ; ou églises paroissiales, comme la Daurade de Toulouse, l'un des plus anciens sanctuaires de la Gaule dédiés à la Vierge, peut-être entrepris sous l'autorité wisigothique et en tout cas terminé après la conquête franque, remarquable édifice de plan décagonal, surmonté d'une coupole et orné des mosaïques à fond doré qui lui ont valu son nom. Sans conteste, l'apogée de ce type de construction, tel du moins qu'il est parvenu jusqu'à nous, a été atteint vers 600 avec l'achèvement du baptistère Saint-Jean de Poitiers. L'origine de ce monument remonte sans doute au IVe siècle, mais il a subi d'importants remaniements au VIe, et les ultimes aménagements qui lui ont donné sa forme quasi définitive au début du VIIe, après un incendie. Dans l'élévation de sa partie centrale, qui évoque une *cella* antique, dans son abside principale décorée à l'extérieur d'un fronton triangulaire, dans ses grandes arcades intérieures portées par des colonnes et des chapiteaux en marbre blanc des Pyrénées, dans son bel appareil de pierres taillées, on reconnaît, comme intacte, la tradition romaine. Mais les aménagements du début du VIIᵉ siècle trahissent la lente déperdition de cette tradition : aux grandes fenêtres ont été substitués de petits oculi ; des pilastres trapus ont été engagés, sans grande harmonie, dans le registre supérieur des murs ; quant aux beaux chapiteaux, ils sont sûrement de remploi.

Cela ne revient pas à dire qu'on n'en a plus produit dans la Gaule du VIᵉ siècle : les ateliers de marbre pyrénéen, ceux de Saint-Béat en particulier, ont continué d'exporter leurs chapiteaux, leurs colonnes, leurs sarcophages sculptés non seulement dans toute l'Aquitaine, mais encore jusque dans la région parisienne.

Des courants d'échanges toujours tributaires de la Méditerranée.

C'est que toute circulation et même toute vie d'échanges n'étaient pas mortes en Gaule. Les textes, souvent des inscriptions, témoignent encore de la présence de ces colonies de marchands juifs, ou plus généralement orientaux, qui avaient monopolisé le grand commerce au temps de l'Empire romain, à Marseille, à Arles, à Uzès, à Vienne, à Lyon, à Narbonne, à Bordeaux, à Clermont, à Bourges, à Orléans, à Tours, à Nantes, à Besançon, à Paris, à Trèves et à Cologne — c'est-à-dire le long des rivages méditerranéens, dans la Gaule du Midi, le long des vallées du Rhône et de la Loire, ou encore dans les rares villes du Nord qui restaient marquées par la profonde empreinte de la romanité, ou qui étaient devenues un lieu de séjour privilégié des rois (Paris). C'étaient ces marchands qui importaient et acheminaient par les voies terrestres et fluviales les produits de luxe que les bateaux de la Méditerranée, toujours mus par la voile latine, amenaient dans les ports de Narbonne, de Fos, ou surtout de Marseille, comme au beau temps de l'apogée romain avec lequel la reconquête justinienne du bassin occidental de la Méditerranée (533-554) semblait vouloir renouer. A Marseille précisément, où, dès la mainmise des Mérovingiens sur la ville, se sont activés les fonctionnaires du fisc, et où, au cours du VIe siècle et au début du VIIe, ont été construits de nouveaux quais de pierre, étaient débarqués des épices et des essences odoriférantes (tels le poivre et l'encens), des soieries et des brocarts, des tissus coptes et du vin de Gaza, des huiles et des peaux — sans oublier, bien sûr, les précieux papyrus, qui resteraient jusqu'à la seconde moitié du VIIe siècle les supports quasi exclusifs de l'écriture. Quand Gontran, fils de Clotaire, fit en 585 son entrée à Orléans, il fut acclamé, raconte Grégoire de Tours, « ici dans la langue des Syriens, là dans celle des Latins, ailleurs aussi dans celle des Juifs eux-mêmes » : d'une certaine manière, il allait au-devant de ceux qui alimentaient sa chancellerie en papyrus et ses celliers en vins d'Orient.

Les choses, cependant, n'étaient pas simples pour qui voulait acheminer vers les marchés du Nord des produits d'un tel prix : les textes des VIIe-VIIIe siècles montrent que les rois mérovingiens s'appliquèrent à conserver l'énorme fiscalité indirecte que l'Empire finissant avait imposée à la circulation des marchandises. Qu'il y eût à chaque étape importante — Marseille, Toulon, Fos, puis, vers le nord, Arles, Avignon, Valence, Vienne, Lyon, Chalon — perception d'un *tonlieu* (de *teloneum*, mot bas-latin qui donnerait en d'autres langues *toll* ou *Zoll*) ne surprendra pas ; mais qu'ici et là une taxe fût levée sur les ponts empruntés, sur les gués traversés, sur le nombre de roues, pour la poussière soulevée, pour le comblement des ornières, n'était pas fait pour encourager le trafic, surtout terrestre ; et une préférence marquée pour la voie d'eau commença de s'exprimer, surtout pour le transport des produits pondéreux.

Cela est particulièrement sensible sur les grands fleuves de la Gaule moyenne et septentrionale (Loire, Seine, Meuse, Moselle et Rhin), où l'on repère, à côté du trafic de redistribution des produits venus de la Méditerranée, une importante circulation interrégionale, vouée au transport de produits lourds ou d'indispensables denrées — sel des marais de la

Loire atlantique ou du bas Poitou, redistribué dans toute la
Gaule du Nord ; pierres de taille, parfois ouvragées, de la
vaste Aquitaine, comme les chapiteaux et sarcophages pyrénéens dont il vient d'être question ; vins de la Loire, de la
Seine, de la Moselle et du Rhin. Grâce à leurs débouchés maritimes, où s'illustraient, depuis Rome, des ports aussi importants que Nantes ou que Rouen, et où commençaient de se
développer, comme à Walcheren-Domburg, dans la Zélande
frisonne, des comptoirs commerciaux d'un type nouveau, ces
vallées fluviales gardaient avec un outre-mer essentiellement
britannique les contacts que l'Empire romain avait naguère
noués, et qui s'avéreraient dans un avenir proche particulièrement fructueux. Quand Colomban, missionnaire d'origine
irlandaise, voulut trouver à Nantes, au début du VIIe siècle,
un bateau marchand qui le ramènerait dans sa lointaine
patrie, il n'eut aucune difficulté. Ce qui n'est guère étonnant
quand on sait que dans de nombreux sites d'Irlande ou de
Cornouaille, occupés, comme le monastère de Tintagel, de
450 à 650, on a retrouvé les mêmes restes de jarres à huile
de Tunisie ou d'amphores à vin de l'Égée ou de l'Asie
Mineure qu'à Marseille, à Toulouse, à Bordeaux ou à Nantes.

En conclura-t-on que l'animation commerciale dans le nord
de la Gaule n'était que le prolongement, dans l'espace et dans
le temps, des vieux trafics méditerranéens ? Non, bien sûr.
Le vin que, vers 585, le marchand Christophe évoqué par Grégoire de Tours convoyait sur la Loire en aval d'Orléans ne
venait sans doute pas d'un lointain Orient. N'empêche que
le nom du marchand, vraisemblablement grec, suggère que
les trafics locaux se trouvaient parfois encore entre les mains
des Orientaux ; et que ceux-ci tenaient encore fermement les
positions acquises à l'apogée de l'Empire : on appréciera une
fois de plus la pesanteur des vieilles structures.

Témoin le trésor monétaire trouvé en 1897 à Escharen, sur
la basse vallée de la Meuse, dans une région où, à l'époque
de son enfouissement, c'est-à-dire vers 600, s'établissait le
contact entre les Francs et les Frisons[1]. Il contenait
soixante-six pièces, toutes des sous, ou des tiers de sou d'or —

1. Jean Lafaurie (89).

ce qui veut dire que, dans les marges septentrionales du royaume franc, l'étalon de référence exclusif restait encore le sou de Constantin, conservé tel quel (sous le nom de *besant*, ce qui veut dire *byzantium*) par ses héritiers orientaux : il s'en trouvait d'ailleurs plusieurs, frappés par Zénon, Justin, Justinien et Maurice (donc entre 474 et 602), dans le trésor d'Escharen, qu'ils contribuent à dater. Mais il y avait aussi des imitations gauloises de besants, qui s'appliquaient à garder l'aloi, le type et la légende impériale pour en garder le crédit ; et surtout des imitations de *trientes*, de tiers de sou, frappés avec les mêmes critères, même si le type en était dessiné à traits de plus en plus grossiers, dans des ateliers répartis dans l'ensemble de la Gaule : les plus nombreux venaient des ateliers du Midi — Sisteron, Uzès, Viviers, Arles, et surtout Marseille, dont les émissions furent les plus importantes de la Gaule entre 570, époque à laquelle Byzance perdit devant les Lombards ses positions italiennes, et la fin du VIIe siècle ; les autres venaient essentiellement des ateliers rhénans et mosans ; quelques-uns, enfin, avaient été frappés dans la Frise indépendante.

Ainsi l'instrument monétaire exclusif dans la Gaule de la fin du VIe siècle, et même au-delà de ses frontières septentrionales, restait-il le sou romain ou byzantin, ou telle de ses monnaies divisionnaires. Si Théodebert, roi des Francs rhénans et nouveau maître des bouches du Rhône, émit vers 540 des pièces d'or frappées à son nom, il se garda bien de modifier le poids et l'aloi byzantins, ce qui en eût indubitablement compromis le crédit et la circulation. Dans le domaine monétaire comme dans l'ensemble de la vie économique, le poids du passé restait énorme, même dans les contrées du grand Nord où étaient en train de se préparer les mutations de l'avenir.

Bien sûr, il devenait de plus en plus difficile de reconnaître le nom et les traits de l'empereur dans des légendes et des types monétaires qui, de copie en copie, se faisaient toujours plus schématiques. C'est que, dans ce domaine comme dans celui des vieilles traditions architecturales, la tendance longue était à une lente déperdition de l'héritage, éventuellement à ce que l'on a appelé une progressive « barbarisation ». On va voir que l'évolution fut la même dans le domaine culturel — avec la complicité des élites chrétiennes résolues à doter la société d'une nouvelle vision du monde.

Christianisation
et pesanteurs culturelles

Le prestige préservé de la culture antique.

« De nos jours, s'était écrié Sidoine Apollinaire, bien peu
de personnes s'adonnent à la culture des lettres et, sur ce nombre, bien peu avec éclat. » Certes, la fin du Ve siècle vit la
progressive disparition des dernières écoles publiques qui, en
Gaule du Sud, avaient jusqu'alors résisté à la tourmente des
derniers siècles de l'Empire. Mais l'attachement à la culture
classique s'est, grâce à la transmission parentale et parfois
à l'usage de précepteurs privés, conservé dans les grandes
familles d'Aquitaine, de Burgondie, de Provence. On entrevoit le poids de la rhétorique derrière la fausse modestie de
Grégoire de Tours, qui, après avoir déploré dans sa préface
« la décadence du culte des belles lettres », prie les lecteurs
de son *Histoire des Francs* de l'excuser « si dans les lettres
et les syllabes il [lui] est arrivé de transgresser les règles de
l'art de la grammaire qu'[il] ne possède pas pleinement » ; ou
derrière celle de l'Italien Fortunat, qui, installé dans une
Gaule pourtant moins préservée que sa patrie, déclare : « Ma
bouche ne connaît point les secrets du discours. J'ai léché
quelques gouttes des ruisseaux de la grammaire, j'ai lapé quelques gorgées des torrents de la rhétorique. Je me suis frotté
à l'étude du droit. » Assurément, il restait suffisamment de
beaux esprits dans la Gaule du Sud pour inquiéter en 559
l'abbé d'un monastère parisien sollicité par le roi Clotaire
d'accepter l'évêché d'Avignon : il ne voulait pas, rapporte
Grégoire, « que sa candeur fût mise à l'épreuve au milieu de
sénateurs rompus à la sophistique et de magistrats versés dans
la philosophie ». Par contre, il ne refusa pas le siège du Mans,

où, semble-t-il, il ne courait pas les mêmes dangers : derrière
ce remarquable exemple, celui de l'évêque Domnulus que
nous avons vu plus haut fonder la basilique de Saint-Vincent
du Mans et la doter de biens prélevés sur le patrimoine de sa
cathédrale, c'est l'opposition culturelle entre deux Gaules, la
barbare, au nord, et la romaine, au sud, qu'on aperçoit : même
pour un aristocrate gallo-romain du Nord, la Gaule du Sud
restait pétrie de romanité. Il faut dire que l'usage de l'écrit,
signalé par les pratiques administratives ou par la présence de
notaires, reste attesté dans bien des villes de la Gaule du Midi
(Arles, Lyon, Clermont, Poitiers, Bourges) jusqu'au début du
VIIe siècle.

Et il ne s'est pas non plus tout à fait perdu au nord, où
on le voit pratiqué à Trèves, foyer de romanité longtemps
préservé au milieu d'un monde germanisé, ou à Paris, lieu
de séjour fréquent des rois et de leur suite. Quoiqu'on ne
sache pas grand-chose du degré de culture des héritiers de
Clovis (en tout cas de ceux de la première génération), on
ne peut manquer de rappeler à quel point ils restèrent fascinés pas le legs de l'Antiquité. Le mythe de l'origine troyenne
des Francs, qui a dû germer dans les esprits au VIe siècle
avant de trouver sa première expression écrite dans la chronique du pseudo-Frédégaire au milieu du VIIe siècle, n'est
sans doute, d'ailleurs, que le produit de cette fascination.
Celle-ci, évidente chez Théodebert, sur lequel il n'est pas
nécessaire de revenir, fut largement partagée par Chilpéric,
fils cadet de Clotaire : non seulement il s'intéressa comme
son cousin à perpétuer les jeux du cirque, voulant offrir des
spectacles aux populations de Soissons et de Paris, ses deux
capitales ; non seulement il correspondit comme lui avec
l'empereur byzantin, se flattant de montrer à ses visiteurs les
médaillons ornés que celui-ci lui avait offerts ; mais encore
il se piqua de littérature. Il composa des messes et des hymnes,
dont l'une, dédiée à saint Médard, qui avait été l'objet particulier de la dévotion paternelle, garde les caractères rythmi-
ques des chants triomphaux de l'Antiquité ; il se voulut
théologien et écrivit un petit traité, au demeurant peu orthodoxe, sur la sainte Trinité ; il se fit enfin grammairien, ajoutant même, comme l'empereur Claude l'avait fait avant lui,

quatre lettres à l'alphabet latin et légiférant pour les faire accepter dans les différentes cités de son royaume.

Cette réforme, peut-être destinée à institutionnaliser les évolutions phonétiques propres au latin vulgaire — ce qu'on appelle la *lingua rustica romana*, désormais parlée par les élites franques —, suggère le divorce, de plus en plus profond, qui le séparait de la langue classique. D'ailleurs, les écrits que le roi nous a laissés, ainsi que les actes sortis de sa chancellerie ou de celles de ses frères, n'étaient pas dépourvus de fautes — non plus d'ailleurs que les épitaphes, qu'on continue de trouver nombreuses, au moins dans le Midi : tout montre en fait que le prestige de l'écrit, resté immense dans la Gaule du VIᵉ siècle, était à la mesure de la lente déperdition de sa maîtrise technique : dans les seules écoles qui apparussent alors — monastiques, cathédrales, presbytérales —, l'apprentissage du beau langage n'était plus une fin en soi. Ainsi, quand le pape Grégoire le Grand apprit vers 599 que Didier, évêque de Vienne, entreprenait d'initier à la grammaire certains de ces concitoyens, il lui adressa une sévère semonce : « Nous avons appris, et nous ne pouvons le rappeler sans honte, que votre fraternité enseignait la grammaire à certaines personnes. Nous considérons la chose comme grave [...] parce que, dans une même bouche, les louanges du Christ sont inconciliables avec les louanges de Jupiter. Considérez qu'il est grave et impie pour un évêque de chanter des vers [1]... » On s'acheminait alors vers une culture résolument ascétique.

Les cadres de l'Église séculière.

Écrivant à l'évêque Didier, le pape usait d'une autorité qui était beaucoup plus morale que hiérarchique. Ça n'est pas parce que Grégoire continua de désigner (il fut le dernier à le faire) l'évêque d'Arles comme son « vicaire apostolique » en Gaule, chargé de l'y représenter et d'y défendre ses intérêts, qu'il était reconnu par les évêques comme un chef, surtout en matière disciplinaire ; ça n'est pas non plus parce que

---

1. Cité par Pierre Riché (133).

son aura personnelle et son esprit d'initiative lui valurent
reconnaissance et respect. Les chefs de l'Église — il vaudrait
mieux dire *des* Églises gauloises — étaient les métropolitains,
et surtout les rois : il faut dire que les partages dynastiques,
qui tinrent de moins en moins compte des anciennes limites
provinciales, tendirent à diminuer l'autorité des premiers et
à accroître celle des seconds. Ce fut de plus en plus souvent
à l'initiative des rois (et l'exemple vient de loin : qu'on se
rappelle Clovis, à Orléans, en 511) et de moins en moins à
celle des métropolitains que furent réunis les conciles, particulièrement nombreux tout au long du VIe siècle, et auxquels
incombait la mission de régler les grandes questions discipli-
naires et doctrinales. La prétention, évoquée plus haut, des
métropolitains de Tours à exercer une tutelle sur les églises
bretonnes était autant l'expression de leurs propres ambitions
qu'un moyen pour la royauté franque, qui les soutenait, de
s'ingérer dans les affaires de la lointaine Armorique — une
Armorique où continuaient d'être pratiqués des usages
proprement celtiques d'origine insulaire, et qui étaient en
contradiction avec les usages continentaux, singulièrement
gallicans. Les Bretons, en effet, fidèles au comput irlandais,
célébraient la fête de Pâques, donc la plupart des autres fêtes
liturgiques qui en dépendaient, à une date différente du reste
de la Gaule ; ils avaient une organisation ecclésiastique originale, dans laquelle les évêques, souvent abbés de monastères, avaient un rayonnement plus personnel que territorial,
et où la célébration du culte, qui mobilisait éventuellement
des femmes appelées *conhospitae*, n'était pas nécessairement
associée à l'espace sacré de l'église, mais pouvait être trans-
portée de maison en maison où l'on communiait sous les deux
espèces. Même s'il n'y avait aucune opposition sur le plan
doctrinal, les évêques gaulois ne pouvaient supporter la perpétuation de semblables usages.

C'est que *les Églises* de Gaule, qui s'étaient ralliées au
calendrier romain, même si la liturgie gallicane conservait une
certaine originalité dans la célébration des grandes fêtes et
dans le culte de saints qu'il vaudrait mieux appeler territoriaux que nationaux, étaient organisées d'une manière toute
différente. Les évêques étaient fermement attachés à leur cité

— concept qui, désormais, englobait aussi bien le siège épiscopal que l'ensemble, aux limites bien définies, du diocèse — et à une conception stable, hiérarchisée et exclusivement masculine du service liturgique. D'autre part, les prétentions des rois francs à intervenir dans les nominations épiscopales, contre le droit primitif des églises qui voulait que ce fussent les fidèles et surtout le clergé du diocèse qui choisissent leur évêque, ont contribué à donner une réelle homogénéité à *l'Église* de Gaule.

La mainmise royale ne s'est pas faite toute seule. Depuis le concile d'Orléans de 511, qui, on se le rappelle, avait décrété qu'aucun laïc ne pût être ordonné clerc, donc évêque, sans l'autorisation royale, il fallut plusieurs décisions conciliaires (comme celle qui fut prise à Orléans, de nouveau, en 549) et plusieurs coups de force pour que les rois, enfin, s'assurent dans la seconde moitié du VIe siècle le contrôle des désignations épiscopales. S'ils ont parfois confirmé les traditions locales et la mainmise de familles entières sur certains sièges, ils n'ont pas hésité à nommer certains de leurs familiers, éventuellement des laïcs — Baudin, référendaire de Clotaire ainsi envoyé à Tours ; Badegisèle, ancien majordome de Chilpéric, envoyé au Mans —, comprenant l'extraordinaire instrument politique qui était mis à leur disposition. Le cas déjà évoqué de Domnulus, ce clerc d'origine mancelle devenu abbé de Saint-Laurent de Paris et sollicité par Clotaire d'accepter le siège d'Avignon avant d'être finalement ordonné évêque du Mans, suffirait à montrer le rôle unificateur qui pouvait être joué par les évêques au service de la royauté.

L'ingérence royale dans les nominations épiscopales fut-elle aussi efficace pour la vie de l'Église et les progrès de la christianisation ? On pourrait en douter *a priori*, quand on voit que pour être promus certains laïcs comme Badegisèle durent recevoir l'ensemble des ordres — mineurs et majeurs — du cursus ecclésiastique en quarante jours, au lieu du minimum d'un an exigé par les normes canoniques. Mais semblables promotions n'excluaient pas une authentique conversion, qui impliquait au minimum une séparation d'avec l'épouse quand il y en avait une — ce qui était le cas le plus fréquent tant que n'étaient pas promus des moines, ou des membres du clergé de la cathédrale comme les archidiacres, bras droits des évêques dans l'administration temporelle du diocèse et souvent tout-puissants pendant la vacance du siège. En tout cas, bien des évêques du VIe siècle furent d'actifs agents de la christianisation, battant la campagne, réalisant des prodiges, consacrant des églises. Au même titre que les moines.

La tradition monastique.

Le VIe siècle vit en effet la perpétuation de la tradition érémitique venue de l'Orient. On peut même dire qu'elle se développa considérablement dans la Gaule du Nord, où les épaisseurs forestières et les solitudes marécageuses se faisaient particulièrement attractives — dans le val de Loire, dans le Maine, dans les Ardennes même, où, à Carignan, s'est installé sur une colonne d'un ancien temple de Diane le Lombard Wulfilaic, seul stylite qu'ait connu l'Occident. Soit que leur rayonnement ait contribué à fixer, parfois contre leur gré, les disciples autour d'eux, soit qu'après leur mort leur tombe soit devenue lieu de culte, leur ermitage, tel celui de saint Calais, dans le Maine, s'est souvent mué en monastère. Car le VIe siècle vit aussi une grande diffusion du cénobitisme, souvent encouragée, à des fins expiatoires, par les grands de ce monde, à commencer par les rois — Clovis, Sigismond, Childebert, Clotaire — qu'on a rencontrés en cours de route ; par les évêques, comme Domnulus du Mans ; ou par les membres des aristocraties, comme le duc Launebolde, qui entreprit vers 570 la reconstruction de Saint-Sernin de Toulouse, ou comme le duc Ansemundus et sa femme Ansleubana, qui fondèrent en 543 l'abbaye de Saint-André de Vienne.

Dans la charte de fondation, ces derniers prièrent la nouvelle abbesse, leur fille Eugenia, de suivre les normes établies par sa tante Eubona, sœur du donateur et déjà abbesse d'un autre couvent. C'est qu'il n'y avait encore en ce temps nul ordre religieux ; chaque communauté suivait sa propre règle. Au mieux certains fondateurs prestigieux ou certains rédacteurs de règles eurent-ils un rayonnement qui dépassa les murs de leur couvent : les règles que Césaire d'Arles, ancien moine lérinien, rédigea vers 520-530 pour les communautés de sa cité, en particulier pour le monastère de moniales qu'il avait fondé en 507, perpétuèrent l'influence acquise au Vᵉ siècle par celles d'Honorat et de Cassien. Les principes que les unes et les autres mirent en avant — stabilité et stricte clôture monastique, ascèse et chasteté, obéissance à l'abbé et pauvreté personnelle —, repris au début du VIᵉ siècle par un « Maître » anonyme, puis à une date qu'on situe désormais vers le milieu du siècle par saint Benoît, abbé du Mont-Cassin, deviendraient les piliers du monachisme occidental.

Il est cependant une autre tradition monastique qui, à partir de la fin du VIᵉ siècle, étendit son influence sur la Gaule : c'est la tradition irlandaise, marquée par une ascèse plus rigoureuse, atteignant éventuellement la mortification, et par la nécessité de la pérégrination au service de Dieu, *a priori* contraire au principe de stabilité mis en avant dans les monastères méridionaux. Si cette pérégrination, éventuellement conduite sur la mer, prit parfois des formes héroïques, elle se voulut essentiellement missionnaire. C'est pourquoi les moines irlandais, qui, à la différence de leurs frères du Midi, étaient souvent prêtres, furent de grands promoteurs de la christianisation. L'un d'eux, Colomban, débarqua vers 590 en Armorique et pérégrina à travers la Gaule du Nord, avant de fonder, sur la proposition du roi Gontran, les monastères d'Annegray, de Luxeuil et de Fontaines, dans les Vosges méridionales. Son intransigeante fidélité aux usages celtiques, en particulier sur le choix de la date de Pâques, lui valut des déboires avec les évêques du voisinage, et bientôt avec ses protecteurs royaux : il reprit la route en 610, multipliant les conversions en Gaule du Nord, et jalonnant un long périple à travers l'Alémanie et la Lombardie de fondations nouvelles, en particulier celle de Bobbio en Italie, où il mourut en 615.

La christianisation et ses limites.

Ainsi les monastères devinrent-ils souvent, tout autant que les évêchés, des foyers de christianisation ; et les moines furent nombreux qui quittèrent les murs de leur couvent pour détruire les anciens lieux de culte et construire des églises. Certes, les cités épiscopales restèrent les pôles privilégiés de la vie liturgique, mais celle-ci continua de gagner les *vici*, parfois même les campagnes. L'initiative, ici, put venir d'en haut, c'est-à-dire de l'évêque ou du monastère, comme à Notre-Dame du Brusc, près de Châteauneuf-de-Grasse, où l'on ne sait trop si c'est l'évêque d'Antibes ou les moines de Lérins qui substituèrent à un temple païen développé à proximité d'une source sacrée une église doublée d'un baptistère et bientôt entourée par les sépultures. Mais c'est surtout l'initiative privée qui fut à l'origine du développement des églises rurales : de la même façon qu'on a vu — à Larina, à Tresson — de grands propriétaires d'origine gallo-romaine élever des oratoires à l'ombre de leurs *villae*, il est arrivé, comme à Arlon dès le milieu du VIe siècle, que des chefs francs fissent ériger sur les sépultures de leur famille un oratoire, d'abord purement privé, mais qui, attirant peu à peu les habitants des alentours, devint, en vertu d'autorisations conciliaires comme celles de 541, le centre d'une nouvelle paroisse rurale. Un prêtre desservant y était alors attaché, canoniquement ordonné par l'évêque, mais le plus souvent choisi par le fondateur ou par ses descendants, qu'on doit d'emblée considérer comme les « patrons » de l'église. On constate donc au bas de la hiérarchie des églises la même mainmise que celle qu'on avait reconnue à son sommet.

Cela ne signifie pas que les laïcs participaient à la vie spirituelle, qui restait l'apanage des hommes d'Église. Si l'on a vu les rois convoquer et présider les conciles, éventuellement intervenir en matière de théologie, il ne faut pas oublier que l'exercice de la liturgie était l'affaire du clergé, et que, dans les églises de ce temps — aussi bien dans les modestes édifices ruraux, comme l'église de Limans en haute Provence, que dans les cathédrales et les églises suburbaines, comme Saint-Denis —, un chancel, ancêtre de notre jubé, fermait aux yeux des fidèles l'essentiel des célébrations. Plus qu'une véritable initiation aux mystères, ce qui paraît avoir compté pour la majorité des laïcs, c'était une possibilité d'approcher les corps saints, contenus dans une crypte sous le chœur, et dont le contact était réputé salvateur. « Une foule immense de peuple s'amassait autour du tombeau de saint Nizier, comme des essaims d'abeilles, écrit Grégoire de Tours, petit-neveu du saint évêque de Lyon. Les uns prenaient des morceaux de cire, les autres un peu de poussière, quelques-uns s'emparaient de quelques fils qu'ils tiraient de la couverture du tombeau, des herbes que la dévotion des fidèles avait déposées près de lui. »

Saint Hilaire à Poitiers, saint Martial à Limoges, saint Sernin à Toulouse, saint Denis à Paris, saint Remi à Reims, saint Médard à Soissons, saint Julien à Brioude, et surtout saint Martin à Tours ont exercé sur les pèlerins la même fascination. C'est surtout vrai du dernier nommé, dont le culte au VIᵉ siècle a fait l'objet de fines analyses [1]. Si la Gaule entière, depuis Cologne jusqu'à Toulouse, et depuis Avranches jusqu'à Besançon, est allée à lui (sous la forme des pèlerins dont on connaît l'origine), on peut tout aussi bien dire que, par la diffusion de son culte, éclaté dans toutes les directions à deux cents kilomètres au moins autour de Tours, il est allé à la Gaule entière, et parfois même au-delà.

Le succès de ce culte véritablement « pan-gaulois » peut donner à penser qu'à la fin du VIᵉ siècle une bonne partie de la population de la Gaule — exception faite, sans doute, des paysanneries les plus barbarisées du Nord et de l'Est — avait adhéré au christianisme, donc avait été baptisée — suivant les normes du temps qui voulaient que les adultes seuls reçussent le sacrement, d'une manière collective et à l'occasion des grandes fêtes de l'année liturgique —, qu'on se rappelle l'exemple de Clovis et de ses guerriers. Est-ce à dire que toutes les anciennes croyances, ou plutôt toutes les anciennes pratiques, ont été abolies? Non, bien sûr, car des sermons comme ceux de Césaire d'Arles ou des statuts synodaux ou conciliaires comme ceux de l'évêque Aunaire d'Auxerre (seconde moitié du VIᵉ siècle) montrent que, si certains cultes continuèrent d'être voués aux divinités de la Rome ancienne, ce furent plus généralement les pratiques du vieux paganisme celtique qui resurgirent, fouettées par les désordres des

1. En particulier par Charles Lelong (99).

derniers siècles et par la contamination du paganisme germanique, encore tout-puissant au nord et à l'est de la Gaule. Ainsi furent dénoncés les travestissements rituels des calendes de janvier, les ablutions nocturnes du solstice de juin, les hurlements collectifs à l'occasion des éclipses de lune, les cultes panthéistes, la fabrication d'idoles anthropomorphes, le port des amulettes et toutes les pratiques de la divination. Que les conciles réunis aux Estinnes (Hainaut) et à Soissons en 743-744 soient revenus sur les mêmes interdictions dans leur appendice connu sous le nom d'*Indiculus superstitionum et paganiarum* [1] suffit à montrer les résistances populaires à la véritable acculturation qu'eût dû ou, en tout cas, qu'eût pu être l'adhésion au christianisme.

Mais ce que montrent aussi ces textes normatifs, c'est l'élaboration d'une espèce de syncrétisme entre les pratiques anciennes et les croyances nouvelles. Ainsi les amulettes ou phylactères commencèrent-ils d'être christianisés ; ainsi les saints étaient-ils invoqués dans les pratiques divinatoires ; ainsi était-il courant que l'eucharistie fût donnée aux morts, curieux substitut de l'ancienne obole à Charon. Une stèle découverte à Mistrais (Touraine) offre une singulière illustration de ce syncrétisme : elle contient une épitaphe résolument chrétienne (« Ici reposa aux calendes de septembre le jeune Aigulfus d'heureuse mémoire ; qu'il daigne prier pour ses parents Ægidius et Mellita comme on doit le faire quand on est près du Christ [2] ») ; mais aussi un décor gravé qui montre l'élu héroïsé arraché au lion de la mort éternelle par le cheval mythique qui le mène vers le ciel. Nul doute que c'est à travers les rituels de la mort qu'on mesurera le mieux le véritable impact de la christianisation.

La mort.

La plupart des épitaphes chrétiennes qu'on a conservées expriment une réelle piété, même si elles perpétuent les formulaires stéréotypés des siècles antérieurs, et leur décor gravé

1. Étudié en dernier lieu par Alain Dierkens (36).
2. Citée et traduite par Charles Lelong (99).

n'est pas toujours aussi hétérodoxe qu'à Mistrais : l'épitaphe de Populonia, inhumée *in spe resurricxionis* dans la
nécropole de Saint-Ferréol, à la périphérie de Grenoble, montre entre deux colombes un canthare, symbole de la source
de vie et de la purification de l'âme par le baptême.

On ne s'étonnera pas que de telles épitaphes ont surtout
été retrouvées dans les nécropoles périphériques des anciennes cités gallo-romaines — par exemple à Lyon, à Vienne,
à Grenoble —, en ces lieux précisément où, sur les tombes
des martyrs ou des évêques, avaient été élevées les premières
basiliques funéraires. L'élévation de ces basiliques a même
confirmé la vocation funéraire de leur site, tant le désir des
chrétiens était grand d'être inhumés *ad sanctos*, à proximité
des corps saints et des célébrations liturgiques dont on attendait la médiation efficace. Les grands de ce monde — évêques, pour commencer, puis membres du clergé et enfin laïcs
de haut rang — s'arrogèrent même le privilège d'être enterrés dans les églises : la basilique de Saint-Martin devint
comme le caveau de famille des évêques de Tours, et l'église
Saint-Pierre, celui des évêques de Vienne. Dans tous les cas,
les Gallo-Romains tendirent à substituer aux anciennes
offrandes alimentaires déposées dans les tombes un simple
vase contenant de l'eau bénite, ou encore une pierre gravée
portant une image ou une inscription apotropaïques : on ne
trouverait bientôt plus la moindre trace du vieux coutumier
funéraire romain. D'autant que le vieil interdit, réactualisé
par le Code théodosien, qui exigeait que « tous les corps fussent enlevés et déposés hors de la ville », fut transgressé dès
la première moitié du VIᵉ siècle : les cathédrales, comme celle
d'Arras vers 540, revendiquèrent le droit de conserver sous
leur sol le corps prestigieux des évêques. Comme naguère les
basiliques périphériques, elles commencèrent d'attirer les pèlerins, puis les sépultures princières : dans une chapelle funéraire (ou *memoria*) construite dans l'atrium de la cathédrale
de Cologne furent inhumés vers 540 une princesse et un jeune
garçon qu'on considère volontiers comme ayant fait partie
de l'entourage immédiat de Théodebert : est-ce un hasard ?
Celui-ci apparaîtrait une nouvelle fois comme plus romain
que les Gallo-Romains.

Rien de tel encore dans les campagnes, en particulier dans les contrées du Nord-Ouest, du Nord et de l'Est où dominaient les Barbares, qui restèrent fidèles jusqu'au VIIᵉ siècle, parfois même au VIIIᵉ siècle, au vieil usage des *Reihengräberfelder*, ou cimetières à rangées de tombes, allongées parfois sur des centaines de mètres, dont les colonies de lètes ou de fédérés avaient répandu l'usage dans la Gaule du Bas-Empire. Non seulement ce mode de sépulture perdura sur les vieux sites, depuis Krefeld-Gellep (Rhénanie) jusqu'à Frénouville (Basse-Normandie), l'un et l'autre occupés depuis le IIIᵉ siècle, mais de nouveaux cimetières furent créés en rase campagne, éventuellement sous l'influence directe des conquérants francs, comme on l'a vu, mais plus souvent par contamination diffuse du modèle. Or l'adhésion au christianisme que suggère depuis Clovis l'ensemble des sources historiographiques n'eut longtemps aucune incidence sur le caractère des inhumations : on continua d'inhumer les morts habillés, les femmes parées de leurs plus beaux atours, les hommes équipés de leur armement, les uns et les autres accompagnés d'offrandes funéraires contenues dans des vases : les seules modifications perceptibles furent celles qu'imposèrent les transformations de la céramique, l'évolution de l'armement ou les modes du vêtement et de la parure féminine. Les unes et les autres sont maintenant suffisamment connues pour que les archéologues aient pu en déduire, après de longs tâtonnements, une véritable typo-chronologie des tombes [1].

Ainsi, mis à part la tendance nouvelle, perceptible dès avant le milieu du VIᵉ siècle, à garder les reliques des saints, puis à enterrer les corps appartenant aux élites religieuses et princières dans les complexes cathédraux, donc dans les murs des anciennes cités, le coutumier funéraire, barbare aussi bien que romain, resta celui des derniers siècles de l'Antiquité : rien d'étonnant, quand on mesure le poids et le défaut de

1. Patrick Périn (120).

renouvellement des anciens modèles culturels. Plus que d'une christianisation dont l'impact est difficile à apprécier, la nécropole mérovingienne était le reflet d'une société fortement structurée : c'était souvent, comme à Lavoye (Meuse), la tombe d'un chef, matérialisée au sol par une chambre funéraire, par un enclos ou par un tumulus, qui, attirant à elle sa parenté d'abord, puis l'ensemble de sa suite guerrière ou de ses dépendants, était à l'origine des nouveaux cimetières. Quant à leur développement topographique, il fut souvent rythmé, comme à Mézières ou à Hordain [1], par les inhumations respectives des chefs qui se sont succédé à la tête de la communauté. C'est que, dans la mort comme dans la vie, la société franque était marquée par de puissantes solidarités de groupes : la grave crise qui secoua la monarchie à la fin du VIe siècle s'en fait le saisissant écho.

---

1. Voir Patrick Périn (119) pour Mézières ; et Pierre Demolon, dans *Le Nord de la France* (117), pour Hordain.

5

La faide royale (561-613)

La famille et le droit [1].

Comme on l'a entrevu plus haut, les sujets gallo-romains des rois mérovingiens réglaient les actes de leur vie privée en fonction du droit romain contenu dans le Code théodosien des environs de 437, abrégé et vulgarisé par Gondebaud dans sa *Loi romaine des Burgondes* et par Alaric II dans son *Bréviaire*, dont Clovis, à la fin de son règne, voulut étendre l'usage à la Gaule entière. Quant aux Barbares, ils relevaient depuis toujours, en particulier depuis leur éventuelle installation comme fédérés dans l'Empire, du droit de leur peuple, transmis d'une manière exclusivement orale jusqu'à ce qu'Euric pour les Wisigoths, Gondebaud pour les Burgondes, Clovis, enfin, pour les Saliens le fissent mettre par écrit, en latin évidemment, c'est-à-dire dans des termes tels qu'ils durent multiplier les emprunts au droit romain vulgaire, tout en gardant — ce fut en particulier le cas du *Pactus Legis Salicae* de Clovis — un réel archaïsme. Ainsi régna en principe dans la Gaule du VIᵉ siècle le régime de la personnalité des lois, qui voulait que chacun fût jugé selon le droit de son peuple. Mais la multiplicité des procès opposant des plaideurs de droit différent et la nécessaire jurisprudence qui en résulta, la progressive fusion des élites facilitée par l'absence — à la différence de ce qui s'est passé dans l'Italie ostrogothique — d'interdit matrimonial entre Romains et Barbares, le caractère éventuellement complémentaire des deux droits (le droit barbare, par exemple, offrait au criminel des recours que lui refusait le droit romain), enfin le pouvoir législatif des rois (qui, certes, fut plus utilisé en matière de droit public qu'en

1. Voir Edward James (85).

matière privée et criminelle), tout cela aboutit assez rapidement à une relative caducité de la personnalité des lois — d'autant que, dans le règlement des conflits, le recours à la force continua bien souvent de prévaloir sur le recours au tribunal.

Car la principale préoccupation du législateur franc était bien de briser le cycle infernal de la vengeance privée — de la *faida* ou *faide* —, ce que nous appellerions aujourd'hui la *vendetta* : quand un membre de la parenté se trouvait atteint dans son sang, dans son honneur ou dans ses biens, c'était, suivant la coutume germanique, tout le groupe familial qui devait laver l'affront, en portant la vengeance non seulement sur l'agresseur lui-même, mais éventuellement sur les membres de son groupe familial. Les exemples abondent dans l'œuvre de Grégoire de Tours de ces processus inexorables qui entraînèrent des familles entières dans le cycle de la violence : on pense, par exemple, à ce Franc de Tournai qui tua en 590 le mari de sa sœur, parce qu'il la délaissait au profit d'une prostituée ; il fut tué à son tour par les compagnons de sa victime ; et, bientôt, ce furent les deux groupes familiaux qui se trouvèrent face à face, provoquant l'intervention de la reine Frédégonde, qui agissait en tant que garante de la paix publique. Le conflit qui avait opposé, quelque cinquante années plus tôt, Secundinus et Asteriolus, deux familiers de la cour de Théodebert « versés dans la connaissance de la rhétorique », montre clairement que les élites gallo-romaines se laissaient volontiers aller à ce genre de règlement de comptes.

Sauvegarder la paix publique, c'était bien le sens du système de composition pécuniaire généralisé par la loi franque et qu'on appelle *wergeld*, le « prix de l'homme », c'est-à-dire la somme que devaient verser à la victime d'un crime ou d'un délit, ou à sa famille, afin d'apaiser leur désir de vengeance, l'auteur du méfait et les siens. Non seulement le tarif variait en fonction de la nature de l'affront, mais il variait aussi en fonction du rang social, de l'âge ou du sexe de la victime : un homme mûr coûtait plus cher qu'un enfant, qu'un vieillard ou qu'une femme ; un évêque ou un membre de la *truste* royale, plus cher qu'un simple paysan libre. Dans tous les cas, un tiers du *wergeld* — le prix de la paix ou *fredus* — était retenu par le représentant du roi (le comte lui-même, ou son délégué, le *thunginus* ou centenier) qui rendait le jugement au sein du tribunal (*mallus*) où siégeaient des jurés choisis parmi les notables et qu'on appelait *rachimbourgs* : de ce tiers, le juge gardait le tiers (soit le neuvième du total) et reversait le reste au trésor royal.

Encore fallait-il que la culpabilité de l'inculpé fût prouvée : or, dans le droit franc, c'était à l'homme présumé coupable d'apporter la preuve de son innocence. Il devait pour ce faire rassembler le plus grand nombre de témoins ; ou, à défaut, subir une ordalie — qui, dans le meilleur des cas, consistait en un duel judiciaire l'opposant à son accusateur ou à l'un de ses proches ; ou encore en une épreuve physique qui consistait à sortir sa main indemne d'un plongeon dans l'eau bouillante ou du contact avec un fer rougi au feu. Il fallait ensuite que le coupable fût solvable ; ou encore que sa famille acceptât de payer pour lui : dans ce dernier cas, il devait abandonner, en contrepartie de ses dettes, l'ensemble de ses biens à sa famille, par la curieuse procédure appelée dans la loi franque *chrenecruda* : après avoir juré solennellement qu'il n'avait plus de biens mobiliers, il devait entrer dans sa maison, y ramasser de la terre aux quatre coins, et la jeter par-dessus son épaule sur ses parents les plus proches ; enfin, vêtu d'une simple chemise, sans ceinture et pieds nus, il devait sauter par-dessus la haie pour signifier qu'il leur abandonnait complètement sa maison. Alors, et alors seulement, la famille acceptait de participer au paiement du *wergeld*.

La famille, qu'est-ce à dire ? C'est le père, bien sûr, qui, à son niveau, détient l'autorité, le *mund*, sur l'ensemble de la maisonnée ; ce sont les frères et demi-frères (nombreux, ceux-ci, en ces temps où se succédaient, et éventuellement cohabitaient, des épouses de rang différent) ; puis ce sont les oncles du côté maternel et du côté paternel ; puis les cousins ; éventuellement la parenté plus éloignée ; et surtout, tous ceux qui appartenaient à la « maison », proches, compagnons, domestiques, et éventuellement membres de la suite armée. On comprend que, plus on s'élevait dans l'échelle de la société et des pouvoirs, plus était important le nombre des gens impliqués dans les exigences de la solidarité familiale ; que le processus de la vengeance privée en vînt à déchirer la famille royale, c'est la Gaule entière qui risquait d'être mise à feu et à sang.

Les partages de 561 et 567.

Outre la très religieuse Radegonde, Clotaire Ier eut au moins quatre épouses. Trois des héritiers royaux qui l'ont conduit en 561 à son tombeau de Saint-Médard de Soissons — Charibert, Gontran, Sigebert — lui avaient été donnés par la reine Ingonde ; le dernier, Chilpéric, lui avait été donné par la sœur d'Ingonde, Arnegonde, dont l'anneau (portant la mention *Arnegundis Regine*) a été retrouvé dans une riche sépulture féminine située sous l'abbatiale de Saint-Denis et remontant à la seconde moitié du VIe siècle. Est-ce sa position de cadet ou son relatif isolement qui amenèrent Chilpéric à vouloir, à peine son père refroidi, précipiter les choses en s'emparant de ses trésors, puis de Paris, capitale de Clovis ? Cela eut pour effet de provoquer la riposte immédiate de ses demi-frères, qui imposèrent un partage dans lequel Chilpéric ne fut pas le mieux loti : Charibert reçut à peu près le royaume de Childebert, étendu à la plus grande partie de l'Aquitaine ; du royaume de Clodomir, Gontran garda le bassin de la Loire moyenne, mais, surtout, il acquit la totalité de la Burgondie ; Sigebert reçut, préservée et même un peu élargie, la part de Thierry et de ses héritiers rhénans ; à Chilpéric échut, du Brabant septentrional jusqu'à Soissons en passant par Tournai, la terre patrimoniale de la famille — celle qui, un peu plus vaste, avait été laissée à Clotaire quelque cinquante années plus tôt. La logique qui prévalut au partage éclate dans le fait que les capitales restèrent ce qu'elles avaient été (respectivement Paris, Orléans, Reims, Soissons), concentrées au cœur du bassin de Paris ; et que les royaumes originels furent, plus que jamais, préservés dans leur intégrité — en particulier celui des Saliens, celui des Rhénans et celui des Burgondes. Surtout, il apparaît que l'attribution des lots ne dut rien au hasard, et qu'elle fut peut-être même le

produit d'une politique préméditée depuis longtemps par
Clotaire — à une époque où il n'était pas évident qu'il parvînt à reconstituer l'unité de la Gaule franque. En effet, celui
de ses fils qui serait appelé à devenir roi des Francs rhénans
reçut à sa naissance le nom de Sigebert, comme le roi de Cologne naguère abattu sur ordre de Clovis ; et surtout, plus trans-
parent encore, c'est Gontran (*Gunt-Ramn*, « le corbeau
guerrier ») qui reçut l'héritage des Gondomar, Gondioc, Gondebaud (*Gunt-Bald*, « le guerrier audacieux »), anciens rois
des Burgondes : le choix de ces noms n'était-il pas une
manière de préparer le terrain à une éventuelle revendication ?

Comme Clodomir une génération plus tôt, Charibert mourut jeune, en 567 ; et, comme en 524, ses frères se partagèrent son héritage, de manière que chacun en reçût une portion
à la fois au nord et au sud de la Loire : l'Aquitaine en perdit
à nouveau son unité. Par contre, si la cité de Paris fut strictement partagée en trois parts, la ville même resta indivise
et fut considérée comme capitale commune : les rois francs
semblaient encore attachés au principe de l'unité du royaume.
Il est un fait, cependant, qui montre que la réaffirmation de
l'intégrité des trois royaumes originels n'avait rien d'artifi-
ciel, qu'elle répondait de toute évidence au vœu, sinon de
l'ensemble des populations concernées, du moins de leurs aristocraties, et que les rois se firent volontiers l'écho de ce vœu,
c'est le progressif glissement, sensible dès les règnes de Sigebert et de Gontran, mais définitivement acquis à la génération suivante, de deux des capitales (Reims, Orléans) vers des
sites (Metz, Chalon-sur-Saône) plus excentriques à l'échelle
de la Gaule, mais assurément plus centraux à l'échelle de chacun des royaumes.

Mariages royaux.

Grégoire de Tours parle avec beaucoup de complaisance,
mais aussi de parti pris, des unions contractées par les fils
de Clotaire, ses contemporains. Grâce à lui, on perçoit assez
bien les pratiques matrimoniales en cours dans les milieux
de la plus haute aristocratie franque. Ainsi Gontran eut-il
d'abord une « concubine », Vénérande, qui lui donna son pre-

mier fils, Gondebaud. Puis il épousa Marcatrude ; jalouse
de Gondebaud, celle-ci le fit exécuter, avant que son propre
enfant — châtiment divin — ne pérît : Gontran la répudia.
Alors il épousa Austrechilde, qui lui donna plusieurs enfants,
dont deux fils, ce qui n'empêcha pas Gontran de promettre
le mariage à Theodechilde, veuve de son frère Charibert, qui
s'empressa de le rejoindre avec « des trésors » : Gontran garda
les trésors et fit enfermer la femme dans un couvent... On
entrevoit à travers cette biographie mouvementée ce
qu'étaient les principaux enjeux de toute union — l'enjeu économique, bien sûr (Gontran était, à l'instar de ses semblables, un coureur de dots), mais surtout la conception d'un
héritier : il est remarquable, de ce point de vue, que le fils
de Vénérande (soi-disant concubine, en fait épouse de second
rang — *Friedelfrau*, comme on dit dans le vieux droit germanique —, avec laquelle avait été conclue une union sans
caractère définitif ni véritable enjeu économique) ait reçu le
nom de Gondebaud, nom royal par excellence chez les Burgondes : sans aucun doute voulut-on en faire, en cas de sté-
rilité des unions à venir, l'héritier de son père. On comprend
du coup la jalousie de la marâtre.

Sigebert ne supportait pas de voir ses frères « prendre,
comme dit Grégoire, des femmes indignes d'eux et se dégra-
der en épousant leurs servantes » : il jeta son dévolu sur la fille
du roi wisigoth Athanagild, Brunehaut (il faudrait dire *Bru-
nehilde*), qui avait une grande réputation d'élégance et d'hon-
nêteté, et qui le rejoignit, vers 566, avec une dot substantielle :
après qu'elle eut abjuré l'arianisme dans lequel elle avait été
élevée, Sigebert l'épousa avec une pompe qui fut aussi bien
célébrée par Fortunat que par Grégoire de Tours. Cela suscita la jalousie de son demi-frère Chilpéric, qui, « bien qu'il
eût déjà plusieurs épouses » (dont Audovere, qui lui avait
donné plusieurs héritiers royaux au nom prometteur — Clovis,
Mérovée — et Frédégonde), demanda à Athanagild la main
de sa fille aînée, Galswinthe. Non seulement il l'obtint, mais,
comme ajoute curieusement Grégoire, « il éprouva pour elle
un grand amour car elle avait apporté avec elle de grands trésors ». On comprend dans ces conditions que les vieilles pas-
sions prirent bientôt le dessus, en particulier la liaison avec

Frédégonde. Comme Galswinthe s'en plaignit, et qu'elle
menaça de retourner chez son père, elle fut assassinée (vers
570). Grégoire de Tours accuse nommément Chilpéric ; il suggère la complicité de Frédégonde, dont le roi fit aussitôt sa
première épouse ; mais il est clair que le chroniqueur déteste
et le roi et sa nouvelle reine. Brunehaut et Sigebert surent
en tout cas dans quelle direction porter les coups quand ils
résolurent de venger le meurtre de leur sœur et belle-sœur.

La guerre civile :
première séquence (v. 570-584).

Le roi Gontran, qu'on verra tout au long du conflit dans
une position d'arbitre intéressé, prit au départ le parti des
« victimes » : il soutint la cause de Sigebert et Brunehaut,
contraignant Chilpéric à leur verser une substantielle
« composition » (ou réparation) sous la forme du douaire
(l'usage germanique dit *Morgengabe*, c'est-à-dire le don,
Gabe, fait par le mari à son épouse le lendemain matin, *Mor-*
gen, de la nuit de noces) qu'il avait naguère constitué pour
Galswinthe et qui consistait dans les cités de Bordeaux, de
Limoges, de Béarn et de Bigorre. Mais c'était pour Chilpéric une façon de gagner du temps pour se préparer à la
guerre : avec ses fils du premier lit, il lança plusieurs campagnes contre les possessions aquitaines de Sigebert. Celui-ci
dut alors appeler au secours « les nations qui habitaient au-
delà du Rhin » — non seulement les Francs de la rive droite
du fleuve et ceux qui avaient commencé de coloniser, le long
de la vallée du Main, ce qu'on allait bientôt appeler la Franconie, mais encore l'ensemble des peuples qui, depuis Clovis, Thierry et Théodebert, étaient devenus les tributaires du
royaume de l'Est, en particulier les Alamans et les Thuringiens. Dans un premier temps, Chilpéric parut capituler sous
la menace du nombre : il restitua à Sigebert l'intégralité de
ses possessions aquitaines.

Mais c'était, une fois de plus, reculer pour mieux sauter :
profitant de la démobilisation hivernale, Chilpéric put se préparer à attaquer Sigebert au cœur de ses États — en direction de Reims, son ancienne capitale. Aussitôt le Rhénan,

s'appuyant sur Paris où il s'était solidement installé, lança l'offensive sur la basse vallée de la Seine jusqu'à Rouen, puis sur la Picardie jusqu'à Vitry-en-Artois, à une cinquantaine de kilomètres au sud-ouest de Tournai, où Chilpéric fut contraint de s'enfermer. C'est à Vitry que Sigebert reçut la soumission d'une partie des troupes de son frère, qui le hissèrent sur le pavois et le reconnurent pour roi. Conscient du danger, Chilpéric le fit aussitôt assassiner par deux émissaires munis de scramasaxes empoisonnés (575) : Sigebert laissait à Paris une veuve, qui avait désormais deux meurtres à venger ; un fils de cinq ans, qu'on appellerait Childebert II ; et l'essentiel de ses trésors.

Chilpéric put s'emparer de la première, qu'il envoya en exil à Rouen, et des derniers, butin indispensable pour assurer la fidélité de ses guerriers ; mais le petit Childebert lui échappa : le chef rhénan Gondovald le mit à l'abri, le ramenant même au cœur du royaume paternel, où il fut proclamé roi par les fidèles de son père. Il reçut de surcroît le soutien de son oncle Gontran, qui, après deux ou trois changements de camp, s'en proclama le tuteur. Cet appui lui fut d'autant plus utile qu'une partie de l'aristocratie du royaume de l'Est, emmenée par le puissant évêque de Reims Ægidius et par le duc Gontran Boson, s'était abouchée avec Chilpéric, et qu'elle supporta mal le retour de l'autoritaire Brunehaut, renvoyée dans ses foyers par Chilpéric, qui avait eu toutes les raisons de s'inquiéter de l'union soudain contractée avec elle par son bouillant fils Mérovée.

Ce dernier événement, mineur en soi, mais qui implique un acte de désobéissance caractérisée de la part de Mérovée, est le premier qui suggère l'existence de failles profondes dans la famille de Chilpéric. Celui-ci fit tondre son fils pour lui interdire toute prétention à sa succession ; bientôt même, si l'on suit Grégoire, Frédégonde le fit assassiner. Puis ce fut, vers 580, le tour de Clovis, autre fils du premier lit. En 584 enfin, alors qu'après une partie de chasse dans sa *villa* de Chelles le roi rentrait à Paris, il tomba sous les coups d'un homme dont on n'a jamais su par qui il avait été armé — par un exalté ? par Brunehaut, toujours impliquée dans la faide ? par Frédégonde même ? Chilpéric fut enterré, comme son

oncle Childebert avant lui, à Saint-Vincent de Paris — disons
désormais Saint-Germain-des-Prés. Il ne laissait derrière lui
qu'un fils de quatre mois, le futur Clotaire II. Sera-t-on
étonné d'apprendre que l'oncle Gontran offrit aussitôt son
assistance à la mère et à l'enfant ? En fait, il fut bientôt
échaudé, quand il réalisa que deux ambassadeurs que lui avait
envoyés sa belle-sœur avaient été armés pour l'abattre : il
résolut, définitivement, de faire alliance avec Brunehaut et
Childebert.

Le traité d'Andelot et ses enseignements.

Le pacte conclu à Andelot (Haute-Marne), à peu près à
mi-chemin de Metz et de Châlons, le 28 novembre 587, associe en effet dans un même protocole le nom des deux rois
et celui de la «très glorieuse dame et reine Brunehaut»,
autour de décisions prises avec «le conseil des évêques et des
grands». Les termes en ont été scrupuleusement rapportés
par Grégoire de Tours, qui avait joué les médiateurs au cours
des préalables : ils veulent, dans l'ensemble, régler de vieux
contentieux territoriaux, que Gontran, en position de force,
sut tourner à son avantage — c'est lui qui, en particulier,
aurait jusqu'à sa mort la garde du douaire de Galswinthe,
pourtant dévolu à Brunehaut en 570. Mais surtout il fut
décidé que si l'un des deux rois mourait sans héritier mâle,
le survivant hériterait de manière pleine et entière du royaume
tombé en déshérence. Comme les droits éventuels du petit
Clotaire II étaient totalement passés sous silence, cette clause
favorisait, non pas Gontran, qui n'avait plus de fils vivant,
mais Childebert, qui en avait déjà deux — Théodebert et
Thierry —, dont les noms étaient, chez les Rhénans, royaux
par excellence : en somme, Childebert n'avait qu'à patien-
ter — à la mort de Gontran en 592, il hériterait bel et bien
de l'ensemble de ses possessions.

Mais il est une autre clause dans le pacte d'Andelot qui
doit retenir notre attention : «Il a été convenu, dit-elle,
conformément aux accords qui ont été conclus entre le seigneur Gontran et le seigneur Sigebert de bonne mémoire que
les leudes qui ont primitivement prêté serment au seigneur

Gontran après le décès du seigneur Clotaire et qui sont
convaincus d'être passés ensuite dans un autre parti devront
être renvoyés [...]. De même que ceux qui sont convaincus
d'avoir prêté primitivement serment au seigneur Sigebert et
qui se sont ralliés à un autre parti devront être renvoyés de
la même manière. » C'est clair : à la mort de Clotaire, ses
leudes avaient été partagés, au même titre que ses terres et
ses trésors, entre ses héritiers. Comment s'étonner dans ces
conditions qu'ils aient fait l'objet, tout au long du conflit,
de tentatives de débauchage (on en a eu un exemple avec
une partie de l'aristocratie de l'Est, passée au parti de Chilpéric), en dépit du serment très contraignant qui les engageait à l'égard de leur roi. Les élites, qu'elles fussent
d'origine franque ou gallo-romaine, commençaient à monnayer leurs services : cette crise de confiance en annonce
beaucoup d'autres.

Émergence de la Burgondie,
de l'Austrasie et de la Neustrie.

Les fils de Clotaire, qu'on a vus mourir les uns après les
autres, avaient chacun gardé le titre, exclusif au VIe siècle,
de *rex Francorum*. N'empêche que, passée la mort de Charibert et la vaste Aquitaine revenue au dépeçage qui fut souvent son lot, chacun des trois frères asseyait son autorité sur
l'un des trois royaumes originels qu'étaient le royaume des
Francs saliens, le royaume des Francs rhénans et le royaume
des Burgondes, qui retrouvèrent avec des noms nouveaux une
véritable autonomie. Le royaume du Sud-Est fut sans doute
le premier à avoir donné naissance à une entité territoriale,
à un concept géopolitique, à savoir la *Burgundia* — une Bourgogne beaucoup plus vaste que celle d'aujourd'hui,
puisqu'elle s'étendait de la Durance au plateau de Langres,
et du lac de Constance jusqu'au Beaujolais. Grégoire de
Tours évoque une *Burgundia* dès le temps de Sidoine Apollinaire, puis à propos de sa conquête par les fils de Clovis
en 534, enfin, à propos des événements qui lui sont
contemporains — il est clair que le mot ne s'est répandu qu'à
ce moment-là. N'empêche qu'il plonge ses racines dans la

terre occupée depuis plus d'un siècle par les Burgondes, revenue à l'unité à l'occasion du partage de 561.

Au nord, par contre, où les Francs dominaient, ce sont des
concepts nouveaux qui rendirent compte des réalités territoriales et humaines impliquées dans les royaumes de Sigebert
et de Chilpéric. A propos d'événements de 576-577, Grégoire
invoque dans son *Histoire* les *Austrasii*, les « hommes [en fait,
il faut entendre les Francs] de l'Est », et, en 591, dans son
récit des *Miracles de saint Martin*, il parle de l'*Austria*
— d'autres sources, bientôt, diraient *Auster* —, l'Austrasie.
Sans doute cette qualification a-t-elle été donnée à ces hommes et à cette région par ceux de l'Ouest, qui, vivant sur les
anciennes terres saliennes et sur les premiers territoires (le bassin de Paris) qui aient été conquis par les Saliens, se considé-
raient comme les seuls Francs dignes de ce nom — ainsi
comprend-on la fortune de l'expression *Francia* attachée à
la seule région parisienne, l'« Ile de France ». En sens inverse,
il n'est pas étonnant que la première apparition écrite du mot
Neustrie (« *in Neptrico* », pour des événements de 613 ;
« *Neuster* », pour des événements de 622) se trouve dans la
chronique austro-burgonde du pseudo-Frédégaire écrite avant
le milieu du VIIᵉ siècle : sans doute les gens de l'Est et du Sud-
Est voulaient-ils ainsi désigner les Francs du Nord, ou ceux
des terres nouvellement (en fait depuis Clovis) soumises à leur
pouvoir — on ne sait au juste.

N'empêche que les deux expressions (Austrasie[ns] et Neustrie[ns]) ont été reçues dans les pays qu'elles voulaient désigner, sans doute parce qu'elles faisaient écho à l'ancienne
distinction entre Francs saliens et Francs rhénans, mais aussi
parce qu'elles rendaient compte des importantes divergences
qui existaient, au tournant du VIᵉ et du VIIᵉ siècle, entre les
deux royaumes, mais aussi entre leurs élites, et peut-être
même leurs peuples.

Certes, on a vu des fêlures jusqu'au sein même de la famille
de Chilpéric. Certes, on a vu le pacte d'Andelot déplorer la
désertion des leudes, qui quittaient le parti d'un roi pour le
parti d'un autre. Certes on a vu — c'en fut une illustration —
un groupe d'aristocrates austrasiens, emmenés par le métropolitain de Reims, s'aboucher avec Chilpéric après la mort

de Sigebert. Et l'on pourrait ajouter l'appui que le même parti austrasien donna à un aventurier du nom de Gondovald, qui se disait, lui aussi, fils de Clotaire Ier et qui vint bousculer un temps, en Gaule du Sud, l'autorité de Gontran et du jeune Childebert. N'empêche qu'on peut expliquer par des raisons particulières toutes ces atteintes à l'homogénéité des royaumes : autour de Chilpéric, les fêlures étaient consécutives aux mariages successifs du roi ; en Austrasie, elles durent beaucoup à la susceptibilité d'une aristocratie qui prit un temps le goût de son indépendance et qui ne supporta pas le retour d'une reine autoritaire, et d'origine étrangère : « Éloigne-toi de nous, femme, dit Ursion, proche de l'évêque Ægidius. Qu'il te suffise d'avoir gouverné le royaume sous ton époux ; car maintenant, c'est ton fils qui règne ; et si son royaume est sauvegardé ce n'est pas grâce à ta protection, mais grâce à la nôtre. » Beau discours, sans doute, tel qu'il est rapporté par Grégoire [1], mais qui exprime bien les sentiments d'une aristocratie qui avait promis sa fidélité au petit Childebert quand le bon Gondovald — l'autre — l'avait placé sous sa protection après la mort de son père.

Et si l'aristocratie, à la poursuite de ses intérêts immédiats, faisait défaut, c'était le petit peuple qui se portait garant de la légitimité du roi et du royaume. Ainsi, tandis que les grands d'Austrasie partisans de Chilpéric tentaient de soulever l'armée contre Childebert, « le peuple éleva un violent murmure contre l'évêque Ægidius et les ducs du roi, et il commença à vociférer et à crier publiquement : ''Qu'on écarte de la face du roi ceux qui trafiquent le royaume, qui soumettent ses cités à la domination d'un autre, qui livrent les populations dudit prince au pouvoir d'un autre...'' » : nul doute, vers 583, l'Austrasie était en train de devenir, comme déjà la Burgondie et bientôt la Neustrie, non seulement un royaume à part entière, mais une véritable *patria* [2]. Passé le temps des royautés personnelles, le moment était bel et bien venu des royautés territoriales — les *tria regna*, qui, en attendant que l'Aquitaine parvînt à son tour à se constituer en

1. Traduction Latouche. Cité par Nancy Gauthier (58).
2. Voir Karl Ferdinand Werner (159) et Fabienne Cardot (15).

principauté indépendante, allaient donner au siècle à venir
les cadres de son histoire politique.

L'axe austro-burgonde
et les derniers feux de la guerre civile.

Childebert II ne gouverna pas longtemps les possessions
de son oncle Gontran, car il est mort trois années après lui,
à la fin de 595. Dès lors, son fils Théodebert II (il n'avait
qu'une dizaine d'années) hérita de l'Austrasie, et l'autre,
Thierry II, de la Burgondie. Les circonstances pouvaient
paraître favorables à Frédégonde, qui lança aussitôt une
offensive contre ses neveux. Mais elle mourut, de sa belle
mort, en 597, et son fils Clotaire n'avait que treize ans. De
l'autre côté, par contre, il y avait toujours l'autoritaire Brunehaut, qui résolut de gouverner au nom de ses petits-fils.
Cela ne fut pas du goût de l'aristocratie austrasienne, qui semble avoir retrouvé une belle homogénéité pour renvoyer la
vieille reine en Burgondie, à laquelle elle dut désormais limiter son gouvernement. Mais elle s'y montra tellement mala-
droite, avec la complicité, en particulier, du maire du palais
Protadius, recruté dans les milieux de l'aristocratie gallo-
romaine et désireux de restaurer le vieil impôt foncier, qu'elle
souleva l'hostilité des « farons » ou grands du royaume, tant
évêques que laïcs, et que son maire du palais fut finalement
massacré.

Cela n'empêcha pas les deux frères de liguer leurs forces
contre la Neustrie : ils levèrent en 600 une armée, qui rencontra celle de Clotaire à Dormelles, près de Montereau : les
Neustriens furent écrasés, et leur roi dut accepter un traité
qui ne lui laissait qu'une douzaine de *pagi* entre l'Oise, la
Seine et la Manche : Théodebert acquérait le Nord du
royaume de Neustrie, et Thierry, les territoires compris entre
Seine et Loire. Qui pouvait penser que Clotaire demeurerait,
treize ans plus tard, le seul roi des Francs ? Il est vrai que
ses cousins lui facilitèrent la tâche, en se déchirant à leur tour.
D'abord, Théodebert, peut-être pressé par l'aristocratie austrasienne, refusa de prêter main-forte à Thierry, qu'une expédition de Clotaire II en direction des territoires qu'il avait

acquis après Dormelles menaçait directement. Ensuite et surtout, Théodebert voulut, sous la pression des armes, contraindre son frère à lui céder l'Alsace, qui pourtant lui avait été dévolue à la mort de leur père : Thierry dut s'incliner (610). Mais, reprenant ensuite le dessus, s'alliant même à Clotaire, il conduisit en 612 une expédition punitive en plein cœur de l'Austrasie, jusqu'à Cologne, où il s'empara de son frère, et le fit, au mieux enfermer dans un monastère, au pire exécuter.

Thierry ne tint pas la promesse qu'il avait faite à Clotaire pour acheter sa neutralité — à savoir la rétrocession des territoires du nord de la Neustrie. Prenant les devants, il mobilisa l'armée contre Clotaire, mais mourut soudainement à Metz, ancienne capitale de son frère et maintenant la sienne, laissant quatre fils en bas âge, en particulier Sigebert, dont son arrière-grand-mère voulut aussitôt faire un roi. Mais les aristocrates austrasiens, désormais emmenés par deux hommes auxquels l'avenir était ouvert, Pépin de Landen et Arnoul de Metz, ne l'entendaient pas de cette oreille : plutôt que de retomber sous le joug de la vieille reine, ils préférèrent négocier avec Clotaire la sauvegarde de leur indépendance. Le roi de Neustrie s'enfonça à son tour jusqu'au cœur de l'Austrasie, dans les environs de Coblence. Brunehaut, enfermée dans Worms avec Sigebert et ses tout jeunes frères, essaya d'organiser la résistance en mobilisant les troupes au-delà du Rhin, puis en Burgondie — mais elle fut trahie. Les grands de Burgondie, emmenés par le maire du palais Warnachaire, livrèrent à Clotaire, qui approchait maintenant de la Saône, Sigebert et ses frères d'abord — le jeune prétendant fut exécuté —, Brunehaut ensuite. «Clotaire, raconte le pseudo-Frédégaire, était plein de haine contre elle ; il lui imputa la mort de dix rois francs [dont celle de Sigebert, son mari ; et celle de Chilpéric, son beau-frère, père de Clotaire]. L'ayant ensuite tourmentée pendant trois jours par divers supplices, il la fit mener à travers l'armée, assise sur un chameau, puis attacher par les cheveux, par un pied et par un bras, à la queue d'un cheval fougueux. Ses membres furent brisés par les coups de pied et par la rapidité de la course du cheval.» Ainsi mourut, après les derniers prétendants mâles sortis de son

sein, la reine Brunehaut : Clotaire II, fils de sa vieille rivale
Frédégonde et de Chilpéric, ajoutait à l'héritage de son père
celui de ses oncles et de ses cousins. Il demeurait en 613 le
seul roi des Francs.

La mort de Brunehaut marque la fin d'une guerre civile
dans laquelle la Gaule s'est épuisée — d'autant plus épuisée
même que la famine et l'épidémie s'étaient abattues sur les
villes et les campagnes de la fin du VIᵉ siècle, contribuant sans
doute à ce sentiment d'usure qu'on a vu çà et là poindre parmi
les guerriers, prompts à pactiser, ou à changer de camp, avec
d'autant moins de scrupules que l'attachement au *regnum*,
à la *patria* était en train de se désolidariser de la fidélité à
des rois en total discrédit. Ce qui fit le succès de Clotaire,
ce ne fut sans doute pas son hérédité ; ce fut peut-être sa lon-
gévité ; ce fut en tout cas la haine suscitée jusque dans son
plus proche entourage par la reine Brunehaut, ultime avatar
d'un pouvoir d'inspiration méditerranéenne, ou en tout cas
gallo-romaine, avide de toute-puissance, et désireux de restaurer la vieille fiscalité directe. Contre elle se sont levées des
aristocraties soucieuses de ménager leur autorité locale et leur
indépendance, en particulier en Austrasie où étaient en traïn
de se concentrer, autour d'hommes comme Pépin de Landen et Arnoul de Metz, les forces de l'avenir.

2
Au nord,
les forces de l'avenir
613-714

Avec le retour à l'unité réalisé sous les règnes de Clotaire II puis de Dagobert, le *regnum Francorum*, peu à peu remis de la crise redoutable — démographique autant que politique — qui l'avait secoué à l'extrême fin du VIᵉ siècle, paraît avoir retrouvé un dynamisme qui amena sa population à reconquérir les vieilles terres abandonnées et à peupler de nouveaux faubourgs urbains, qui conduisit ses missionnaires et ses soldats aux portes de mondes orientaux et septentrionaux jusqu'alors méconnus, et qui l'ouvrit à des horizons économiques nouveaux — ceux des mers du Nord de l'Europe, où était en train de s'élaborer, grâce à des contacts multipliés, une nouvelle croissance. C'est au nord, en effet — en Neustrie, singulièrement au cœur du bassin de Paris, et en Austrasie, sur les plateaux d'entre Meuse et Rhin —, qu'étaient concentrés les éléments moteurs de ce nouveau dynamisme, en particulier dans les mains de l'aristocratie franque, qui non seulement se faisait le relais de la croissance, mais aussi reprenait à son compte l'élan missionnaire naguère venu du Midi, ou de l'extrême Nord-Ouest. Passé le milieu du VIIᵉ siècle, c'est elle désormais, et elle seule, qui tint les rênes de l'État, sous couvert de Mérovingiens qui n'étaient plus rois que de nom : l'avenir était ouvert aux familles les plus puissantes, en particulier à celle qui, en Austrasie, naîtrait du mariage des enfants de Pépin de Landen et d'Arnoul de Metz.

1

Clotaire II et Dagobert (613-639)

Le pseudo-Frédégaire[1].

Pour le malheur de l'historien, Grégoire de Tours est mort en 594. Pour son relatif bonheur, un auteur que depuis le XVIᵉ siècle on appelle sans raison Frédégaire a voulu donner une suite à son *Histoire* : écrivant sans doute dans le milieu burgonde, il a conduit le récit des événements depuis 584 jusqu'en 642 ; les plus vieux manuscrits qu'on en possède, rédigés en Austrasie, suggèrent un remaniement par un auteur du Nord-Est ; surtout, ils ajoutent à l'œuvre originale plusieurs continuations, qui amènent le lecteur à la date de 768. Sans ces auteurs le plus souvent anonymes du VIIᵉ et du VIIIᵉ siècle, nous ne saurions pas grand-chose de ces décennies obscures qui ont vu la genèse de la maison carolingienne. C'est en tout cas grâce au pseudo-Frédégaire qu'on a pu retracer les derniers feux de la guerre civile ; et c'est grâce à lui, ainsi qu'à une source législative de première importance — l'édit de 614 —, qu'on connaît les conditions de l'éphémère retour à l'unité.

Clotaire II et l'édit de 614.

Clotaire II, peut-être de sa propre initiative, mais en tout cas avec le conseil des évêques, réunit à Paris un concile rassemblant plus de soixante-dix prélats et une assemblée des grands, dans le dessein, dit l'article 11 de l'édit du 18 octobre 614 qui s'en est suivi, « que la paix et la discipline règnent à

1. Voir J.M. Wallace-Hadrill (56).

jamais dans notre royaume [*in regno nostro*], avec l'aide du Christ, et que les révoltes et insolences des méchants [*malorum hominum*] soient très sévèrement réprimées ». Le texte de l'édit a longtemps posé aux historiens des problèmes d'interprétation. D'abord, on s'est demandé si sa portée était limitée au seul *regnum* que Clotaire avait hérité de son père (on pourrait l'appeler désormais la « Neustrie »), ou si elle s'étendait à l'ensemble du *regnum Francorum* : la présence de douze évêques métropolitains au concile de Paris et la mention expresse, à l'article 9 de l'édit, des tonlieux perçus au temps des rois « Gontran, Chilpéric et Sigebert » suffisent à montrer que son champ d'application s'étendait à la Gaule entière. Ensuite, on a voulu voir dans la teneur même de l'édit la preuve d'une capitulation du roi devant les exigences des grands laïcs et ecclésiastiques, dont l'esprit d'indépendance avait été exacerbé au temps de la guerre civile — en particulier en Austrasie et en Burgondie — et qui auraient ainsi voulu monnayer leur ralliement au roi de Paris. En fait, le texte de l'édit paraît surtout marqué par le souci d'établir un très subtil équilibre entre les différentes forces en présence.

Il est clair pour commencer qu'il envisage des mesures concrètes pour ramener la « discipline » dans le royaume, interdisant en particulier les détournements et abus de pouvoir de la part des fonctionnaires, tonloyers et autres agents du fisc ; et limitant les interventions des juges civils, en même temps que des percepteurs du fisc, dans les terres d'églises : ainsi se trouve posée l'assise législative du privilège d'*immunitas*, protégeant les églises et leurs biens de l'intrusion de fonctionnaires royaux, que Chilpéric, en particulier, avait commencé de distribuer aux églises. Plus qu'une concession aux grands, il faut voir dans ces mesures la nécessaire reprise en main par le roi de ses fonctionnaires, qui avaient multiplié les exactions pendant le long « interrègne » (le texte parle explicitement d'*interrigna*). Ensuite, si l'édit reconnaît l'indépendance des églises à l'égard du pouvoir royal (« que tout nouvel évêque soit élu par le clergé et par le peuple »), il accepte son droit de regard (l'approbation du roi est requise après toute élection) ; et même il envisage la promotion à l'épiscopat de membres du palais (« pourvu que ce soit pour leur mérite personnel et leurs connaissances doctrinales ») — la suite de l'histoire, en particulier sous le règne de Dagobert, montre l'à-propos d'une semblable mesure. Quant aux grands laïcs, qui apparaissent tantôt dans le texte comme des *potentes* ou des *optimates*, tantôt, d'une manière beaucoup plus personnalisée, comme des *fideles* ou des *leodes* (des leudes), il est exigé que, s'ils ont tout au long du conflit conservé leur foi à leur « seigneur [*dominus*, entendons roi] légitime », l'ensemble de leurs biens leur soit restitué.

L'article 12 surtout a fait couler beaucoup d'encre, dans la mesure où il a pu passer pour un maillon important dans le lent processus de féodalisation de la société franque : il y était décidé qu'aucun fonctionnaire (*judex*, ce qui peut aussi bien signifier le comte que n'importe lequel de ses subordonnés) ne pourrait être nommé dans une région autre que la sienne : une telle mesure impliquait naturellement le risque de voir les intérêts partisans de l'aristocratie l'emporter sur le service public — mais que restait-il de celui-ci après des décennies de guerres civiles ? En fait, le texte même dit le caractère empirique, et tout compte fait parfaitement fondé, d'une semblable décision : il fallait que le fonctionnaire pût répondre sur ses biens du dommage dont il serait la cause : en fait, l'arme était, pour les aristocrates qui envisageraient d'ajouter à leur autorité de fait l'exercice de la puissance publique, à double tranchant.

La puissance des maires du palais.

Bien plus révélateur de la puissance nouvelle des aristocraties fut le maintien, dans chacun des trois *regna* désormais réunis dans une seule main, d'une administration palatine dirigée par un « maire du palais ». A l'origine, le *majordomus* était un simple officier de la maison du roi, ordonnateur de la vie matérielle du palais ; mais, au temps des guerres civiles et des nombreuses minorités royales, il était souvent devenu le seul agent permanent d'une administration où le service public de l'État se confondait avec le service privé du prince. Comme il était recruté dans les plus hautes sphères de l'aristocratie régionale, il en défendait les intérêts et en exprimait la conscience : bien plus que le souverain, c'était lui qui revendiquait l'autonomie au sein du *regnum Francorum* de l'Austrasie, de la Neustrie ou de la Burgondie.

Ainsi, tandis que Clotaire II, seul roi des Francs, résidait de préférence à Paris, où était perpétué le souvenir de son arrière-grand-père Clovis, et dans les *villae* royales des environs où le suivait l'ensemble de sa cour, il fut contraint de laisser une administration, donc un maire, en Austrasie et en Burgondie. En Burgondie, il maintint en place Warnachaire, l'homme qui naguère lui avait livré Brunehaut, et qui acquit suffisamment de puissance pour pouvoir convoquer de son propre chef, peu de temps avant sa mort en 626, un synode d'évêques. Clotaire s'en inquiéta et fit disparaître à temps son fils, de façon que ne s'y enracinât point une dynastie de maires.

En Austrasie, par contre, Clotaire II laissa quelque temps en place à la mairie du palais des hommes qui ne lui faisaient pas d'ombre — Radon, puis Chucus. Pourtant, tout montre qu'il écoutait de plus en plus les chefs du parti aristocratique qu'on avait vu quelques années plus tôt lâcher le camp de Brunehaut pour le sien : Arnoul, d'une part, qui, dirait un peu plus tard son hagiographe, était « né de parents francs et nobles, et extrêmement riche en toutes les choses du siècle », et dont il fit volontiers, vers 614 (donc contredisant ses engagements de Paris ?), l'évêque de Metz ; et Pépin de Landen ensuite, qu'on appellera désormais Pépin Ier, à qui fut enfin confiée, en 623, dans des circonstances toutes nouvelles, la mairie du palais. C'est alors que, répondant au vœu des Austrasiens, donc de leurs élites, qui exigeaient leur « propre roi », Clotaire « associa à son royaume son fils Dagobert et l'établit roi sur les Austrasiens ».

Dagobert, « rex super Austrasiis » (623),
puis « rex Francorum » (629).

Le fils de Clotaire et de la reine Bertrude n'avait alors qu'une quinzaine d'années. Envoyé à Metz, il fut confié à la garde de l'évêque Arnoul, qui garda ses anciennes fonc-

tions de *domesticus*, et de Pépin Ier, le nouveau maire.
Clotaire, qui se croyait en position de force, profita de la
situation pour amputer l'Austrasie de ses dépendances méridionales (Provence, Auvergne), mais aussi de ce qui avait été
traditionnellement l'antenne occidentale du royaume de
l'Est : Reims et sa région. Mais Dagobert ne tarda pas à identifier ses ambitions à celles de ses tuteurs, auxquels, parfois
contre la volonté de son père, il ne refusa jamais rien. C'est
à leur demande qu'il fit exécuter en 624 l'intrigant Chrodoald,
de la famille des Agilolfing, qui, plus tard, ferait fortune en
Bavière ; et qu'en 626 il parvint, en faisant pression sur Clotaire, à récupérer la Champagne et à reconstituer ainsi l'ancien
royaume de Thierry et de Sigebert. « Il y régna, dit le pseudo-
Frédégaire, avec tant de bonheur que tous les peuples faisaient de lui un immense éloge ; sa puissance leur inspirait
une telle crainte qu'ils avaient formé le vœu de se soumettre
tous à sa domination » — même au-delà des frontières héritées. Au point que, le moment venu, il saisirait sans hésiter
le prétexte de la pression slave et *avar* sur l'Europe moyenne
pour y établir, plus fermement que par le passé, le protectorat franc : nul doute qu'il faille voir dans ses années de formation austrasiennes, et dans le conseil qu'il y reçut des
grands, l'origine de l'intérêt jamais démenti qu'il porta à la
Germanie profonde.

Clotaire mourut à la fin de 629 : il fut enterré auprès de
son père, à Saint-Germain-des-Prés. L'aristocratie neustrienne, qui était en train d'acquérir une conscience régionale aussi forte que sa voisine austrasienne, voulut un roi à
elle, et jeta son dévolu sur Charibert, demi-frère de Dagobert, qui souffrait d'une *simplicitas*, ou débilité, dont on doit
penser qu'elle était physique plutôt que mentale. Mais Dagobert prit les devants : fort d'un parti austrasien qui, après
la mort d'Arnoul vers 629-630, était toujours emmené par
Pépin Ier, il s'imposa parmi les grands de Burgondie, à qui
il reconnut une véritable autonomie militaire (*exercitus Burgundionum*) au sein de l'armée franque, ce qui lui valut leur
appui durable ; et, désignant un maire du palais en Neustrie,
en la personne d'Æga, qui lui était tout dévoué, il désamorça
la résistance d'une partie de l'aristocratie locale. Après l'exé-

cution de Brodulf, oncle maternel et principal soutien de Charibert, Dagobert se sentit suffisamment maître de la situation pour donner à son demi-frère un royaume en Aquitaine, étendu depuis la Saintonge jusqu'à la cité de Toulouse, où le jeune roi installa sa capitale, et surtout incluant, au sud de la Garonne, toute la Gascogne, constituée comme une marche contre la pression des Basques : il semble que, pendant son court règne, Charibert ait réussi à les contenir.

A sa mort en 632, ces territoires firent retour à l'aîné : pendant les sept ans qu'il lui restait à vivre, Dagobert, désormais installé dans la région parisienne, put bien apparaître comme le seul *rex Francorum*. Mais les Austrasiens, qui se sentaient comme abandonnés par leur roi, d'autant que celui-ci avait emmené Pépin dans ses bagages (comme otage ?), réclamèrent de nouveau un souverain : Dagobert leur envoya en 632 le petit Sigebert, qu'il avait eu trois ans plus tôt de l'Austrasienne Ragnetrude et dont le nom est tout un programme ; et il en confia la garde à l'évêque de Cologne Cunibert. Les Neustriens ne demeurèrent pas en reste, puisqu'en 634 Dagobert, réglant sa succession, prévut que le fils Clovis (notons, une fois de plus, le nom) qu'il venait d'avoir de son épouse Nanthilde hériterait après sa mort de la Neustrie et de la Burgondie. Le problème était de faire accepter aux grands d'Austrasie semblable partition : ils s'inclinèrent, sous serment, pourvu que leur royaume récupérât les territoires — réservés en 632 — qui lui avaient jadis appartenu, en particulier en Aquitaine et outre-Rhin, et qui avaient été les champs traditionnels d'opérations militaires fructueuses. On passait désormais d'un axe austro-burgonde à un axe neustro-burgonde. Nul doute cependant que Dagobert tint fermement jusqu'en 639 les rênes du pouvoir : c'est lui, en particulier, et lui seul, qui, jusqu'à sa mort, contrôlerait la politique franque en Germanie.

Le gouvernement de Dagobert.

Fils de Clotaire II et donc héritier d'un enracinement neustrien, jeune roi d'Austrasie ayant pris à son compte les ambitions des grands de l'Est, Dagobert entreprit après la mort de son père une vaste tournée en Burgondie, passant par Langres, Dijon, Chalon, Autun, Auxerre, Sens, pour s'y faire reconnaître « par les prélats, les grands et les leudes », mais aussi pour y rendre « la justice aux pauvres », inspirant à chacun « une grande crainte ». Ce qui frappe en effet, c'est, dès les années 629-630, le rayonnement œcuménique du roi, « qui gouverna tous les peuples qui lui étaient soumis avec tant de bonheur et un tel amour de la justice qu'aucun des rois des Francs qui l'avaient précédé ne mérita autant d'éloges que lui » : très vite, la biographie de ce nouveau Salomon allait donner prise à des développements légendaires dont il n'avait vraiment pas besoin, tant l'histoire de son règne marque l'indiscutable apogée de la dynastie mérovingienne.

Dès 629, il fit de Paris et de la région parisienne (en particulier des *villae* de Reuilly, Bonneuil, Nogent, Épinay-sur-Seine, Creil, Compiègne, et surtout Clichy, qui fut sa préférée) son camp de base. Comme son père avant lui, il s'y entoura de personnages recrutés parmi les élites sociales de la Gaule, spécialement de la Neustrie et de l'Aquitaine, puisque, comme on l'a vu, les aristocrates austrasiens et burgondes restaient beaucoup plus enracinés dans leur province. Beaucoup des officiers palatins, d'ailleurs, avaient, dès leur enfance, été formés au palais, puisque leurs parents les y avaient envoyés tout jeunes, afin qu'ils y fussent instruits et nourris — on les appelle les *nutriti* ; en sorte qu'existait entre eux et le roi une solidarité, même une complicité, qui en faisait, les années passant, les plus sûrs collaborateurs du pouvoir. Ainsi le jeune Neustrien Dadon (Auduinus, le futur saint Ouen), fils du puissant Autharius, et les frères albigeois Rusticus et Desiderius (le futur saint Didier), fils du noble Salvius, rencontrèrent-ils à la cour de Clotaire II, où leurs pères respectifs les avaient envoyés, Faron, fils d'un grand propriétaire de la région de Meaux ; Wandrille, originaire du Verdunois et « noble par la naissance » ; ou encore l'Aquitain Éloi, ancien collaborateur du chef de la monnaie de Limoges. Si la plupart d'entre eux sont connus par leur carrière ecclésiastique, on sait moins que Dagobert en avait fait au préalable ses officiers palatins : Dadon fut référendaire et, comme tel, gardien du sceau royal ; Wandrille fut peut-être comte du palais, chargé de juger, au nom du roi, les affaires qui montaient à la cour ; Éloi fut monétaire du palais ; Didier fut *tesaurarius*, ou gardien du trésor royal ; et son frère Rusticus fut « abbé de la chapelle palatine ». C'est que les fonctions ecclésiastiques faisaient partie intégrante du *cursus honorum* : si tels d'entre ces compagnons du roi étaient ensuite envoyés comme comtes dans les cités et les *pagi*, beaucoup devenaient évêques ainsi que l'avait prévu l'édit de 614. Ce fut même le cas des plus brillants et des plus fameux d'entre eux : Didier à Cahors, Dadon à Rouen, Éloi à Noyon. Si nous les connaissons mieux que les autres, c'est que, prenant au sérieux les fonctions nouvelles auxquelles ils furent appelés, ils acquirent une réputation de sainteté. N'empêche qu'en tant qu'évêques ils étaient restés de véritables agents de l'autorité royale.

Ainsi voit-on que, sous Clotaire II et surtout sous Dagobert, la cour était devenue un véritable creuset où se rencontraient, avant d'être envoyés en mission dans des provinces qui n'étaient pas nécessairement celles de leurs origines, les fils de l'aristocratie du Midi et ceux de l'aristocratie du Nord, les descendants des anciens Gallo-Romains et ceux des conquérants francs. Elle était devenue le lieu par excellence de la fusion des élites : les Francs achevèrent de s'y romaniser en ce qui regarde la langue et la religion ; les Romains achevèrent de s'y rallier au pouvoir né de la conquête franque. L'intégration au *regnum Francorum* des diverses composantes de la Gaule en fut-elle pour autant facilitée ?

Dagobert sur tous les fronts.

Faisant intervenir l'armée, ou menaçant de la faire intervenir, sur tous les fronts, Dagobert paraît indiscutablement avoir eu le souci de rétablir l'unité de la Gaule. Après une première intervention, victorieuse mais pas très fructueuse, de son *exercitus Burgundionum* au secours d'un prétendant au trône wisigothique, il l'envoya contre les Basques des Pyrénées atlantiques qui, après la mort de Charibert, avaient repris leurs raids sur le bas pays gascon. Ils furent écrasés, et une ambassade vint même à Clichy implorer le pardon du roi, et lui prêter serment de fidélité, ainsi qu'à ses fils et « au royaume des Francs ». Puis, préférant alors la persuasion à la contrainte, Dagobert envoya, sous la conduite d'Éloi, une mission en Bretagne auprès du roi Judicaël (roi de Domnonée dont Frédégaire fit un « roi des Bretons »), pour lui demander sa soumission après les raids dévastateurs que les siens avaient conduits sur les cités de Rennes et de Nantes. Judicaël se rendit auprès de Dagobert, à Creil plutôt qu'à Clichy ; il y fit sa soumission et promit la paix au roi. Enfin, on sait par des sources indirectes que Dagobert reprit possession de la basse vallée du Rhin et des forts qui y jalonnaient l'ancien *limes*, enlevant en particulier aux Frisons les vieux *castella* d'Utrecht, où il créa une église Saint-Martin, et de Dorestad, où, dans un site portuaire en voie d'expansion, s'installa un monétaire franc venu de Maastricht. Seule de l'ancienne Gaule, la Septimanie wisigothique échappait encore à l'autorité franque.

Même si, par ambassade interposée, il s'engagea vers 630 auprès de l'empereur byzantin Héraclius dans une promesse de « paix perpétuelle », il est vrai que Dagobert regardait davantage vers les contrées du Nord et du Nord-Est européens, auxquelles son expérience austrasienne l'avait intéressé, et qui, par la voie du renouveau des échanges de toutes sortes, s'ouvraient de plus en plus à l'Occident franc. Témoin ce qui était en train de se passer sur les confins germano-slaves, que commençaient de fréquenter des marchands, d'esclaves notamment, venus de l'Ouest. L'un d'eux, le Franc Samo, avait pris une part active aux luttes qui, depuis le VIe siècle, opposaient les Slaves de l'Ouest, que nos sources appellent Wendes, à leurs agresseurs Avars installés dans la plaine de Pannonie. Enfin libérées, les tribus wendes de Bohême firent de Samo leur roi, vers 625 si l'on en croit Frédégaire. Comme, quelque cinq ans plus tard, une caravane de marchands francs traversant la région fut attaquée et totalement anéantie par les Wendes sans avoir reçu de Samo la moindre protection, Dagobert se décida, après l'échec d'une ambassade, à une guerre dans laquelle il engagea, outre ses contingents austrasiens, les Alamans, qui étaient ses tributaires, et les Lombards d'Italie du Nord, que commençait de menacer l'expansion slave vers le Sud. Si les Alamans et les Lombards firent bonne figure, ce ne fut pas le cas des Austrasiens — peut-être, nous dit Frédégaire, parce qu'ils n'avaient pas voulu donner leur pleine mesure au service d'un roi qui ne cessait de les dépouiller. Du coup, les Wendes reprirent et multiplièrent leurs agressions, contraignant Dagobert à remettre le tribut que depuis plusieurs décennies les Saxons payaient aux Francs pourvu que, tels les fédérés des derniers siècles romains, ils assurent la garde des frontières orientales du *regnum*.

Car, faute d'avoir pu s'imposer face aux Slaves, Dagobert eut une réelle politique germanique, qui allait dans le sens d'une plus grande intégration des peuples d'outre-Rhin dans l'orbe de la domination franque — une domination centrée sur la Neustrie, et non sur l'Austrasie comme on eût pu s'y attendre, car Dagobert n'y laissa pas la moindre initiative aux grands de l'Est qui entouraient le petit Sigebert, provoquant la grogne qu'on a entrevue dans l'histoire de la guerre slave. Alors que le duc des Alamans était depuis le VIe siècle nommé par le roi franc de l'Est, c'est Dagobert qui désormais le désignait et le contrôlait au point de fixer lui-même la frontière entre les nouveaux diocèses de Constance et de Coire ; peut-être de surcroît est-ce sous son influence que fut rédigé le premier noyau du *Pactus Alamannorum*, la loi des Alamans, comme le fut, vers la même époque, celui de la *Lex Baiuvariorum*, la loi des Bavarois. D'ailleurs, les armées de Dagobert intervinrent en Bavière pour y exterminer des réfugiés bulgares à la recherche de terres et de protection : on voit bien que pour lui l'affermissement de l'autorité franque sur la Germanie était dicté par la nécessaire constitution d'un glacis défensif contre les nouveaux dangers venus de l'Est. De la même façon que ceux-ci l'ont amené à se rapprocher des Saxons, ils l'ont amené à réaffirmer son autorité sur les Thuringiens, qui se trouvaient placés depuis le VIe siècle sous l'autorité immédiate des rois francs de l'Est, et qui eurent désormais à leur tête un duc franc, Radulf, totalement dévoué à la personne du roi, et lui aussi chargé expressément de défendre la frontière de l'Est — ce qu'il fit d'ailleurs avec un certain succès. Ainsi la Germanie fut-elle, jusqu'à la Saale et l'Elbe moyen, intégrée à un *regnum Francorum* centré — ce qui est un fait nouveau — sur Paris et son bassin.

Dagobert et Saint-Denis.

Rien ne montre mieux l'attachement de Dagobert à ce qu'on est tenté d'appeler sa «région capitale», en même temps que son ouverture aux horizons élargis de l'Europe du Nord, que sa politique en faveur de l'église de Saint-Denis. L'édifice mémorial élevé à la fin du Vᵉ siècle sur les tombes de Denis, premier évêque connu de Paris, et de ses compagnons Rustique et Éleuthère, était devenu au cours du VIᵉ siècle un centre religieux important, but de pèlerinage privilégié des Parisiens. Aussi, sous l'autorité relativement proche de l'évêque de Paris, une congrégation de *fratres* placés sous l'autorité immédiate d'un *abbas*, comme dit un texte des environs de 620, s'y développa-t-elle pour y assurer le culte, et pour y célébrer, dans un sanctuaire agrandi, des funérailles royales — puisqu'on y a vu inhumée celle qui fut probablement Arnegonde, épouse de Clotaire Iᵉʳ et mère de Chilpéric ; et que Chilpéric et Frédégonde y firent enterrer un de leurs enfants.

Fils et petit-fils de ce roi, Clotaire II et Dagobert gratifièrent la basilique — qui ne serait organisée en un véritable monastère qu'un peu plus tard, au temps de Clovis II, fils de Dagobert, et surtout de sa femme la reine Bathilde [1] — de nombreux avantages — donations foncières, exemptions de tonlieux et surtout concession d'un droit de foire : par un privilège de 634-635, les religieux de Saint-Denis étaient autorisés à organiser chaque année, à partir du 9 octobre, fête de leur saint patron, une foire à proximité de la basilique, sur leur port de Seine, à l'occasion de laquelle ils percevraient tous les tonlieux et revenus normalement dévolus au trésor royal. C'était la première fois que semblable faveur était accordée par un roi à un établissement religieux. Ce ne serait pas la dernière. Bientôt s'y ajouterait (en 653, toujours sous Clovis II) un privilège d'immunité qui protégerait l'église et

---

1. D'après Josef Semmler, dans *La Neustrie* (147).

ses biens de l'intrusion des fonctionnaires royaux, comme l'usage s'en était répandu au VIᵉ siècle, et comme il fut multiplié par Dagobert, dont la charte en faveur du monastère briard de Rebais fondé par son ami Ouen resta longtemps un modèle. Les facilités données aux marchands qui fréquentaient la foire de Saint-Denis étaient telles que son succès ne se démentit pas jusqu'au IXᵉ siècle : foire aux vins principalement — ainsi que le laisse deviner sa date —, elle attira bientôt les peuples du Nord qui étaient de gros demandeurs, en même temps qu'elle concentra sous les murs de l'église une part importante de la production du bassin de Paris : grâce à Dagobert, la Neustrie s'ouvrait décidément au Nord.

Les générosités de Dagobert à l'égard de Saint-Denis n'étaient pas tout à fait gratuites : il attendait de son clergé des prières pour le salut de son âme. Car, tel Clovis auprès de sainte Geneviève, tel Childebert auprès de saint Vincent, tel Clotaire auprès de saint Médard, il voulut être enterré auprès de saint Denis. Il fit embellir sa basilique, il fit exhumer les ossements du saint et de ses deux compagnons et les fit transférer dans une châsse magnifique dont il confia l'exécution à son ami monétaire et orfèvre Éloi. Tombé malade dans les derniers jours de 638, il se fit transporter à Saint-Denis auprès des saintes reliques, et c'est dans les bâtiments claustraux qu'il mourut le 19 janvier 639. Il avait auparavant confié à son fidèle maire du palais de Neustrie, Æga, la garde de sa femme, la reine Nanthilde, et du petit Clovis, qui n'avait alors pas plus de cinq ans. En Austrasie, l'avenir restait à Sigebert. Une des meilleures œuvres que nous aient laissées ces temps de maigre historiographie, la *Vita* anonyme de Didier, trésorier palatin puis évêque de Cahors, commente curieusement cette succession : tandis que Sigebert, nous est-il dit, hérita du *regnum Austrasiorum*, Clovis II reçut le *regnum Francorum*, comme si, vue d'Aquitaine où fut certainement écrit le texte, l'Austrasie n'était plus franque ; et comme si seules les terres de l'Ouest avaient le droit de revendiquer l'héritage de Clovis. Assurément, la Neustrie du milieu du VIIᵉ siècle peut apparaître comme le noyau du futur royaume de France.

Clotaire II, Dagobert
et les origines de la France médiévale.

C'est en France précisément, et nullement en Allemagne, que s'est développé le cycle légendaire relatif à Dagobert — en particulier à l'abbaye de Saint-Denis, dont les moines ne ménagèrent pas les efforts pour célébrer la gloire de leur bienfaiteur : ce sont eux qui, vers 835, composèrent les *Gesta*, entendons la Geste, de Dagobert, monument élevé à la gloire de saint Denis et du bon roi, et où les développements fantaisistes l'emportent sur la vérité historique. Non seulement ce fut pour eux l'occasion d'exalter leur propre église, où étaient conservés les restes et de l'un et de l'autre ; mais ce fut aussi l'occasion de célébrer un pouvoir enraciné chez eux, chez des Francs de l'Ouest qui étaient en train de devenir tout simplement des Francs, éponymes d'une France à venir, qui non seulement rayonnait sur l'ensemble de la Gaule, mais l'emportait par le fer et le sang sur la Germanie, où les Saxons furent soi-disant massacrés.

Non seulement la figure de Dagobert a été l'objet de la cristallisation d'une conscience franque occidentale, mais, d'une manière beaucoup plus objective, son règne, comme celui de son père avant lui, a été un moment décisif dans la genèse de la France médiévale. Tandis qu'au VIe siècle les élites franques, rois au premier chef, avaient les yeux tournés vers la Méditerranée et les souvenirs d'une Rome mythique, auxquels ils demandaient l'essentiel de leurs modèles politiques et culturels, on constate désormais qu'une partie au moins des élites méridionales, aquitaines au premier chef, rompant avec l'attitude de mépris systématique qui avait jusqu'alors prévalu, regardait volontiers vers le Nord, n'hésitant pas à envoyer ses rejetons à la cour royale de Paris, pour que leur y fût donnée une instruction politique, sinon une formation intellectuelle. Paris, les *villae* royales de ses environs, la basilique et bientôt le monastère de Saint-Denis devinrent des pôles d'attraction sans précédent. Sur le plan politique, bien sûr, comme le montre le *cursus* de Syagrius, deuxième frère de Didier dont le nom même montre la prestigieuse ascendance, et qui, comme ses deux frères, quitta son Albigeois

natal pour rejoindre le palais où il fréquenta de près le roi
Clotaire, avant de retourner à Albi — vivante application de
l'édit de 614 — muni du titre comtal. Mais aussi sur le plan
économique, puisque les foires de Saint-Denis révèlent
l'ouverture au Nord du bassin de Paris, et de la Gaule entière.

2

Au VIIe siècle :
les chemins nouveaux de l'économie

Mieux climatique et renouveau démographique.

Cela faisait plusieurs siècles que l'Europe occidentale souffrait de l'oppression persistante d'un climat humide et froid : il est vraisemblable que la sous-alimentation notée par Grégoire de Tours aux environs de 580, et qui, peut-être, trouve un écho dans les découvertes anthropologiques les plus récentes [1], s'explique par l'accumulation persistante de mauvaises récoltes ; et qu'à son tour la famine ouvrit la porte aux épidémies, récurrentes jusqu'à l'extrême fin du VIe siècle, de dysenterie, de variole et de peste. Toujours est-il que, dans leur sécheresse, les chroniques du VIIe siècle ne mentionnent plus guère de semblables fléaux. En déduire une amélioration du climat serait de toute évidence hasardeux s'il n'y avait une significative conjonction de sources — palynologiques, archéologiques et tout simplement historiographiques — qui montrent, partout, spécialement à partir du milieu du siècle, une extension de la production céréalière, un progrès de l'alimentation carnée et même des défrichements beaucoup plus significatifs que les isolats notés au VIe siècle. Il est vraisemblable que la population augmenta, désormais, dans des proportions qu'il est difficile de préciser ; mais on peut au moins invoquer les fouilles du cimetière de Frénouville, dans le Calvados, qui laissent entendre qu'avec quelque 1 400 habitants la communauté, qui n'en comptait que 250 à l'époque gallo-romaine, connut son apogée au VIIe siècle. Et si l'on continue de voir ailleurs, par exemple dans la Brie ou le Der, dans

---

1. D'après Joël Blondiaux.

les forêts d'Haguenau ou d'Ardenne, essarter des ermites ou
des moines (en particulier de tradition colombanienne), il semble bien que de nouvelles exploitations paysannes, celles par
exemple qu'on appelle *mansioniles*, soient nées du défrichement, aussi bien dans la région gantoise qu'en Normandie,
dans le Quercy qu'en basse Auvergne — au point, comme
il a été écrit à propos de l'Aquitaine, que « le VIIe siècle paraît
idyllique [1] ».

Vers de nouvelles structures foncières.

Ce sont en effet de très prospères *villae* que l'on voit apparaître dans les chartes de donation ou dans les testaments du
temps de Dagobert. Quand Éloi donne en 632 au monastère
qu'il vient de fonder à Solignac, dans le Limousin, la propriété qu'il y possède, il recense les terres, vignes, pâturages,
forêts, arbres fruitiers ou non, maison, bétail, vaisselle, esclaves et colons ; il excepte seulement de la donation « ses affranchis qu'il a délivrés de l'esclavage » — pourvu qu'ils puissent
demeurer dans les lieux, sous la garde des moines : l'atmosphère de ce legs rappelle étrangement celle que nous avait
donné à connaître le testament d'Erminethrude. Même chose
au Nord, où le legs que sainte Burgundofara — sœur du Faron
que nous avons déjà rencontré à la cour de Dagobert — a
fait en 633 à sa fondation d'*Eboriacum*, connue aujourd'hui
sous son propre nom (Faremoutiers, Seine-et-Marne), recense
les portions de *villae* qui lui ont échu par héritage à Cham-
peaux, à Chelles, à Augers-en-Brie, et énumère invariablement les maisons, terres, vignes, prés, bois, eaux courantes,
animaux, esclaves ; mais elle précise que les esclaves qu'elle
a affranchis par tablettes ou par lettres demeureraient libres
avec tout le pécule qui leur avait été concédé. Cinquante ans
plus tard, les choses ne semblent pas avoir beaucoup changé
dans le Midi, quand on voit le richissime Nizezius donner au
monastère de Moissac, en 679-680, de nombreuses *villae* dans
l'Agenais, le Quercy, le Toulousain, avec leurs cours « domi-
nicales », c'est-à-dire seigneuriales, leurs églises, maisons,

1. Michel Rouche (139).

édifices, terres cultivées et incultes, vignes, vergers, prés, bois, eaux courantes, viviers, pêcheries, moulins... « entièrement comme elles nous appartiennent dans leurs bornes antiques », ainsi qu'il est dit de deux d'entre elles situées dans le *pagus* d'Eauze : ce qui suggère la persistance de très anciennes cadastrations.

Encore faut-il savoir ce que *villa* veut dire. Contre une longue tradition historiographique qui voulait que le mot *villa* signifiât encore pendant les siècles du très haut Moyen Age la grande exploitation domaniale qu'il avait désignée dans l'Antiquité, aussi bien élément du paysage qu'unité de propriété, il a été récemment proposé [1] que la *villa* haut-médiévale était un district administratif ; que sa principale subdivision, le *manse*, qui commença de se répandre dans le vocabulaire à partir des environs de 600, était l'unité de base de l'assiette de l'impôt ; que les redevances versées par les colons et autres « tenanciers chasés » sur le manse étaient en réalité un impôt direct hérité de la romanité ; que le *servitium* enfin, plus ou moins régulier, dû au possesseur de la *villa* n'était pas une corvée, mais une imposition en travail.

Cette lecture strictement « fiscaliste » de la documentation et du vocabulaire ruraux des premiers siècles médiévaux, principalement fondée sur l'analyse des grands polyptyques, ou inventaires de biens monastiques, du IXᵉ siècle, est-elle acceptable pour les siècles antérieurs ? Cela supposerait que la royauté mérovingienne fût capable de restaurer dans son universalité et dans sa complexité une fiscalité directe contre laquelle les populations du VIᵉ siècle s'étaient systématiquement soulevées chaque fois qu'un souverain avait eu la velléité de l'exiger dans son *regnum* — qu'on se rappelle les cas, bien connus grâce à Grégoire de Tours, de Théodebert ou de Brunehaut. Surtout, il faudrait que le mot *villa* ait complètement changé de sens depuis l'Antiquité, et que le mot *mansus* fût, dès sa première diffusion, chargé d'un contenu sémantique sans rapport avec celui que lui conférait son étymologie (du verbe *maneo, manere,* habiter, demeurer), ce qui paraît tout à fait improbable.

1. Voir Élisabeth Magnou-Nortier (108) ou Jean Durliat (43).

Car ce mot, qui apparut au détour de deux formulaires — l'un d'Auvergne, l'autre d'Anjou — dans la seconde moitié du VIᵉ siècle, mais qui, surtout, s'est répandu dans la région parisienne (vallées de l'Oise et de l'Aisne, Beauce, Brie) dans la première moitié du suivant, ne pouvait désigner originellement qu'une maison rurale, ou, par extrapolation, l'exploitation qui en dépendait. Dans la plupart de ses occurrences précoces, le *manse* paysan paraît étroitement associé à la grande propriété du sol, ou du moins à une exploitation qu'on peut déjà qualifier de seigneuriale, puisque c'est le mot *indominicatus* (de *dominus*, seigneur, maître du sol) qui, comme dans l'exemple cité des domaines de Nizezius, sert à la désigner ; et son exploitant doit au possesseur du *mansus indominicatus*, comme il est dit de plus en plus souvent, des redevances en nature et des services de travail. Un extrait du formulaire de Marculf, sans doute compilé à Saint-Denis vers 700, se fait particulièrement éclairant : on y voit qu'un maître pouvait prélever dans une de ses *villae* un *locellus* ou un *mansus* (relevons la synonymie des deux mots) pour les concéder à un *servus*, qui lui devrait en échange des *reditus terrae*, aussi bien redevances en nature que services agricoles. Cela suppose la généralisation d'un système d'exploitation du sol qui peut apparaître comme une extension du colonat, qui, lui aussi, subordonnait la petite exploitation paysanne à la grande propriété foncière, mais qui le dépasse et l'assouplit sensiblement dans la mesure où ce ne sont plus seulement des *servi*, ni même des colons, mais aussi des *ingenui*, des libres, qui purent ainsi, suivant le témoignage d'autres formules ou *leges*, être chasés sur des manses taillés dans l'immensité d'anciennes *villae*.

La diffusion de ce système, sensible dans le cœur du bassin de Paris dès la première moitié du VIIᵉ siècle, est assurément liée à la conjonction de plusieurs facteurs : il s'y trouvait une forte densité de domaines royaux, ou encore ecclésiastiques (ceux-ci ayant été bien souvent distraits de ceux-là dans des intentions pieuses), qui furent gagnés, dès la fin du cycle infernal de la famine et de l'épidémie, par une croissance démographique génératrice de défrichements, qui ne purent se faire qu'au détriment de la forêt domaniale. Or, au même moment, les sources traditionnelles de l'esclavage étaient en train de se tarir : les guerres internes en Grande-Bretagne s'essoufflaient ; et les pays slaves, grands fournisseurs eux aussi (au point que le mot français esclave, qui a peu à peu remplacé les mots latins *servus* et *mancipium*, vient, comme ses équivalents de tant d'autres langues européennes, du mot *slave*), ont commencé de s'organiser contre les rafles, comme nous le suggère l'histoire de Samo. On a vu, de surcroît, comment se multipliaient les affranchissements mus par l'espoir de la rédemption : Erminethrude et Burgundofara n'étaient-elles pas originaires de la région parisienne ? Les prestations de services exigées des paysans, d'origine libre aussi bien que servile, auxquels était concédée une portion de *villa* ont pu apparaître comme la meilleure façon de pallier la déficience de l'esclavage à la manière antique. Voilà pourquoi, sans doute, le domaine biparti, partagé entre la terre réservée du maître — la *réserve* — et les manses paysans, qui, par les journées de travail, lui étaient solidaires, a commencé de se répandre au cours du VIIe siècle [1].

N'empêche que ce n'est pas un hasard si le cœur de la Neustrie — centre du pouvoir d'un Clotaire II ou d'un Dagobert — a été le principal laboratoire d'une mutation de la structure foncière aussi lourde d'avenir. Il est vraisemblable que la diffusion du manse comme module bientôt dominant du foyer rural et de l'exploitation paysanne a procédé d'un désir de rationalisation de la gestion des domaines du *fisc* d'abord — aux fins, naturellement, de régulariser l'approvisionnement du trésor —, des domaines ecclésiastiques ensuite, dont les chefs étaient, grâce au privilège de l'immunité, les mandataires de l'autorité royale. Dans ces cas, et dans ces cas seulement, le mot *manse* put avoir dès l'origine le double sens qu'aurait plus tard dans le Moyen Age le mot *feu* : à la fois cellule d'habitat et foyer fiscal. Mais quand le module a continué de se répandre, dans la seconde moitié du VIIe siècle et au début du suivant, en Burgondie, dans la région mosellane, dans l'extrême Nord de la Francie, dans la basse vallée de la Seine ou dans la moyenne vallée de la Loire, c'est-à-dire

1. Voir Adriaan Verhulst (153).

en des temps et en des lieux où l'autorité royale était sur son déclin, il ne fait guère de doute que seuls, alors, les avantages de la gestion domaniale ont joué un rôle, à l'exclusion de toute préoccupation d'ordre fiscal. Avec la multiplication des défrichements et le tarissement de l'esclavage, le temps n'était plus au *latifundium*. Partout, celui-ci commençait à faire l'objet d'un dépeçage par allotissement, sous forme de manses, au profit de paysans de plus en plus nombreux, que le retour d'une insécurité endémique jetait dans les bras des puissants.

L'éclipse des vieilles cités
et le développement des constellations périphériques.

Une autre structure héritée de l'Antiquité était alors en voie de dépérissement : c'était l'ancienne cité. Mais on ne parlera pas pour autant de déclin de la vie urbaine : car les faubourgs et les campagnes alentour étaient souvent l'objet d'un véritable renouveau. On a vu que Dagobert, le plus « parisien » des rois francs depuis Clovis, avait préféré au vieux palais de la Cité, prestigieux héritier de l'ancien *prætorium* romain, des résidences rustiques dans lesquelles il entraînait sa cour, sa truste et ses trésors. Il y trouvait généralement un réel confort, des bâtiments qui lui permettaient de recevoir (en particulier une *aula*, ou salle de réception) et de prier (un oratoire), ainsi que de nombreuses annexes dans lesquelles il logeait sa suite. On peut dire la même chose du comte, qui de « comte de la cité » (*Stadtcomes*) qu'il était à l'origine devint peu à peu « comte de la campagne » (*Landcomes*)[1] : certes, dans le Nord, la plupart des comtes, nommés à la tête de « pays » (*pagi*) résultant du démembrement des anciennes *civitates*, avaient dès l'origine résidé dans de simples bourgades ; mais il paraît de plus en plus évident qu'ils préférèrent désormais séjourner dans les *villae* royales dont ils avaient la garde, ou encore dans leurs domaines patrimoniaux à partir du moment où, conformément à l'édit de 614, ils étaient envoyés en mission dans leur région d'origine. En sorte

1. Voir Dietrich Claude (22).

que les vieilles cités perdirent peu à peu le rôle qui avait été le leur dès l'origine — celui de sièges du pouvoir civil.

Ce qu'il subsistait ici et là d'ancienne curie, en particulier dans les villes du Midi, n'était plus que chambre d'enregistrement des actes de droit privé; et les derniers *defensores* n'avaient plus de pouvoir que symbolique. Plus que jamais, la ville apparaissait comme une citadelle épiscopale. Citadelle, parce qu'elle restait prisonnière de ses murailles, le plus souvent étriquées. Épiscopale, puisque la seule autorité qui y séjournât désormais était celle de l'évêque, quand du moins il ne préférait pas, en bon aristocrate, et éventuellement en ancien palatin qu'il était, séjourner dans ses domaines ruraux. Mais le fait ne devait pas être des plus fréquents, car l'évêque apparaît désormais comme le seul détenteur d'une réelle autorité *dans* la ville. Au départ, on s'en souvient, il assuma souvent, officiellement ou non, le contenu de la charge de *defensor* : c'est encore à ce titre que, sous Clovis II (639-657), l'évêque Sulpice de Bourges intervint auprès du roi pour faire supprimer un impôt nouveau, donc réputé injuste. Avec le développement du privilège de l'immunité, qui fit de lui le relais exclusif du pouvoir royal dans le territoire de la cité, les choses tendirent à basculer, l'évêque devenant plus directement intéressé à l'exercice de l'autorité. Il est même arrivé que le roi lui déléguât le droit de nommer le comte, comme Dagobert le fit en faveur de l'évêque de Tours, ou comme Thierry III et Clotaire III, fils de Clovis II, le firent respectivement en faveur des évêques de Rouen et du Mans. Du coup il n'était pas rare, à la fin du VIIᵉ siècle, de voir l'évêque assurer l'administration de sa ville et du plat pays qui l'entourait, frapper monnaie, comme à Rouen ou à Paris, encaisser les revenus des terres fiscales, contrôler les marchés publics; nombre d'anciennes cités sont ainsi devenues de véritables principautés épiscopales, singulièrement en Neustrie après la mort de Dagobert : Rouen, Nantes, Angers, Tours, Orléans, Le Mans...

Tout cela ne fut pas nécessairement favorable au développement de la cité même, où, en dehors des inévitables boutiques et petits ateliers, la seule activité économique d'importance qu'on perçoive ici et là, grâce à l'archéologie

plus qu'aux textes, est le chantier du complexe cathédral :
c'est dans la périphérie, dans une véritable constellation de
noyaux de développement nouveaux qu'on enregistre les
signes d'un dynamisme porteur d'avenir. Il y a toujours la
première auréole suburbaine, avec ses basiliques nées des
anciennes nécropoles, et qui, de plus en plus souvent au cours
du VIIe siècle, se sont muées, comme Saint-Denis, en vastes
monastères, devenus, grâce aux donations royales ou aristocratiques, les centres de vastes ensembles domaniaux, lieux
de concentration et de redistribution des surplus, donc lieux
de marché par excellence : il paraît clair que la première finalité de la foire de Saint-Denis fut de faciliter l'écoulement de
la production de vin du monastère, même si par la suite sa
renommée attira les autres gros producteurs du bassin de
Paris. La seconde auréole est constituée par les *villae*, dont
la densité est beaucoup plus grande au cœur qu'à la périphérie du territoire des anciennes *civitates*, et qui, lieux privilégiés du séjour des grands, sont, elles aussi, foyers de
concentration et de redistribution des produits agricoles —
et artisanaux. Car, plus que par le passé, c'est dans la vaste
périphérie des villes importantes, de celles en particulier qui
sont bien placées sur le réseau des communications, qu'on
voit se concentrer la production artisanale. Ainsi le bassin
de Cologne, héritier d'une vieille tradition manufacturière liée
à la présence prolongée des armées romaines sur le *limes* rhénan, et toujours innervé par un dense réseau de voies de terre
qui le met en relation facile avec l'intérieur de la Gaule aussi
bien qu'avec la Germanie, possède-t-il au VIIe siècle de nombreux ateliers de production d'armes, de verre et de céramique — qu'on commence à voir diffusés dans l'ensemble des
pays riverains de la mer du Nord.

Paris mérovingien.

Le cas de Paris, qu'on vient d'entrevoir à travers l'évocation de la toute proche Saint-Denis et des *villae* royales alentour, est exemplaire de cette situation nouvelle. La cité, ici,
c'est naturellement l'île qui porte toujours ce nom, et qui est
reliée à la rive droite par le Grand-Pont, actuel pont

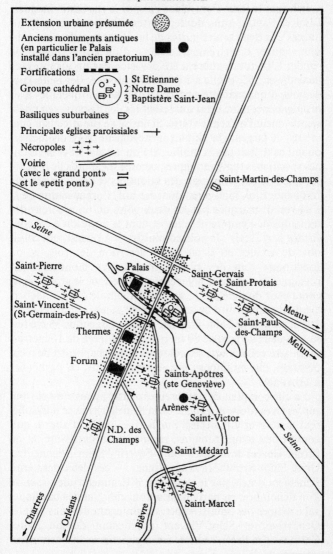

PARIS MEROVINGIEN
d'après Patrick Périn

Extension urbaine présumée

Anciens monuments antiques
(en particulier le Palais
installé dans l'ancien praetorium)

Fortifications

Groupe cathédral
1 St Etiennne
2 Notre Dame
3 Baptistère Saint-Jean

Basiliques suburbaines

Principales églises paroissiales

Nécropoles

Voirie
(avec le «grand pont»
et le «petit pont»)

Saint-Martin-des-Champs

Seine

Saint-Pierre

Palais

Saint-Gervais
et Saint-Protais

Meaux

Saint-Vincent
(St-Germain-des-Prés)

Thermes

Saint-Paul
des-Champs

Melun

Forum

Saints-Apôtres
(ste Geneviève)

Seine

Arènes

Saint-Victor

N.D. des
Champs

Saint-Médard

Chartres

Orléans

Bièvre

Saint-Marcel

Notre-Dame dans l'axe de la rue Saint-Martin, et à la rive gauche par le Petit-Pont, dans l'axe de la rue Saint-Jacques. L'un et l'autre, sans doute, portent boutiques et ouvrent l'accès aux deux seules portes de la ville, car celle-ci est toujours murée d'un rempart doublé d'un étroit chemin de ronde. L'île tout entière a été dévastée par un gigantesque incendie en 585, et elle a été reconstruite avec des matériaux de bois, d'une manière empirique qui, hormis quelques axes principaux comme celui qui reliait les deux ponts, remodela sensiblement l'ancienne voirie. Si une seule rue atteignait cinq mètres de largeur, la plupart n'excédaient pas trois mètres, quand ça n'était pas la moitié. Si l'on détecte ici et là certaines spécificités topographiques, comme les abords de la porte sud, lieu de concentration des bijoutiers et des orfèvres que fréquenta Éloi, mais aussi quartier juif, l'organisation de la Cité restait marquée par les deux pôles qu'on a perçus dès les temps de l'empire chrétien et dont la vocation a été confirmée par Clovis : le pôle administratif à l'ouest, qui continua de vivoter en dépit de la désertion des rois, et où fonctionna l'un des plus actifs ateliers monétaires du royaume ; et surtout le pôle religieux à l'est, où le groupe épiscopal était dominé par la grande cathédrale que Childebert avait fait construire au milieu du VIe siècle et qui reçut au VIIe le vocable de Saint-Étienne. Avec sa largeur de 36 mètres, sa longueur de près de 80 mètres, sa nef large de 10 mètres, ses quatre collatéraux, ses colonnes et ses chapiteaux de récupération, elle en imposa aux contemporains, en particulier à Fortunat.

La cité comptait de nombreuses églises ; mais c'est surtout sur les rives droite et gauche de la Seine qu'elles se multiplièrent aux VIe et VIIe siècles. Sur la rive gauche d'abord, qui, comme aux temps romains, restait plus accueillante, et où furent élevées les églises Saint-Séverin, Saint-Étienne-des-Grès, Saint-Symphorien-des-Vignes — ces deux dernières, richement dotées par le testament d'Erminethrude —, et où l'on dénombre, en particulier autour des grandes basiliques suburbaines (les Saints-Apôtres maintenant devenus Sainte-Geneviève, et Saint-Vincent maintenant devenu Saint-Germain-des-Prés), huit des treize cimetières du Paris mérovingien jusqu'à présent découverts. Sur la rive droite ensuite, où les marais des anciens méandres furent longtemps répulsifs, mais où, sur quelques hauteurs bien égouttées, furent élevées les églises Saint-Gervais-Saint-Protais, sans doute à la fin du VIe siècle, Saint-Germain-l'Auxerrois, vers le milieu du VIIe, ou encore la grande basilique Saint-Martin-des-Champs, avant 710, où elle apparaît dans un diplôme de Childebert III. Autant d'églises, autant de grandes basiliques surtout — autant de lieux de vie, spirituelle bien sûr, mais aussi matérielle, puisque les pèlerinages étaient suivis d'offrandes, de legs et de testaments bienfaiteurs ; puisque l'enrichissement qui s'ensuivait donnait lieu au développement de l'activité économique ; et que celui-ci aboutissait à l'agglomération de l'habitat et à la constitution de nouveaux quartiers périphériques.

Mais c'est surtout un peu plus loin, en particulier dans les fiscs royaux dont le nombre a été évalué à une douzaine, ou encore dans la plus fameuse des basiliques suburbaines, qu'on voit, éclatée en de nombreux pôles, l'essentiel de l'activité parisienne, ou du moins ce qu'elle a de plus spécifique : l'activité administrative, puisque c'est des *villae* royales, en particulier de Clichy, qu'ont été expédiés la plupart des diplômes du VIIe siècle ; l'activité intellectuelle et bientôt artistique, puisque c'est à Saint-Denis qu'ont commencé de se développer la plus féconde école historiographique française du Moyen Age et un important atelier d'enluminure ; l'activité d'échanges enfin, puisque c'est entre les murs de l'abbaye et la Seine que s'est déroulée, à partir de 634-635, la plus importante foire des temps mérovingiens et carolingiens. Tout de suite, les Anglo-Saxons vinrent nombreux, bientôt suivis par les Frisons. Comme on l'a entrevu, déjà, à propos de l'exportation des armes, des verres et des céramiques rhénanes, il est clair que désormais la Gaule franque s'ouvrait au Nord.

Du Sud au Nord : le basculement du centre de gravité économique.

Certes, le commerce méditerranéen n'est pas mort au VIIe siècle : les diplômes accordés ou renouvelés en faveur des établissements ecclésiastiques par les rois mérovingiens depuis Dagobert jusqu'à son arrière-petit-fils Chilpéric II au début du VIIIe montrent qu'on trouvait encore à Marseille et à Fos de nombreux produits en provenance de l'Europe méditerranéenne, de l'Afrique du Nord et de l'Orient : une partie en était prélevée, sous forme de tonlieux, par les agents du fisc, qui les entreposaient dans des *cellaria fisci*, où certaines églises, comme le monastère picard de Corbie, étaient autorisées à s'approvisionner ; ou sur les revenus desquels d'autres églises, comme Saint-Denis, touchaient une rente annuelle de cent sous. Ainsi sait-on qu'en 716 encore Corbie se faisait confirmer un privilège de 661, grâce auquel elle avait des facilités pour s'approvisionner, sur le marché de Fos, en draps, en huile, en vin, en *garum* (condiment à base de poisson fortement prisé), en riz, en dattes, en figues, en amandes, en poivre, en cumin, en girofle, en cannelle, en nard...

Mais il est des signes qui ne trompent pas, et qui laissent entendre un essoufflement des vieux trafics. Vers 670, la chancellerie des rois mérovingiens cessa d'utiliser le papyrus comme support de ses diplômes, pour ne plus utiliser que le parchemin (le plus ancien authentique qu'on ait gardé remonte à 677) : certes, cela ne constitue pas une preuve en soi du déclin de la route méditerranéenne, mais il est probable qu'un tel changement d'habitude fut lié au renchérissement du produit, donc sans doute à sa raréfaction. Il n'est pas surprenant, dans ces conditions, que l'abbaye de Saint-Denis ait voulu échanger en 694 la rente de cent sous qui lui avait été accordée sur les revenus de la douane de Marseille, en même temps qu'une exemption de tonlieu sur ses transports d'huile méditerranéenne, contre l'entrée en possession de la *villa* de Nassigny en Berry [1]. Comme la plupart des élites laïques et ecclésiastiques de la Gaule septentrionale, les moines de Saint-Denis, informés par le succès de leur foire, savaient que l'avenir était au Nord. Non que, comme on l'a trop longtemps cru depuis Pirenne, l'Islam ait, par sa puissance déferlante, coupé l'Occident de ses marchés d'approvisionnement africains et orientaux, mais bien plutôt parce

1. Voir Dietrich Claude (23).

qu'avait commencé de s'animer, timidement à la fin du
VIᵉ siècle, et beaucoup plus franchement au VIIᵉ, une grande
voie de commerce le long des côtes de la mer du Nord : par
son prolongement baltique et le canal des fleuves russes, elle
était en train de capter à elle une partie des trafics orientaux,
et surtout elle offrait à la Gaule du Nord, contre les produits
de son artisanat et les surplus d'une agriculture en expansion,
des peaux et des fourrures, de la laine et des draps, de l'ambre
et de l'ivoire, des pierres et des métaux — de l'argent en particulier, qui allait bouleverser l'histoire du monnayage occidental.

Les initiateurs occidentaux de ce nouveau trafic furent indé-
niablement les Frisons, qu'on a vus aux Vᵉ-VIᵉ siècles occuper
la Zélande, mais qui, à l'Est, s'étendirent jusqu'à la Weser
et même au-delà. Prenant les premiers les risques de la navi-
gation hauturière dans toutes les directions, ils mirent l'Occident britannique en contact avec l'Orient scandinave, et ils
entraînèrent dans leur sillage les riverains de toutes les mers
traversées — Celtes, Anglo-Saxons, Slaves, Scandinaves.
Était-il imaginable que les Francs ne prissent point position
sur des itinéraires marchands aussi prometteurs ? Ils le firent.
Certes, l'activité de certains ports hérités de Rome, parfois
chefs-lieux de cités importantes, ne s'était jamais vraiment
démentie, comme celle de Nantes à destination de l'Irlande,
ou celle de Rouen à destination du Wessex. Mais le fait nouveau, sur les côtes de la Gaule septentrionale comme sur
l'ensemble des rivages des mers du Nord, ce fut le développement, sensible à partir des environs de 600, de ports d'un
type nouveau, à l'origine souvent empirique, faits d'agglomérations de bois allongées le long de quais dans des sites
d'estuaires ou de deltas, qui ne vivaient que par et pour le
commerce. Outre Walcheren, les initiateurs frisons avaient
ainsi privilégié le site de Dorestad, à la tête du delta du Rhin,
qui par le Lek, résolument orienté à l'ouest, commandait la
route de l'Angleterre, et par le Vecht, orienté plein nord en
direction de l'Almere, ancêtre du Zuiderzee, commandait la
route de la Scandinavie. On comprend du coup pourquoi
Dagobert s'est attaché à mettre la main sur la Frise cisrhénane et sur Dorestad : c'était se tailler une fenêtre sur un axe

marchand en pleine expansion et, éventuellement, assurer au pouvoir franc les revenus d'une douane et d'un atelier monétaire qu'il ne se fit pas faute d'y installer, dépêchant sans attendre un monnayeur de Maastricht.

Mais la position franque à Dorestad était assez précaire, puisque de l'autre côté du Rhin se trouvait une royauté frisonne qui n'acceptait pas d'être dessaisie de la rive gauche du fleuve. Dès la mort de Dagobert, Dorestad fut reprise, ainsi qu'Utrecht. C'est sans doute l'une des raisons pour lesquelles le développement de l'activité maritime de la Gaule du Nord s'est concentrée ailleurs, en Neustrie, dans le site de Quentovic — ce qui signifie le *wik* (ou port dans les parlers germaniques du Nord) de la Canche. Boulogne, qui avait été le principal port romain à destination de la Grande-Bretagne, avait commencé de s'étioler à la fin du IIIᵉ siècle avec le démembrement de la *Classis britannica* (la « flotte romaine de Bretagne ») ; aussi n'est-il pas étonnant que le débouché des relations trans-Manche se soit déplacé à quelque trente kilomètres au sud, dans une zone qui avait fait l'objet, comme on l'a entrevu plus haut, d'un fort peuplement saxon : on se comprenait des deux côtés de la Manche. D'ailleurs, quand le nom de Quentovic apparut pour la première fois au cours du VIIᵉ siècle, ce fut sur des monnaies qui avaient été frappées par des monétaires au nom évidemment anglo-saxon — comme Dutta, Ela, ou surtout Anglus — et qui ont été majoritairement retrouvées en Grande-Bretagne. Et quand, au tournant du VIIᵉ et du VIIIᵉ siècle, le nom apparut dans les textes, ce fut invariablement dans des relations de voyages effectués par des Anglo-Saxons sur le continent ou par des continentaux en Angleterre. Mais il n'y avait pas que des hommes et des monnaies qui débarquaient à Quentovic : c'est un trafic multiforme qu'on entrevoit bientôt, où les métaux côtoyaient les pierres rares et où les draps côtoyaient les livres. La royauté franque commença de s'y intéresser, et elle y dota nombre de grands établissements ecclésiastiques désireux d'y acquérir une base. Au moment où Saint-Denis se détournait de ses intérêts marseillais, Saint-Germain-des-Prés envoyait ses paysans faire des corvées de charroi à

Quentovic. C'est là, désormais, qu'on s'approvisionnait en produits rares et qu'on écoulait les surplus de sa production.

Vers le monopole de la monnaie d'argent.

Le signe le plus clair du basculement des horizons économiques est le signe numismatique. Jusqu'aux environs de 670, toute la Gaule et même tout l'Occident étaient restés fidèles au système monétaire impérial. Faute de frapper des sous d'or imités des besants, au trop gros pouvoir d'achat, on continuait partout de frapper des tiers de sou ou *trientes*. Cela faisait longtemps qu'après le précédent scandaleux de Théodebert on avait cessé de graver sur les coins le nom de l'empereur ; mais ça n'est pas pour autant qu'on faisait figurer celui du roi : le nom qui apparaissait le plus souvent était celui du monétaire. Cela en dit long sur la difficulté qu'avait le pouvoir royal de contrôler une frappe disséminée en plusieurs centaines d'ateliers. La qualité des pièces s'en ressentit : si le poids du *triens* restait à peu près stable aux alentours de 1,30 gramme, son aloi devenait détestable ; et, dans la seconde moitié du VIIe siècle, les monnaies prétendues d'or recelèrent une quantité toujours plus importante d'argent, qui avait une valeur douze fois moindre. Cette lente dépréciation des espèces était-elle due à une balance déficitaire du commerce avec l'Orient ? A un arrêt des importations d'or ? A la thésaurisation, sous la forme de ces somptueux bijoux barbares que nous ont livrés tant de tombes ou des vases liturgiques qu'ont gardés les trésors d'églises ? A une diminution, en quantité sans doute mais surtout en valeur, des échanges ? Ou à la vieille préférence, déjà notée par Tacite, des peuples germaniques pour l'argent ?

Il y eut tout cela sans doute. Mais il y eut surtout l'influence des peuples marchands du Nord, Frisons et Anglo-Saxons, avec lesquels on venait de rentrer en contact dans des ports comme Quentovic et Dorestad, et qui, les premiers, résolurent de couper tous les ponts avec les modèles de la monnaie romano-byzantine, en adaptant leur instrument monétaire aux contraintes de leur approvisionnement en métal précieux et aux nécessités de leur trafic : ils se mirent à frapper aux

alentours de 670 de petites piécettes d'argent au graphisme
barbare, pesant moins d'un gramme, et qui, aussitôt, rem-
portèrent un succès considérable, puisqu'on imita en Frise
les types anglais, et en Angleterre les types frisons. Or ces
pièces, que les historiens persistent à appeler *sceattas* par une
erreur qui remonte au XVIIᵉ siècle, mais qu'il vaudrait mieux
appeler proto-deniers ou proto-*pennies*, se sont très vite
répandues dans l'ensemble de la Gaule, où on en a retrouvé
dans de nombreux trésors, généralement enfouis dans la première moitié du VIIIᵉ siècle, à Bais (près de Rennes), à Saint-
Pierre-les-Étieux (près de Bourges), à Nohanent (près de Clermont), à Plassac (près de Bordeaux) et à Cimiez (près de
Nice). Même on sait qu'elles furent parfois, et très tôt, imitées çà et là, par exemple à l'embouchure de la Loire. Leur
succès ne se peut expliquer que par l'adéquation de la nouvelle monnaie aux réalités économiques du temps et par le
basculement économique de la Gaule vers le Nord : elle était
adaptée au volume et à la valeur des échanges ; et surtout aux
exigences des nouveaux partenaires commerciaux. Est-ce un
hasard si, dès 673 (c'est alors qu'a été frappé à Tours par
Childéric II le plus ancien spécimen datable), les rois francs
se mirent à frapper des deniers d'argent au poids approxi-
matif de 1,10 gramme ? Et si, passé 700, on cessa, pour six
siècles, de frapper l'or en Gaule, faisant de ce même denier
l'instrument quasi exclusif de l'échange ?

    Ainsi, sortie de la crise redoutable qu'elle avait traversée
à la fin du VIᵉ siècle, la Gaule s'est reconstruite au siècle suivant sur de nouvelles bases, qui engagent durablement son
avenir. C'en est presque fini du *latifundium*, et le fantôme
de la *civitas* antique, qui faisait encore illusion, a achevé de
s'évanouir. Les temps sont désormais à ces *villae* partagées
et à ces constellations suburbaines, où vivent les élites laïques et ecclésiastiques, qui tournent de plus en plus le dos
à la Méditerranée, et regardent vers les pays neufs du Nord,
marchés ouverts aux surplus, en particulier viticoles, nés de
la croissance, et bientôt terres offertes à l'ambition du guerrier et au prosélytisme du missionnaire.

3

Première ébauche
d'une société chrétienne

De l'économique au politique :
le pouvoir des élites dans la Gaule du VIIᵉ siècle.

Seuls, indiscutablement, les grands établissements ecclésiastiques et les plus riches des propriétaires du sol rassemblaient entre leurs mains les surplus que dégageait le renouveau de la croissance, grâce aux ponctions opérées sur des paysans de plus en plus dépendants, mais aussi grâce aux progrès de leurs propres récoltes : seuls ils avaient accès à ce marché interrégional, voire international, qui, concentré dans les nouveaux *emporia* ou dans les faubourgs des anciennes cités les mieux situées, leur donnait en échange de ces surplus les produits de luxe nécessaires à la célébration du culte pour les uns, et à la parade sociale pour les autres ; ou encore les piécettes d'argent qu'ils commencèrent de diffuser dans l'horizon de leurs propres domaines.

Rares étaient au VIIᵉ siècle les puissants qui pouvaient encore se targuer d'un droit de propriété immémorial sur un véritable «patrimoine» : ça n'était guère le cas que des familles gallo-romaines qui avaient gardé une conscience sûre de leurs origines et avaient su ménager dans les siècles de tourmente la transmission héréditaire de leurs propriétés ; s'il s'en trouvait encore plusieurs au sud de la Loire (les *Desiderii*, famille de saint Didier, en étaient ; tout comme les *Syagrii*, qu'on voit encore bien présents au début du VIIIᵉ siècle du Lyonnais à la Provence), on n'en détecte plus guère au nord, où la fusion s'était faite en faveur des Barbares, et où un lignage *ex genere senatorum* comme celui de Numerianus, évêque de Trèves au milieu du VIIᵉ siècle, et de son frère Germain faisait figure d'exception. Ici, les fortunes étaient le plus souvent récentes : plus que la revendication d'une noblesse originelle (absente en tant que telle dans le *Pactus legis salicae*), c'est le service, tant spirituel que temporel, du roi et les tâches de l'administration royale qui avaient provoqué les plus grandes concentrations foncières entre les mains des évêques, des principaux monastères, des officiers palatins, des comtes, des leudes, voire des membres de la truste royale qui, *a priori*, vivaient au palais où ils étaient entretenus et n'avaient donc pas besoin de dotations de terres.

C'est que les rapports des rois et de leurs familiers, singulièrement les antrustions, qui avaient fortement influencé les pratiques sociales des aristocraties, avaient été en retour contaminés par elles. De même que les élites gallo-romaines avaient pris l'habitude dès le Bas Empire de s'entourer des milices privées constituées par leurs bucellaires, les élites franques nouèrent des rapports de compagnonnage (qu'on perçoit dans les textes à travers des mots comme *amicitia* ou *comitatus*) avec des hommes libres ou avec certains de leurs dépendants, dont elles firent leurs *satellites*, *sodales*, *sicarii*, *socii* — autant dire des gardes du corps, mais des gardes du corps dévoués corps et âme à la cause de leur chef ; ou encore si l'engagement s'était noué au cours de la cérémonie solennelle connue sous le nom de *commendatio*, qui associait, dans un système viager d'obligations réciproques, un puissant et un homme libre, leurs *gassindi* ou *vassi* — bientôt on dirait *vassali*, leurs vassaux. Le VIIᵉ siècle, surtout sa seconde moitié après la mort de Dagobert, fut l'âge d'or de ces milices privées que l'insécurité ambiante agglutinait autour des puissants dans un système de dépendance honorable, scellée par un serment de fidélité, donnant éventuellement lieu à la fourniture des armes, rémunérée par le gîte et le couvert, parfois déjà par une concession de terre à titre le plus souvent précaire, c'est-à-dire temporaire, contre un cens symbolique. Or c'est chez ces puissants que se recrutaient les principaux serviteurs de la royauté : que celle-ci vînt à s'affaiblir, ils avaient les moyens économiques et humains d'exiger un partage du pouvoir.

Mais le système de la *Gefolgschaft*, de la suite armée,

n'était pas que ferment de désordre. On peut dire que c'est grâce à l'emprise qu'ils exerçaient sur les hommes de leur entourage et, grâce à eux, sur les terres qu'ils contrôlaient et où, par délégation royale ou non, ils exerçaient la *potestas* que les puissants se firent les plus efficaces relais de la christianisation dans les campagnes, et plus généralement les principaux diffuseurs de modèles culturels nouveaux.

La fin de la culture antique.

Pour sceller les engagements d'homme à homme au sein des divers systèmes de compagnonnage guerrier, on n'employait plus guère d'actes écrits : il n'y avait plus de notaires laïcs dans le Nord, et ils furent de moins en moins sollicités dans le Midi : passé le milieu du VIIe siècle, on ne trouvait plus d'hommes cultivés à la manière antique en Aquitaine, ni en Burgondie, ni en Provence. Les temps étaient désormais à l'engagement oral, pris devant le plus grand nombre de témoins possible, et au serment sur les reliques des saints. On peut penser que c'est à ce moment-là que le latin, larguant définitivement les amarres qui le rattachaient à une grande culture écrite, commença à prendre les caractères propres à une langue uniquement parlée : libertés multipliées à l'égard de la syntaxe, grande variabilité spatiale et temporelle : « Déjà le monde vieillit, note le pseudo-Frédégaire, et le tranchant de la connaissance s'émousse en nous, en sorte que plus personne aujourd'hui n'égale ni ne peut prétendre égaler les orateurs du temps jadis. »

Aussi ne s'étonne-t-on pas de voir que les épitaphes, comme celle d'un dénommé Mercurinus, inhumé en 618 ou 619 dans l'église surburbaine de Saint-Laurent de Choulans à Lyon, répètent assez mécaniquement le texte d'épitaphes plus anciennes, mais en les encombrant de fautes assez typiques des temps nouveaux, et ne gommant même pas dans le formulaire copié — peut-être par incapacité du lapicide à en comprendre le sens — les séquences qui se trouvent en contradiction avec le texte nouveau. Au moins le graveur, celui-là en tout cas, s'applique-t-il à calligraphier. On ne peut en dire autant des notaires de la chancellerie royale : en effet, si l'écriture diplomatique veut, encore au VIIe siècle, imiter celles qui avaient cours dans l'administration provinciale romaine, elle le fait désormais avec une maladresse telle (irrégularité, accumulation des ligatures, mots soudés les uns aux autres, allongement démesuré des hastes et des hampes) que les documents en deviennent souvent extrêmement difficiles à lire. De plus en plus souvent, les laïcs, incompétents, doivent être remplacés dans les bureaux par les clercs : c'est assurément le signe de temps nouveaux. Certes, la cour reste un authentique foyer de culture : on trouve dans l'entourage de Dagobert un *cantor* et des musiciens, qui, comme au siècle précédent, accompagnent à la harpe ou à la cithare les chants célébrant les hauts faits des anciens rois. Mais de cette littérature, purement orale, nous n'avons rien gardé.

L'épanouissement d'un art barbare et chrétien.

Ce que l'on a gardé, par contre, d'œuvres d'art du VIIe siècle révèle une singulière évolution du goût : si l'architecture de pierre — essentiellement religieuse — reste tributaire par la force des choses des modèles légués par l'Antiquité, le décor quant à lui — aussi bien celui qui couvre les murs que celui qui orne les pages des manuscrits ou qui caractérise les objets d'orfèvrerie — rompt progressivement avec les traditions gréco-romaines : il se montre de plus en plus maladroit (peut-être répugne-t-il) à représenter la plastique des corps ; au thème naturaliste et animalier il préfère la figure monstrueuse et le motif linéaire complexe ; au primat du dessin et à l'équilibre des volumes, il préfère le chatoiement des couleurs et le remplissage des vides.

Si le baptistère de Poitiers, achevé au début du siècle, était, avec ses maladresses, comme le dernier feu de la tradition architectonique gallo-romaine, l'hypogée des Dunes, creusé et édifié vers 700 à quelques centaines de mètres de là pour un certain abbé Mellebaude, est tout à fait révélateur de cette évolution du goût. S'il perpétue indiscutablement l'usage des *cellæ memoriæ*, c'est-à-dire des chambres funéraires à moitié enfouies dans le sol que se faisaient construire les élites de la Gaule romaine, il n'en est pas moins couvert d'un décor et d'inscriptions typiques des temps nouveaux : sur les marches de l'escalier, le visiteur foule aux pieds des rinceaux, des serpents entrelacés, des animaux aquatiques ; sur le chambranle de la porte, il voit se dérouler des rosaces, des rinceaux encore, et une inscription qui s'achève par la formule *Marana tha*, empruntée à l'Apocalypse et à saint Paul, et qui jette l'anathème sur les éventuels vandales ; dans l'axe, il aperçoit une table d'autel — car Mellebaude avait voulu faire de son tombeau un oratoire — à côté de laquelle s'élevait, ou a été rapportée, une croix, dont seul le piédestal a été conservé : il montre, dans une sculpture méplate des plus rudimentaires, les deux larrons accrochés à leur croix. Ainsi le motif rédempteur de la croix, omniprésent dans l'édifice, se trouve-t-il étroitement associé aux formules prophylactiques de l'iconographie et des inscriptions : la tombe a beau être celle d'un *abbé*, dont on ne sait rien par ailleurs, elle est assez typique de la mentalité religieuse des temps mérovingiens, très marquée par la représentation du Christ vainqueur des forces du mal, qu'on retrouve dans d'autres œuvres du temps ou légèrement postérieures, marquées par le même registre et une technique également minimale — parfois moins élaborée (comme sur la plaque funéraire en terre cuite de Grésin, dans le Puy-de-Dôme, ou sur la stèle de Niederdollendorf, près de Bonn), parfois plus (comme sur le chancel de Saint-Pierre-aux-Nonnains de Metz qui, maintenant daté des environs de 760, annonce le renouveau carolingien).

L'orfèvrerie, qui avait donné aux Barbares leurs plus superbes bijoux, est à son tour mise au service d'une religion victorieuse des forces du mal. Les fibules même, dont l'usage n'avait été longtemps qu'utilitaire, se chargent désormais d'intentions prophylactiques : celle, en forme de rouelle, de Limons (Puy-de-Dôme) associe à des éléments décoratifs barbares la tête du Christ, le chrisme, l'alpha et l'oméga ; celle, ansée, de Wittislingen, superbe travail rhénan découvert dans une tombe alémanique du VIIᵉ siècle, cache sur son revers une inscription proclamant que sa propriétaire, Uffila, « vit heureuse en Dieu » ; et même une boucle de ceinture genevoise du VIIᵉ siècle montre un orant antique, peut-être Daniel, symbole de l'espérance chrétienne. Mais ce sont les reli-

quaires, bien sûr, qui associent le mieux la technique et le
sens du décor barbares à l'inspiration d'une religion rédemptrice : si le reliquaire de Teudericus, à Saint-Maurice
d'Agaune, avec ses émaux cloisonnés, ses pierres précieuses,
ses camées récupérés de l'Antiquité, reste d'apparence très
profane, ceux de Saint-Benoît-sur-Loire (châsse dite de Saint-
Mourmole, vers 650) ou de Mortain (chrismal, c'est-à-dire
vase destiné à contenir le saint chrême, des environs de 700)
sont décorés de plaques estampées montrant, dans un très
faible relief comparable à celui de la pierre de Poitiers ou
de Metz, des figures angéliques : le christianisme qui, au VIIe
siècle, progresse plus que jamais en Gaule, en particulier dans
les contrées barbarisées du Nord, se veut démonstratif.

Les élites et l'œuvre de christianisation.

Si, comme on l'a vu, le pape Grégoire le Grand revendiquait
encore une autorité morale sur les églises de Gaule, après sa
mort, en 604, c'en fut fini pour près d'un siècle de l'action délibérée des évêques de Rome sur le développement de la christianisation au-delà des Alpes : certes, en 613 encore, l'évêque
Florianus d'Arles reçut du pape le *pallium* ainsi qu'une délégation « vicariale » sur l'ensemble de la Gaule ; mais la mesure,
purement honorifique, n'avait plus le moindre contenu.
Qu'après celui réuni à Paris en 614 il n'y eut plus de grand
concile en Gaule avant celui de 742 montre que la hiérarchie,
en tout cas l'instance métropolitaine, avait singulièrement perdu
de son autorité. Et pourtant, le VIIe siècle vit se réaliser d'énormes progrès dans la christianisation. Ils furent surtout le produit de la rencontre entre, d'une part, le dynamisme des moines
et des évêques missionnaires, le plus souvent inspirés par l'esprit
colombanien, et, d'autre part, l'initiative des élites laïques, en
particulier des rois, et de leurs relais aristocratiques.

Voici un premier exemple, celui de saint Amand. Né en
Herbauge, dans le bas Poitou, il reçut sa première formation dans un monastère, peut-être irlandais, de l'île d'Yeu ;
puis, après deux voyages à Rome d'où il rapporta des reliques, il se lança dans l'aventure missionnaire jusque dans le
bassin de l'Escaut, donc en plein pays franc, où il recruta des

compagnons, en particulier parmi les esclaves rachetés et baptisés par ses soins. Après avoir eu pas mal de déboires, il parvint à fonder plusieurs monastères, dont Elnone (aujourd'hui Saint-Amand-les-Eaux, Nord), Barisis-aux-Bois, Saint-Bavon et Saint-Pierre-au-Mont-Blandin de Gand ; en 647, il fut nommé évêque de Tongres-Maastricht, mais n'y resta que peu de temps, repris qu'il fut par l'appel de la pérégrination missionnaire qui l'anima jusqu'à sa mort, en 675-676. Or il ne put fonder Elnone (comme du reste les autres monastères) que grâce à la *largitas regia* — en l'occurrence celle de Dagobert (à moins que ce ne fût celle de son fils Sigebert III), qui mit à sa disposition quelque 10 000 hectares de terres. Un autre exemple, royal cette fois, est celui de la reine Bathilde, Anglo-Saxonne achetée comme esclave par le maire du palais de Neustrie Erchinoald et épousée quelques années plus tard par Clovis II. Avec l'accord de celui-ci, elle fonda vers 654 (c'est-à-dire qu'elle fit la donation de terre initiale) l'abbaye de Jumièges pour l'Aquitain Philibert, ancien de Luxeuil et de Bobbio. Puis, devenue veuve, elle donna, cette fois avec l'accord de son fils Clotaire III, quelque 20 000 hectares de terres fiscales dans la région de Corbie pour qu'y fût fondé, vers 659, un autre monastère luxovien. Enfin, vers la même époque, elle fonda à Chelles le monastère de moniales dans lequel elle allait se retirer entre la fin de sa régence en 665 et sa mort en 680.

L'aristocratie ne demeura pas en reste, en particulier ces hommes, et les membres de leur entourage familial, qu'on a vus graviter à la cour de Dagobert, de son père et de ses fils : Éloi, qui, avant même sa promotion à l'épiscopat, fonda en 632, sur une terre que le roi lui avait donnée en Limousin, l'abbaye de Solignac ; Faron et sa sœur Burgundofara, qui fondèrent les monastères de Sainte-Croix de Meaux et de Faremoutiers ; Itta, veuve de Pépin Ier, et sa fille Gertrude, qui fondèrent vers 648/649 l'abbaye de Nivelles ; Begga, autre fille de Pépin Ier, qui fonda l'abbaye d'Andenne ; Pépin II, fils de la précédente, et sa femme Plectrude, qui, vers 700, fondèrent pour le missionnaire anglo-saxon Willibrord le monastère d'Echternach… Et les membres de familles moins « historiques », sinon moins « illustres », participèrent tout autant à la floraison des fondations — comme l'*inluster vir* Adroaldus, qui donna en 651 son domaine de Sithiu à saint Bertin, pour qu'y fût établi un monastère appelé au plus brillant avenir.

S'il paraît indiscutable que pour ces hommes et ces femmes fonder un monastère était une façon d'entériner religieusement, ou plutôt de donner une caution spirituelle au pouvoir qu'ils exerçaient sur les terres et les hommes, si c'était bien souvent une façon de doter leur caveau de famille d'une institution qui y réciterait une prière continue et bienfaisante pour eux-mêmes et les leurs, ça n'en était pas moins une façon de contribuer à l'entreprise missionnaire, qui restait l'intention essentielle de leurs partenaires religieux. Partout, sans doute, le nouvel établissement eut pour première fonction d'offrir une base logistique à l'œuvre d'évangélisation, parfois conduite au loin, comme ce fut le cas d'Echternach, point d'appui pour la lointaine mission frisonne, mais plus souvent engagée à la porte même du monastère, comme ce fut le cas dans les terres du Nord où le christianisme n'avait guère encore pénétré les campagnes. Ainsi peut-on penser que les quelque 200 monastères fondés en Gaule entre la fin du VIe siècle et le début du VIIIe (dont une quarantaine dans les seuls diocèses de Thérouanne, Tournai, Cambrai et Liège entre 625 et 700 !) jouèrent un rôle efficace dans l'œuvre de christianisation.

Culte des saints et apprivoisement de la mort.

Mais est-il un moyen d'apprécier le réel impact de celle-ci ? Les récits hagiographiques, qui aiment à célébrer les milliers de conversions obtenues à coups de miracles retentissants, ne peuvent être pris au sérieux, même s'ils donnent çà et là de précieuses indications sur les pays traversés par les missionnaires, sur les méthodes d'évangélisation et sur le petit cercle des compagnons fidèles auquel a souvent appartenu l'hagiographe — tel Ouen, biographe d'Éloi. En fait, c'est la recension des lieux de culte, l'étude de leur dédicace, leur fouille éventuelle et surtout celle des cimetières qui donnent les indications les moins contestables sur l'enracinement du christianisme.

L'enquête a par exemple été conduite en Basse-Normandie, dans la plaine de Caen [1]. C'est à la fin du VIIᵉ siècle que de très nombreuses communautés (Frénouville, Trainecourt-Mondeville, Fleury-sur-Orne, Giberville, Saint-Martin-de-Fontenay...) ont reçu leur première église paroissiale, chaque fois installée à immédiate proximité de l'habitat et dédiée à saint Martin. Or le phénomène a été immédiatement suivi du déplacement du cimetière qui, d'excentrique qu'il était jusqu'alors, est venu s'agglutiner autour de l'église. Plus précisément, il a été constaté qu'à Trainecourt-Mondeville c'est une communauté d'une quinzaine de feux, guère plus, qui s'est ainsi vu dotée de sa première église ; que celle-ci, qui n'excédait pas 8 mètres sur 5, a été bâtie en pierre sur les ruines d'une ancienne construction romaine ; que les premières inhumations *apud ecclesiam* ont été faites, avec un mobilier de plus en plus rare, dans des sarcophages monolithes en calcaire du pays ; et que l'habitat, qui jusqu'alors avait privilégié le bois, fut désormais de pierres bien appareillées, en sorte qu'il apparaît que l'église paroissiale n'a pas seulement attiré les morts à elle, mais qu'elle a en plus contribué à fixer dans son voisinage immédiat et dans des structures qui se voulaient définitives un habitat jusqu'alors plus précaire.

Ainsi, jusque dans leurs plus petits villages, les campagnes de la Gaule septentrionale ont-elles pu connaître au VIIᵉ siècle l'extraordinaire mutation qu'on avait repérée plus tôt dans les faubourgs, puis dans les murs, des anciennes cités, et qui est à mon avis le signe le plus probant de l'enracinement du christianisme : l'attraction mutuelle de l'église et des morts, des morts et des vivants, des vivants et de l'église, grâce à l'adhésion du plus grand nombre, peut-être de tous, à une religion rédemptrice qui scelle la solidarité des uns et des autres dans le culte de saints médiateurs, présents au cœur de la communauté grâce à la dédicace de l'église et à ses reliquaires.

Comme on vient de le voir, saint Martin resta au VIIᵉ siècle un saint très demandé. La Vierge et saint Étienne, patrons privilégiés des plus anciennes fondations, aussi. Tout comme

---

1. Voir Claude Lorren (101 et 102) et Christian Pilet (124 et 125).

ces saints à l'impact plus régional qu'on a rencontrés plus haut,
tels Sernin à Toulouse, Martial à Limoges, Remi à Reims.
Leurs reliques, vraies ou supposées, ont fait l'objet d'un trafic qui ne s'est jamais démenti. Mais voici qu'au VIIe siècle
apparut un type de sainteté nouveau, la « sainteté efficace [1] ».
Tandis que les martyrs et les évêques fondateurs avaient été
les saints privilégiés des siècles paléochrétiens, on se mit à célébrer après leur mort ces hommes de pouvoir qui, hauts fonctionnaires à la cour, étaient ensuite devenus des évêques bons
gestionnaires, dispensateurs d'aumônes et bâtisseurs d'églises, comme Didier, Éloi, Ouen, Arnoul et quelques autres :
la société mérovingienne était en train de se doter d'une cour
céleste conçue à son image. Ce pouvait être assurément une
arme idéologique au service de la royauté ou à celui des grandes familles d'où ils étaient issus — tel Arnoul pour les Pippinides. Mais la promotion à la sainteté des évêques politiques
a également permis le raffermissement de la communauté dio-
césaine — qui devint avec la christianisation un horizon de
vie essentiel à chacun —, en même temps qu'un renouvellement salutaire du stock des reliques. Il est même arrivé qu'à
peine refroidi, le corps de tel d'entre eux (celui de Léger
d'Autun, par exemple, mort vers 680 ; ou celui de Bonet de
Clermont, mort en 706) fut âprement disputé entre les clercs
du chapitre cathédral et les moines des établissements suburbains ou des abbayes qu'ils avaient instituées.

Dans les cloîtres,
l'élaboration d'une culture chrétienne.

C'est que les monastères étaient, par excellence, les labo-
ratoires où se définissaient les contours de la nouvelle culture
religieuse. Le développement du monachisme en Gaule du
Nord, considérable au VIIe siècle, dut l'essentiel de ses succès au dynamisme des moines irlandais ou, comme on l'a vu,
de tradition irlandaise, en particulier de ceux qui étaient
passés par Luxeuil, et qui, ouverts sur le monde, étaient ani-
més par le souci de « pérégriner pour Dieu », c'est-à-dire de

---

1. Suivant le mot de Jean Chélini (19).

répandre la bonne parole hors des cloîtres. Le Midi avait vu la progressive diffusion des règles des pères fondateurs, en particulier du dernier d'entre eux, saint Benoît de Nursie, abbé du Mont-Cassin. Sa règle, d'abord adoptée vers 620 à l'abbaye de Hauterive, dans le diocèse d'Albi, fut, vers le milieu du siècle, reçue à Fleury-sur-Loire (aujourd'hui Saint-Benoît), qui allait devenir le principal centre du monachisme bénédictin en Gaule quand, vers 672, ses moines rapporteraient du Mont-Cassin dévasté par les Lombards les reliques du saint. Mais on aurait tort de présenter les deux courants monastiques dans la situation de concurrence où on les a trop longtemps enfermés, pour la bonne raison que ce sont les colombaniens eux-mêmes qui se firent, dès avant le milieu du siècle, les principaux propagandistes de la règle de Benoît, avec laquelle plusieurs voyages à Rome les avaient mis en contact, et qu'ils adoptèrent pour tempérer sur le continent l'ascétisme trop rigoureux de la tradition insulaire [1]. A Luxeuil même, l'abbé Waldebert, deuxième successeur de Colomban, décida d'adopter dès les environs de 630 « la règle de Benoît à la façon de Luxeuil » ; et la plupart des Luxoviens, comme Philibert, la retinrent pour leurs fondations. Le résultat fut que, sans rien renier de leur engagement missionnaire, les moines de la Gaule du Nord, liés par l'obligation bénédictine de stabilité, se convertirent de plus en plus volontiers aux études sacrées : leurs monastères devinrent au VIIe siècle les principaux foyers de vie spirituelle et intellectuelle de l'ensemble de la Gaule.

De toute façon, en ces temps où n'existait encore aucun ordre religieux hiérarchisé, chaque monastère restait une entité indépendante, qui s'exprime bien dans l'absence de plan et de structures homogènes. A Fleury, il y avait deux églises ; à Nivelles, à Centula (aujourd'hui Saint-Riquier, fondé en 625) et à Fontenelle (Saint-Wandrille, fondé vers 649), il y en avait trois ; à Jumièges, il y en avait cinq. Mais autant lire la description de ce monastère que nous a laissée la *Vita* de saint Philibert, à un moment — vers la fin du VIIe siècle — où des bâtiments en dur avaient remplacé les huttes

---

1. Alain Dierkens (38) ; et J. Ch. Picard, dans Le Goff et Rémond (97).

de la première génération : « C'est là que la prévoyance des moines aboutit à la construction, sur un plan carré, de murailles flanquées de tours et, pour les hôtes, d'admirables cloîtres [...]. A l'intérieur resplendit une paisible demeure digne des moines. A l'est s'élève l'église, bâtie en forme de croix [avec ses autels dédiés à la Vierge, à saint Jean et à saint Colomban, ainsi que le tombeau de saint Philibert] ; au nord, une petite église dédiée au bienheureux martyr Denis et à Germain, confesseur ; à droite, une église dédiée à saint Pierre ; à côté, un oratoire dédié à saint Martin ; orientée au sud se trouve la cellule de Philibert [devenue lieu de culte]. Le bâtiment des moines élève ses deux étages du côté de l'est [long d'environ 90 mètres]. Sur chaque texte la lumière, qui pénètre par la fenêtre vitrée, irradie ses rayons, secondant la vue du lecteur. Au-dessous se trouve le réfectoire [1]... ». Tout paraît être dit : l'espace liturgique, l'ouverture au monde par l'exercice de l'hospitalité, la vie commune, et la lecture sainte, la *lectio divina*.

Car ce lieu est devenu un lieu de prière et de méditation sur l'Écriture : par la force des choses, il est aussi devenu un lieu d'initiation à la lecture et à la culture religieuses. Dans sa règle, Waldebert de Luxeuil a dû préciser les heures qui seraient consacrées à la lecture personnelle et collective, en même temps qu'il a consacré tout un chapitre à l'éducation des enfants. Ainsi, au moment où l'école antique a achevé de disparaître dans le Midi, l'école monastique commençait à se développer dans le Nord, avec un programme minimal d'initiation à la lecture et à l'écriture dans le seul but de préparer les esprits à l'intelligence et à la reproduction des textes sacrés : les conditions se trouvaient donc réunies pour faire des monastères de la Gaule du Nord les foyers d'un renouveau intellectuel et artistique, à vocation exclusivement spirituelle, dont on perçoit le premier épanouissement dès les dernières décennies du VIIᵉ siècle. A Corbie, à Laon, à Saint-Denis, à Luxeuil, à Fleury, à Saint-Martin-de-Tours, à Jumièges, à Fontenelle se sont développés d'importants *scriptoria*

---

1. D'après la *Vita Filiberti* ; trad. de Michel Mollat, dans M. Mollat et René Van Santbergen, *Le Moyen Age*, Liège, 1961.

qui élaborèrent, à partir du modèle de l'écriture romaine commune, leur propre style graphique qu'on reconnaît dans les nombreux manuscrits qui en sont issus ; en même temps que s'y sont développés, pour décorer les frontispices et les lettres initiales, des ateliers d'enluminure qui, s'ils restaient parfois, comme à Luxeuil dont on a gardé un beau sacramentaire des environs de 700, marqués par les souvenirs de l'Antiquité, commencèrent à multiplier les motifs de remplissage hardiment coloriés typiques de l'art nouveau. L'influence décisive, en ces temps où la Gaule entière tournait les yeux au nord, allait venir désormais des îles Britanniques. Ainsi, à Echternach, ce monastère dont je rappelle qu'il avait été fondé pour Willibrord, missionnaire anglo-saxon formé en Irlande, les premières générations de copistes continueraient de calligraphier à la manière insulaire ; tandis que les peintres trouveraient une source d'inspiration dans les miniatures d'un fameux évangéliaire, sans doute ramené des îles par le fondateur, et où les représentations en pleine page des symboles des quatre évangélistes témoignent d'un sens plastique et d'une maîtrise technique dont se souviendraient les promoteurs de la « Renaissance carolingienne ».

La crypte mémoriale de Jouarre.

On peut considérer cependant — après beaucoup d'autres — que c'est à Jouarre, sur les bords de la Marne, au contact de la Brie et de la Champagne, que sont rassemblés les principaux chefs-d'œuvre de l'art religieux mérovingien. Mais, avant de les évoquer, un petit retour en arrière ne sera pas inutile. C'est dans cette région que vivait Autharius, grand propriétaire foncier vraisemblablement d'origine franque, dont la fortune avait sans doute été accumulée par des générations vouées à la gloire militaire et au service du roi. Si l'on se rappelle qu'il était le père de Dadon-Ouen, naguère référendaire à la cour de Clotaire II et de Dagobert, puis fondateur du monastère de Rebais, enfin devenu — vers 649 — évêque métropolitain de Rouen, on ne sait pas encore que ses deux autres fils fondèrent, chacun sur ses terres, un monastère : Radon fonda celui de Reuil-sur-Marne, et Adon,

celui de Jouarre. C'est que toute la famille avait été, le mot
n'est pas trop fort, *convertie* par Colomban à l'occasion d'un
séjour que fit, peu après 610, le fondateur de Luxeuil sur les
bords de la Marne. Du coup est-ce la règle tempérée du
monastère vosgien qui fut adoptée vers 640 à Jouarre, monastère double (un couvent d'hommes, un couvent de femmes),
à la manière insulaire, et dirigé par une abbesse. Sans que
l'authenticité de la conversion soit mise en cause, cela restait
une affaire de famille : la première abbesse, Théodechilde,
était une proche parente d'Adon [1] ; la deuxième, Agilberte,
une cousine germaine de Théodechilde ; et l'un des principaux bienfaiteurs, Agilbert, le propre frère de Théodechilde.
C'est celui-ci, devenu évêque de Paris après avoir fait le
voyage d'Irlande et participé à l'évangélisation du Wessex,
qui décida (vers 670 ?) d'adjoindre à l'église funéraire du couvent une *memoria* familiale dont la charpente primitive (rem-
placée ensuite par une voûte d'arêtes) serait portée par des
colonnes et par les derniers beaux chapiteaux de l'école aquitaine. Adon, Agilbert, les premières abbesses et d'autres
membres de la famille y furent enterrés, dans des sarcophages dont certains, authentiques chefs-d'œuvre de la statuaire
du VIIe, peut-être du VIIIe siècle, ont été conservés.
    Celui de Théodechilde, offert à la vénération des fidèles,
était placé sous un cénotaphe. Son couvercle, prismatique,
était orné de guirlandes représentant des vignes et des grap-
pes de raisin. Quant au sarcophage lui-même, ses deux longues faces étaient sculptées d'une double rangée de conques
marines séparées par des bandeaux sur lesquels était gravée
l'épitaphe : « Ce sépulcre recouvre les derniers restes de la
bienheureuse Théodechilde. Vierge sans tache, de noble race
[*genere nobilis*], étincelante de mérites, zélée dans ses mœurs,
elle brûlait pour le dogme vivifiant. Mère de ce monastère,
elle apprit à ses filles consacrées au Seigneur à courir vers
le Christ leur époux, comme les vierges sages, avec leurs lam-
pes garnies d'huile. Morte, elle exulte finalement dans le
triomphe du paradis. » L'inscription, gravée en caractères

---

1. Théodechilde était la nièce de la seconde épouse d'Autharius. Voir
Marquise de Maillé (109) ou Marcel Durliat (45).

superbes qui annoncent le classicisme carolingien, même si
le sculpteur avait sous les yeux un modèle manuscrit de grande
qualité, est porteuse d'une immense espérance, que le tombeau de son frère exprime plus concrètement encore.

Car le sarcophage d'Agilbert, dont la cuve était taillée dans
un bloc calcaire monolithe, était décoré, à la tête et sur l'un
de ses longs côtés, de véritables bas-reliefs d'une réelle qualité plastique. Le panneau de tête figurait, dans une mandorle
tressée, le Christ en majesté, autour duquel bondissaient sur
un fond fleuri de paradis les symboles des quatre évangélistes. Quant au long panneau, il montrait la félicité des élus
le jour du dernier jugement, acclamant, bras levés comme
les orants antiques, le Christ auréolé. On a quelque raison
de reconnaître dans ce travail unique l'influence de la miniature et de la sculpture insulaire, en particulier celle des grandes croix celtiques. Rien d'étonnant quand on sait qu'Agilbert
avait reçu en Irlande sa première formation spirituelle.

Le frère et la sœur sont donc tout à fait exemplaires de
ces milieux de l'aristocratie franque, dont la fortune temporelle avait une origine guerrière et dont l'engagement spirituel, hérité des ancêtres qui avaient reçu le baptême des mains
des évêques gallo-romains, était en train de se retremper au
contact des chrétientés insulaires. Par leur position dans la
société, par leur autorité canonique, par le programme épi-
graphique et iconographique qu'ils ont voulu donner à leur
tombeau, ils se sont voulus de leur vivant, et ont sûrement
continué d'être après leur mort, des agents actifs de la christianisation, c'est-à-dire de l'adhésion des fidèles — on est
tenté de dire de *leurs* fidèles — à une religion de salut.
D'autres familles firent leur ce programme, en particulier les
Pippinides ; mais pour étendre son application de leurs seuls
domaines patrimoniaux jusqu'à la Gaule entière, ils durent
sortir victorieux de la plus grave crise qu'ait connue la royauté
franque depuis la fin du VIe siècle.

4

Entre 639 et 714 :
la crise de la royauté et
l'irrésistible ascension des Pippinides

En Neustrie et en Bourgogne,
le règne d'un roi enfant.

Rappelons-nous : en 632, Dagobert avait délégué son fils
Sigebert comme roi des Austrasiens ; et, en 634, il désigna
son cadet, Clovis, pour lui succéder le moment venu en Neustrie et dans une Burgondie qu'on appellera désormais Bourgogne. Les Austrasiens, qui s'étaient sentis lésés par une
partition qui avait pu leur paraître disproportionnée, s'étaient
vu confirmer la possession des cités qui avaient été traditionnellement les leurs en Aquitaine, ainsi que des territoires situés
outre-Rhin sur lesquels ils avaient été les premiers à mettre
la main. Mais Sigebert III, qui avait à peu près dix ans à la
mort de son père en 639, et Clovis II, qui n'en avait que cinq,
n'avaient naturellement pas les moyens de gouverner. Si, en
Neustrie, la reine Nanthilde, mère du petit roi, gardait une
espèce d'autorité morale, on peut dire que dans les deux
royaumes la réalité du pouvoir appartenait aux maires du
palais, qui étaient comme par le passé l'émanation des aristocraties. La qualité des deux maires qui se sont succédé à
Paris a pu contribuer à perpétuer quelque temps la prépon-
dérance qui avait été celle de la Neustrie au temps de Dagobert. Æga, qui avait été désigné par le défunt roi, fut jusqu'à
sa mort (vers 641) un bon administrateur et un homme de
paix : il accepta en particulier de partager avec les grands
d'Austrasie, qui agissaient en tant que mandataires de Sigebert, le trésor de Dagobert (comme quoi les méthodes de gou-

vernement qui prévalaient depuis Clovis n'avaient guère changé) et de restituer aux grands de ses deux royaumes une part des biens qui leur avaient été confisqués. Quant à Erchinoald (641-658), l'homme qui, on s'en souvient, avait acheté l'esclave anglo-saxonne Bathilde et l'avait ensuite donnée en mariage à Clovis, il était, nous dit le pseudo-Frédégaire, «rempli de douceur et de bonté, dépourvu d'orgueil et de cupidité, et il ne s'est enrichi que modérément».

A vrai dire, c'est de Bourgogne que venaient maintenant les difficultés. Depuis la mort de Warnachaire en 626, aucun maire n'y avait été désigné, et l'aristocratie, autant laïque qu'ecclésiastique, était en train de relever la tête : des évêques s'y taillaient autour de leur cité de véritables États autonomes ; et le *patrice* Willebad (le titre qu'il portait, hérité de l'Antiquité et chargé d'un réel contenu militaire, était resté en usage en Bourgogne et en Provence), l'un des chefs de l'*exercitus Burgundionum* naguère envoyé par Dagobert en Gascogne, était en train de se tailler une véritable principauté entre Lyon et Valence. Nanthilde essaya d'imposer aux uns et aux autres un maire du palais franc, Flaochad, à l'occasion d'une assemblée réunie en 642 à Orléans, c'est-à-dire dans l'ancienne capitale du roi Gontran. Celui-ci s'empressa de promettre à tous les grands de Bourgogne qu'il les maintiendrait «dans leurs biens et leurs honneurs». Mais Willebad prit la tête du parti «national» hostile au Franc, et la lutte fut terrible entre les deux hommes. Le *patrice* fut tué devant Chalon, et le maire mourut peu de temps après — ce qui a fait dire au chroniqueur : «Comme Flaochad et Willebad s'étaient, à plus d'une reprise, juré amitié en des lieux saints et que tous deux dépouillaient avidement les populations à eux soumises, beaucoup ont pensé que ce fut un jugement de Dieu qui délivra une multitude de gens de leur oppression et punit de mort leurs perfidies et leurs mensonges.»

Dès le milieu du VIIe siècle, donc, le ton était donné ; et il semblait que le royaume tombait à la merci des luttes de clans aristocratiques devant une monarchie impuissante. Celle-ci, pourtant, pouvait paraître avoir encore quelque avenir devant elle, puisque à sa mort, en 657, Clovis II laissait trois fils nés de son mariage avec Bathilde : Clotaire, Childéric et Thierry. Comme pendant de longues années Sigebert d'Austrasie n'eut pas d'héritier, la lignée neustrienne avait pu entretenir l'espoir de refaire l'unité des *tria regna* à son profit.

En Austrasie,
l'usurpation déguisée des Pippinides.

Pendant les quelques mois qui suivirent la mort de Dagobert, l'évêque de Cologne Cunibert et Pépin Ier, revenu de son long séjour à la cour de Paris, continuèrent de gouverner en lieu et place de Sigebert. Mais Pépin mourut en 640 ; et, plutôt qu'à son fils Grimoald, le roi préféra confier la mairie du palais à celui qui avait été son précepteur, Otton, membre d'une famille de Wissembourg hostile aux Pippinides. Mal lui en prit, car Otton, qui n'avait pas suffisamment de *fidèles* autour de lui, ne fit pas le poids devant les révoltes qui grondaient parmi les peuples transrhénans, qui ne supportaient pas une tutelle redevenue trop proche après la mort de Dagobert : les Thuringiens d'abord, pourtant emmenés par le duc franc, Radulf, que celui-ci leur avait envoyé ; les Alamans ensuite, peut-être soulevés en sous-main par Grimoald lui-même, et qui vinrent à bout d'Otton, tombé sous les coups de leur duc Leutharis. Ainsi la porte se trouvat-elle ouverte à Grimoald, qui s'empara sans coup férir de la mairie du palais : Didier de Cahors, qui avait connu son père à la cour de Dagobert, lui décerna alors, vers 643, le titre, qui en annonce bien d'autres, de *rector regni*.

Pour le lecteur du *Liber historiae Francorum*, chronique rédigée vers 727 à Saint-Denis ou à Saint-Médard de Soissons, au début du VIIIe siècle, dans un milieu nullement favorable aux Pippinides, il est en effet évident que Grimoald exerça désormais une véritable tutelle sur Sigebert. Comme celui-ci n'avait toujours pas d'enfant, il sut en particulier le persuader d'adopter un de ses fils, auquel fut donné le nom royal de Childebert, qui valait à lui seul une promesse de succession. Mais c'est alors que la reine Emnechilde donna naissance à l'« enfant du miracle » qui, nommé Dagobert, paraissait devoir couper définitivement la route

du pouvoir à Childebert « l'Adopté ». Grimoald ne l'enten-
dit pas de cette oreille : quand Sigebert mourut en 656,
accompagné par une réputation de sainteté qui allait donner
naissance, en Lorraine en tout cas, à un véritable culte, le
maire s'empressa de faire tonsurer le petit Dagobert et le
confia à Didon, évêque de Poitiers, qui l'emmena dans un
monastère de la lointaine Irlande. Le fils de Grimoald fut
proclamé roi, au grand dam des légitimistes qui constituaient
un important parti, aussi bien en Austrasie qu'en Neustrie,
mais pour des raisons contradictoires : ici, ils estimaient que
la succession ne pouvait revenir qu'à Clovis II, ou plutôt,
après sa mort en 657, qu'à l'un de ses fils ; là, emmenés par
Wulfoald, chef d'une famille rivale des Pippinides, ils ne pouvaient supporter que ceux-ci s'arrogeassent la totalité des pouvoirs. Sans doute est-ce Wulfoald qui livra Grimoald d'abord,
et Childebert ensuite aux Neustriens, qui les exécutèrent tour
à tour. Ainsi, alors que Clotaire III avait succédé à son père
Clovis en 657, son frère Childéric II devint-il roi des Austrasiens en 662. Mais qui gouvernait, en fait ? Ici, ce fut Wulfoald, promu maire du palais ; là, ce fut Ébroïn, choisi en
658 par la reine Bathilde pour succéder à Erchinoald.

Ébroïn, Léger, Wulfoald, et autres Loup...

Il est vraisemblable que c'est l'aristocratie neustrienne qui
imposa ou au moins suggéra ce choix à Bathilde. Ébroïn, dont
on sait très peu de chose, appartenait sans doute à une famille
moins fortunée que ses prédécesseurs, mais il faisait partie
des proches d'Erchinoald, puisqu'on sait qu'il était le filleul
de son fils Leudesius [1]. Fut-ce lié à cette origine plus humble ? Ébroïn voulut imposer autour du palais et de sa personne un pouvoir plus fort — et plus centralisé — que jamais,
non seulement en Neustrie même, mais aussi en Bourgogne,
où Flaochad n'avait pas été remplacé après sa mort vers 643.
Cette politique suscita dans un premier temps le retourne-
ment d'une partie de l'aristocratie neustrienne contre lui : un
complot fut même ourdi par le nouvel évêque de Paris, Sige-

---

1. Ingrid Heidrich, dans *La Neustrie* (68).

brand, sans doute avec la complicité de la reine : l'évêque fut mis à mort, et Ébroïn contraignit la reine, dont la majorité du roi, en 665, avait mis un terme à la régence, à se retirer dans son monastère de Chelles. Sans avoir prononcé de vœux monastiques, elle y vécut dans une telle piété qu'elle acquit une réputation de sainteté qui donna lieu au développement d'un culte après sa mort en 680 et son ensevelissement dans l'église Sainte-Croix du couvent [1].

C'est en Bourgogne désormais qu'allait s'exprimer avec le plus de violence la résistance à l'autoritarisme d'Ébroïn. Il faut dire qu'il avait prétendu interdire l'accès du palais de Clotaire III à l'aristocratie de ce *regnum*, pour le gouverner seul, et au mieux de ses propres intérêts. Or la Bourgogne avait depuis quelques années une espèce de *leader* moral en la personne de l'évêque d'Autun Leudegaire, ou Léger, qui appartenait à l'une des plus riches familles de Gaule, amplement possessionnée dans les pays de Langres, de Nevers, de Chalon, qui avait de surcroît des accointances en Aquitaine (Léger était le neveu de l'évêque Didon de Poitiers qu'on a déjà rencontré), en Austrasie (où elle possédait des biens dans la région de Toul) et au cœur même de la Neustrie, où le propre frère de Léger, Warin, propriétaire de plusieurs *villae* dans la vallée de l'Oise, était devenu comte de Paris. En somme, cette famille était assez typique de ces lignages francs que des décennies de service militaire et civil des rois avaient considérablement enrichis, qui pouvaient prétendre exercer ici ou là l'office de maire du palais, et qui en tout cas ne supportaient pas que le détenteur de la fonction empiétât sur les pouvoirs exorbitants qu'ils exerçaient dans leurs domaines — pouvoirs non seulement économiques et sociaux, mais aussi politiques, grâce aux usurpations et surtout au privilège de plus en plus répandu de l'immunité, qui faisait d'eux les seuls représentants de la puissance publique dans leurs possessions. D'ailleurs, avant d'accéder à l'épiscopat en 659, Léger avait suivi le *cursus* le plus classique : élevé à la cour dès le temps de Clotaire II, il était rentré dans les ordres et était devenu, auprès de son oncle Didon, archidiacre du dio-

---

1. Jean-Pierre Laporte (91).

cèse de Poitiers ; puis il avait été rappelé au palais par Bathilde. Nul doute que l'inimitié entre les deux hommes remonte à ces temps de cohabitation palatine : l'imprudence d'Ébroïn allait la rendre publique quelque quinze ans plus tard.

Quand, en effet, Clotaire III mourut en 673, Ébroïn lui donna pour successeur, de son propre chef et sans la moindre consultation des aristocraties, le troisième fils de Clovis et de Bathilde, Thierry III, en fait sa véritable créature. La révolte contre ce qui parut être un coup de force fut immédiate. Léger, en Bourgogne, et Warin, en Neustrie, se tournèrent curieusement vers le roi d'Austrasie Childéric II et son maire Wulfoald : ainsi, au nom de la défense des autonomies régionales, prit-on sciemment le risque d'une restauration de l'unité monarchique. C'est ce qui ne manqua pas de se produire : Childéric fut reconnu dans les *tria regna* ; Thierry III et Ébroïn furent tonsurés, le premier relégué à Saint-Denis, le second à Luxeuil. Mais les aristocraties, emmenées par Léger, surent imposer au roi unique une contrepartie : elles obtinrent que chacun des trois royaumes conservât ses lois et ses coutumes — en somme, que chacun conservât son autonomie ; et que — réaffirmation de l'édit promulgué par Clotaire II en 614 — ceux que la *Passio* de saint Léger appelle les *rectores*, c'est-à-dire les comtes, ducs et autres *patrices*, fussent exclusivement recrutés dans leur propre *provintia*. De toute évidence, la monarchie mérovingienne gardait un réel prestige ; mais son pouvoir pouvait paraître n'être plus que symbolique. C'était méconnaître le duo, très imbu de son pouvoir, constitué par Childéric et Wulfoald. Tout ce que l'aristocratie neustro-burgonde comptait de personnages encombrants fut mis à l'écart, comme Léger, ou méchamment humilié par une justice expéditive, comme le *Francus nobilis* Bodilon : une conspiration s'ourdit contre le roi, qui fut assassiné avec la reine Belichilde dans une forêt du nord de la Gaule, en 675. Wulfoald courut se réfugier dans son réduit austrasien. Et ce fut le début d'une révolte générale dont le moteur fut le désir d'indépendance des aristocraties, et son corollaire, la revendication des régionalismes.

... ou l'exacerbation des régionalismes.

Assez curieusement, c'est dans une Aquitaine démembrée depuis tant d'années qu'on perçoit le mieux ce désir d'émancipation régionale. Depuis le partage de 567, qui avait définitivement mis fin au rêve d'indépendance du « royaume de Chramn », l'Aquitaine — qui a pu être considérée comme un véritable « Pérou » pour les Francs [1] — avait été systématiquement partagée entre les titulaires des *tria regna* du Nord et de l'Est. Le Toulousain, traditionnellement dévolu à la Neustrie, avait été, au temps de l'éphémère royauté de Charibert (v. 629-632), constitué en une véritable marche contre les Basques ou Vascons : Ébroïn renouvela la formule, après 658, en confiant le duché de Toulouse au *patrice* Félix, qui obtint « le principat sur toutes les cités jusqu'aux monts Pyrénées ainsi que sur tout le peuple exécrable des Vascons », comme écrivit un clerc de Limoges [1]. Son successeur, d'origine franque, le duc Loup, mit à profit la crise d'autorité des années 673-676 pour faire main basse sur les cités de Rodez et d'Albi, depuis toujours dévolues à l'Austrasie, puis sur celle de Limoges, traditionnellement neustrienne. Ainsi réussit-il à reconstituer une vaste principauté d'Aquitaine, étendue de la Vienne à la Garonne, et contrôlant la Novempopulanie, qui, du fait de la pression basque, achevait alors de devenir Gascogne.

Au nord, la mort de Childéric provoqua la sortie du cloître ou le retour d'exil de tous les bannis ou tonsurés des années précédentes. Chaque chef de clan qui en avait le pouvoir voulut choisir un roi. Léger et son parti rétablirent Thierry III en Neustrie-Bourgogne. Ébroïn et les Austrasiens se rallièrent à un petit Clovis, fils de Clotaire III. Et quand Wulfoald et d'autres Austrasiens eurent fait revenir d'Irlande Dagobert II que tout le monde avait oublié, Ébroïn changea de camp et décida son ralliement à Thierry. Mais c'était pour le mieux dominer, donc pour entrer en un inévitable conflit avec Léger, son nouveau tuteur. Aidé de nombreux soutiens recrutés aussi bien parmi les élites laïques (comme le duc de

1. Voir Michel Rouche (139).

Champagne) que parmi les évêques (comme ceux de Chalon et de Valence, qui ne supportaient pas l'autoritarisme de Léger; ou comme Ouen de Rouen, allié de longue date), Ébroïn alla chercher Léger jusqu'en Bourgogne, il contraignit à l'exil ou fit assassiner plusieurs de ses partisans, et mit finalement la main sur lui. Il lui fit crever les yeux, l'accusa de la mort de Childéric, le traduisit pour le motif devant une cour ecclésiastique et le fit exécuter, vers 678-679. Léger, qui pourtant avait été un évêque autoritaire et batailleur, en reçut l'auréole du martyre. Ça n'est pas un mince paradoxe.

Bien sûr, le principal enseignement de ces longues années de discordes est le terrible affaiblissement de l'autorité royale, en même temps que l'affirmation, plus vigoureuse que jamais, des ambitions régionalistes, qui s'expriment par la bouche des grands, aussi bien laïques qu'ecclésiastiques : il est significatif que des individus promis à une vénération posthume aussi considérable que saint Ouen ou saint Léger aient été à ce point mêlés aux luttes du siècle. Encore ceux-ci, même Léger, n'accédèrent-ils pas à la mairie du palais. Car c'est cette fonction qui polarisa les ambitions, et qui, éventuellement, introduisit des fêlures, voire des fractures, dans les solidarités régionales. Tel maire de Neustrie noua des alliances en Austrasie; et tel maire austrasien chercha des appuis en Neustrie. C'est que, l'Aquitaine tendant désormais à vivre sa propre vie, et la Bourgogne ayant été aussi sévèrement matée par Ébroïn, la Neustrie et l'Austrasie, et plus particulièrement ceux qui, derrière des rois fantoches, dirigeaient ou cherchaient à diriger le palais, luttèrent farouchement pour la suprématie dans le *regnum Francorum*.

Entre Neustrie et Austrasie, la lutte finale pour la suprématie.

En effet, peu de temps après s'être débarrassé de Léger, Ébroïn se tourna contre Wulfoald et Dagobert II, pour imposer en Austrasie «son» roi, Thierry. Les armées se rencontrèrent, vers 677, en une bataille indécise, près de Langres; et il fallut, deux ans plus tard, l'assassinat de Dagobert II — sans doute commandité par le maire du palais neustrien, mais perpétré par des alliés austrasiens au nombre desquels on a parfois voulu reconnaître Pépin II, neveu de Grimoald et principal bénéficiaire de l'opération — pour faire tomber Wulfoald. Ébroïn voulut alors exiger la soumission de l'Austrasie à son roi, alors le seul survivant, et lança une armée qui triompha des Francs de l'Est au Bois-du-Fay, près de Laon : Pépin II, successeur de Wulfoald et chef de la troupe austrasienne, put se replier sur ses terres ; mais son frère Martin, qui s'était réfugié un temps dans la cité de Laon, fut mis à mort. C'en pouvait être fini de l'indépendance austrasienne, comme de celle de la Bourgogne. Mais l'assassinat d'Ébroïn, perpétré en 680, dans son propre palais, par un ancien rival, Ermenfred, donna à Pépin une chance inespérée, et il n'est pas exclu, d'ailleurs, qu'il l'ait précipitée en armant l'assassin.

Il fit la paix avec le nouveau maire du palais de Neustrie, Waratton ; et, instruit peut-être par l'échec de son oncle Grimoald, il sut dans un premier temps taire ses ambitions, se contentant du titre de *dux Austrasionum*. Mais les discordes internes dans la famille de Waratton (un moment destitué par son propre fils, puis définitivement remplacé par son beau-fils Berchaire, aussi dominateurs l'un que l'autre à l'égard de l'aristocratie neustrienne, et aussi agressifs à l'encontre de l'Austrasie) multiplièrent les ralliements neustriens à la cause de Pépin et vinrent compléter le réseau, patiemment constitué par lui-même comme par ses prédécesseurs, de ses alliances austrasiennes. Le Pippinide y trouva la meilleure raison de s'enhardir. Recrutant une troupe importante parmi ses fidèles, il s'engagea en 687 sur la vieille voie romaine qui, passant par Tongres, Bavay, Cambrai, allait du cœur de ses domaines aux portes de la Neustrie, et rencontra Berchaire et ses partisans à Tertry, près de Saint-Quentin. Sa victoire fut totale : Berchaire définitivement disparu dans la nature, il put mettre la main sur Thierry III et ses trésors.

Plutôt que d'occuper agressivement la Neustrie, Pépin préféra s'entendre avec son aristocratie, au sein de laquelle il comptait déjà tellement de partisans. Il réinstalla Thierry III dans ses domaines, au milieu d'une cour purement neustrienne, en même temps qu'il se fit reconnaître par lui comme le seul maire du palais de tout le *regnum Francorum*. Il continua de résider en Austrasie, éventuellement sur ses propres terres (à Herstal, à Jupille, à Chèvremont), mais tout aussi volontiers dans les anciennes capitales royales qu'étaient Metz ou, plus significative encore, Cologne. Il y eut donc désormais dissociation topographique entre le palais royal et sa propre « mairie » — ce qui aurait pu paraître paradoxal si l'on n'avait mesuré en cours de route la lente transformation d'une fonction purement domestique en une fonction éminemment politique. La vieille dualité entre les deux grands *Teilreiche* du Nord continuait de s'exprimer par la perpétuation d'une cour neustrienne et d'un palais austrasien ; mais il n'y avait plus désormais qu'*un* maire ici et qu'*un* roi là. Si la susceptibilité des aristocraties régionales était ménagée, les conditions pouvaient paraître réunies d'un retour à l'unité franque, réalisé au profit exclusif des maires de la maison de Pépin.

Pépin II : un héritier.

Celui que l'historiographie française désigne volontiers du nom d'un de ses plus importants domaines mosans, Pépin de Herstal, était incontestablement un héritier. Son grand-père maternel, Pépin Iᵉʳ, avait laissé à sa mort, en 640, plusieurs enfants : Grimoald, qu'on a vu occuper la mairie du palais d'Austrasie entre 643 et 657 ; Gertrude, fondatrice, avec sa mère Itta, du monastère de Nivelles ; et enfin celle que nous connaissons le moins, Begga. Le mariage de cette dernière avec Ansegisel, fils qu'Arnoul de Metz avait eu avant son accession à l'épiscopat, scella l'alliance des deux lignages — pippinide et arnulfien — qu'on avait vu dominer l'Austrasie au temps du jeune Dagobert. Pépin II, seul survivant de cette union, n'avait même plus, alors, de cousinage susceptible de contester sa position (on a vu en particulier ce qu'il était advenu de son cousin germain Childebert « l'Adopté ») : Pépin était le seul bénéficiaire de l'héritage spirituel d'Arnoul, porté sur les autels dès son inhumation dans la basilique des Saints-Apôtres de Metz ; et surtout d'un formidable héritage temporel.

Celui des Arnulfiens était principalement situé dans la Woëvre, dans la vallée de la Moselle et dans celle du Rhin moyen. Et celui des Pippinides était réparti entre Brabant,

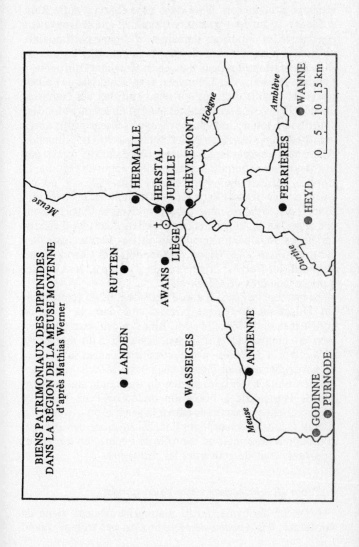

BIENS PATRIMONIAUX DES PIPPINIDES
DANS LA RÉGION DE LA MEUSE MOYENNE
d'après Mathias Werner

Hesbaye et Namurois. C'est dans cette région d'entre Rhin et Meuse, et sur les plateaux avoisinants, que se trouvaient concentrés les imposants domaines, d'origine patrimoniale ou fiscale, auxquels on a parfois voulu identifier les successives générations des deux lignages maintenant confondus : Landen, Herstal, Aix, Thionville. C'est ici aussi que l'autorité de la famille disposait du relais spirituel des établissements religieux que ses membres avaient directement fondés, contribué à fonder, ou encore récupérés à leur profit après leur fondation : Nivelles ; Fosses, fondé par Itta et Grimoald ; Andenne, fondé par Begga ; Stavelot et Malmédy, fondés par le missionnaire aquitain Remacle avec l'appui de Grimoald ; Lobbes, repris en main par Pépin II après 680 [1]... C'est ici, enfin, qu'elle trouvait l'appui de ces hommes de diverses fortunes, parfois de très importants propriétaires fonciers, dont elle avait fait ses clients, et qui devinrent, dans les différentes étapes de la conquête du pouvoir, ses *sodales*, *satellites* et autres *vassi* — les Widon, les Gondoin, les Chrodoin, les Ruthard, les Robert, originaires du Rheingau, les Chrodegang, originaires de Hesbaye.

Le mariage de Pépin II avec Plectrude, fille du comte palatin Hugobert, fortement possessionné dans la zone de confluence de la Moselle et du Rhin, et peut-être (la question est controversée) d'Irmina, fondatrice du monastère d'Oeren près de Trèves, accrut considérablement sa fortune, en particulier dans les régions de la basse Moselle et du bassin de Cologne. Ainsi les mailles du filet tendu sur l'ensemble de l'Austrasie à l'occasion du mariage de Begga et d'Ansegisel se resserrèrent-elles à la génération suivante : il n'était guère de secteur, dans l'ancien royaume de l'Est, qui n'échappât désormais au contrôle de Pépin. Son ambition, pourtant, était de gouverner les *tria regna*.

Pépin II, « princeps » entre deux mondes.

L'auteur anonyme, tardif mais généralement digne de confiance, des *Annales de Metz* ne s'est pas trompé quand

1. Voir Alain Dierkens (37).

il écrivit que « Pépin, après avoir renvoyé le roi Thierry dans sa *villa* royale de Montmacq-sur-Oise, pour y être gardé avec honneur et vénération, gouverna lui-même le royaume des Francs » : le signe le plus tangible en fut peut-être que Pépin conserva la garde du trésor royal de Neustrie, « essence et symbole du pouvoir [1] » ; et qu'on lui colla de plus en plus souvent le titre de *princeps Francorum*.

Il faut dire que Pépin, à la différence de son oncle Grimoald, se garda bien de brûler les étapes, et qu'il fit preuve de la plus grande habileté. Pour anticiper, et éventuellement contrôler, les velléités d'indépendance neustrienne, il maria son fils aîné Drogon à Anstrude, fille de Waratton et veuve de Berchaire. Mieux, il accepta de déléguer, au moins nominalement, une part de ses pouvoirs en Neustrie et en Bourgogne à des hommes tout proches de lui : au nord, il reconstitua la mairie du palais, d'abord au profit d'un de ses fidèles, le comte de Paris Norbert, puis, à partir de 701-702, au profit de son fils cadet, Grimoald II ; en Bourgogne, il confia le *ducatus* du vieil *exercitus Burgundionum* à son aîné, Drogon, déjà *dux* de Champagne. Nul doute cependant qu'il garda le contrôle le plus absolu des affaires des deux royaumes. Ainsi réussit-il à établir l'hérédité de la fonction majorale à un moment où le roi n'était plus que son jouet, et où son *auctoritas* n'était plus que formelle. Quand Thierry III, qu'on voit encore présent au bas des diplômes de la chancellerie, mourut vers 691, c'est Pépin qui choisit parmi les héritiers royaux son successeur, puis le suivant, puis les autres. S'il existait donc un indéniable loyalisme dynastique, la réalité de la continuité du pouvoir avait déjà changé de mains.

La politique religieuse de Pépin, qui consista à multiplier les relais de son autorité, en offre le plus clair exemple. Non seulement il continua en Austrasie la politique de fondations, de donations, de nominations plus ou moins déguisées, et par là de reprise en main, qui avait été celle de ses prédécesseurs, en particulier des femmes de sa famille (dans le bassin mosan, à Odilienberg, à Susteren ; dans le bassin mosellan, à

---

1. Suivant Karl Ferdinand Werner (159), p. 340.

Mettlach, à Pfalzel et surtout à Echternach) ; mais encore il plaça ses hommes à la tête de plusieurs métropoles (Rigobert à Reims, Griffon à Rouen) ou de grandes abbayes neustriennes (Hildebert à Fontenelle). La charte de donation rédigée le 13 mai 706 au nom de Pépin et Plectrude en faveur d'Echternach est singulièrement éclairante : « Quand Willibrord aura quitté cette vie, ses frères se constitueront librement un abbé. Celui-ci devra se montrer fidèle en toutes choses à nous-mêmes, à notre fils Grimoald, au fils de celui-ci et aux fils de Drogon, nos petits-fils [1]. » Le moins qu'on puisse dire est que Pépin, qui croyait en l'avenir de sa dynastie, voyait loin.

Encore son autorité restait-elle limitée aux *tria regna*. Car il ne faut pas oublier que l'Armorique, définitivement devenue Bretagne, continuait de vivre sa vie propre — il vaudrait mieux dire *ses* vies, car si l'incapacité du pouvoir franc à s'y faire entendre n'avait cessé de se confirmer depuis la mort de Dagobert, les royautés tribales semblaient désormais incapables d'enrayer la progressive décomposition de l'autorité publique, comme le suggère l'interruption, radicale à partir de la fin du VIIᵉ siècle, des listes dynastiques que nous avons conservées, et la corrélative montée en puissance des familles de *machtierns*, ces « chefs-garants » dont l'autorité, forte sur le plan local, était sollicitée pour cautionner les actes juridiques [2]. En Aquitaine, le processus inverse, qu'on avait constaté sous le duc Loup, grand rassembleur de terres à partir de son comté de Toulouse, se trouva confirmé sous son successeur Eudes, signalé dans les sources à partir des environs de 700, d'origine franque lui aussi, et qui, devenu maître de la plupart des cités d'entre Loire et Pyrénées, paraît avoir justifié, sinon le titre royal, discuté par les historiens [3], du moins celui d'*Aquitaniae princeps*, qui lui est attribué par certaines sources contemporaines, et qui fait assurément de lui un rival de Pépin. La Provence même, si longtemps partagée — héritage immédiat de sa lointaine conquête — entre

1. Cité par Pierre Riché (137), p. 43.
2. Voir André Chédeville et Hubert Guillotel (18).
3. Michel Rouche (139) est le principal tenant de la thèse royale.

l'Austrasie et la Bourgogne qui avaient, chacune, pris l'habitude d'y choisir un *patrice* dans l'aristocratie régionale pour les représenter, se trouvait placée, depuis le retour à l'unité franque réalisé en 679 au profit de Thierry III, sous l'autorité d'un unique patrice — Antenor précisément, qui, passé 700, réussit à s'affranchir de la tutelle septentrionale.

Si Pépin dut se résigner à abandonner tout contrôle sur la Gaule du Sud, laissant à ses successeurs l'initiative de renouer les contacts avec la façade méditerranéenne, il trouva au nord et à l'est, dans les franges germaniques de la Gaule, qui étaient comme le prolongement géopolitique de l'Austrasie sur laquelle reposait sa puissance, de très substantielles compensations. Il y parvint grâce à des campagnes militaires répétées pour lesquelles, non content de mobiliser ses propres fidèles, il lui est arrivé de rassembler le peuple franc en armes, renouant avec une vieille pratique de commandement plus ou moins tombée en désuétude, celle du *champ de Mars*. Ainsi put-il contenir les Saxons, qui avaient pris l'habitude de lancer des raids sur la Thuringe et même dans les terres patrimoniales des Francs — en l'occurrence les Bructères —, le long de la vallée de la Ruhr. Ainsi multiplia-t-il, après 709, les campagnes contre les Alamans, libérés du joug franc après la mort de Dagobert, pour les faire rentrer dans le rang — sans pour autant remettre en question l'autonomie de leur duché. Ainsi, surtout, réintégra-t-il au *regnum* la Frise cisrhénane, que la crise de la royauté mérovingienne avait également rendue à l'indépendance, et qui se trouvait être le débouché maritime des vallées et plateaux où s'était organisée la puissance des premiers Arnulfiens et Pippinides. Il fallut, pour y parvenir, des campagnes nombreuses, répétées chaque année entre 690 et 695, et dont le principal enjeu fut Dorestad, alors devenue l'incontestable plaque tournante du grand commerce frison, et farouchement défendue par le roi Radbod ; puis le quadrillage systématique du pays par ces colons militaires que nos sources appellent les *homines Franci* ; enfin une très importante campagne d'évangélisation, dans laquelle Pépin II apparaît résolument comme un précurseur : c'est lui qui accueillit le missionnaire northumbrien Willibrord, qui l'encouragea à relever l'ancienne église Saint-Martin d'Utrecht et à en fonder de nouvelles, et qui surtout voulut bien qu'il allât chercher à Rome — en 695 — la consécration épiscopale auprès du pape Sergius. Ainsi se trouvait scellée l'alliance durable entre : 1) la maison des maires du palais d'Austrasie, qui multiplièrent les gratifications en faveur du nouvel évêché ; 2) les églises anglo-saxonnes, qui restaient les plus animées par l'esprit de mission et de réforme, et qui, dès leur origine, avaient noué avec Rome les liens les plus étroits ; 3) la papauté précisément, absente de l'histoire de la Gaule depuis Grégoire le Grand, mais auprès de laquelle les successeurs de Pépin chercheraient le moment venu une caution spirituelle et morale à leurs éventuels coups de force.

Le progressif effacement de la dynastie mérovingienne.

Quitte à sérieusement handicaper sa succession — que sa mort ouvrirait à la fin de 714 —, Pépin II ne voulut rien précipiter ni surtout heurter de front le sentiment de légitimisme mérovingien, qui restait vivace, aussi bien dans l'aristocratie que dans le peuple. N'empêche que c'est lui, et lui seul, qui, à la mort de Thierry III en 691, désigna pour lui succéder son fils Clovis IV — qui ne régna que quatre ans ; c'est lui, et lui seul, qui choisit alors le frère du défunt roi, Childebert III, qui mourut en 711 ; c'est lui, et lui seul, qui éleva alors sur le trône le fils de Childebert, Dagobert III... Si leur nom n'apparaissait au bas des diplômes et des chartes, on ne saurait pratiquement rien de ces rois, dont l'espérance de vie pourrait justifier le caractère dégénéré dont on les a traditionnellement affublés, et qui a donné prise à la véritable caricature qu'Éginhard, biographe de Charlemagne et glorificateur des Pippinides, esquisserait un siècle plus tard, celle des *rois fainéants* : « Quand il avait à se déplacer, le roi montait dans une voiture attelée de bœufs, qu'un bouvier conduisait à la mode rustique : c'est dans cet équipage qu'il avait coutume d'aller au palais, de se rendre à l'assemblée du peuple, et de regagner ensuite sa demeure [...]. L'administration et toutes les décisions et mesures à prendre, tant à l'intérieur qu'au-dehors, étaient du ressort exclusif du maire du palais [1]... »

1. Traduction Louis Halphen (46).

On ne peut manquer de s'interroger sur les origines du déclin d'une autorité royale qui, au temps de Clotaire II et surtout de Dagobert, paraissait s'être bien remise des déchirements de la guerre civile. En fait, avec le règne de Dagobert, avaient eu lieu les dernières expéditions extérieures, riches de butin et dispensatrices de tributs, qui avaient permis d'accrocher les fidélités au sillage des rois victorieux. Faute d'un prestige renouvelé sur le champ de bataille, les rois mérovingiens furent amenés à dilapider leurs sources de richesse traditionnelles pour acheter la reconnaissance des hommes — mais aussi pour garantir leur salut dans l'autre monde. Tandis que les domaines du fisc, et donc les revenus qui en étaient tirés, s'étiolaient à force de donations et d'usurpations, les impôts directs ne rentraient plus guère après les révoltes généralisées que leur levée avait suscitées au siècle précédent ; et les revenus indirects, tonlieux et autres taxes, échappaient de plus en plus souvent au contrôle et au trésor du roi — soit par renonciation pure et simple, soit du fait des détournements pratiqués par les fonctionnaires, soit par la généralisation du privilège d'immunité accordé aux grands propriétaires privés, qui fondèrent sur lui la revendication d'une totale indépendance, s'abstenant par exemple de reverser au trésor royal le produit des amendes dont une part lui revenait de droit. Ainsi les revenus du monnayage s'épuisèrent-ils : ils étaient le plus souvent passés aux mains de monétaires privés que le roi ne contrôlait plus, ou, plus souvent encore, d'établissements ecclésiastiques privilégiés. Ainsi, surtout, ces derniers ont-ils vu se multiplier à leur profit les exemptions d'impôts — en particulier des droits de douanes et de tonlieux —, quand ils ne s'en virent pas attribuer l'exclusivité du revenu, grâce à ce type de privilège qui s'était répandu depuis que Dagobert en avait donné la primeur au profit de Saint-Denis, en 634-635.

Les principales sources de richesse et de pouvoir passèrent donc insensiblement des mains de la royauté à celles des aristocraties ecclésiastiques et laïques. Or, comme on l'a entrevu plus haut, au moment où les rois, scellant sur un serment de fidélité personnelle l'engagement des membres de leur truste, et, plus généralement, celui de leurs leudes, contribuaient à créer la confusion entre le service public et le service privé qui leur étaient dus, les plus puissants parmi les aristocrates, empruntant autant à la tradition romaine qu'à la tradition germanique, étaient en train de se doter d'un réseau de clientèle armée. Que l'autorité du roi vînt à faiblir, que son domaine et son trésor — nerf de la guerre — en vinssent à s'anémier, les fidélités risquaient de s'émousser, ou, pis, de changer de bénéficiaires. Un homme comme Pépin II, plusieurs fois vainqueur sur les champs de bataille intérieurs autant qu'extérieurs, riche d'une considérable puissance foncière, patrimoniale autant qu'usurpée, et disposant, grâce à l'important réseau d'établissements ecclésiastiques gratifiés par lui-même autant que par les siens, d'un véritable instrument de propagande, en vint non seulement à jouir du prestige guerrier qui avait été jadis celui de Clovis, mais à détourner et à fixer les fidélités en se montrant capable de les rémunérer. C'est vers lui désormais, vers les richesses accumulées et les butins à venir qu'affluèrent les hommes en quête de protection et de puissance. Mais son *mund* demeurait assurément personnel : il ne concernait pas nécessairement sa descendance.

N'empêche qu'avec la victoire qu'il avait acquise sur la Neustrie, à Tertry en 687, c'est l'Austrasie, ou, si l'on veut, la *Francia orientalis*, c'est-à-dire la Francie la plus germanisée, qui risquait de l'emporter définitivement sur la Neustrie, ou *Francia occidentalis*, dont la population germanique avait été depuis longtemps absorbée, en particulier sur le plan linguistique, dans le fond de culture romain — disons désormais roman, caractérisé par l'usage de la *lingua rustica romana*. Mais si Pépin, renonçant sans doute à toute velléité de contrôle sur la moitié sud de la Gaule (même, en fin de compte, sur la Bourgogne, à son tour livrée à elle-même, ou, pour être plus précis, aux principautés épiscopales qui commençaient — à Lyon, à Auxerre — de s'y développer), regarda résolument, tout au long de son principat, au Nord et à l'Est, y conquérant des terres, cherchant à participer au renouveau d'animation des mers septentrionales, y encourageant la christianisation, il noua avec la papauté, spécialement pour mieux réussir l'œuvre d'évangélisation, des liens qui annoncent la synthèse carolingienne. L'intérêt que ses premiers successeurs porteraient à la *Francia* de l'Ouest, sans doute par défaut d'une réelle présence royale, redonnerait du poids à cette région que les sources contemporaines se contentaient de plus en plus volontiers d'appeler *Francia*, sans autre qualificatif, et qui se trouvait être le berceau de la France à venir.

3
La synthèse carolingienne
714-814

Assurément, Pépin II paraît avoir refait l'unité du nord de la Gaule ; mais les troubles surgis à sa mort, en particulier la révolte des Neustriens et des Frisons cisrhénans, les deux peuples qu'il avait subjugués, montrent la fragilité de sa reconstruction. Il fallut l'initiative et l'énergie de son fils Charles pour que l'héritage des Arnulfo-Pippinides fût sauvé ; et l'acharnement de ses successeurs Charles (714-741), Carloman (741-747), Pépin III (741-768) et Charlemagne (768-814), pour que la puissance de sa maison fût étendue par le fer et par le feu à la Gaule entière ; pour que le nom des Francs fût à nouveau redouté au-delà des frontières du Rhin, des Alpes et des Pyrénées ; pour que le prestige et la force accumulés permissent au premier de gouverner le palais sans roi ; au troisième de se proclamer roi ; au dernier de restaurer l'Empire en Occident. Ainsi celui qui s'est intitulé à partir de 800 « Charles Auguste, couronné par Dieu, grand et pacifique empereur, gouvernant l'Empire romain, et, par la grâce de Dieu, roi des Francs et des Lombards », celui qui, élevé dans la langue des Francs, se faisait pourtant lire avec dilection des passages entiers de la *Cité de Dieu* de saint Augustin, voulut-il et d'une certaine manière parvint-il à faire de son gouvernement et de ses États la synthèse entre le modèle barbare légué par ses prédécesseurs, le modèle romain exhumé par ses conseillers et le modèle chrétien inspiré par les écrits testamentaires et patristiques.

1

Charles Martel, le « presque-roi »
(714-741)

La crise de succession de Pépin II.

Fait curieux : la succession du maire du palais paraît désormais se poser en termes presque régaliens, alors que les successions royales dépendent plus que jamais de l'unique bon vouloir du maire du palais. Pépin avait eu de son épouse de premier rang, Plectrude, les deux fils qu'on a vus associés au pouvoir de leur père. Mais l'aîné, Drogon, était mort en 708 (on l'avait d'ailleurs enterré à Metz, auprès de son arrière-grand-père Arnoul) ; et le second, Grimoald, qui avait été un temps uni dans un mariage diplomatique à Theudesinde, fille du roi frison Radbod, fut assassiné près de Liège, un beau jour de 714, alors qu'il se rendait au chevet de son père, maintenant octogénaire et frappé par la maladie. Mais d'une épouse de second rang, Alpaïde, le vieux maire avait eu un autre fils, Charles (Karl, nom nouveau dans le stock anthroponymique du lignage et promis à un brillant avenir, qu'on peut rapprocher de l'anglo-saxon *cearl*, et qui signifie quelque chose comme « brave, valeureux »). Or celui que Pépin imposa à l'approbation des grands pour lui succéder fut Theodoald, fils de Grimoald, tout juste âgé de six ans. Derrière ce choix, on reconnaît la main de Plectrude, l'ambitieuse grand-mère, qui entendait écarter de la succession le fils d'Alpaïde. Dès la mort de Pépin, survenue le 16 décembre 714, elle le fit enfermer et prétendit gouverner seule le *regnum*, sous couvert de son petit-fils.

La présence d'une femme et d'un enfant à la tête du palais donna le signal d'une révolte générale de tous ceux qui n'avaient pas supporté la main de fer de Pépin. Ce fut d'abord le cas des grands de Neustrie, qui portèrent à la mairie du palais l'un des leurs, peut-être originaire du Vexin, Ragenfred, et lancèrent une armée contre les hommes de Plectrude, qui furent battus à Saint-Jean-de-Cuise, dans la forêt de Compiègne. Après la mort de Dagobert III, en 715, ils sortirent du couvent le moine Daniel, fils de Childéric II, pour en faire leur roi, sous le nom, bien neustrien, de Chilpéric II, l'imposant contre Thierry, fils du défunt roi. Aussitôt, Ragenfred mit à pied certains des fidèles que Pépin avait placés à la tête des grandes institutions religieuses, comme l'abbé de Fontenelle Bénigne, successeur d'Hildebert, ou comme celui de Corbie Grimo. Surtout, il fit, pour régler définitivement leur compte aux Austrasiens, alliance avec les Saxons et avec les Frisons, en particulier ceux de la Frise cisrhénane naguère subjugués et qui, dès le lendemain de la mort de Pépin, avaient été entraînés dans un soulèvement général par le roi Radbod.

Les nouveaux alliés, qui avaient été les principales victimes du rouleau compresseur austrasien, convinrent de lancer simultanément, en 716, deux expéditions — l'une frisonne et fluviale; l'autre neustrienne et terrestre — en direction de Cologne, où résidaient Plectrude et Theodoald. La première, singulière préfiguration des raids vikings, fut particulièrement dévastatrice; par la seconde, victorieuse de bout en bout, Ragenfred obtint que Plectrude lui livrât la partie du trésor qui correspondait à la partie neustro-burgonde du royaume.

Charles Martel
et le sursaut austrasien (716-721).

La confusion générale permit à ce Charles auquel la tradition donnerait, dès le IXᵉ siècle, le surnom parfaitement justifié de *Martellus* — Marteau —, de s'évader de sa prison. Recrutant au pied levé une armée de *sodales* (peut-être avait-il eu le temps de nouer des fidélités personnelles du vivant de son père, mais il est plus vraisemblable qu'il rallia à lui les vaincus austrasiens de la veille, trop heureux de trouver enfin un chef), il tenta dans un premier temps de surprendre Radbod, qui s'était attardé dans la région de Cologne, mais fut vaincu par lui. Alors, refaisant rapidement ses forces, il parvint à se retourner contre Ragenfred, qui était encore occupé à acheminer à travers l'Ardenne son armée et sa part de trésor. Cette fois, à Amblève, près de Malmédy, Charles l'emporta. Il confirma ce succès l'année suivante, donc en 717, par la victoire de Vincy, près de Cambrai, qui lui ouvrit les portes du bassin de Paris. Mais, faute d'arrières suffisamment assurés, il n'exploita pas à fond sa victoire, préférant se replier en Austrasie pour y mieux préparer l'avenir : ainsi fut-il en mesure de contraindre Plectrude de lui remettre ce qu'il lui restait du trésor de Pépin. La vieille régente d'ailleurs ne survécut pas longtemps à cette humiliation : on l'enterra dans sa fondation de Sainte-Marie de Cologne.

C'est seulement en 719 que Charles se sentit assez fort pour régler leur compte aux peuples du Nord qui s'étaient alliés aux Neustriens. Il conduisit une expédition jusqu'à la Weser pour en chasser les Saxons. Surtout, il entreprit la reconquête des positions naguère acquises par son père dans la Frise cisrhénane, restaurant Willibrord dans son évêché d'Utrecht. Les choses lui furent de toute évidence facilitées par la mort — toujours en 719 — du roi Radbod, qui fut saluée avec une véritable exubérance dans l'ensemble du monde franc et du monde anglo-saxon : la rive gauche du bas Rhin n'échapperait plus désormais à l'emprise austrasienne et à l'évangélisation. Entre 719 et 722, Willibrord y reçut l'aide de son compatriote Wynfrid, déjà connu sous le nom de Boniface : le futur apôtre de la Germanie et grand réformateur de l'Église franque y fit ses premières armes.

Le moment pouvait paraître venu de se retourner contre la Neustrie ; et il fallait le faire avec d'autant plus d'urgence que — fait inouï — Ragenfred venait de trouver un allié dans la personne d'Eudes, l'*Aquitaniae princeps* ; et que celui-ci, avec une armée principalement recrutée parmi les Basques dont il avait fait comme des « fédérés » chargés de la défense de la vaste Aquitaine, avait déjà franchi la Loire et réalisé près de Paris sa jonction avec les contingents neustriens. Charles se porta au-devant d'eux ; et, après un affrontement qui eut lieu près de Néry, entre Senlis et Soissons, le 14 octobre 719, il mit en fuite ses deux adversaires. Ragenfred se

replia sur Angers, où il constitua une véritable principauté
d'où il opposa, jusqu'à sa mort en 731, une certaine résistance à l'autorité de Charles. Quant à Eudes, il repassa la
Loire, mais avec le trésor et Chilpéric II dans ses bagages.
Vers 720-721, il accepta la paix que lui proposa Charles.
Contre la reconnaissance de son titre et de sa position de *princeps Aquitaniæ*, il accepta de restituer et le trésor et le roi.
Alors, pour confirmer au nord la paix acquise au sud, et surtout pour se concilier durablement les Neustriens, Charles
reconnut Chilpéric comme unique *rex Francorum*. Quand
celui-ci fut mort en 721, Charles le remplaça par le fils de
Dagobert III, qui devint roi sous le nom de Thierry IV : il
le resterait jusqu'à sa mort, en 737. On en revenait à la situation qui avait prévalu au temps de Pépin II : un roi d'apparat séjournant en Neustrie ; et un maire détenteur du vrai
pouvoir séjournant — un temps du moins — en Austrasie.

Mais ce dernier, authentique *princeps*, n'avait guère encore
de moyens de contrôle sur la Gaule méridionale, même sur
la Bourgogne, où les évêques d'Auxerre, d'Orléans, de Lyon
continuaient de relever la tête et de revendiquer une autorité
plénière sur leurs cités ; ni sur les duchés périphériques,
Bavière, Alémanie, Thuringe, qui vivaient leur vie autonome ;
ni sur ce qu'il restait, au-delà du Rhin, de Frise indépendante,
qui pouvait toujours entraîner dans un soulèvement les
contrées cisrhénanes.

La mise au pas du Nord.

Charles ne lésina pas sur les moyens pour mettre au pas
la moitié nord du *regnum*. Il lui fallut dans un premier temps
écarter ses potentiels rivaux : ainsi fit-il enfermer, dès 723,
les fils de son demi-frère Drogon ; si l'un d'eux mourut en
prison, l'autre, Hugo, fut promis à une véritable réhabilitation, mais dans la cléricature. C'est que Charles pratiqua,
plus systématiquement encore que ses prédécesseurs tant austrasiens que neustriens, la politique des dépouilles, substituant
ici et là ses propres parents ou fidèles aux créatures de ses
rivaux, et surtout généralisant au profit de ses plus proches
des cumuls, qu'on perçoit plus dans les fonctions ecclésiasti-

ques que dans les fonctions laïques, comme jamais on n'en avait vus auparavant. Ainsi Hugo reçut-il, outre les abbatiats de Jumièges et de Fontenelle, les évêchés de Rouen, de Bayeux, de Lisieux, d'Avranches et de Paris. Ainsi le fidèle Milon, qui se trouvait aux côtés de Charles sur le champ de bataille de Vincy, « clerc seulement par la tonsure » comme dit ironiquement un contemporain qui le montre brutal et immoral, fut-il non seulement autorisé à hériter de son père, le métropolitain Liutwin, l'évêché de Trèves et l'abbaye de Mettlach, mais reçut-il en prime, après qu'en eut été chassé le métropolitain Rigobert, resté hostile à Charles, l'évêché de Reims. Pour mieux surveiller Ragenfred, Charles confirma dans le Maine l'autorité de la famille du comte Rotgar (Roger) et de ses fils Charivé (Hervé) et Gauzolenus, qui cumulaient les fonctions comtale et épiscopale. Sur les marges armoricaines — à Nantes, à Rennes —, autre ligne de front, il s'appuya sur Agatheus qui, depuis les années 690, cumulait dans les deux cités la fonction comtale ainsi que la gestion, sans doute uniquement temporelle, des évêchés.

Peu de sièges échappèrent à cette mainmise autoritaire. Il fallut, à Metz, à Liège, la présence de vieux fidèles pour que ces évêchés, qui occupaient une position centrale dans les domaines patrimoniaux de la famille carolingienne, vissent préservée leur stabilité. Partout ailleurs, le pouvoir mit la main sur les instances ecclésiastiques, en les confiant éventuellement — ce qui est un fait nouveau — à des partisans laïques. Par rapport à la politique ecclésiastique de Pépin II, de toute évidence marquée par le caractère récent de la conversion et par le respect de l'institution, celle de Charles peut paraître bien cynique. Mais elle ne fut peut-être, au fond, que la conséquence du caractère de plus en plus politique pris par les fonctions épiscopale et abbatiale.

Encore Charles est-il allé bien au-delà. Pour rémunérer le service de ses fidèles, de plus en plus nombreux au fur et à mesure qu'il étendait son autorité sur l'ensemble de l'Austrasie, puis sur la Neustrie jusqu'à ses marges extrêmes, il voulut disposer de terres sans avoir à dilapider le patrimoine familial, ni dépecer ce qu'il restait de fiscs royaux : comme l'avaient sans doute fait avant lui certains rois mérovingiens, ou plus sûrement son père Pépin II, il décida la sécularisation d'un nombre considérable de terres d'Église, au grand dam de certains prélats qui, tel Eucher d'Orléans, furent contraints à l'exil au fin fond de l'Austrasie — à Cologne en l'occurrence. L'ampleur de l'événement nous est moins connue par des sources immédiatement contemporaines que par les récriminations qui se multiplièrent après la mort de Charles et les tentatives de remise en ordre faites par Pépin III et Charlemagne. N'empêche que la plainte des moines de Fontenelle, « spoliés » d'environ le tiers de leurs biens, peut donner une idée de l'importance de la manipulation. Mais s'est-il véritablement agi d'une *spoliation*? Les historiens d'aujourd'hui conviennent de ne pas reprendre à leur compte la phraséologie, toute d'anathème et de malédiction, des sources cléricales des VIIIe-IXe siècles, et soulignent le fait que les terres d'Église avaient à l'origine été plutôt concédées par l'Empire chrétien et les rois mérovingiens contre une part de service public que données sans contrepartie à leurs bénéficiaires, et que la sécularisation de Charles Martel ne fut en somme qu'une réaffirmation, non dépourvue de légitimité, du caractère éminemment public de ces terres. Encore devrait-on s'interroger sur l'usage qu'en fit le maire du palais, qui se posait en l'occurrence comme l'unique bénéficiaire du service « public ».

Car ces terres, il les concéda à ses fidèles pour rémunérer leurs services et leur permettre de se doter d'un bon armement. Comme son père avant lui et la plupart des puissants de l'époque, Charles Martel avait une importante clientèle de *vassi*, qui par le rituel de la *commendatio* s'étaient associés à lui, et dont il chercha à augmenter le nombre au fur et à mesure qu'il étendit son autorité sur l'ensemble du *regnum*. La pratique de la rémunération des *vassi*, disons désormais des vassaux, non par les simples gîte, couvert et armement, mais par la concession d'une terre, était jusqu'à présent restée occasionnelle : on la rencontre par exemple dans les domaines des évêques Milon de Trèves et de Reims, Savary d'Orléans et d'Auxerre, ou encore sur les terres d'Eberhard, fils du duc alsacien Adalbert, dont certaines avaient été concédées (suivant une charte de 730-735 en faveur de l'abbaye de Murbach, le plus ancien document qui en fasse mention) *ad vassos nostros in beneficiatum*. Or Charles fut le premier qui pratiqua de manière systématique et à très grande échelle la rémunération du service vassalique par la concession d'un *bienfait* ou *bénéfice*, c'est-à-dire d'une terre dont le *bénéficiaire* n'avait que l'usufruit, à titre personnel, ou, au mieux, à deux ou trois vies. Mais cet usufruit devait lui permettre non seulement d'entretenir sa famille, mais aussi d'acquérir et de perfectionner son armement. Ce qui était absolument nécessaire pour supporter l'énorme effort que Charles, mobilisant sur tous les fronts, exigea de ses fidèles. On a longtemps pensé que les sécularisations visèrent avant tout à donner naissance à une véritable cavalerie, qui jouerait désormais un rôle décisif dans la bataille. En fait, depuis le VIIe siècle, les bandes armées utilisaient volontiers le cheval : il est seulement possible que Charles Martel permit d'accélérer le processus de sa généralisation, qui n'aboutirait que sous son petit-fils. Il fut désormais plus facile d'assurer l'équipement des vassaux montés — un équipement que la loi ripuaire, ou loi des Francs rhénans, sans doute du temps de Dagobert, avait évalué à quarante sous, soit au prix de dix-huit à vingt vaches, et qui incluait désormais l'étrier en voie de diffusion depuis l'Europe moyenne où l'avaient amené les Avars, et la brogne, véritable cuirasse (au sens étymologique du mot) doublée de plaques de métal. Le développement de la cavalerie, aux côtés d'une infanterie qui avait été jusqu'à présent la force principale des armées franques, fut à coup sûr l'affaire de tous les Pippinides : en attendant de donner naissance à une authentique *chevalerie*, elle aura contribué à la mobilité de l'armée, sollicitée dans des campagnes aussi rapides que répétées, qui l'ont entraînée, comme au temps de Pépin II, dans les franges septentrionales et orientales de la Gaule, mais aussi, comme sous les règnes à venir de Pépin III et de Charlemagne, au sud de la Loire.

Pacification et christianisation outre-Rhin.

De toute évidence, Charles était un homme qui voyait loin et qui substitua à l'improvisation la politique concertée : toute

son œuvre au nord et à l'est du Rhin paraît s'inscrire dans
le vaste projet de constituer un glacis voué à la protection
du *regnum Francorum*. En Germanie, il innova, restaurant
les routes, en créant là où elles n'existaient pas, les équipant
de relais, comme aux beaux temps de la grandeur romaine,
pour faciliter la relève des équipages, défendant les frontières les plus vulnérables par l'élévation de forteresses nouvelles, comme celle du Christenberg près de Marburg, surtout
encourageant la colonisation par ces Francs qu'on appellerait les *orientales Franci* de la basse et de la moyenne vallée
du Main, voie d'accès à la Germanie moyenne et en passe
de devenir la *Franconie*.

Par elle et grâce à eux, il put mieux contrôler la Hesse et
la Thuringe (dont l'intégration dans le système de gouvernement franc fut facilitée par la disparition précoce — vers 720
— de la dynastie ducale), et les mieux protéger contre les
incursions des Saxons, qu'intimidèrent, en 720, 722, 724, 738,
quelques raids de représailles. Par la Franconie également,
il acquit un moyen d'accès commode aux deux grands duchés
du Sud, Alémanie et Bavière, qu'il voulut également soumettre à son autorité, mais où il se heurta à la résistance des ducs :
Lantfrid, duc des Alamans, qui exprima sa volonté d'indépendance en faisant rédiger, en dehors de toute participation
du pouvoir, une nouvelle version de la loi de son peuple —
la *Recensio lantfridana* —, mais qui ne put transmettre, à
sa mort vers 730, qu'un duché affaibli à son successeur
Theodbald ; Hugobert, duc des Bavarois de la famille franque des Agilolfing, que plusieurs campagnes (en 725, en 728)
parvinrent à humilier, lui arrachant le Nordgau, directement
rattaché — grâce au relais franconien — au *regnum*, et lui
imposant une nouvelle version de la loi, tenant compte désormais des intérêts du roi (toujours Thierry IV), derrière lequel
se cachait naturellement le maire du palais.

En Frise aussi, Charles rompit avec la politique de ses
prédécesseurs : le premier, il comprit que pour intégrer
durablement au royaume la Frise cisrhénane, soumise —
semblait-il — après la mort de Radbod, il lui fallait briser
la résistance au-delà, c'est-à-dire dans le sanctuaire de l'indépendance. C'est pourquoi il équipa en 734 une flotte afin de

porter un coup décisif aux arrières frisons en passant par la mer : il choisit en somme d'attaquer les Frisons sur leur propre terrain. Le fait est d'importance, car c'est la seule fois — depuis les premiers siècles de leur histoire où ils s'étaient fait une réputation de pirates — que les Francs furent capables de mener à bien une expédition navale : sans aucun doute les navires, les pilotes et les marins même furent-ils réquisitionnés dans les régions qui venaient d'être soumises. N'empêche que le résultat fut à la mesure des ambitions : après la bataille de la Boorne et la mise à mort du nouveau roi Bubo, le vieux cœur du pays frison, foyer de toutes les résistances du passé, fut intégré au royaume des Francs.

Ici comme ailleurs, Charles comprit qu'il n'y aurait pas de pacification durable sans une politique de christianisation qui cimenterait l'adhésion au *regnum* des peuples périphériques. Renouvelant l'expérience frisonne de son père, et l'étendant à la Germanie entière, il encouragea les missions et chercha à structurer la hiérarchie ecclésiastique. En Alémanie, il donna son concours au Wisigoth Pirmin, fondateur en 724 de l'abbaye de Reichenau, et bientôt associé à la création, par l'Alsacien Eberhard qu'on a rencontré plus haut, du monastère de Murbach, à la restauration de celui de Marmoutier et à la fondation de celui d'Hilariacum, futur Saint-Avold. Surtout, en Frise, en Hesse, en Thuringe et en Bavière, Charles soutint de toutes ses forces l'œuvre de l'Anglo-Saxon Wynfrid venu dès 716 assister Willibrord dans ses missions frisonnes, et qui, d'un pèlerinage à Rome en 719, rapporta non seulement le nom de Boniface sous lequel il allait demeurer célèbre, mais surtout une lettre du pape qui l'encourageait à aller prêcher l'Évangile aux Germains païens tout en restant fidèle à l'autorité et à la liturgie romaines. Ainsi, grâce à l'entremise des missionnaires anglo-saxons, un pas nouveau était-il franchi dans le sens d'une collaboration toujours plus étroite entre la famille des Pépin et la papauté : c'était le prélude de la grande réforme de l'Église franque qui serait engagée par les deux générations suivantes en accord avec Rome. En attendant, sacré évêque par le pape Grégoire II en 722 et muni du *pallium*, insigne d'une délégation de l'autorité apostolique, par son successeur Grégoire III en 732, Boniface fonda en Germanie de nombreux monastères (Fritzlar, Ohrdruf, Tauber-Bischoffschein, Kitzingen...) et d'aussi nombreux évêchés (Würzburg, Buraburg, Erfurt, Salzburg, Freising, Ratisbonne, Passau).

« Sans le patronage du prince des Francs, écrivit Boniface à l'évêque de Winchester, je ne peux ni gouverner les fidèles de l'Église, ni défendre les prêtres et les clercs, les religieux et les religieuses, je ne puis même sans l'un de ses ordres et sans la crainte qu'ils inspirent empêcher les rites païens et la pratique de l'idolâtrie [1]. » On aurait tort pourtant de croire que cette politique rendit à Charles le crédit que lui avaient fait perdre auprès de l'Église franque les sécularisations : la collaboration avec les Anglo-Saxons ne fut pas sans susciter des jalousies. Heureusement pour sa mémoire et sa postérité, la victoire dite de Poitiers contre ceux que les sources franques appellent unanimement les « Sarrasins » (mot venu de l'arabe *Charqîyîn*, « Orientaux ») fit de lui le bras de Dieu et le premier défenseur de la chrétienté.

L'incursion de l'Islam et la bataille
dite de Poitiers (25 octobre 732).

C'est en effet l'invasion de l'Islam qui donna à Charles le prétexte de l'expédition aquitaine que n'avait pu entreprendre son père. On se rappelle peut-être que si la bataille de Vouillé de 507 avait livré aux Francs l'ensemble de l'Aquitaine, la Septimanie (c'est-à-dire le Languedoc méditerranéen et le Roussillon) était restée sous la domination wisigothique. Aussi, quand les Arabes musulmans, aidés par des contingents berbères récemment convertis, se furent rendus maîtres en 711 de la plus grande partie de l'Espagne, réduisant le pouvoir des Wisigoths aux quelques seuls bastions installés dans les montagnes du Nord-Ouest, ils franchirent naturellement les Pyrénées orientales pour cueillir en Septimanie l'héritage des vaincus : Narbonne fut occupée en 719, Carcassonne et Nîmes en 725. Même un raid fut lancé cette année-là le long de l'axe Rhône-Saône jusqu'à Autun, qui fut

1. Cité par Pierre Riché (137).

saccagée. Mais le *wali* — ou gouverneur — de l'Espagne musulmane, en l'occurrence As-Samh, n'avait pas attendu pour s'engouffrer dans le Lauragais en direction de Toulouse : en 721, l'ancienne capitale des rois wisigoths fut assiégée ; et c'est Eudes, *Aquitaniae princeps*, qui dut l'en déloger, avec l'aide sans doute de ses contingents basques : le *wali* resta sur le champ de bataille, et la victoire d'Eudes eut un réel retentissement, à Rome en particulier, où le *Liber pontificalis*, chronique officielle de la papauté, célébra la mort de 375 000 Sarrasins !

Le prince d'Aquitaine pouvait paraître alors à l'apogée de sa puissance. Si ce fut pour se ménager contre la pression franque qu'on l'a vu s'allier, un temps, à Ragenfred, ce fut pour se protéger contre le danger sarrasin qu'il conclut, aux alentours de 730, une alliance avec le chef berbère Munuza, maître de la Cerdagne — l'une des clefs, par la vallée de l'Ariège, du pays toulousain —, alors en rébellion contre le nouveau *wali*. Charles saisit aussitôt le prétexte fallacieux de la trahison des Aquitains, présentés comme les alliés des Infidèles honnis, pour lancer en 731 une double campagne au sud de la Loire, riche d'un important butin, et par laquelle, surtout, il dévoila son ambition de mettre au pas l'opulent Sud-Ouest. Aussi ne se fit-il pas prier quand, un an plus tard, Eudes, incapable de faire autrement, prit le risque de solliciter son concours pour mettre un terme à un nouveau raid sarrasin, parti directement d'Espagne, et d'autant plus fulgurant qu'il fut lancé là où on ne l'attendait pas.

Plutôt que d'attaquer Toulouse, de sinistre mémoire, le *wali* Abd-al-Rahmân préféra en effet attaquer par l'ouest, triomphant dans un premier temps des montagnards basques, eux aussi stupéfaits, et lançant ensuite son armée sur l'ancienne voie romaine Dax-Bordeaux. Son but était peut-être dès ce moment de gagner Tours, où la basilique suburbaine de Saint-Martin recelait les abondants trésors que des siècles de dévotion y avaient accumulés. Il écrasa Eudes et les siens devant Bordeaux, pilla et dévasta les faubourgs de la ville et leurs riches églises, s'élança vers Poitiers, y saccagea la basilique Saint-Hilaire, avant que Charles l'arrêtât sur la voie romaine de Tours, à Moussais précisément, le 25 octobre 732, ajoutant

le nom d'Abd-al-Rahmân à la liste des martyrs de l'Islam.
Si plus personne ne songe à considérer « Poitiers » comme
le coup d'arrêt décisif porté à l'expansion conquérante de
l'Islam en Occident — celle-ci avait déjà commencé de
s'essouffler en Espagne, et le raid du *wali* ne fut bel et bien,
dès le départ, qu'une prometteuse opération de razzia —,
on aurait tort de nier le retentissement immédiat de l'événement, dont rend compte, en particulier, un long poème
anonyme écrit en latin vers le milieu du siècle par un chrétien de Cordoue, qui célèbre la victoire aussi bien de Charles « consul d'Austrasie en Francie intérieure », que des
« *Europenses* » — comme si devant le danger sarrasin s'était
dressée l'Europe entière, concept encore bien flou à l'époque, mais qui paraît porteur d'un réel contenu culturel et
religieux. Charles apparut dès lors, et unanimement, comme
le champion de la chrétienté. Et le maître de la Gaule, de
toute la Gaule.

Vers la soumission du Midi.

Tandis que les survivants de l'armée d'Abd-al-Rahmân
essayaient de se replier vers l'Espagne, se livrant au pillage
tout au long de leur retraite aquitaine, mais ne parvenant pas
à esquiver le piège basque dans les cols pyrénéens, Charles
put apparaître en position de force ; mais il ne s'attarda pas
dans le Sud-Ouest. Signe des temps, pourtant, où l'horizon
de ses ambitions était en train de s'ouvrir au sud de la Loire,
il profita de son retour pour placer des fidèles à la tête des
évêchés de Tours, d'Orléans et d'Auxerre, dont les précédents
titulaires furent déportés au cœur de l'Austrasie : de toute
évidence Charles entendait-il ainsi mieux contrôler les voies
d'accès à l'Aquitaine... et à la Bourgogne. Car c'est vers le
Sud-Est qu'il porta dans un premier temps son effort : la Septimanie restait une base privilégiée pour les raids que les Arabes continuaient de lancer dans la vallée du Rhône (ils étaient
même arrivés en 731 aux portes de Sens !) ; surtout, les aristocraties ecclésiastique et laïque de la Bourgogne et de la Provence continuaient de revendiquer une indépendance de moins
en moins supportable aux yeux du *princeps*. Ici encore, la

menace de l'Infidèle fut un prétexte tout trouvé pour mettre au pas des régions revêches à son autorité.

Dès 733, Lyon et la Bourgogne étaient subjugués. Charles y délégua une part de son autorité à son fils Pépin ; les comtés furent donnés à des parents ou à des fidèles : Autun et Vienne à Thierry, Chalon à Adalard ; et des abbayes comme Flavigny devinrent les plus efficaces relais du pouvoir. En 736, il poussa jusqu'aux bouches du Rhône, à Arles et à Marseille ; les ravages furent tels qu'ils provoquèrent une réaction unanime des Provençaux — ces « Romains » qui n'avaient pas connu depuis longtemps la main de fer d'une autorité venue du nord —, qui, emmenés par le *patrice* Mauronte, n'hésitèrent pas à s'allier aux Arabes. Une nouvelle campagne fut donc lancée en 737, avec, aux côtés de Charles, son demi-frère Childebrand, désormais pourvu d'un important commandement militaire dans la vallée du Rhône. La Provence fut de nouveau traversée et matée ; Avignon fut enlevé aux Arabes ; même une expédition fut lancée jusqu'à Narbonne, devenue la base principale de la domination arabe en Septimanie. Si la ville résista bien, une armée de secours venue d'Espagne fut vaincue au terme d'une bataille difficile dont se souviendraient, plus tard, les chansons de geste du cycle de Guillaume d'Orange. Sur leur route de retour, les Francs mirent le feu à Agde, à Béziers, à Maguelone — désormais abandonnée pour des siècles — et à Nîmes : les populations eurent décidément toutes les raisons de préférer l'ordre arabe, peu oppressif au demeurant, aux brutalités franques. Elles s'en souviendraient longtemps. Un nouveau soulèvement des Provençaux entraîna, en 739, une nouvelle intervention, pour laquelle Charles sollicita le concours des Lombards d'Italie du Nord : la pacification se voulut cette fois définitive ; elle se fit au prix du feu, du sang et des confiscations. Comme naguère plus au nord, des fidèles furent chargés de quadriller le pays : ainsi le comte Abbon, futur fondateur de l'abbaye de Novalese, fut-il envoyé dans la vallée de l'Arc.

En Aquitaine, il fallut attendre la mort d'Eudes, en 735, pour que Charles eût un nouveau prétexte d'intervention. « A cette nouvelle, dit en effet le continuateur de Frédégaire, il réunit le conseil de ses *proceres* [de ses grands], traversa la

Loire, alla jusqu'à la Garonne, occupa la ville de Bordeaux et le *castrum* de Blaye, et entreprit de mettre sous le joug la région, ses villes et ses faubourgs fortifiés. Alors, victorieux, il revint dans la paix. » Ce que le chroniqueur officieux du pouvoir franc ne dit pas, c'est que Charles dut accepter qu'Hunald, fils d'Eudes, succédât à son père à la tête du *ducatus* d'Aquitaine, pourvu cependant qu'il lui prêtât un serment de fidélité. Ainsi l'Aquitaine garda-t-elle, pour quelque temps encore, un semblant d'autonomie.

En 739, l'appel du pape Grégoire III à Charles Martel.

Thierry IV mourut en 737 ; Charles, qui depuis si longtemps déjà tenait toutes les rênes du pouvoir, et qui, seul, délivrait les diplômes rédigés au nom du roi par la chancellerie du palais, ne le remplaça pas : il continua de diriger, cette fois sans paravent, les affaires du royaume. Il ne s'empara pas pour autant du titre royal ni n'envisagea de le donner à tel de ses fils : sans doute gardait-il en mémoire le souvenir malheureux de son grand-oncle Grimoald et de Childebert « l'Adopté ». N'empêche que, *princeps* sans *rex*, il était devenu un véritable monarque, et que le vrai caractère de son gouvernement n'échappa pas à ses contemporains. Si, un siècle plus tard, les sources carolingiennes les plus officielles n'hésitèrent pas à le présenter comme un roi authentique, il fut volontiers considéré de son vivant comme un *vice regulus*, ou encore comme un *subregulus* — un vice-roi, ou un presque-roi. C'est de ce dernier titre que le pape Grégoire III affubla son « éminent fils », quand il lui écrivit en 739 pour le supplier d'intervenir par les armes contre les Lombards, qui menaçaient « la sainte Église de Dieu et le patrimoine du bienheureux Pierre prince des Apôtres ».

Il y a assurément quelque chose d'inédit dans cet appel. Depuis qu'au VIᵉ siècle l'empereur Justinien avait reconquis contre les Ostrogoths l'ensemble de l'Italie, Rome, dont le pape était l'évêque, mais aussi le Latium et plus généralement l'Italie moyenne dans lesquels il avait l'essentiel de ses propriétés foncières étaient territoires byzantins, administrés au nom de l'empereur par l'exarque de Ravenne. Même la conquête de la péninsule entreprise par les Lombards à la fin du VIe siècle, qui fut systématique au nord, mais fragmentaire au sud, ne parvint à réduire ces territoires qui, depuis Ravenne et l'Adriatique jusqu'à Rome et la Tyrrhénienne, prenaient l'Italie centrale en écharpe. Malgré les nombreux conflits théologiques — liés au monophysisme d'abord, puis à l'iconoclasme — qui opposèrent les évêques de Rome aux empereurs de Byzance, malgré aussi les querelles, plus que de simple préséance, qui opposèrent ceux qui se voulaient les patriarches de l'Occident aux patriarches de Constantinople, la papauté avait de bonnes raisons de s'accommoder d'une tutelle aussi éloignée, qui lui laissait les coudées franches pour s'affirmer comme la principale autorité non seulement spirituelle et morale, mais aussi administrative, de Rome et de son duché. Les papes prirent assurément goût à cette indépendance de fait, qui leur donnait une assise indispensable à la revendication, plus ou moins affirmée, d'une autorité spirituelle sur l'ensemble des églises occidentales.

Or voici qu'au VIIIe siècle la pression lombarde sur l'Italie centrale commençait à menacer sérieusement cette indépendance. Les rois lombards avaient eu beau troquer dans la seconde moitié du VIIe siècle leur arianisme contre le christianisme, ils prétendaient maintenant réunifier l'Italie sous leur autorité — et les papes redoutaient de tomber sous le joug d'un pouvoir temporel à la présence aussi envahissante. Car, après s'être rendu maître deux années durant (732-734) de Ravenne, le roi Liutprand venait de mettre la main sur quatre *castra* qui commandaient l'accès de Rome. Grégoire III, directement menacé d'être assiégé dans sa ville, allait-il se tourner vers Byzance, l'autorité légitime depuis si longtemps inopérante ? En fait, il s'adressa à la seule puissance proche qui lui parût susceptible d'apporter une aide efficace, la puissance avec laquelle son déjà lointain prédécesseur Sergius avait choisi de collaborer pour mieux réussir l'évangélisation des Frisons, celle grâce à laquelle son prédécesseur immédiat, Grégoire II (715-731), avait été associé à l'établissement de la hiérarchie ecclésiastique dans la Germanie d'outre-Rhin par Boniface, celle enfin qui était en train

de s'incarner dans le « Marteau », vainqueur de l'Infidèle à
Poitiers.

Avec ses lettres, Grégoire adressa à Charles plusieurs présents, en particulier « les sacrées clefs de la sépulture du bienheureux Pierre »... Pierre dont on sait par ailleurs qu'il était
le portier du Paradis. La pression pontificale, pourtant, n'a
pas suffi. Charles reçut avec les honneurs l'ambassade
romaine. Mais il n'y répondit qu'avec la courtoisie minimale.
Pouvait-il se retourner contre les Lombards, dont il venait
de solliciter le concours pour abattre la résistance provençale, et dont le roi venait de faire « fils par les armes », suivant la mode germanique du parrainage armé, son fils Pépin ?
En fait, la coopération active entre les papes et les Pippinides n'était que partie remise.

Avant de mourir, à un âge bien avancé, Charles avait eu
le temps de prendre ses dispositions. Il avait en particulier
demandé à être enterré à l'abbaye de Saint-Denis, c'est-à-dire
dans le monastère neustrien où avaient été inhumés tant de
rois mérovingiens, singulièrement Dagobert. Cela aurait pu
paraître paradoxal. Mais, outre l'espèce de légitimité posthume que ce choix lui conférait, il procédait d'un réel attachement, qui s'était exprimé depuis les temps assez lointains
où il avait confié l'éducation de son second fils Pépin aux
moines san-dyonisiens, et que les dernières années du principat n'avaient cessé de confirmer, grâce à la multiplicité des
dons qui leur avaient été accordés. L'abus des sécularisations
et l'usage essentiellement politique des sièges épiscopaux et
abbatiaux ont en effet gommé aux yeux de la postérité la piété
et la générosité personnelles de Charles, qui ont autant pro-
fité aux églises de Stavelot et de Malmédy qu'à celles de Metz
et de Verdun. Quant au « palais » — c'est-à-dire l'administration centrale, avec sa chancellerie, où se distinguait au
poste de référendaire le fidèle Chrodegang, et sa « chapelle »,
du nom de la chape de saint Martin qui, enlevée au trésor
des rois mérovingiens, en était la relique la plus distinguée —,
cela faisait pas mal de temps qu'il séjournait de préférence

en Neustrie, dans les résidences de Verberie, de Laon ou de Quierzy : c'est ici que Charles mourut, le 22 octobre 741. Ainsi celui qui, le premier, rendit au pouvoir du Nord la plus grande partie du Midi sut-il réconcilier l'Austrasie, d'où il venait, et la Neustrie, où il allait : sans lésiner sur les moyens, il prépara assurément la synthèse carolingienne.

N'empêche que — comportement on ne pouvait plus régalien — il avait voulu régler sa succession par un partage entre ses fils. Ceux qu'il avait eus de son épouse de premier rang, Chrodtrude, furent les mieux lotis : l'aîné, Carloman, recevrait *grosso modo* l'Austrasie et l'autorité sur la Germanie transrhénane ; le cadet, Pépin, recevrait l'essentiel de la Neustrie, la Bourgogne, la Provence et l'hypothétique contrôle de l'Aquitaine. Quant à Grifon, fils de Swanahilde, épouse de second rang ramenée de l'expédition bavaroise de 725, il se vit attribuer au dernier moment quelques territoires sans doute dispersés dans les trois *regna* d'Austrasie, de Neustrie et de Bourgogne. Était-ce la meilleure façon de perpétuer une unité difficilement réalisée par la force et parfois la terreur ?

2

Pépin III, le roi
(741-768)

Carloman le méconnu et Pépin l'illustre.

Avec le principat, puis le règne de celui qu'on s'acharne
à appeler Pépin le Bref, mais qu'il vaudrait mieux considérer
comme Pépin le Grand[1], on entre assurément dans la
grande histoire carolingienne. Non seulement parce que la
famille des Pippinides accède enfin à la dignité royale à
laquelle elle aspirait depuis que le premier Grimoald avait
su promouvoir son fils à la royauté, mais aussi parce que l'historiographie s'enrichit désormais d'œuvres nouvelles de
grande qualité, portées déjà par ce qu'il est convenu d'appeler la « Renaissance caroligienne », comme les très officieu-
ses *Annales regni Francorum*, rédigées à l'ombre du palais
à partir de 741 et sûrement tendancieuses, mais en tout état
de cause parfaitement informées — même quand il s'agit de
« désinformer » leurs lecteurs. Précisément, elles n'aident guère
à comprendre l'obscure lutte de succession qui amena Carloman et Pépin à faire enfermer dans la forteresse de Chèvremont, près de Liège — sans doute dès la fin de 741 —, leur
demi-frère Grifon, qui prétendait rentrer en possession de sa
part d'héritage. S'ensuivit une redistribution des terres, qui
amena l'Austrasien Carloman à mettre la main sur le nord de
la Neustrie, et le Neustrien Pépin, à s'imposer dans un « duché
de Moselle » centré sur Metz et Trèves. Ainsi, pour la première
fois depuis longtemps, les populations des deux grands *regna*
du Nord se trouvaient-elles mêlées : cela ne fut sûrement
pas étranger à l'affirmation d'une *Francia* homogène, entre

1. Comme dit Pierre Riché (137).

Seine et Rhin, comme laboratoire de la synthèse carolingienne.

Mais le sort dévolu à Grifon suscita des remous dans les aristocraties. Surtout, les chefs de certains duchés périphériques, enhardis sans doute par le défaut de légitimité de ces deux princes sans roi, se mirent à relever la tête : Odilon, le nouveau duc bavarois de la famille des Agilolfing qui venait d'épouser contre le gré de Carloman et de Pépin leur sœur Hiltrude, et qui aspirait de ce fait à jouer un rôle au-delà des limites de son propre duché, fit alliance avec le duc des Alamans Theobald, qui voulait restaurer l'héritage de son père Lantfrid, naguère humilié par Charles Martel, et avec l'Aquitain Hunald, prompt à secouer toute tutelle venue du Nord. Les maires du palais réagirent simultanément sur le terrain politique et sur le terrain militaire. Sur le terrain politique, ils résolurent — ce qui peut paraître paradoxal — d'étayer leur autorité et de lui donner une légitimité en allant chercher dans le monastère de Saint-Bertin un fils oublié de Chilpéric II, dont ils firent, en 743, le roi Childéric III : cet homme, qui, désormais, signerait de son seing les diplômes préparés par eux, serait le dernier souverain mérovingien. Sur le terrain militaire, ils multiplièrent entre 742 et 745 les campagnes qui les conduisirent aussi bien sur le front aquitain que sur le front germanique. Vaincu en 742, puis en 745, Hunald abandonna finalement le combat, se retirant dans un monastère de l'île de Ré et parvenant de justesse à transmettre son « principat » à son fils Waïfre. Odilon, qui avait appelé les Saxons à la rescousse, fut défait sur le Lech en 743 et dut reconnaître la supériorité franque, ce dont une nouvelle rédaction de la *Loi des Bavarois* prit acte. Quant aux Alamans, c'est par un bain de sang — à Cannstadt, sur le Neckar, en 746 — qu'un terme fut mis par Carloman à leurs soulèvements répétés : leur duché fut désormais intégré au *regnum*, et partagé en deux comtés confiés à des fidèles francs.

*Boniface et la grande entreprise de réforme
de l'Église franque (743-747).*

Personnalité méconnue, mais assurément contrastée, Carloman fut, plus que Pépin, le promoteur de la réforme de l'Église franque, qu'il conduisit en totale harmonie avec Boniface.

L'Anglo-Saxon Boniface, qu'on a vu établir avec l'accord de Charles Martel et de la papauté la hiérarchie ecclésiastique en Germanie, acquit un réel ascendant sur Carloman, et c'est évidemment sous son inspiration que celui-ci convoqua en avril 743, en un lieu inconnu d'Austrasie, le concile connu sous le nom de « Concile germanique », mais dont la compétence s'étendait en fait à l'ensemble de *son* royaume, comme il dit lui-même dans le préambule du capitulaire, ou acte législatif, qui en rassembla les décisions : « Au nom de Notre-Seigneur Jésus-Christ, moi, Carloman, duc et prince des Francs, sur le conseil des serviteurs de Dieu et de mes *optimates*, j'ai réuni les évêques et les prêtres qui sont dans mon *regnum* [...] pour qu'ils me donnent conseil sur le moyen de restaurer la loi de Dieu et l'Église, corrompus au temps des princes antérieurs, afin que le peuple chrétien puisse assurer le salut de son âme et ne se laisse pas entraîner à sa perte par de faux prêtres [1]. » C'est le pape Zacharie qui, en réponse à une lettre de Boniface et avec l'accord confirmé de Carloman, avait inspiré les grandes lignes de la réforme ainsi mise en œuvre : que la hiérarchie fût rétablie, avec des évêques dans chaque cité, des métropolitains dans chaque province, et que Boniface, promu archevêque, fût reconnu partout comme le légat de saint Pierre. Que des conciles fussent réunis annuellement pour assurer la discipline dans le clergé et la restauration de la religion du Christ. Que les biens naguère enlevés aux églises leur fussent restitués.

Autant de vœux pieux ? Force est de constater que, conformément aux décisions prises, un nouveau concile fut réuni par Carloman aux Estinnes (Hainaut), le 1er mars 744, et qu'entre autres mesures il y fut décidé que les terres sécularisées resteraient propriétés éminentes de l'église dépouillée, à laquelle serait versé un cens symbolique (généralement limité à un sou) par le bénéficiaire — entendons bien le titulaire du bénéfice —, mais que celui-ci ne devrait en échange de

---

1. Texte latin dans P. Riché (134). Daté d'après A. Dierkens (36).

service qu'au roi : on parlerait désormais, pour qualifier ces
terres, de précaires au nom du roi (*precariae verbo regis*).
Presque au même moment (le 3 mars, donc dans une évidente
concertation avec Carloman), Pépin réunit à Soissons une
assemblée d'*optimates* et d'évêques : ceux-ci furent vingt-trois
à venir des provinces de Sens, de Rouen et de Reims : ici aussi,
la hiérarchie fut réaffirmée, la vie morale des laïcs et des clercs
codifiée (les prêtres ignares, concubinaires ou batailleurs
furent plus particulièrement dénoncés), et la vraie religion
à nouveau définie : c'est alors que fut établi le catalogue des
superstitions et pratiques du paganisme dont il a déjà été
question [1].

Le problème fut bien sûr de donner à ce vaste programme
un début d'application. Pour commencer, l'extension par le
pape Zacharie de la légation de Boniface à la Gaule entière
ne fut pas sans provoquer de violentes réactions : comment
cet étranger autoritaire, émanation d'une papauté qu'on res-
pectait volontiers tant qu'elle ne s'occupait pas des affaires
de la Gaule, osait-il prôner la rétrocession, même symbolique, de terres sur lesquelles tant de fidèles avaient été chasés ? Comment pouvait-il prétendre déposer tel évêque
cumulard, fornicateur ou prévaricateur ? Ce ne fut pas sans
difficultés que les évêques Gewilib de Mayence, Ragenfred
de Rouen ou encore Milon de Reims furent mis à pied. Même,
ce dernier parvint à garder le contrôle de l'évêché de Trèves.
Bien des listes épiscopales, singulièrement dans la Gaule du
Sud — à Bordeaux, à Chalon, à Lyon, à Arles, à Aix —,
restèrent interrompues. Et la réhabilitation des métropoles
se heurta dans la Gaule du Nord à la résistance des évêques
suffragants : Boniface lui-même, qui s'était fait promettre
par Carloman le siège de Cologne, remarquablement situé
par rapport à ses champs de mission de Frise et de Germanie
moyenne, dut se contenter, vers 745, de celui de Mayence.
Convoqué par Boniface en 747, le dernier concile gaulois ne
rassembla pas plus de treize évêques, principalement venus
des provinces de Reims, de Mayence, de Cologne : un seul
était venu de la province de Rouen, un seul de la province

1. Voir ci-dessus, p. 100.

de Sens, un seul de la Germanie transrhénane. Décidément, la zone d'influence de Boniface ne dépassait guère, en dépit de sa légation, les limites de l'ancienne Austrasie. Même si, grâce à un intermédiaire anglo-saxon comme au temps de Pépin II, le rapprochement entre les Pippinides et la papauté paraissait se confirmer, l'essentiel était encore à faire : les résistances restaient trop grandes, même parmi les meilleurs évêques austrasiens, de surcroît amis de la famille comme Chrodegang de Metz, pour qui cette réforme venue d'ailleurs heurtait des sentiments qui, d'une certaine manière, préfiguraient le gallicanisme. Pour ne pas se couper de leur base sociale, les maires furent obligés de louvoyer. Et c'est sans doute découragé que Boniface choisit, peu après, de se retirer dans son siège de Mayence et dans l'abbaye de Fulda qu'il avait fondée en 745 grâce au soutien de Carloman, avant d'aller chercher le martyre, en 754, dans la Frise lointaine qui avait été le terrain de ses premières pérégrinations.

Le gouvernement personnel de Pépin.

Il est vrai que Boniface avait alors perdu celui qui avait été le principal soutien de ses efforts : Carloman lui-même qui, abandonnant en 747 le siècle et les siens, se retira d'abord à Rome, auprès du pape Zacharie qui le reçut dans les ordres, puis à l'abbaye lombarde du mont Soracte, enfin au Mont-Cassin. Était-ce pour un simple motif religieux ? Ou son frère sut-il, d'une manière ou d'une autre, le convaincre de l'opportunité de cette retraite ? Toujours est-il que Pépin montra aussitôt qu'il entendait gouverner seul. Alors qu'il s'était sans doute fait confier la tutelle de Drogon, fils de Carloman, il lui retira bientôt toute prétention à la succession. Ainsi les portes de l'avenir étaient-elles ouvertes à ses seuls fils, celui qu'il venait d'avoir — Charles, né en 747 — et ceux qu'il aurait de son épouse Bertrade — la seule qu'on lui connaît —, qui était la fille du puissant comte de Laon Héribert, membre de la famille des Hugobertides dont était déjà sortie Plectrude, riche de nombreux domaines dans la Brie et dans l'Eifel, mais surtout de solidarités aristocratiques tant neustriennes qu'austrasiennes.

Encore fallut-il que Pépin fît un sort à son demi-frère Grifon, imprudemment relâché, et qui était allé fomenter la
révolte chez les Saxons, puis chez les Bavarois. Pépin dut aller
l'y chercher, imposant au passage un tribut de cinq cents
vaches aux Saxons, puis faisant reconnaître par les Bavarois
l'autorité, étroitement contrôlée par des comtes francs, de
son neveu Tassilon III, fils d'Odilon et d'Hiltrude, que Grifon avait un temps écarté. Grand prince, mais de nouveau
imprudent, Pépin accepta en 749 de confier à Grifon un vaste
duché du Maine avec douze comtés, conçus comme une marche contre la Bretagne : mais ce fut pour ce dernier une base
toute trouvée pour revendiquer une fois de plus sa part d'héritage légitime et semer une agitation qui l'amena à se rapprocher de l'Aquitain Waïfre.

Car il se préparait dans le Nord un véritable coup d'État,
qui ne pouvait qu'exaspérer les laissés-pour-compte de la politique de Pépin, dont l'autorité se voulait de plus en plus exclusive. C'est vraisemblablement depuis la retraite de Carloman
qu'il songea à se substituer purement et simplement à l'inutile Childéric III. Pépin pouvait en effet paraître plus fort
que jamais : non seulement la mise en application des décrets
des conciles de 744 n'avait pas sérieusement entamé l'assise
matérielle des anciens vassaux de Carloman, désormais bénéficiaires de *precariae verbo regis*, mais le maire était entouré
d'un conseil de fidèles où se croisaient les membres des plus
hautes familles neustriennes et surtout austrasiennes. Parmi
eux, quelques figures se détachaient singulièrement : les
comtes Rothard et Warin, naguère envoyés surveiller l'Alémanie ; l'évêque Chrodegang, ancien référendaire de Charles Martel et récent (748) fondateur du monastère de Gorze
près de Metz ; l'évêque Burchard de Würzburg, un Austrasien resté proche de Boniface ; et surtout le tout nouveau (749)
abbé de Saint-Denis, Fulrad, qui, issu d'une importante
famille possessionnée aussi bien dans le bassin mosellan qu'en
Alsace, avait été au palais de Pépin le gardien de la chape
de saint Martin — autant dire désormais le « chapelain » —,
et qui fut incontestablement le plus écouté des conseillers
ecclésiastiques du maire : sans doute ne fut-il pas étranger
à l'idée de substitution dynastique qui commença de germer

dans l'esprit de Pépin. La propagande officielle, d'ailleurs, diffusée à partir du palais par les deux derniers continuateurs du pseudo-Frédégaire, l'oncle de Pépin Childebrand puis son fils Nibelung, souligna plus que jamais les mérites, évidemment accordés par le Ciel, d'Arnoul le bienheureux ancêtre, et de Charles, bras de Dieu vainqueur de l'Infidèle ; en même temps, elle jetait le discrédit sur les derniers Mérovingiens.

Il restait en effet à vaincre la résistance des légitimistes, surtout nombreux dans l'aristocratie neustrienne, et les probables réticences de l'allié romain, le pape Zacharie, qui non seulement venait d'exprimer sa bienveillance à l'égard de Grifon, mais qui, se refusant à considérer Pépin autrement que comme un simple *princeps*, ne se risqua pas à entretenir par la confusion des mots la confusion des fonctions. On comprend mieux, dans ces conditions, l'étonnante démarche qui poussa Pépin à envoyer Fulrad et Burchard auprès du pape pour lui demander « au sujet des rois qui en Francie n'exerçaient pas le pouvoir, s'il était bien ou non qu'il en fût ainsi », comme dit approximativement l'auteur des *Annales regni Francorum*.

Le coup d'État de novembre 751.

Le pape répondit on ne pouvait plus clairement qu'« il valait mieux appeler roi celui qui avait, plutôt que celui qui n'avait pas, le pouvoir ». Et, continue l'annaliste, il ordonna par une prescription apostolique que Pépin fût fait roi, « afin que l'ordre ne fût point troublé ». De quel *ordre* s'agissait-il ? De toute évidence, de l'ordre *providentiel* du monde, tel qu'il avait été défini par les Pères de l'Église : par saint Augustin d'abord, pour qui le Créateur, voulant que la Cité terrestre fût une propédeutique à la Cité céleste, conçut la première comme un monde harmonieux dans lequel chacun occuperait la place que lui réserverait sa fonction ; par Isidore de Séville ensuite, qui avait rappelé dans ses *Étymologies* que *rex venit a regendo* (que « le mot *roi* venait du verbe *régner* »). Il était déjà arrivé que, forts de ce postulat, les Wisigoths déposent tels de leurs rois qui n'avaient pas la capacité de gouverner.

Conforté en tout cas par la réponse pontificale, Pépin réunit à Soissons, en novembre 751, une assemblée « de tous les Francs », qui « par leur élection », l'élevèrent à la royauté, comme dit la *Clausula de unctione Pippini*, un texte précieux de 767, sans doute rédigé par un moine de Saint-Denis. Surtout, est-il précisé, « les évêques des Gaules présents l'oignirent du saint chrême », en sorte que Pépin fut le premier roi des Francs à avoir été sacré à la manière des évêques, c'est-à-dire au cours d'une cérémonie qui faisait de lui non seulement l'élu de son peuple, mais l'élu de Dieu, spécialement désigné pour conduire la marche des siens vers leur salut terrestre, mais aussi céleste. Ici encore, on doit reconnaître l'influence des Wisigoths, dont certains réfugiés étaient peut-être présents dans l'entourage de Pépin, et qui se souvenaient que, depuis Wamba en 672, tous leurs rois avaient été sacrés ; et l'influence aussi des Anglo-Saxons, en particulier de Boniface qui, sans doute sorti de sa retraite, dut jouer un rôle majeur dans les événements de 751, et qui savait que l'onction royale était un rituel pratiqué dans les royaumes celtiques de l'Ouest. Dans tous les cas, on s'inspirait d'un précédent illustre, celui des rois de l'Ancien Testament — Saül, David et les autres —, que l'onction fondatrice avait littéralement investis de la grâce divine. Pépin sut saisir l'avantage que lui donnait une telle initiation : il rappellerait volontiers dans ses diplômes que c'est « la divine Providence qui l'avait oint pour le trône royal ».

Le sacre pontifical de Pépin (754) et les expéditions italiennes.

Childéric III, malheureux homonyme du roi fondateur de la dynastie, fut tonsuré, ou plutôt tondu, et renvoyé au monastère de Saint-Bertin d'où il était venu — il y mourrait en 755 —, et son fils Thierry fut enfermé à Fontenelle : inévitablement, l'événement provoqua des remous, que nous cachent presque toutes les sources écrites, majoritairement sorties du milieu pippinide. Rome, où Étienne II succéda à Zacharie en 752, offrit à Pépin l'occasion inespérée d'asseoir plus solidement sa légitimité. C'est que le danger lombard,

que des trêves répétées avaient réussi à dissiper depuis 741,
se précisait de nouveau aux portes de la ville : le roi Aistulf,
deuxième successeur de Liutprand, venait en effet de remettre la main sur Ravenne, et s'apprêtait à marcher sur Rome
pour faire à son profit l'unité de l'Italie. Pas plus que Grégoire III en 739, Étienne II ne pouvait accepter de devenir
un évêque lombard parmi d'autres. Contact ayant été pris
avec Pépin, qui accepta de lui envoyer une escorte, il prit la
route de la lointaine Francie, après l'échec d'une ultime négociation avec Aistulf. Parvenu dans le Valais pendant l'hiver
753-754, il fut accueilli par l'abbé Fulrad et par le comte
Rothard, dépêchés à sa rencontre par le nouveau roi des
Francs ; plus loin — du côté de Langres —, c'est le jeune
prince Charles, alors âgé de six ans, qui le rejoignit ; quand
enfin le pontife fut arrivé aux abords du palais royal de Ponthion, dans le bassin supérieur de la Marne, Pépin alla lui-
même au-devant de lui pour faire en sa compagnie la dernière partie du chemin, prenant par la main la bride de son
cheval, en un signe de déférence dont avaient usé les derniers
empereurs à l'égard des évêques de Rome.

Le mois de janvier 754 fut tout entier occupé par les entretiens entre le pape et le roi, dont on sait au moins qu'ils furent
pour le premier l'occasion de demander au second son
concours pour la défense de la « République des Romains »,
c'est-à-dire du duché de Rome agressé par les Lombards. Suivant le *Liber pontificalis*, chronique officielle de la papauté,
Pépin se serait même engagé à « restituer » au pape, manda-
taire de saint Pierre, l'exarchat de Ravenne dans sa totalité.
On notera d'emblée que si *restitution* il devait y avoir, ce ne
pouvait être, en bonne légitimité, qu'au bénéfice de l'Empire
d'Orient : or le pape avait déjà obtenu, en 728, que le *castrum* de Sutri, près de Rome, fût « restitué » par Liutprand
« aux apôtres Pierre et Paul ». De toute évidence, la papauté
était en train de persuader ses interlocuteurs, et peut-être de
se persuader elle-même, que c'était elle, et elle seule, qui détenait, au titre des apôtres, le droit de propriété sur la ville,
sur son duché et même sur la totalité de l'exarchat de
Ravenne. On ne pense plus désormais que la « donation de
Constantin », sans doute le plus fameux faux de l'histoire,

suivant lequel le premier empereur chrétien avait donné au pape Sylvestre la souveraineté sur Rome, sur l'Italie et sur tout l'Occident, figurait parmi les preuves produites par Étienne II pour convaincre Pépin (ce fut sans doute un peu plus tard dans le seconde moitié du VIIIe siècle qu'il fut élaboré par la chancellerie du Latran), mais il ne fait aucun doute que l'idéologie pontificale qui lui a donné naissance était déjà bien élaborée en 754.

Car Pépin se laissa persuader de la nécessité d'une expédition en Italie, si du moins il ne parvenait pas à négocier avec Aistulf la restitution de Ravenne. Non seulement Aistulf ne voulut rien céder, mais il essaya de manœuvrer le pauvre Carloman, sorti du Mont-Cassin pour la circonstance, contre Pépin. Il n'en fallut pas moins pour que celui-ci obtînt enfin, à l'assemblée de Quierzy d'avril 754, l'adhésion de ses guerriers, jusqu'alors réticents, à une expédition italienne. C'est sur ces entrefaites qu'eut lieu à Saint-Denis, où Étienne avait choisi de terminer l'hiver, un événement qui put passer pour une simple confirmation du sacre de 751, mais dont la portée fut en fait bien plus considérable. Non seulement Pépin, précise la *Clausula*, mais aussi ses fils Charles et Carloman « furent consacrés avec le saint chrême en tant que rois, par la divine Providence et par l'intercession des saints apôtres Pierre et Paul », c'est-à-dire par la main du pape. Celui-ci leur conféra en outre le titre de « *Patrice* des Romains » qui, faisant d'eux les protecteurs désignés de Rome et de sa population, devait justifier la prochaine intervention de Pépin en Italie, mais que Charlemagne, surtout, relèverait après lui, avec la logique qui le conduirait à la restauration impériale. Enfin, Étienne II donna sa bénédiction à la reine Bertrade, ainsi qu'aux plus grands (aux *principes*) des Francs, menaçant d'interdit et d'excommunication ceux qui, parmi eux, oseraient élire un roi « des reins d'un autre que de ceux-là mêmes que la divine piété avait jugé bon d'exalter » : à bon entendeur, salut ! Ainsi était définitivement scellée l'alliance entre la Papauté et les Pippinides, en même temps que la rupture entre la Papauté et l'Empire d'Orient. Ça n'est plus à celui-ci que Paul Ier, successeur d'Étienne II en 757, notifierait son élection, mais bel et bien à Pépin.

Il fallut deux expéditions franques en Italie pour donner à ce basculement une sanction juridique et territoriale. La première, pendant l'été 754, amena Pépin jusqu'aux murs de Pavie, la capitale lombarde, où il enferma Aistulf et lui fit promettre la « restitution » à saint Pierre de l'exarchat de Ravenne et sa propre soumission à la souveraineté franque. Le pape fut solennellement réinstallé à Rome, et Pépin put s'en retourner. Mais Aistulf renia aussitôt ses engagements : en 756, il reprenait l'offensive et assiégeait la ville. Au terme d'une seconde expédition, tout aussi victorieuse, Pépin décida de laisser Fulrad et une garnison auprès du pape afin de mieux contrôler l'exécution de l'accord convenu avec Aistulf : l'abbé de Saint-Denis prit en effet possession des vingt-deux cités abandonnées par le roi lombard et en déposa les clefs sur l'autel de saint Pierre dans la basilique romaine du Vatican, avec un acte de donation perpétuelle. Ainsi se trouvait fondé ce qu'on convient d'appeler le *Patrimoine de saint Pierre*, ou *État pontifical*, organisé autour de deux pôles, l'un — adriatique — centré sur Ravenne et l'autre — tyrrhénien — centré sur Rome, reliés par un mince ruban de terre à travers l'Apennin. A Byzance, l'empereur eut beau protester, il ne pouvait rien faire. N'empêche que le pape se trouvait ainsi livré à lui-même ; et que, lorsque Didier, successeur d'Aistulf à la fin de 756, reprit la politique de pression sur Rome de ses prédécesseurs, les appels au secours adressés par Paul Ier au *patrice* des Romains restèrent presque sans écho — sur le plan militaire du moins. Pour Pépin, il était plus urgent d'achever la réunification de la Gaule.

La conquête de la Septimanie et de l'Aquitaine.

Si les Gallo-Romains de Septimanie, qui avaient eu à souffrir de la politique de la terre brûlée pratiquée par Charles Martel, se satisfaisaient du joug musulman, ce qu'il y restait de cadres wisigoths ne le supportait pas ; et Pépin put compter sur eux pour mieux subjuguer une région sur laquelle les Francs n'avaient jamais pu mettre la main, mais qui — témoin le raid que Waïfre lança sur Narbonne en 751 — suscitait la convoitise des Aquitains, soucieux de se doter d'une fenêtre sur la Méditerranée. De ce fait, il y avait pour Pépin une certaine urgence à mettre la main sur ces cités que son père n'avait jamais pu conquérir. Une première campagne, conduite en 752, aboutit à la reddition de Nîmes, de Maguelone, d'Agde et de Béziers, où le roi laissa l'autorité comtale aux Goths qui lui avaient facilité la tâche. Mais il ne put prendre Narbonne, principal point d'appui des forces musulmanes ; c'est pourquoi il fallut une seconde expédition, en 759, ainsi que la promesse solennelle que les habitants pussent continuer de vivre suivant la loi wisigothique, pour que, une fois perpétré le massacre de la garnison arabe, la ville tombât, et avec elle toute la Septimanie.

Désormais, Pépin disposait de deux voies d'accès au cœur de l'Aquitaine, tout entière revenue à l'indépendance : la route du Nord et le Lauragais. Le roi défia Waïfre, sous le prétexte qu'il avait fait main basse sur les biens que les églises d'Austrasie et de Neustrie avaient acquis dans ses États. Et, en 760, il mobilisa son armée, en particulier sa cavalerie. Celle-ci tenait désormais une place si déterminante dans le dispositif militaire qu'il avait fallu, dès 755, substituer à la mobilisation de mars (le «Champ de mars»), héritée de l'Antiquité romaine où l'infanterie prévalait, la mobilisation de mai (le «Champ de mai»), pour mieux assurer l'approvisionnement des équipages en fourrage frais. La campagne de 760 fut la première d'une série d'autant plus continue qu'il est arrivé que Pépin hivernât dans le pays : jusqu'en 768, l'Aquitaine vécut «neuf années de ravages et de destructions systématiques [1]».

Les opérations consistèrent principalement dans la prise et la reprise des villes — celles du glacis septentrional d'abord, Clermont, Limoges, Bourges, Poitiers —, attaquées depuis le nord ; celles du bassin de la Garonne ensuite — Cahors, Agen, Albi, Toulouse —, attaquées tantôt depuis le nord, tantôt depuis Narbonne. Waïfre ne resta pas sans réaction, encourageant ici et là la guérilla contre l'envahisseur, lançant même des raids de représailles sur la Bourgogne, vers

---

1. Michel Rouche (139), p. 120.

Autun et Chalon en 761, vers Lyon en 765. Mais, au total, le rouleau compresseur franc fut le plus fort — surtout au terme de l'ultime campagne que Pépin dirigea en 768, quand lui eurent été livrés tous les membres de la famille de Waïfre ; que Bordeaux eut été pris ; qu'il y eut reçu un serment de fidélité des redoutables Basques ; et qu'enfin, en juin, Waïfre lui-même eut été assassiné en son refuge périgourdin par Waratton, un de ses hommes que Pépin avait retourné : l'Aquitaine perdait ainsi son dernier *princeps*, et avec lui son indépendance. N'empêche que c'est un Pépin fatigué et malade qui, replié à Saintes, décida d'envoyer des comtes francs dans les cités conquises, et qui, surtout, promulgua un capitulaire (on appelle ainsi un texte législatif divisé en autant de petits chapitres — *capitula* — que de dispositions, et dont les Carolingiens firent à partir de Pépin III le plus grand usage) destiné à pacifier le pays en assurant à chacun, Romain ou Barbare, le maintien de sa loi. La région cependant était sortie complètement meurtrie de cette guerre : c'est alors seulement que pour ses habitants s'est située « la véritable coupure entre l'Antiquité [dont les structures avaient été jusque-là à peu près préservées] et le Moyen Age [1] ».

L'œuvre de Pépin et de Chrodegang.

Curieusement pourtant, c'est dans le nord de la Gaule et singulièrement en Austrasie que l'influence religieuse de Rome allait le mieux s'enraciner, et de là rayonner — mais seulement plus tard, sous Charlemagne et Louis le Pieux — en Gaule du sud. C'est que Pépin se fit, à partir de 754 — et après les longues discussions qu'il eut alors avec Étienne II —, le meilleur agent de diffusion des idées pontificales en matière de discipline et de liturgie ; et qu'il trouva en Chrodegang, l'évêque de Metz longtemps réticent à l'omnipotence de Boniface, son meilleur allié. Il faut dire qu'à la mort de l'apôtre de la Germanie, en juin 754, Étienne, qui était encore à Saint-Denis, désigna Chrodegang pour lui succéder, en lui remettant le *pallium* comme insigne de sa légation en Gaule.

1. Michel Rouche (139), p. 127.

L'évêque de Metz, qui avait été de tout temps un ardent réformateur, prit sa tâche très au sérieux. En accord avec le roi, toujours présent, des conciles furent régulièrement réunis dans les palais de la vallée de l'Oise (à Ver en 755, à Verberie en 756, à Compiègne en 757) ou des Ardennes (à Attigny en 762), réunissant les évêques, et parfois les abbés, des provinces de Rouen, de Sens, de Tours, de Trèves, de Reims, de Mayence. Bien qu'à la fin du règne on pût voir Pépin nommer un évêque à Vienne, on constate que seule la Bourgogne septentrionale était représentée dans ces assemblées, et que la Provence et surtout l'Aquitaine (pour des raisons que la chronologie rend évidentes) restèrent à l'écart du mouvement. Ainsi purent être réaffirmés dans le nord du royaume les principes de l'autorité épiscopale et métropolitaine, et de nouveau promue la réforme morale des clercs et des laïcs. Pour faire taire les mouvements d'humeur de certains évêques, que chagrinait le défaut de solution au problème des sécularisations, Pépin étendit à l'ensemble de ses États le principe de la *precaria verbo regis* que Carloman avait naguère institué dans les siens, et surtout il institua, sans doute en 756, le principe de la dîme, c'est-à-dire du versement du dixième de ses revenus que chacun devait effectuer au bénéfice du clergé. Ces mesures allaient naturellement dans le sens d'une plus grande solidarité à l'intérieur d'une société chrétienne voulue plus homogène.

Son église de Metz fut pour Chrodegang le véritable laboratoire de la réforme du clergé. Comme jadis saint Augustin à Hippone il voulut donner aux clercs de sa cathédrale une règle de vie ; et il n'hésita pas à puiser — entre 754 et 756 — dans le modèle que lui offrait la règle bénédictine pour les contraindre à la vie commune, et faire d'eux d'authentiques *canonici* (chanoines), c'est-à-dire des hommes vivant suivant des *canones* (des canons, ou règlements). Ainsi les chanoines de la cathédrale de Metz durent-ils, tout comme les moines, partager un même réfectoire et un même dortoir, pratiquer la pauvreté personnelle et l'assistance aux indigents, et surtout assurer en commun une liturgie sophistiquée, la *liturgie stationnale*, dont le modèle fut emprunté par Chrodegang à l'Église romaine, et, par elle, au Saint-Sépulcre de

Jérusalem. Cette liturgie exigeait la présence, autour d'un cloître, de nombreux édifices, qu'on connaît bien dans le cas messin grâce à la description qu'en a laissée Paul Diacre dans son *Histoire des évêques de Metz* écrite vers 785 (la cathédrale même, dédiée à saint Étienne, l'église baptismale, l'église Notre-Dame, l'église Saint-Pierre-le-Majeur, l'église Saint-Pierre-le-Vieux, l'église capitulaire Saint-Paul), et qui, chacun à son tour et suivant un calendrier très précis, abritaient les offices de l'année liturgique, singulièrement ceux de la période pascale. Cette liturgie était désormais portée par une psalmodie d'origine romaine à structure monodique (le *plain-chant*, dont on ferait plus tard, l'attribuant au pape Grégoire le Grand, le «chant grégorien»), qui supplanta peu à peu, non sans résistances, l'antique «chant gallican».

Chrodegang et Pépin voulurent que le modèle messin, aussi bien d'organisation canoniale que de célébration liturgique, commençât d'être diffusé dans l'ensemble du royaume. Ce ne fut pas chose facile : beaucoup de membres des clergés cathédraux n'acceptèrent pas d'abandonner les facilités d'une vie largement ouverte sur le siècle. N'empêche que de réels progrès furent réalisés, dès le règne de Pépin, dans le sens de la réforme et de l'uniformisation. Les copies du VIIIe siècle, relativement nombreuses, que l'on a gardées du *Sacramentaire gélasien* — c'est-à-dire du recueil, attribué au pape Gélase (492-496), des textes lus et des prières récitées au cours de la messe et des célébrations sacramentelles — suggèrent que les Églises de Gaule se rallièrent peu à peu au formulaire liturgique romain ; et l'on sait plus précisément que, dès 760, Remi, demi-frère de Pépin devenu évêque métropolitain de Rouen, fit venir un des chefs de la *Schola Cantorum* de Rome pour qu'il initiât ses clercs au chant nouveau. Quand Chrodegang mourut en 766 et que son corps eut rejoint dans la basilique de saint Arnoul de Metz celui de son prédécesseur, le prestigieux ancêtre des Carolingiens, le relais était déjà assuré.

Le rayonnement de Pépin.

Ce n'est pas seulement dans le domaine religieux, c'est aussi dans la gestion des affaires du siècle que Pépin a préparé l'œuvre de mise en ordre qui ferait la gloire de son fils, et sur laquelle nous allons revenir un peu plus tard. Conscient, par exemple, du désordre monétaire consécutif au prodigieux succès des piécettes d'argent — les pseudo-*sceattas* — venues des marges septentrionales du royaume et à la prolifération d'ateliers, désormais aux mains des comtes, des évêques, des abbés, sur lesquels les rois mérovingiens n'exerçaient plus le moindre contrôle, il voulut, dès 755, réaffirmer le monopole royal et normaliser la frappe du denier d'argent, exigeant que les espèces fussent ornées de son monogramme et qu'on taillât désormais 264 deniers dans la livre-poids romaine (à raison, donc, de vingt-deux sous par livre et de douze deniers, de 1,22 gramme environ, par sou). Les découvertes relativement nombreuses, par exemple à Imphy (Nièvre) ou à Dorestad, confirment le succès de cette entreprise de standardisation, qui contribua à la progressive substitution des nouveaux deniers aux pseudo-*sceattas*[1].

Assurément, le contrôle royal sur les émissions et la circulation monétaires a été facilité par la fermeté avec laquelle Pépin a tenu en main l'administration locale, confiée à des comtes capables et fidèles, et l'administration centrale, désormais réorganisée. Certes le palais resta, comme sous les Mérovingiens, une institution plutôt qu'un lieu précis : il continua de déambuler avec la personne royale, entre la Neustrie (Compiègne, Verberie, Gentilly, Ver) et l'Austrasie (Ponthion, Herstal, Jupille), entre les résidences rurales et les grandes abbayes des périphéries urbaines (Saint-Médard de Soissons, que les Mérovingiens, déjà, avaient volontiers fréquenté et doté de nombreux privilèges ; et surtout Saint-Denis) : dans tous les cas, il convenait de marquer l'homogénéité spatiale autant que temporelle du *regnum* — non seulement l'intégration de la Neustrie et de l'Austrasie, mais encore la continuité de l'institution royale. D'ailleurs, si Pépin supprima — on en devine aisément les raisons — la mairie du palais, il maintint dans leurs attributions les grands offices issus du palais mérovingien. La principale nouveauté fut que désormais la chancellerie fut confiée aux seuls clercs de la chapelle

1. Jean Lafaurie (90).

— ce qui entraîna un renouveau qualitatif des actes, de leur syntaxe aussi bien que de leur orthographe, de leur présentation aussi bien que de leur graphie. Sans doute Chrodegang, dont on se rappelle qu'il avait été naguère référendaire au palais de Charles Martel, était-il passé par là.

Une bonne administration et une chancellerie capable furent les instruments indispensables d'une diplomatie ambitieuse, qui rompît résolument avec la routine et l'étiolement des règnes antérieurs. Peut-être pour se voir conforté dans sa légitimité, en tout cas pour régler le contentieux né de la création des États de l'Église, Pépin voulut dès 757 nouer des relations privilégiées avec l'empereur Constantin V. Celui-ci, ardent iconoclaste, était alors à la recherche d'alliés dans la lutte qui l'opposait aux partisans du culte des saintes images : les conditions étaient réunies pour qu'à plusieurs reprises entre 757 et 767 des ambassades chargées de présents pussent être échangées entre les deux cours, et même qu'un projet de mariage fût envisagé entre Gisèle, fille de Pépin, et un fils de l'empereur. Surtout, un concile convoqué par le roi dans sa résidence de Gentilly en 767 réunit théologiens orientaux et évêques francs autour du problème du culte des images : si l'on ne sait rien des décisions prises, on peut penser qu'à la stricte iconoclastie qui l'emportait alors à Byzance, l'église franque opposa le point de vue nuancé qui avait été traditionnellement le sien.

Quelques mois plus tard, au cours de l'hiver 767-768, Pépin reçut à Metz l'envoyé d'Al-Mansûr, calife abbasside de Bagdad : celui-ci, dont le frère Abû al-Abbâs avait renversé en 750 la dynastie umayyade de Damas, venait-il chercher dans la froide Austrasie un allié contre Abd-al-Rahmân, dernier survivant de la famille supplantée qui tentait de bâtir à Cordoue un émirat indépendant, ou espérait-il trouver auprès de Pépin la caution d'une puissance désormais reconnue jusque dans le lointain Orient ? On peut s'interroger.

Pépin, Fulrad et Saint-Denis.

Car le prestige de Pépin était alors immense : on le mesure à l'écho que sa mort suscita dans l'ensemble de la Gaule et

ailleurs. Lorsque, quelques mois plus tôt, il était tombé
malade au terme de son ultime expédition aquitaine, il avait
demandé qu'on le fît transporter à Saint-Denis. C'est là que,
promis au gouvernement de la Neustrie, il avait reçu l'essentiel de sa formation ; c'est là qu'en 754, il avait été sacré roi
par le pape ; c'est là qu'il entendait mourir. Tout au long de
son règne, d'ailleurs, Pépin avait multiplié les gratifications
et confirmé les privilèges que Dagobert et ses successeurs
avaient naguère accordés au monastère : il protégea en particulier le monopole abbatial du tonlieu de la foire d'octobre, que les comtes de Paris, frustrés dans leurs intérêts,
n'avaient eu de cesse de contester. Surtout, avec Fulrad alors
promu à l'abbatiat, il avait voulu doter le monastère d'une
nouvelle église, qui non seulement remplacerait l'abbatiale
de Dagobert, mais supplanterait par ses dimensions l'ensemble des églises de Gaule : le programme, gigantesque, n'allait
être mené à son terme que le 24 février 775, lorsque le vieux
Fulrad consacrerait enfin l'édifice. Au-dessus d'une crypte
circulaire abritant les tombeaux des saints Denis, Rustique
et Éleuthère, conçue à l'instar de celle de Saint-Pierre de
Rome que Fulrad avait vue de ses propres yeux, fut en effet
élevée, avec le renfort d'une centaine de colonnes, une basilique de 63 mètres de longueur sur 22,5 mètres de largeur,
dotée d'un transept, d'une abside orientale, et, fait nouveau
en Gaule et d'une considérable postérité, d'une abside occidentale elle aussi bâtie *more romano*. C'est sous le porche
de cette abside que, suivant une tradition rapportée par Suger
dans sa *Chronique de Saint-Denis* et difficile à vérifier, Pépin
voulut être enterré, la face contre le sol, en signe d'humilité
et d'expiation des fautes que son père avait commises contre
les églises. Pépin le Bref, premier roi très chrétien ? On aurait
plusieurs bonnes raisons de le penser.

     En tout cas, il aura, de façon plus achevée que son père,
élaboré la synthèse entre Austrasie et Neustrie, entre Nord
et Midi, entre héritage romain et/ou chrétien et dynamisme
barbare. Son règne d'ailleurs vit s'affiner une véritable idéo-

logie franque, dans laquelle les Pippinides étaient présentés non comme les liquidateurs, mais comme les continuateurs de leurs prédécesseurs mérovingiens : c'est bien ce qu'a voulu exprimer le moine de Saint-Denis auteur, en 763, du nouveau prologue de la loi salique révisée sur ordre de Pépin : « Race illustre des Francs instituée par Dieu, courageuse à la guerre, constante dans la paix, profonde dans ses desseins, de noble stature, au teint d'une blancheur éclatante, d'une beauté exceptionnelle, audacieuse, rapide et rude, convertie à la foi catholique et indemne de toute hérésie lorsqu'elle était encore barbare, cherchant la clef de la connaissance sous l'inspiration de Dieu, ayant le désir de la justice dans son comportement de vie et cultivant la piété. C'est alors que ceux qui étaient les chefs de cette race, dans ces temps-là, dictèrent la loi salique [...]. C'est alors que, grâce à Dieu, Clovis, le roi des Francs, impétueux et magnifique, fut le premier qui reçut le baptême catholique [1]... » Par où l'on voit comment le liquidateur du dernier roi mérovingien se posa en légitime héritier du prestigieux fondateur !

---

1. Cité par Pierre Riché (137), p. 91.

3

Charles, l'empereur (768-814)

Charles le Grand et Carloman le bref (768-771).

Franc, Pépin l'avait été assurément. Comme son père avant lui, comme les rois mérovingiens ses prédécesseurs, il avait avant de mourir partagé son héritage entre ses deux fils, qu'on avait vus associés depuis 754 à sa royauté sacrale. A Carloman, le puîné, alors âgé de dix-sept ans, échut un bloc apparemment compact, en fait hétérogène, de territoires allant de Soissons à Marseille et de Toulouse à Bâle. A Charles, vingt et un ans, un vaste croissant allant de l'Aquitaine atlantique jusqu'à la Thuringe, en passant par la plus grande partie de la Neustrie et de l'Austrasie, par la Frise et la Franconie. Par le fait que chacun avait sa part de Neustrie, d'Austrasie, même d'Aquitaine, par le fait aussi que Charles choisit de résider à Noyon et Carloman à Soissons — un peu comme les fils de Clovis qui avaient choisi de s'installer dans des capitales relativement voisines —, il semblait qu'on voulût avant tout exprimer l'unité du *regnum*.

Mais l'aîné, dont on ferait plus tard, bien après sa mort, *Carolus magnus*, Charles le Grand, Charlemagne, était en fait bien mieux loti, maître qu'il était de toutes les terres bordières des mers du renouveau. Surtout, il fut d'emblée évident que les deux frères ne s'entendaient pas, malgré les efforts que prodigua pendant quelques années leur mère Bertrade pour les rapprocher envers et contre tout. On le vit bien quand, vers 769, un seigneur du Sud-Ouest du nom de Hunald, peut-être fils de Waïfre, ému par la division du prestigieux héritage des *principes Aquitaniae*, entraîna dans un soulèvement Aquitains de l'Ouest et Basques de Gascogne :

Charles dut, seul, aller mater les rebelles, car Carloman avait refusé de joindre ses troupes aux siennes. Et quand, pour éviter, entre Carloman et le Lombard Didier, la constitution d'un axe Soissons-Pavie, Charles résolut de prendre les devants, non seulement il se rapprocha de son cousin Tassilon, duc des Bavarois qui, fidèle à la tradition d'alliance lombarde de sa famille, était devenu le gendre du *rex Langobardorum*, mais il épousa lui-même une fille de Didier, reléguant au second plan sa *Friedelfrau* Himiltrude (qui lui avait pourtant déjà donné un fils, au nom royal de Pépin).

Le conflit aurait pu devenir ouvert si Carloman n'était, très opportunément, mort en décembre 771. Gagnant aussitôt à sa cause certains des plus proches fidèles de Carloman, dont Fulrad de Saint-Denis, Charles prit possession de l'héritage de son frère. Sa belle-sœur Gerberge, et son neveu, né en 770 et répondant lui aussi au nom de Pépin, ne trouvèrent de refuge que dans la fuite... auprès de Didier. Charles renvoya à son père la Lombarde qui ne lui avait pas encore donné d'enfant, et Didier releva aussitôt le défi qui lui était lancé d'outremont : dès les premiers jours de 772, il exigea qu'on sacrât le fils de Carloman, et il reprit l'offensive de ses pères contre les États pontificaux. Le nouveau pape, Adrien Ier, sut naturellement où trouver un allié capable de le défendre ; en quelques années déjà, y compris par sa participation aux campagnes aquitaines de son père, Charles avait montré ses talents de stratège.

Guerre et paix carolines.

Le renforcement et la dilatation du royaume furent en effet les aspects les plus spectaculaires de l'œuvre de Charlemagne, ceux qu'égrènent inlassablement les *Annales* du règne, surtout avant le couronnement impérial de l'an 800 : après, les opérations militaires furent surtout de pacification et de police — l'heure serait venue de la « paix caroline ». Dans la majeure partie des cas, les guerres furent conduites au coup par coup, au gré des circonstances, et il est souvent arrivé qu'une opération largement engagée sur un front dût être interrompue parce que le danger, la révolte menaçaient sur un autre front : ainsi vit-on Charles, sans que son génie tactique fût pour autant compromis, obligé de se précipiter, grâce à un réseau de routes entretenu ou au moins restauré à la hâte, d'Espagne en Saxe, ou de Saxe en Italie. Mais il convient de nuancer la vision d'un peuple tenu en armes pendant des années entières et de mouvements de troupes allant sans coup férir d'une extrémité à l'autre du *regnum*. La guerre ne durait normalement que le temps de la belle saison : convoqué en principe en mai depuis 755, dans un lieu de rassemblement proche du futur théâtre d'opérations, l'ost était normalement démobilisé trois mois plus tard : c'est du moins ce que prévoit l'ordre de mobilisation adressé en 806 à l'abbé Fulrad de Saint-Quentin : ses hommes devraient se rendre le 15 juin 806 à Strassfurt, en Saxe orientale, avec des vivres pour trois mois ; mais une prolongation était toujours envisageable, car ils devraient avoir « des armes et des vêtements pour six mois ». Naturellement, une si longue absence était insupportable au plus grand nombre. C'est pourquoi, pour remédier au dramatique problème des défections, Charles introduisit par voie de capitulaires deux types de restrictions, qui modifiaient sensiblement la coutume franque qui voulait que chaque homme libre participât à la guerre. Restriction géographique, d'abord : seules étaient *a priori* mobilisées les troupes originaires des régions proches du lieu de rassemblement, donc les plus impliquées dans le conflit à venir. Restriction sociale, ensuite : seuls les plus riches parmi les hommes libres seraient désormais contraints de partir ; les autres devraient s'y mettre à plusieurs pour équiper l'un d'eux ; les plus pauvres enfin ne devraient qu'une contribution matérielle. Ainsi, précise le capitulaire d'Aix de 807, « doit participer à la campagne tout homme libre propriétaire de cinq manses ; et aussi celui qui en possède quatre ; et celui qui en possède trois. Là où on trouvera deux hommes libres ayant chacun deux manses, l'un aidera l'autre à s'équiper. Là où un homme aura deux manses et un autre un manse, ils s'associeront de même et l'un aidera l'autre à s'équiper [...]. Ceux qui ont un demi-manse s'associeront à six, et cinq aideront le sixième à s'équiper. Et si certains sont si pauvres qu'ils n'aient ni esclaves ni biens propres, mais ayant cependant une certaine fortune, qu'ils associent cinq sous pour équiper un sixième homme».

C'est que la participation à la guerre supposait une disponibilité pendant la belle saison, donc que d'autres hommes pussent cultiver la terre des conscrits. Surtout, elle exigeait suffisamment de ressources pour pourvoir à un équipement d'autant plus coûteux que la place de la cavalerie dans les grands mouvements de l'ost ainsi que dans la tactique du combat prit une importance toujours croissante (on a évalué jusqu'à 50 000 le nombre des cavaliers mobilisables à l'apogée du règne) : or le cheval, la brogne, le casque, l'écu, la lance, l'épée longue, l'épée courte, l'arc, le carquois, les étriers, tout cela représentait le prix de 18 à 20 vaches. Ce fut l'une des raisons pour lesquelles Charles multiplia le nombre des vassaux du roi, les *vassi dominici*, qui furent chasés sur de confortables bénéfices, généralement prélevés sur les fiscs dans toutes les parties du royaume, ou sur des terres récemment conquises, comme dans la Saxe d'après 797, et dont l'engagement personnel, de nature strictement privée, à l'égard du souverain impliquait une totale disponibilité militaire. C'est dans leurs rangs que Charles recruta le plus volontiers les membres des *scarae*, espèces de brigades légères constituées d'éléments d'élite, capables d'intervenir partout, vite et bien, surtout sans astreinte de calendrier. Si des expéditions répétées et périlleuses préparèrent le terrain à une occupation durable, en Saxe par exemple, ce fut bien grâce à la fidélité des *vassi dominici* et à l'efficacité des *scarae*.

Ce fut aussi grâce à l'usage confirmé de la terreur, d'autant plus pratiqué que Charles était persuadé de l'origine divine de sa mission, et que l'extension de son *regnum* était aussi celle du royaume de Dieu. A un peuple vaincu, il imposait le serment de fidélité ; à un peuple parjure, il imposait le saccage de sa terre, la mutilation (yeux crevés, mains coupées) de ses chefs, l'exécution de ses otages, la déportation du plus grand nombre. Les Saxons, plusieurs fois soumis, plusieurs fois révoltés, firent les plus gros frais de cet acharnement, depuis la décapitation de 4 500 otages à Verden, en 782, jusqu'aux déportations massives en Gaule, singulièrement en Aquitaine, dans les dernières années du siècle. C'est grâce à de tels moyens, qui n'excluent pas un extraordinaire charisme, que Charles put assurer, au moins superficiellement, l'unité territoriale d'un royaume dilaté.

Horizons proches :
vers l'unification de la Gaule.

Si l'autorité du roi ne fut plus guère contestée dans la Neustrie et l'Austrasie où il puisa l'essentiel de ses troupes et de leurs chefs, qui lui surent gré des butins accumulés, il lui restait à pacifier et à intégrer le Sud de la Gaule et son extrême Ouest. Du côté de la Bretagne, le glacis qui avait été constitué en 749 pour Grifon fut réaménagé. Dans les années 770 apparaît en effet un *limes britannicus*, une marche, regroupant les cités de Rennes, de Tours, d'Angers, et sans doute de Vannes, que Pépin aurait atteinte, suivant le témoignage exclusif des *Annales de Metz*, dès 753, et dont on connaît deux chefs au moins : Roland, le héros malheureux de Roncevaux, qualifié par Éginhard de « préfet de la marche de Bretagne » ; et Guy, membre de la puissante famille austrasienne des Lambertides, qui, tirant profit des divisions des chefs bretons, lança en 799 une expédition dans la péninsule qu'on put croire décisive. Mais la nécessité d'une campagne nouvelle, attestée en 811, montre la fragilité de l'autorité franque sur un pays qui ne renonça jamais à son indépendance politique et religieuse. Pourtant, Charles avait, semble-t-il, employé les grands moyens, superposant à la marche un vaste *ducatus*, centré, comme naguère celui de Grifon, sur la région du Mans, qu'il confia à la fin des années 780 au premier fils — son homonyme — que lui avait donné en 772 sa nouvelle épouse de premier rang, Hildegarde, petite-fille du duc des Alamans Godfrid.

Le roi fut amené à adopter une politique similaire dans la vaste Aquitaine, décidément rétive à l'administration directe par les Francs. La récente révolte de Hunald avait montré la précarité d'une intégration à laquelle les successives campagnes de Pépin paraissaient avoir abouti. Le désastre de Roncevaux — massacre par les Basques de l'arrière-garde de la grande armée revenue d'Espagne en 778, sur lequel nous

allons revenir — encouragea peut-être un nouveau soulèvement. Toujours est-il que, dès 779, Charles commença d'y
chaser des *vassi dominici* et d'y placer systématiquement des
comtes francs, comme Humbert en Berry, Abbon en Poitou,
Widbod en Périgord. Surtout, en 781, il érigea l'Aquitaine
en royaume au profit du nouveau fils que la reine Hildegarde
venait de lui donner trois ans plus tôt, et auquel avait été
donné le nom, purement mérovingien, de *Hludovicus* —
Louis, c'est-à-dire Clovis. L'enfant fut envoyé à Rome pour
qu'il y reçût l'onction royale du pape Adrien, puis il fut promené à cheval et en armes à travers tout son *regnum* : ainsi
la fin de l'indépendance aquitaine fut-elle suivie d'une « résur-
rection contrôlée [1] ». Si Charles put craindre que son fils
« prît quelque chose des mœurs de ces étrangers », suivant
le témoignage d'un chroniqueur qui en dit long sur
l'incompréhension entre « Francs » du Nord et « Romains »
du Sud, il comptait bien ainsi, outre la satisfaction donnée
au régionalisme aquitain, constituer un vaste glacis contre
les Basques des Pyrénées qui avaient une fois de plus montré
leur totale indépendance et contre les musulmans d'Espagne
qu'il entreprendrait bientôt de refouler davantage vers le sud.
C'est dans ce but assurément qu'il constitua le Toulousain
et la Septimanie — tout le Languedoc en somme — en une
marche centrée sur Toulouse et confiée, entre 790 et 804, à
son cousin, le *dux* Guillaume.

Ainsi, avec la Provence et la Bourgogne aussi bien qu'avec
l'Aquitaine et les marges armoricaines, c'est toute la Gaule
qui fut plus étroitement intégrée : partout, ou presque, des
comtes francs furent délégués par le roi, chargés d'adminis-
trer ses fiscs, de rendre la justice en son nom, en particulier
à l'occasion de l'assemblée du *mallus*, d'assurer l'ordre et
la levée de l'armée. Les comtes avaient beau être choisis avec
le plus grand nombre de précautions, singulièrement dans
l'aristocratie du Nord la plus proche du souverain ; ils avaient
beau disposer de l'usufruit de certains domaines fiscaux attachés à leur fonction ; ils avaient beau continuer de garder pour
eux, suivant les normes héritées des temps mérovingiens, une

---

1. Suivant Michel Rouche (139).

part substantielle des revenus de la justice, ils n'étaient naturellement pas à l'abri du laisser-aller, des abus de pouvoir
et de la corruption. C'est pourquoi Charles systématisa l'institution des *missi*, légats envoyés loin de la cour avec des missions spéciales dont avaient usé certains Mérovingiens et
peut-être Pépin III, pour en faire de véritables *missi dominici*, « envoyés du maître », dépêchés par équipes de deux —
un ecclésiastique, un laïc — pour faire connaître le contenu
des capitulaires, veiller à leur exécution, contrôler la gestion
des comtes et de leurs subalternes, enquêter au sujet des injus-
tices et des abus, et enregistrer les différents appels en cour
royale : ainsi connaît-on Arimodus et Werner, envoyés en
Provence en 778 ; ou encore les fameux Leidrade et Théodulfe, dont on reparlera, envoyés en Aquitaine en 787. Assurant la liaison entre le palais et les régions lointaines où le
roi se rendait rarement, ils firent énormément pour homogénéiser l'administration du royaume.

Mais on aura compris que de vieilles entités régionales
comme la Bourgogne, la Provence, l'Aquitaine ne purent
jamais être tout à fait gommées : elles annoncent parfois
(c'est singulièrement le cas de l'Aquitaine) les principautés
territoriales des temps féodaux. Surtout, il est des pays —
Bretagne, *Wasconia* — que leur singularité ethnique et linguistique convaincrait pendant des siècles de résister à toute
forme d'autorité venue du cœur de la *Francia*.

*Horizons moyens : vers l'intégration
de la Germanie continentale.*

Au-delà du Rhin aussi, la pénétration franque se fit plus
intensive, même si elle ne parvint jamais à effacer des parti-
cularismes qui furent plus nationaux que régionaux. Si la
Franconie continua de donner lieu à une véritable colonisation, éventuellement paysanne, on assista de plus en plus souvent sous Charlemagne à l'installation de lignages aristocratiques, généralement clients des Pippinides et d'origine austrasienne, à la fois en Hesse, en Thuringe et dans l'Alémanie transrhénane, par exemple dans la vallée du Neckar et
dans le Brisgau. Partout, ils acquirent des terres, s'allièrent

aux familles locales et fondèrent des monastères. Comme ils
gardèrent le plus souvent — témoin les Albricus-Heriricus
originaires de la région rhéno-mosane [1] — des liens étroits
avec le reste de leur groupe familial, resté dans les terres patrimoniales, ou alors disséminé, au gré des charges publiques
et des chasements vassaliques, dans l'ensemble du *regnum*,
ils contribuèrent fortement à l'intégration de la Germanie
dans le royaume franc, au même titre que des abbayes qui,
telle Saint-Denis, acquirent des biens fonciers jusqu'en Alémanie. Il n'y a guère qu'en Bavière, où Tassilon III continua de jouer un jeu de bascule entre les Francs et des alliés
traditionnels aussi bien qu'occasionnels, que les choses ne
furent pas aussi simples. Charles pourtant, fort d'un parti
essentiellement implanté à l'ouest du duché, fortement infil-
tré par l'aristocratie franque et dirigé par l'évêque Arbeo de
Freising, se crut suffisamment maître de la situation après
l'écrasement définitif du roi lombard Didier en 774, pour pouvoir exiger de son ancien allié Tassilon — une première fois
en 781, une seconde fois en 787 — le renouvellement de
l'engagement vassalique qu'il avait naguère (en 757) contracté
« par les mains » en faveur de Pépin III. Même les choses
furent conduites assez loin en 787 (tradition solennelle du
duché à Charles, qui le rétrocéda en tant que bénéfice à Tassilon ; et serment de fidélité imposé à toute l'aristocratie du
pays) pour que le roi fût juridiquement fondé à condamner
l'année suivante les agissements de son turbulent cousin qui,
s'alliant aux Avars de Pannonie, menaçait de rompre l'équilibre d'un Occident en voie de formation. Charles put le destituer, le faire condamner à mort, puis, par grâce, le faire
enfermer dans le monastère de Jumièges ; il put intégrer le
duché dans le *regnum* et le découper en comtés, qui furent
placés sous l'autorité d'un unique *praefectus*, d'abord son
beau-frère Gerold. Ainsi l'intégrité de la Bavière fut-elle sau-
vegardée : le roi avait assurément besoin d'un solide point
d'appui pour combattre les Avars.

   Ce peuple venu des steppes asiatiques s'était en effet installé à la fin du VIe siècle dans la plaine de Pannonie, sur les

----

1. Voir Régine Le Jan-Hennebicque (98).

ruines de ce qu'on a parfois appelé l'empire des Huns, auxquels les auteurs francs eurent tôt fait d'assimiler les Avars
dans une réprobation craintive. Même si le royaume franc
n'avait pas eu à souffrir directement de ses incursions, pro-
tégé qu'il était par un vaste *no man's land* étalé depuis l'Enns
jusqu'au Wienerwald, les pillages perpétrés dans l'Europe
centrale laissaient redouter le pire ; et la récente collusion de
Tassilon et du Khagan suggéra à Charles de prendre les
devants : en trois expéditions (791-796), conduites par lui,
par le marquis Éric de Frioul et par Pépin, un des fils qu'il
avait eus d'Hildegarde, il mit le pays à genoux. La dernière
aboutit à la destruction du Ring, la « capitale » des Khagans,
en fait un gigantesque camp retranché sans doute situé au
confluent du Danube et de la Tisza, et à l'accumulation d'un
fabuleux butin que pas moins de quinze chars ramenèrent en
Francie. Le *no man's land* fut peu à peu occupé et constitué
en une « marche de l'Est » (Ostmark, ancêtre de l'Österreich),
qui ne servit à rien contre les Avars, dont les restes d'État
disparurent définitivement après 822, mais allait avoir son
utilité contre les Hongrois, troisième génération de peuples
des steppes à venir s'installer dans la plaine pannonienne.

Le caractère décousu des campagnes conduites aussi bien
contre les Bavarois que contre les Avars fut en grande partie
lié aux successives récurrences de la guerre saxonne, qui mobilisa presque chaque année entre 772 et 799 les énergies franques. Comme nombre de ses devanciers, même mérovingiens,
Charles fut d'abord amené à conduire des raids de représailles contre les Saxons qui n'avaient jamais perdu l'habitude
d'aller se faire un butin facile en Hesse, en Thuringe et en
Rhénanie : ainsi réussit-il, entre 772 et 777, à constituer une
marche de protection le long des vallées de la Ruhr et de la
Lippe. Mais, comme son grand-père l'avait naguère compris
à propos de la Frise, Charles réalisa qu'il n'y aurait pas de
pacification durable tant qu'il existait au-delà une Saxe indépendante. Des Saxes, devrait-on dire, car le peuple était partagé entre Saxons de l'Ouest (Westphaliens), du Centre
(Angrariens), de l'Est (Ostphaliens) et du Nord (Nordalbin-
giens). Alors, le roi joua des uns contre les autres, avançant
par à-coups, allant même par deux fois (775 et 780) au-delà

de la Weser, enlevant les uns après les autres les principaux
retranchements, détruisant les lieux de culte, comme le
fameux Irminsul, soumettant finalement les différents *gauen*,
et leur substituant un nouveau découpage en comtés : la soumission put alors paraître définitive. Mais, en 782, le noble
angrarien Widukind souleva la masse des hommes libres
aussi bien contre les occupants francs que contre une partie
de l'aristocratie nationale qui amorçait son ralliement. La
vengeance de Charles fut terrible — on a évoqué plus haut
les 4 500 exécutions de Verden —, et il fallut trois années
encore de combats acharnés pour étouffer la guérilla, pour
obtenir la soumission — suivie du baptême, célébré à
Attigny — de Widukind et pour imposer le terrible capitulaire *De partibus Saxoniae*, qui punissait de mort tout man-
quement à la fidélité due au roi et tout trouble apporté à
l'ordre public, et qui multipliait les mesures pour extirper
toute trace de paganisme. Les régions du Nord, proches de
la Frise orientale — milieu totalement amphibie qui n'avait
guère encore été pénétré depuis les campagnes de Charles
Martel —, furent les plus réticentes ; et c'est d'elles que partit
en 792 une nouvelle rébellion. Charles en profita pour faire
d'une pierre deux coups : au terme de plusieurs campagnes,
conduites de 794 à 799, il intégra au *regnum* aussi bien la
Frise orientale que la Nordalbingie. Mais ce fut au prix de
déportations massives et de la substitution de fidèles francs
aux anciens occupants. N'empêche qu'il sut préparer l'avenir, en promulguant, en 797, un nouveau *Capitulaire saxon*,
qui abolissait le régime de terreur de son précédent de 785,
et qui induisait la progressive égalité des Saxons et des Francs
devant la loi : « La guerre ne s'acheva, écrirait un peu plus
tard Éginhard, que [...] lorsque les Saxons eurent fusionné
avec les Francs en un peuple unique. » Pour la première fois,
le royaume franc englobait la Germanie entière, tous les
anciens royaumes ou duchés ayant été abolis ; pour la première fois, ses frontières s'étendaient jusqu'à celles des
Danois du Jutland et des Slaves du Nord-Ouest : Charles
n'hésita pas à conduire dans ces lointains parages des campagnes d'intimidation.

Horizons lointains : vers l'Espagne et l'Italie,
une nouvelle politique méditerranéenne.

En même temps, son autorité s'étendit bien au-delà des
montagnes du Sud : «Tandis que l'on se battait assidûment
et presque sans interruption contre les Saxons — continue
Éginhard —, Charles, ayant placé aux endroits convena-
bles des garnisons le long des frontières, attaqua l'Espagne
avec toutes les forces dont il disposait.» En effet, c'est alors
qu'il se trouvait à Paderborn, sur la haute vallée de la
Lippe, prêt à une nouvelle expédition saxonne, qu'il reçut,
en 777, la visite du gouverneur musulman de Saragosse,
venu solliciter son concours dans la lutte qui l'opposait à
l'émir umayyade de Cordoue. Peut-être pour assumer digne-
ment l'héritage victorieux de son grand-père, peut-être pour
associer ses efforts à ceux des rois goths réfugiés dans les
Asturies et déjà lancés dans la grande entreprise de la *reconquista*, Charles accepta, en 778, de se lancer dans l'aventure. Mais, parvenu en Espagne à la tête d'une formidable
armée, il échoua devant Saragosse, où ses alliés de la veille
firent défection. C'est sur le chemin du retour que l'arrière-
garde tomba, à Roncevaux, dans le piège basque : le sénéchal Eggihard et le comte du palais Anselme tombèrent aux
côtés de Roland. Ce fut à tout point de vue une catastro-
phe. L'événement sema le trouble chez les chrétiens goths
d'Espagne que l'intervention franque avait remplis d'espoir ;
et beaucoup, comme Agobard ou Théodulfe, résolurent
alors de fuir la domination de l'Islam en allant chercher
un refuge en Francie. Quant à Charles, en dépit de l'établissement du royaume d'Aquitaine et surtout de la marche de Toulouse, explicitement instituée contre la menace
arabe, il paraît avoir renoncé à toute intervention, même
quand des villes ou des régions entières (Gérone, Urgel, Cerdagne) s'offrirent à son protectorat, ou quand, en 793,
l'émir de Cordoue lança un raid jusqu'à Narbonne, qui mit
le duc Guillaume en difficulté. Les Francs ne reprirent l'initiative qu'à l'extrême fin du siècle, et ne connurent de réel
succès qu'en 801, lorsque le roi Louis enleva Barcelone et
en fit le chef-lieu d'un comté d'abord, et d'un *limes hispa-*

nicus ensuite, véritable marche d'Espagne, bientôt étendue
(vers 804-810) jusqu'à Tarragone et aux plateaux au nord de
l'Èbre.

C'est de la même façon — tandis qu'il était occupé, en 773,
par les affaires de Saxe — que Charles reçut l'appel du pape
Adrien, qui s'inquiétait de la récente volte-face du roi des
Lombards : plusieurs villes du Patrimoine de saint Pierre
étaient déjà tombées ; Ravenne était investie ; et Didier envi-
sageait même de venir faire sacrer à Rome le fils de Carloman. Après avoir en vain cherché la négociation, Charles
décida d'intervenir militairement, avec, comme il en avait
l'habitude, deux armées opérant un vaste mouvement en
tenaille. Il réussit à enfermer Didier dans sa capitale et à prendre Vérone, où la veuve et l'héritier de Carloman avaient été
mis à l'abri. Pavie tint pendant de longs mois ; même, en avril
774, Charles prit la liberté, y laissant quelques troupes, d'aller
avec le reste de l'armée et une partie de la cour célébrer
Pâques à Rome. C'était la première fois qu'un chef franc met-
tait les pieds dans l'ancienne capitale de l'Empire : le *patrice
des Romains* y fut reçu avec les honneurs naguère accordés
aux exarques de Ravenne, précédents titulaires de la prestigieuse fonction ; et il est possible, si l'on en croit le *Liber pontificalis*, que le pape profita de sa légitime émotion pour
obtenir confirmation de la promesse de donation que Pépin
avait faite naguère au Saint-Siège, et qui, bien au-delà des
limites de 756, lui eût attribué près des trois quarts de l'Italie péninsulaire.

Quoi qu'il en fût, Charles s'en retourna à Pavie, où Didier,
à bout de ressources, capitula au début de juin 774. Charles
le fit prisonnier (bientôt il le ferait tondre et envoyer au
monastère picard de Corbie), s'installa dans son palais et dis-
tribua son trésor aux troupes. Mais il n'abolit point le
royaume ni ne l'annexa au *regnum Francorum* : il le conserva
dans son intégralité, se parant le 5 juin du titre de *rex Langobardorum*. Au départ, il maintint dans leur état les institutions et le personnel administratif du royaume : ce ne fut
qu'après plusieurs révoltes, singulièrement celle du duc de
Frioul en 776, qu'il commença d'introduire des cadres admi-
nistratifs venus d'outre-monts : des comtes, des évêques, des

missi francs y furent dépêchés ; des *vassi dominici* y furent chasés ; des monastères du Nord y furent dotés. Surtout, sans jamais renoncer à la titulature royale lombarde, il décida en 781 — en même temps qu'il créait pour Louis un royaume d'Aquitaine — d'instituer pour Carloman, le second fils que lui avait donné Hildegarde, un « royaume d'Italie », et de le faire sacrer à Rome en même temps que son aîné. Même si l'enfant reçut à cette occasion le nom royal de Pépin — ce qui excluait *de facto* de la succession son demi-frère déjà porteur du nom ; même si Charles l'installa à Pavie avec une cour de hauts fonctionnaires francs, il est clair que le nouveau roi d'Italie ne fut jamais qu'un vice-roi placé sous l'autorité supérieure du roi des Lombards, qui entendait bien conduire une véritable politique italienne.

En effet, les liens d'affection qui l'unissaient à Adrien n'empêchèrent pas le *patrice* de prendre avec un sérieux éventuellement encombrant sa mission de protection. Non seulement il ne donna à saint Pierre que des miettes de la promesse faite en 774, mais il prétendit contrôler la gestion de son patrimoine, intervenant lui-même, ou par l'intermédiaire de ses *missi*, dans les affaires ecclésiastiques autant que temporelles des États de l'Église. Charles ambitionnait assurément d'étendre son autorité à l'Italie entière. Non content d'avoir mis la main sur le duché de Spolète — l'un des deux duchés lombards du Centre et du Sud de la péninsule indépendants du royaume du Nord —, il imposa son protectorat à l'autre, le duché de Bénévent. Ce faisant, il pénétrait dans une zone qui était traditionnellement chasse gardée de Byzance : l'impératrice Irène, alors régente au nom de son fils Constantin VI, en profita pour dénoncer un projet de mariage naguère élaboré entre celui-ci et Rothrude, fille de Charles ; elle intrigua contre la présence franque en Italie du Sud ; et s'abstint de contacter les représentants des églises occidentales lorsqu'elle convoqua, en 787, le second concile — dit pourtant œcuménique — de Nicée, voué au rétablissement du culte des images. Charles à son tour réagit : sur le plan religieux d'abord, il refusa solennellement, par le *Capitulaire des images*, dit aussi *Libri carolini*, d'adhérer aux conclusions jugées trop radicales du concile, et surtout de laisser Byzance diri-

ger seule la vie de l'Église. Sur le plan militaire ensuite, il
occupa l'Istrie, péninsule frontalière entre le royaume lombard et l'Empire, et y substitua, en 792, un duc franc à
l'ancien gouverneur byzantin. Les deux puissances n'esquis-
sèrent de rapprochement qu'en 797, quand Irène, qui venait
de destituer son fils en lui faisant crever les yeux, prit le
titre, inouï pour une femme, de *basileus*, et alla chercher
à l'ouest une légitimité : elle accepta de reconnaître la perte
de l'Istrie, pourvu que Bénévent restât sous influence
byzantine.

L'usurpation d'Irène, en même temps que le remplacement
d'Adrien, mort en 795, par le faible Léon III : voilà deux
des circonstances les plus décisives dans le processus de restauration impériale en Occident, couronnement d'une politique véritablement européenne, qui étendit le pouvoir de
Charles de l'Eider jusqu'à l'Èbre et du Cotentin jusqu'à
l'Istrie. Mais on ne comprendrait rien à ce processus si l'on
ne s'arrêtait quelque temps pour méditer sur la personnalité
et sur l'entourage de celui qui s'intitula jusqu'en 799 *Carolus gratia Dei rex Francorum et Langobardorum atque patri-
cius Romanorum.*

« Une large et robuste carrure..., la passion des arts libéraux ».

Peut-être convient-il de laisser parler Éginhard, ou Einhard,
ce Franconien né vers 775, arrivé au palais en 792 pour y être
« nourri » et instruit, et qui, bien plus tard, vers 830 sans
doute, écrivit la biographie de Charles, la *Vita Karoli*, sur
le modèle de la *Vie des douze Césars* de Suétone. « Charles,
écrit-il, était d'une large et robuste carrure, il était d'une taille
élevée, rien d'excessif d'ailleurs, car il mesurait sept pieds de
haut [un peu plus de 1,90 mètre]. Il avait le sommet de la
tête arrondi, de grands yeux vifs, le nez un peu plus long que
la moyenne, de beaux cheveux blancs, la physionomie gaie
et ouverte. Aussi donnait-il, extérieurement, assis comme
debout, une forte impression d'autorité et de dignité. On ne
remarquait même pas que son cou était gras et trop court
et son ventre rebondi, tant étaient harmonieuses les propor-

tions de son corps. Il avait la démarche assurée, une allure virile. La voix était claire, sans convenir cependant tout à fait à son physique [...]. Il portait le costume national des Francs : sur le corps, une chemise et un caleçon de toile de lin ; par-dessus, une tunique bordée de soie et une culotte ; des bandelettes autour des jambes et des pieds ; un gilet en peau de loutre ou de rat lui protégeait en hiver les épaules et la poitrine ; il s'enveloppait d'une saie bleue et avait toujours suspendu au côté un glaive dont la poignée et le baudrier étaient d'or ou d'argent [...]. Les jours de fête, il portait un vêtement tissé d'or, des chaussures décorées de pierreries, une fibule d'or pour agrafer sa saie, un diadème du même métal et orné lui aussi de pierreries ; mais les autres jours, son costume différait peu de celui des hommes du peuple [1]... »

Tel était Charles, qui ne porta jamais la barbe fleurie que lui attribuèrent la *Chanson de Roland* et l'iconographie traditionnelle : le type de profil des monnaies frappées en son nom après 804 révèle seulement, entre un nez effectivement long et un menton épais, le port d'une moustache tombante. Ces traits paraissent devoir confirmer l'authenticité, parfois contestée, d'une statuette fameuse coulée dans le bronze, sans doute au début du IXᵉ siècle, pour la cathédrale de Metz, et qui montre le souverain à cheval, ceint du diadème et couvert de la saie retenue à l'épaule par une fibule, dont Éginhard faisait ses attributs des jours de fête.

Le biographe nous dit aussi qu'il s'adonnait volontiers aux plaisirs de l'équitation, de la chasse, et de la natation, « où il excellait au point de n'être surpassé par personne », quand, par exemple, il conviait « ses fils, ses grands, ses amis et ses gardes du corps » à partager ses ébats dans la piscine d'Aix. Car Charles avait résolument le sens de la *familia*. D'abord de sa famille propre, comme on dirait aujourd'hui — en fait, une famille multiple, où les épouses de premier rang, les épouses de second rang — les *Friedelfrauen* — et les concubines se succédaient, au rythme des répudiations ou des décès, et éventuellement cohabitaient. Seule Hildegarde lui donna les fils royaux dont on a déjà parlé — Charles, Carloman-Pépin,

1. Traduction Louis Halphen (46).

Louis ; mais il en eut beaucoup d'autres, dont certains jouèrent un rôle dans l'histoire de son règne — le premier Pépin par exemple, dit Pépin le Bossu, qui se révolta lorsqu'il eut été écarté de la succession ; ou encore Drogon, dont Charles fit, plus tard, un évêque de Metz. Quant à ses filles, nombreuses, l'amour jaloux qu'il leur voua a fait couler assez d'encre : il toléra le concubinage de Bertrade avec un de ses familiers, Angilbert, plutôt que de la lui donner en une union légitime, qui peut-être l'eût éloignée de sa cour.

Car l'entourage de Charles était organisé en une véritable cour, de mieux en mieux structurée, même si, avant de se sédentariser à Aix-la-Chapelle, elle continua de se transporter avec lui de résidence en résidence. Comme ses prédécesseurs, il était entouré d'officiers palatins, munis encore des titres hérités de la tradition mérovingienne, d'une chapelle, dirigée par un archichapelain (souvent promu ensuite à l'épiscopat, comme Angilram à Metz, ou Hildebold à Cologne), et d'une chancellerie tout entière peuplée de clercs. Mais la nouveauté est venue du fait que Charles, cet homme mal dégrossi dans son enfance et qui, devenu adulte, s'appliqua à apprendre le latin et les « arts libéraux », cet homme qui « s'essaya à écrire », mais qui préférait se faire lire, pendant les repas par exemple, les récits antiques ou *La Cité de Dieu* de saint Augustin, voulut s'entourer d'un conseil de lettrés, plus volontiers recrutés à l'étranger, dans les principaux foyers de la culture du temps, que parmi les Francs, et qu'il constitua à partir de 794 en une véritable « Académie » palatine. Ce furent, aux côtés d'autochtones comme Angilbert ou le jeune Éginhard, des Italiens, dépositaires des restes de la culture antique, comme les grammairiens, poètes ou historiographes Pierre de Pise, Paul Warnefried le diacre ou Paulin d'Aquilée ; des réfugiés de l'Espagne wisigothique comme les Théodulfe et Agobard dont il a déjà été question ; des insulaires, porteurs du renouveau de la culture chrétienne qui, depuis le VIIe siècle, caractérisait l'Irlande, comme l'« Exilé d'Hibernie », Dungal ou Dicuil, et la Northumbria, comme Alcuin, chef de l'école cathédrale d'York, grammairien, dialecticien, rhéteur, hagiographe, poète, épistolier, théologien, que Charles réussit à débaucher définitivement en 786, et dont il fit son maître, le maître de l'école de cadres du palais, et surtout le principal inspirateur d'une politique qui visa désormais à faire de la société chrétienne d'ici-bas l'antichambre de la cité céleste — un programme qui trouva sa meilleure expression matérielle et symbolique dans la construction du palais d'Aix-la-Chapelle.

Aix-la-Chapelle.

Dans les premières années de son règne, Charles avait comme son père privilégié les résidences, de préférence rurales (Herstal, Attigny, Quierzy, Verberie, Compiègne, Thionville), mais parfois aussi urbaines (Cologne, Worms), de la Gaule du Nord et du Nord-Est. Mais, comme son père, il lui était aussi arrivé d'aller *ad Aquas Granni*, dans une station thermale privilégiée des Celtes et des Romains, qui en avaient attribué les bienfaits au dieu Grannus, et qui se trouvait sur les plateaux d'entre Meuse et Rhin où s'était bâtie la fortune des Pippinides. En 769, en 777, en 788-789, la cour y séjourna, attirée par le roi vers les forêts giboyeuses des environs, les thermes et les bains. Mais c'est en 794 que fut entreprise la construction du grand complexe palatial, dont le gros œuvre fut terminé en 798, et la chapelle consacrée en 805. L'architecte, Eudes de Metz, travailla sous l'inspiration de Vitruve, mais surtout sur les conseils pertinents des membres de l'Académie, en particulier de Théodulfe, expert en géométrie, de Paul Warnefried, connaisseur de l'architecture italienne et, par elle, byzantine, et d'Alcuin, grand voyageur à l'érudition universelle, et capable de concevoir les programmes les plus sophistiqués.

A proximité des thermes et de la *villa* royale déjà utilisés par Pépin III, Charles fit en effet construire un palais aux proportions parfaites et à l'orientation strictement déterminée par les points cardinaux, dans lequel s'inscrivaient les bâtiments nécessaires à l'habitation, à l'économie, à l'administration, à la vie culturelle, à l'exercice de la justice, et surtout à la célébration du culte et à la représentation royale. Car les bâtiments principaux étaient l'*aula palatina*, au nord, et la chapelle, au sud, reliées par une galerie de 120 mètres articulée de part et d'autre d'un porche monumental sommé, comme au palais impérial de Byzance, par la salle de justice. L'*aula*, ou halle, était la salle de représentation royale, la salle de cérémonie si l'on veut, où étaient en particulier reçus les hôtes de marque : par sa fonction même, par son immensité, par son abside, elle suggère le rapprochement avec les grandes basiliques d'exhibition impériale du Bas-Empire, singulièrement avec celle, toute proche, de Trèves. Quant à la *chapelle*, qui doit à la relique fameuse héritée des rois mérovingiens un nom qui s'identifierait bientôt à l'ensemble du site, avant de s'imposer comme le synonyme de tant de lieux de culte, elle est le seul élément du palais qui ait subsisté dans son élévation originelle, mais intégré désormais dans une massive cathédrale. Un *atrium* et un narthex, peut-être inspirés de Saint-Pierre de Rome, et qui se voulaient la représentation des portes de Jérusalem, donnaient accès à l'église même, conçue suivant le modèle de Saint-Vital de Ravenne. Elle consistait en un octogone parfait, que deux étages de colonnes — elles-mêmes venues de Ravenne — portaient jusqu'à une coupole ornée d'une mosaïque représentant le Christ en majesté, et qui était entouré d'une galerie basse de forme hexadécagonale, au-dessus de laquelle le roi, installé sur un trône qu'éclairait le soleil à son levant, pouvait assister aux offices liturgiques, dans une position ostensiblement médiatrice entre l'au-delà et l'ici-bas.

Une seconde Rome, donc, une seconde Byzance, image terrestre de la Jérusalem céleste, voilà ce que Charlemagne et ses conseillers avaient voulu faire de ce sanctuaire et de ce palais, élevés en pleine terre franque, au cœur de la grande forêt austrasienne. Nul ne s'étonnera que les séjours royaux s'y firent de plus en plus nombreux à partir de 794. D'abord résidence d'hiver, Aix devint résidence permanente, donc véritable capitale, à partir de 807. C'est là que, dès la fin du VIIIe siècle, furent réunies les plus grandes assemblées ; c'est là que furent prises les plus grandes décisions ; c'est là, surtout, que furent, du côté franc au moins, élaborée l'idée d'un Empire chrétien et envisagée l'éventualité d'une restauration impériale.

L'Empire (25 décembre 800) :
un grand événement de l'histoire de France ?

Il faut dire que le rayonnement de Charles était devenu considérable dans les dernières années du VIIIe siècle. Non seulement il pouvait se présenter dans les *Libri carolini* de 791-792, où il se posait en rival de l'autorité impériale, comme « roi des Francs régissant les Gaules, la Germanie, l'Italie et les régions adjacentes », mais il entretenait depuis plusieurs années des relations suivies avec le roi de Mercie Offa, dont la figure dominait alors les royautés insulaires, et qui se soldèrent, peu avant la mort d'Offa en 796, par la conclusion d'accords commerciaux qui ont pu passer pour « le premier traité de commerce de l'histoire anglaise [1] » ; avec l'État chrétien des Asturies, sans qui les débuts de la *reconquista* eussent été impensables ; même avec le patriarche de Jérusalem, qui, brûlant la politesse à Byzance, voulut faire de lui le protecteur désigné des lieux saints, et lui envoya en 800 les clefs du Saint-Sépulcre.

Ainsi le magistère politique et moral du roi des Francs dépassa-t-il largement les limites de ses États : il s'étendit à l'ensemble de l'Occident, et empiéta même sur l'Orient, domaine réservé de l'empereur. L'entourage lettré de Charles prit une claire conscience de ce que cette assise politique élargie, doublée du caractère sacré, presque sacerdotal, que l'onction conférait depuis 751 à la royauté franque, plaçait son titulaire au-dessus des autres. Reprenant à son compte un usage byzantin, Alcuin prit même l'habitude, dès 795, d'appeler Charles *David*, précisant que c'est « sous ce même nom, animé de la même vertu et de la même foi, que règne maintenant notre chef et notre guide, un roi à l'ombre duquel le peuple chrétien repose dans la paix et qui de toutes parts inspire la terreur aux nations païennes, un guide dont la dévotion ne cesse par sa fermeté évangélique de fortifier la foi catholique contre les sectateurs de l'hérésie ». Ainsi ne s'étonne-t-on pas qu'un concept d'Empire chrétien, entendu

---

1. D'après Frank Stenton, dans *Anglo-Saxon England*, 3e éd., Oxford, 1971.

comme le corps politique de la chrétienté, dont la mission première était la défense de l'Église, ait commencé de refleurir, singulièrement dans les lettres d'Alcuin écrites entre 798 et 800, et qu'il ait trouvé une expression aussi évidente dans le programme de construction du palais d'Aix, la nouvelle Rome.

Mais l'idée d'une restauration impériale prit plus sûrement corps dans l'esprit de Léon III (pape depuis 795), ainsi qu'il ressort du décor de mosaïques qu'il a fait apposer entre 798 et 800 dans l'abside de la grande salle de réception de son palais du Latran : de part et d'autre d'une scène principale figurant le Christ donnant à ses apôtres l'ordre d'aller évangéliser le monde, se détachaient deux séquences particulières : à gauche, le Christ remettait au pape Sylvestre et à Constantin, agenouillés à ses pieds, respectivement les clefs et l'étendard, c'est-à-dire les symboles du pouvoir spirituel et du pouvoir temporel ; à droite, dans une symétrie parfaite, saint Pierre confiait à Léon III le *pallium* et à Charles l'étendard. Ainsi Charles apparaissait-il comme un *nouveau Constantin*, empereur chrétien par excellence, investi de son autorité temporelle par saint Pierre, dont le pape était le représentant sur terre. Ainsi le programme était-il double : si une restauration impériale était envisagée, elle devait être conduite par l'Église de Rome.

Car celle-ci en avait bien besoin. Depuis son élection, Léon III, issu de la petite bureaucratie du Latran, avait eu à souffrir du mépris caractérisé de l'aristocratie romaine, et surtout de graves accusations mettant en cause son intégrité morale. Voici même que, le 25 avril 799, ses adversaires voulurent le destituer par la force : l'intervention de deux *missi* francs en inspection dans les parages permit à Léon III de quitter Rome et de trouver un refuge auprès de Charles, qui se trouvait alors à Paderborn, dans la marche saxonne de la Lippe. Le roi allait-il se contenter de réinstaller le pontife dans ses pouvoirs, sans examiner les charges qui pesaient contre lui ? En fait, il le fit reconduire à Rome avec une forte escorte, en même temps qu'il y dépêcha des commissaires chargés d'enquêter : lui-même viendrait, plus tard, examiner le cas. Encore fallait-il que le droit fût reconnu à un simple *patrice* d'aller juger à Rome le pape et les auteurs de la rébellion. C'est pourquoi on a des raisons de penser que la promotion de Charles à l'Empire, donc à la seule juridiction qui lui donnât le droit de juger à Rome les plus grands des Romains, fut évoquée à Paderborn dès le printemps de 799. En tout cas, Alcuin, informé par Charles de la situation romaine et de son enjeu politique, fit aussitôt savoir que l'autorité du roi des Francs était désormais supérieure à la dignité pontificale et à la dignité impériale — tombée bien bas depuis le coup d'État de l'impératrice —, et qu'elle faisait de lui l'unique *rector populi christiani*, « l'unique guide du peuple chrétien, supérieur aux deux dignités précédentes par la puissance, plus illustre par la sagesse, plus élevé par la dignité de son règne. Voici donc, continue-t-il dans une lettre adressée à Charles-David, que sur toi seul repose entièrement le salut des églises du Christ, toi vengeur des crimes, toi guide des errants, toi consolateur des affligés, toi exaltation des bons... ».

A l'automne 800, donc, « la paix régnant dans ses États », Charles prit la route de l'Italie. Le 23 novembre, il fut accueilli par le pape à douze milles de la ville, suivant le rituel prévu pour les entrées impériales. Le 1er décembre, il ouvrit dans la basilique Saint-Pierre un concile réunissant clergé franc et romain ainsi que quelques laïcs, qui décidèrent en fin de compte que le pape se disculperait des accusations pesant contre lui par un serment purgatoire. Ce qui fut fait le 23 décembre, devant la même assemblée. Mais celle-ci prit aussitôt, suivant le témoignage irréfutable des *Annales de Lorsch*, une autre décision : « Comme à cette époque dans le pays des Grecs le titre d'empereur n'était plus porté et qu'une femme chez eux tenait l'Empire, il parut au successeur des Apôtres et à tous les saints Pères réunis en concile, ainsi qu'à tout le reste du peuple chrétien, que Charles, roi des Francs, devait recevoir le titre d'empereur, lui qui tenait Rome elle-même, où de tout temps les Césars avaient eu coutume de résider... » Contrairement à ce que dirait plus tard Éginhard, soucieux de gommer la responsabilité de Charles dans ce qui ne pouvait manquer de passer pour une usurpation, c'est sûr de son droit que, deux jours plus tard, le matin de Noël, le roi franchit une nouvelle fois le seuil de Saint-Pierre pour y être couronné par le pape, *puis* acclamé par l'assistance au cri, trois fois répété, de «Charles Auguste, couronné par Dieu, grand et pacifique empereur, vie et victoire». Le rituel était inspiré de Byzance, mais inversé : Léon III voulut absolument montrer que c'était lui, et non le peuple, qui faisait l'empereur : ainsi pouvait être lavée l'humiliation des semaines précédentes. Ainsi surtout était réalisé le programme contenu dans la mosaïque du Latran.

Charles prit assurément les choses très au sérieux. Dès le 29 mai 801, il s'intitula dans ses diplômes «Charles, sérénissime Auguste, couronné par Dieu, grand et pacifique empereur gouvernant l'Empire romain, et par la grâce de Dieu roi des Francs et des Lombards». Il se fit bientôt représenter sur ses monnaies, comme jadis Constantin, couronné de lauriers et revêtu du prestigieux *paludamentum*; et, comme jadis Constantin, il prit l'habitude de sceller certains de ses actes d'une bulle pendante figurant au revers les portes de Rome avec la légende *Renovatio Romani Imperii*. Ainsi, maître indiscutable de la Ville, Charles assuma-t-il pleinement la rénovation de l'Empire — du moins en Occident —, ce qui ne put que susciter des remous sur le Bosphore. Irène réagit la première, mais elle avait peu d'arguments; par contre Nicéphore Ier, après qu'il l'eut chassée du trône, rompit en 803 toute relation avec Aix-la-Chapelle. Charles se sentit libre désormais de mettre la main, au terme d'une longue guerre (806-810), sur la Vénétie et sur la Dalmatie, nominalement byzantines, mais déchirées par des querelles de partis. L'empereur d'Orient, occupé contre les Bulgares, fut contraint de négocier : contre la reconnaissance de son titre impérial, Charles rétrocéda volontiers en 811 la Vénétie et la Dalmatie à Michel Ier, successeur de Nicéphore; dès 812, des ambassadeurs grecs vinrent à Aix-la-Chapelle chargés de présents; ils acclamèrent Charles *imperator* et *basileus*!

Ainsi Byzance reconnut-elle la rénovation de l'Empire en Occident. Mais, pour Charles et ses conseillers, cette *rénovation* impliquait indubitablement un *renouvellement* du concept impérial : son assise territoriale était réduite aux royaumes des Francs et des Lombards ; son contenu idéologique était avant tout chrétien. Apparemment, la France à venir allait être peu marquée par la rénovation impériale de 800 : le Saint Empire Romain Germanique, avatar né en 962 de la décomposition de l'Empire de Charlemagne, aurait une assise territoriale plus limitée encore — aux seules contrées orientales du royaume des Francs et à l'Italie du Nord ; mais ce qu'il perdrait en superficie et en définition ethnique, il le perdrait aussi en universalité. L'adage serait ainsi justifié qui prétendrait que le roi de France, héritier des seules contrées occidentales du royaume des Francs, serait «empereur en son royaume». Comme le dirait Thomas de Pouilly, légiste du temps de Philippe le Bel, «puisque le roi possède en son royaume tout l'*imperium* que l'empereur possède dans l'Empire et qu'il n'a dans le monde aucun supérieur au temporel, on peut dire de lui ce qui est dit de l'empereur, à savoir que tous les droits, et d'abord ceux qui concernent son royaume, sont enfermés dans son cœur ; de lui, de ses actes et de sa conscience, il faut admettre ce qui est écrit de l'empereur ; le roi de France est empereur et occupe la place de l'empereur dans son royaume [1]».

Cette place, ces droits, cet *imperium*, ce sont essentiellement ceux du souverain chrétien, tels que l'ont successivement définis, en les chargeant de responsabilités accrues, le sacre de Pépin III et le couronnement impérial de Charles. A ce titre assurément, le roi de France est le légitime héritier de celui qui, de son avènement en 768 jusqu'à sa mort en 814, voulut, parachevant l'œuvre engagée par son père, harmoniser la société chrétienne que Dieu lui avait confiée pour mieux préparer son salut ; de celui qui voulut, par une véritable entreprise de normalisation, l'inscrire dans un ordre jugé providentiel.

---

1. Cité par Robert Folz (52), p. 263.

4

La normalisation
de la société franque

Charlemagne entre Dieu et les hommes.

Si le sacre de Pépin avait tendu à faire de la fonction royale
un véritable sacerdoce, la promotion de Charles à l'Empire
fit assurément de lui le représentant de Dieu dans l'ensemble
de ses États, spécialement dépêché pour faire régner un ordre
qui voulait que chacun fût à la place que le Créateur lui avait
attribuée et une paix qui permît à tous, dans le respect de
la justice et la pratique de la charité, de bâtir ici-bas la Cité
de Dieu. « Que tous, dit un capitulaire du début de l'an 802,
vivent d'une manière juste selon le précepte de Dieu [...] ; que
les clercs observent strictement la vie canonique sans chercher à s'enrichir injustement, que les moines se conforment
à leur règle de vie, sous une autorité attentive ; que les laïcs
et les séculiers jouissent équitablement de leurs lois, sans per-
fidie ; que tous vivent entre eux dans la charité et dans la paix
parfaites [...]. Que chacun s'efforce, suivant son intelligence
et ses forces, de se réserver entièrement au service de Dieu,
selon le précepte de Dieu et selon son engagement solennel,
parce que le *dominus imperator* n'est pas en mesure d'exercer sa surveillance et sa discipline sur tous et sur chacun... »
En dépit de cette dernière restriction qui marque, non sans
un certain bon sens, les limites de ses prétentions, Charles
se voulut en effet médiateur exclusif entre Dieu et le peuple
de ses sujets (partagé entre ces trois ordres — clercs, moines
et laïcs — qui ne sont pas encore ceux de l'âge féodal), comme
la position de son trône dans la chapelle d'Aix l'avait clairement montré.

Dès avant 800 (en 786 ? en 792 ? en tout cas après que des

« hommes infidèles » se furent révoltés contre lui), Charles avait compris que pour mieux contraindre ses sujets, de moins en moins nombreux à être convoqués à l'assemblée des hommes en armes, il avait tout intérêt à restaurer le serment de fidélité jadis prêté par les leudes aux souverains mérovingiens, mais en l'étendant à tous, clercs aussi bien que laïcs, membres des élites aristocratiques aussi bien que « membres du peuple depuis l'âge de douze ans jusqu'à la vieillesse ». Mais ce serment avait un contenu essentiellement négatif : il obligeait celui qui le prêtait à ne pas faire de tort au roi. C'est peut-être l'une des raisons pour lesquelles Charles voulut qu'en 802 tout le monde, y compris ceux qui lui avaient déjà prêté serment en tant que roi, renouvelât son serment en faveur de l'empereur, mais en donnant au nouvel engagement un contenu réellement positif, puisque chacun désormais devait promettre « au seigneur Charles, empereur très pieux », de lui être fidèle « comme un homme devait l'être selon le droit envers son maître ». A la différence de l'engagement vassalique, dont le formulaire a sans doute servi de modèle, le serment de 802, prêté solennellement devant l'empereur ou devant ses *missi*, restait un engagement public, n'engendrant aucune sujétion personnelle et n'appelant aucune rétribution. Mais, mobilisant Dieu et ses saints, il était nimbé d'une atmosphère religieuse qui faisait de chacun une partie prenante dans la construction d'une cité juste et pacifique, qui annonçait la *Respublica christiana* bientôt proclamée par Louis le Pieux. Charles et son entourage savant cherchaient assurément à ressusciter une idée d'État — d'État chrétien — qui avait totalement disparu. Mais avaient-ils les moyens de faire fonctionner un État ?

Du palais aux « pagi » :
le gouvernement carolingien.

En même temps que l'empereur, la cour tendit, dès les premières années du IXe siècle, à se fixer à Aix-la-Chapelle, où l'on a retrouvé, à l'est immédiat du grand ensemble monumental, les traces peu significatives des bâtiments de torchis et de colombage qui abritaient appartements et bureaux.

Comme on l'a vu, Charles n'a fait qu'améliorer les services que lui avait légués son père. Un archichapelain, normalement promu à l'épiscopat, comme Angilram à Metz, dirigeait la chapelle ; un *cancellarius* administrait la chancellerie, exclusivement composée de clercs occupés à rédiger les actes et à valider les diplômes royaux ; et quelques grands officiers laïcs occupaient les fonctions de cour héritées des temps mérovingiens — sénéchal, connétable, bouteiller, chambrier (c'est-à-dire gardien de la *camera*, ou trésor royal), comte du palais enfin, jugeant au nom de l'empereur et en dernière instance les appels venus de partout. Autour d'eux et du petit noyau des intellectuels de l'Académie, qui, souvent promus à l'abbatiat (comme Alcuin à Saint-Martin de Tours) ou à l'épiscopat (comme Théodulfe à Orléans), se retiraient de plus en plus souvent sur leurs domaines lointains, gravitait tout un petit monde de courtisans, vassaux royaux, *proceres* laïcs et ecclésiastiques, souvent convoqués en conseil, et surtout ces jeunes gens, fils des comtes et des plus grands vassaux, nourris (on les appelle les *nutriti*) et logés au palais, venus pour ces longs séjours d'apprentissage qui faisaient de la cour une véritable école de cadres.

Car Charles eut l'indiscutable souci d'homogénéiser son administration et d'en fidéliser les agents. S'il reconnut la spécificité de chaque peuple, spécialement de ceux qui venaient d'être intégrés, au point de donner l'ordre — en 802 encore, année des grandes mesures, où le programme impérial fut mis en forme dans un vaste capitulaire général — que leur loi fût couchée par écrit ; s'il délégua à deux de ses fils une vice-royauté sur l'Aquitaine et sur l'Italie ; s'il maintint dans certaines zones frontières, singulièrement dans le Toulousain et sur les marges armoricaines, le régime militaire de la marche, partout il systématisa l'institution comtale, répartie en près de 200 circonscriptions, appelées de plus en plus souvent *pagi*, même si elles correspondaient à d'anciennes cités, sur lesquelles le comte, son représentant exclusif, détenait le *comitatus*, c'est-à-dire l'ensemble des attributions de la puissance publique, dans les domaines administratif, financier, judiciaire, militaire : le comte ne devait pas seulement faire rentrer dans les caisses de l'État les revenus des terres et des droits fiscaux et régaliens, il avait aussi la mission de faire régner l'ordre et la paix voulus en haut lieu. Pour ce faire, il était assisté d'un suppléant, le *vice-comes* ou vicomte, et d'agents subalternes, les viguiers et centeniers, attachés à des circonscriptions plus petites.

Pour rémunération, le comte gardait encore, comme aux beaux temps mérovingiens, le tiers des amendes et autres revenus de justice spécialement perçus à l'occasion de la réunion du *mallus* — l'assemblée des hommes libres constituée en cour comtale. Et il avait de surcroît l'usufruit d'une part des domaines fiscaux de sa circonscription. Autant dire que l'*honneur* comtal, comme disent les textes, était une charge très attractive, d'autant que son titulaire, normalement issu de la plus haute aristocratie, avait souvent un important patrimoine, et que, tout aussi normalement vassal royal, il jouissait des revenus d'un confortable bénéfice.

C'est pourquoi Charles a voulu moraliser la fonction. Il s'est attaché à recruter les comtes parmi les gens qui fréquentaient le palais, singulièrement parmi les *nutriti* formés à son école, qui entretenaient avec lui des relations affectives privilégiées. Il a cherché, rompant avec une tradition remontant à l'édit de 614, à les envoyer dans les *pagi* où ils n'avaient pas d'intérêts personnels, éventuellement à les muter ou à les révoquer. Il a exigé d'eux qu'ils lui rendent, à l'occasion des plaids généraux annuels — les *champs de mai* de l'armée —, les comptes de leur gestion. Il les a fait surveiller par les évêques, considérés eux aussi (on en sera bientôt convaincu) comme des agents de l'autorité publique, et surtout par les *missi dominici* dont il a déjà été question, et dont l'institution devint systématique après 800. De la même façon que les comtes devaient se rendre le plus régulièrement possible au palais, les inspecteurs du palais devaient se rendre le plus régulièrement possible dans les comtés. Grâce à cette navette, les abus — singulièrement le fructueux enracinement des comtes — purent être limités. Surtout, l'immense législation impériale (on compte 47 capitulaires après le couronnement de 800, contre 9 seulement avant) put être diffusée aux quatre coins du *regnum Francorum* : nul dans le passé n'avait fait autant que Charles pour en assurer la cohésion.

La vassalité : une institution privée
au service de la raison d'État.

Et ça n'était pas chose facile, tant restaient vives les identités régionales, en deçà même des principautés périphériques, jusque dans le cœur de la Gaule. Il se trouvait partout encore, en Aquitaine comme en Neustrie, en Bourgogne comme en Austrasie, de ces puissantes familles aristocratiques, riches de leurs biens fonciers et de leurs réseaux de clientèle privée, généralement recommandée, dont les intérêts s'identifiaient à ceux de leur *regio*, souvent ancien *regnum*, et qui ne pouvaient accepter sans regimber d'être administrés par les rejetons de ces familles anciennement alliées des Pippinides, ou récemment ralliées à leur cause, parmi lesquelles se recrutaient les comtes, marquis et autres évêques — comme les Hugobert, Lambert, Robert, Eticho, Unroch, Welf... Pour mieux fidéliser ceux-ci, surtout pour mieux enrégimenter les récalcitrants, Charles généralisa le système de la vassalité, c'est-à-dire de l'engagement d'homme à homme, strictement privé, qu'avait déjà utilisé, dans le but d'étendre sa propre clientèle armée, Charles Martel, mais qu'il rendit systématique de façon que chaque grand ou moyen propriétaire foncier — milieu auquel se limitait désormais le recrutement de l'armée — doublât le service public dû au roi d'un service privé dû à l'homme. Or l'engagement personnel que par la recommandation un vassal devait à son *senior*, son seigneur, était beaucoup plus contraignant : il faisait de celui-là, en échange de la protection et de l'entretien matériel, l'homme de celui-ci, susceptible de lui donner à tout moment son temps, sa force, son conseil et sa vie. Si l'origine juridique de l'engagement privé remonte aussi bien au contrat (*convenientia*) de *commendatio* romain (qui fixait les règles de l'engagement d'un dépendant libre à l'égard de son patron) qu'au compagnonnage guerrier (*Gefolge*) germanique, utilisé par les rois mérovingiens pour fixer à leur service armé les membres de leur *truste*, le rituel d'entrée dans la vassalité était assurément codifié depuis un certain temps quand, en 757 suivant les *Annales royales*, « Tassilon duc des Bavarois se rendit [à Compiègne] avec ses grands et, selon la coutume franque, se recommanda lui-même en vasselage par les mains dans les mains du roi, et [qu']il promit fidélité tant envers le roi Pépin qu'envers ses fils Charles et Carloman en jurant sur le corps de saint Denis. Il s'engagea à observer la foi [*fides*] tous les jours de sa vie envers les seigneurs susdits non seulement là, mais en faisant le même serment sur les corps des saints Martin et Germain. De même, les plus grands et les plus nobles parmi les Bavarois, qui s'étaient rendus avec lui en présence du roi, promirent d'observer la foi envers le roi et ses fils dans les mêmes vénérables lieux [1]. »

Ce texte, le premier qui se fasse à ce point explicite, dit bien la force de l'engagement par les mains (entendons les mains jointes du vassal — ce serait bientôt l'attitude du chrétien en prière — dans celles de son seigneur) : il s'agit d'un échange, archaïque au fond, de flux, d'énergie, de substance vitale, auquel le serment, en l'occurrence multiplié de lieu en lieu sur les plus vénérables reliques, conférait une dimension spirituelle, qui engageait le salut dans l'au-delà aussi bien que la vie d'ici-bas.

Or Charles ne s'est pas contenté de multiplier, comme son père et surtout son grand-père avant lui, le nombre de ses vassaux, dont il fit pompeusement des *vassi dominici*, souvent chasés dans les régions soumises quand ils n'étaient pas, tel le Languedocien Jean, vainqueur d'une troupe musulmane du côté de Barcelone, recrutés en leur sein, pour mieux les encadrer. Il obligea désormais tous les grands — comtes, marquis, évêques, abbés — à rentrer dans sa propre vassalité, en sorte que leur propre réseau de clientèle passât par leur relais à son service. Et il encouragea tous les membres de ce que l'on a appelé la *Reichsaristokratie* ainsi que ses propres vassaux à faire rentrer dans leur vassalité le plus d'hommes libres possible, ceux en particulier dont la fortune foncière faisait des mobilisables, pour qu'en dernier ressort chacun lui dût un service privé, extensible à merci, autant que public. « Que tous ceux qui possèdent des bénéfices, dit clairement un capitulaire de 807, marchent à l'armée. » La rétribution en terres du service vassalique était en effet devenue la règle :

---

1. Traduction d'Élisabeth Magnou-Nortier (106).

elle devait donner à chacun la disponibilité qu'exigeait le service armé du souverain. Ainsi la conquête de terres nouvelles était-elle une nécessaire compensation à la diminution du fisc royal : qu'elle vînt à se ralentir, voire à s'arrêter comme ce fut le cas après la proclamation de l'Empire, le budget de la monarchie franque pouvait s'en trouver déséquilibré.

L'encadrement de la terre et des hommes.

Heureusement, le *regnum Francorum* connut sous les premiers Carolingiens une incontestable prospérité. Et si cette prospérité a été le fruit des circonstances extérieures (persistance du mieux climatique enregistré depuis le début du VIIᵉ siècle) et intérieures (les bienfaits de la *paix caroline*), il est clair qu'elle a été, au moins sous Charlemagne, le produit d'une politique volontariste (on a parlé de son « dirigisme [1] »), inspirée par l'idéal de paix, d'ordre et d'équilibre qui a été sa véritable obsession. Ainsi le capitulaire *De villis vel curtis Imperii*, qu'on date volontiers de l'extrême fin du VIIIᵉ siècle, procédait-il d'un désir de rationaliser la gestion des *villae* royales, encourageant par exemple les défrichements là où c'était opportun — sans doute au détriment des landes —, mais exprimant clairement le souhait que le manteau forestier, réserve des chasses royales, ne fût point trop amoindri : « Que nos bois [*silvae*] et nos forêts [*forestes*] soient bien surveillés ; et là où il y a une place à défricher, que nos intendants la fassent défricher et qu'ils ne permettent pas aux champs [*campos*] de gagner sur les bois ; et où il doit y avoir des bois, qu'ils ne permettent pas de trop les couper. » De toute évidence, la tendance au défrichement, signe de croissance démographique et économique, était assez importante pour que le souverain s'en inquiétât et veillât à ce que les équilibres naturels ne fussent point rompus.

Cet extraordinaire document, qui obligeait les intendants des domaines du fisc à faire chaque année, tout comme les comtes, l'« état des revenus de leur exploitation », ne nous est connu que par un manuscrit légèrement postérieur de

---

1. Robert Latouche (93).

l'abbaye de Reichenau, qui comporte en outre la transcription de quelques inventaires de domaines royaux, tous situés (Annappes, Cysoing, Vitry-en-Artois, Somain, et sans doute aussi le plus énigmatique Treola, peut-être aux origines de Lille [1]) dans l'extrême nord de la France actuelle : sans doute les moines du lac de Constance voulurent-ils conserver ces divers documents parce qu'ils y voyaient des modèles de gestion. C'est que, en matière économique aussi bien que religieuse, Charles voulut à tout prix créer, et imposer, des modèles. Plus précisément, il contraignit les grands établissements ecclésiastiques, comme peut-être ses vassaux laïcs, à rédiger ces inventaires de biens et de revenus de la terre qu'on appelle polyptyques, dont l'origine remonte parfois (à Saint-Martin de Tours, à Saint-Remi de Reims) à des *ordinationes*, ou listes de charges, établies au VIIᵉ siècle, mais dont le nombre se multiplia, si l'on en juge par les spécimens conservés, sous Charlemagne et sous ses successeurs.

Ce que montrent ces documents, singulièrement le plus célèbre d'entre eux, fait par l'abbé Irminon (806-829) pour Saint-Germain-des-Prés, c'est la généralisation du « domaine » biparti, partagé entre réserve et manses, tel qu'il avait été défini entre Loire et Rhin au cours du VIIᵉ siècle ; c'est l'insertion dans les structures domaniales d'un nombre de plus en plus important de paysans libres, qui ne perdaient pas pour autant l'exercice de leur exploitation domaniale, mais en donnaient désormais une part des fruits à leur nouveau seigneur ; c'est, partout, aussi bien dans la région parisienne que dans la région rémoise, une évidente pression démographique, qui s'exprime dans la recension des personnes et dans l'éventuel fractionnement des manses ; c'est, de même, le défrichement récent, qu'atteste le partage en manses strictement égaux des terres de communautés entières. Mais c'est aussi, incontestablement, l'assise que constitue pour le service public chaque manse, chaque *villa* : la récapitulation finale du descriptif du domaine germano-pratin de La Celle en Yveline dit clairement que l'abbaye *habet* (« a ») 53 manses ingénuiles, c'est-à-dire libres, qui paient

---

1. D'après Alain Derville.

chaque année pour l'*hostilicium*, donc pour l'armée, ou 1 char, ou 6 bœufs, ou 88 sous d'argent...

Ce sont de telles précisions, ainsi — paradoxalement — que le flou du vocabulaire (que signifie au juste *habet*?), qui ont conduit certains historiens à considérer que ces documents n'étaient pas des inventaires de domaines ou de revenus seigneuriaux, mais des registres d'assiette et de revenus fiscaux [1]. Pourquoi, en fait, n'auraient-ils pas été les deux à la fois? L'abbé, qui était en même temps grand seigneur foncier et, au titre de l'immunité, représentant du roi dans ses domaines, pouvait très bien consigner dans le même document, d'une part les services et les rentes qui lui étaient dus en tant que seigneur, d'autre part les services et les impôts dus au roi qu'il levait en son nom. On comprendrait ainsi l'insistance avec laquelle Charles voulut que les grands propriétaires du *regnum*, singulièrement ecclésiastiques, établissent un strict comptage de leurs domaines, de leurs dépendants et de leurs ressources; on comprendrait aussi pourquoi il fit volontiers diffuser parmi eux les modèles que constituaient les documents relatifs à la gestion des domaines fiscaux.

Bien sûr, cet encadrement de la terre et des hommes sur un modèle fiscal laisse dans l'ombre les petits propriétaires libres qu'on avait vus nombreux dans le nord de l'Aquitaine et dans le Maine, par exemple; mais il est évident, sans qu'on puisse en dire plus, que la tendance était à la concentration entre les mains des puissants, laïcs autant qu'ecclésiastiques, de la propriété foncière. Le 3 août 800, le clerc Deodat faisait don à l'abbaye audomaroise de Saint-Bertin de tous ses biens, qui provenaient autant de l'alleu hérité de son père que de ses propres acquêts; et, en 813, un dénommé Bredingus donnait à l'abbaye d'Aniane l'ensemble de ses terres.

L'argent, les grands et les petits échanges.

C'est de plus en plus souvent en argent que les polyptyques exprimaient le montant des redevances foncières et des charges publiques. Dans l'exemple cité de La Celle en Yveline,

1. Voir Élisabeth Magnou-Nortier (108) et Jean Durliat (43).

ce sont *de argento solidi LXXXVIII* qui étaient exigés au titre
de l'*hostilicium*. C'est que l'argent recommençait de péné-
trer les campagnes. Grâce à la vente de ses surplus (c'est donc
qu'il y en avait) sur les marchés ruraux (on en connaît plusieurs, par exemple sur les domaines san-dyonisiens de Fave-
rolles ou de Cormeilles-en-Vexin ; ou germano-pratins de
Marolles-sur-Seine), une partie de la paysannerie put, en tout
cas dans le nord de la Gaule, accumuler suffisamment de
liquidités pour pouvoir remplacer des livraisons en nature
par des paiements forfaitaires. Ainsi la charge monétaire
moyenne atteignait-elle dans les domaines de Saint-Germain-
des-Prés, au début du IXᵉ siècle, 17 deniers pour les manses
ingénuiles, généralement les plus riches. Voilà assurément un
des heureux effets de la réforme monétaire introduite par
Pépin III et complétée par Charlemagne.

Celui-ci prit en effet les mesures pour consolider le denier
d'argent institué par son père (794) et pour réaffirmer le
monopole royal, éventuellement même (805 et 808) celui du
palais ; si cette dernière aspiration ne put être réalisée, il est
patent qu'à partir des environs de 790 les noms des monétaires disparurent des pièces pour ne plus laisser place qu'au
nom du roi, puis de l'empereur. Les conquêtes d'outre-Rhin
facilitèrent l'approvisionnement en métal blanc, et les mines
du Harz vinrent peu à peu suppléer celles de Melle, en Poitou, dont la production commençait à s'essouffler. Le poids
de la livre fut désormais porté à plus de 400 grammes, et la
taille réduite à 240 deniers par livre (à raison de 12 deniers
— la seule espèce qui fût frappée de manière significative —
par sou, et de 20 sous par livre), en sorte que le poids moyen
du denier avoisina 1,70 gramme : le système qui dominerait
l'histoire monétaire de l'Europe de façon exclusive jusqu'au
XIIIᵉ siècle, et partielle au-delà, était désormais en place.

Par la revendication réitérée du monométallisme-argent,
Charles ancra plus que jamais l'économie du *regnum Francorum* à l'espace maritime nord-européen, d'où était parti,
dès le VIIᵉ siècle, le réveil économique des contrées septentrionales, et qui offrait une ouverture de plus en plus exclusive à la vie d'échanges. Certes, Théodulfe, envoyé en 798
comme *missus* en Septimanie, se dit dans un poème ébloui

par Nîmes la spacieuse, par Maguelone la maritime et par Narbonne l'élégante, où il fut au demeurant chaleureusement accueilli par la colonie des réfugiés Espagnols ; il dit même avoir vu ici et là, moins sur le marché que dans les cours de justice, des cristaux d'Orient, des tapis d'Arabie, des parfums de Syrie et des cuirs de Cordoue. Mais n'étaient-ce pas là les restes d'anciens trafics, sortis des trésors familiaux pour corrompre les juges ? Et n'y avait-il pas de quoi émouvoir le réfugié nostalgique des rivages méditerranéens quittés depuis tant d'années ? Ce que l'on sait par ailleurs de la Nîmes carolingienne, ou encore d'Arles la provençale, c'est une vie urbaine étiolée, ce sont des faubourgs désertés, c'est le repli — singulièrement clérical — dans des réduits fortifiés.

On ne pourrait en dire autant des ports maritimes et fluviaux de la Gaule du Nord. En 779, par exemple, les moines de Saint-Germain-des-Prés obtinrent confirmation par Charles de l'exemption que son père leur avait accordée du paiement de toute douane à Rouen, à Amiens, à Quentovic, à Maastricht et à Dorestad : ainsi, aux abords de la Manche et de la mer du Nord, les vieilles cités participaient autant que les nouveaux *wiks* à un trafic qui intéressait le pouvoir dans la mesure où il prélevait, à chaque débarquement, une décime sur les marchandises transbordées. La basse vallée de la Canche, en particulier, site de Quentovic, attira nombre de grands établissements ecclésiastiques qui, souvent par faveur royale, y acquirent du bien : ce fut le cas de Saint-Vaast d'Arras, de Saint-Bertin, de Saint-Riquier, de Fontenelle-Saint-Wandrille, de Ferrières-en-Gâtinais. Et le fait que les moines de Saint-Germain, qui disposaient sur la basse Seine, à Quillebeuf sans doute, d'une fenêtre sur la mer, mais qui n'avaient pas de terres à Quentovic, exigeaient de leurs hommes de Villemeult (dans la Beauce) et de Combs-la-Ville (dans la Brie) des charrois jusqu'au *wik* de la Canche montre qu'ils escomptaient bien tirer profit de leur exemption de péage pour faire du commerce avec l'outre-Manche.

Ce qui est sûr, c'est que les gros producteurs de vin et de blé, mais aussi des produits de l'artisanat (céramique, verrerie, armes), des riches Bassins parisien, mosan et rhénan, trouvèrent dans les ports de la Manche et de la mer du Nord, mais aussi ailleurs (depuis Nantes, au commerce toujours orienté vers l'ouest britannique, jusqu'aux postes frontaliers des confins germano-slaves, en passant par Saint-Denis, dont les foires d'octobre connurent alors leur apogée), les marchés où ils pouvaient écouler les surplus de leur production entre les mains de marchands professionnels le plus souvent étrangers : Iro-Bretons, Anglo-Saxons, Franco-Frisons ou encore Slaves. En échange, ils ramenaient des produits bruts (métaux, laines, peaux, fourrures, ambre), qu'ils gardaient pour eux ou faisaient transformer, et les monnaies d'argent, qu'avec l'indispensable sel et les produits d'une métallurgie plus ou moins ouvrée, ils redistribuaient dans les campagnes. Ainsi est-ce l'ensemble des paysanneries, et pas seulement des aristocraties, qui, d'une façon ou d'une autre, furent intéressées à l'ouverture au nord des riches plaines et plateaux de la Gaule septentrionale. Ce ne fut pas la moindre des victoires de Charlemagne, dont les agents percevaient, sur les transports et sur les transactions, de substantiels tonlieux. S'il put se faire qu'il en dispensât tel ou tel établissement ecclésiastique, c'était pour assurer le salut de son âme. Pour celui-ci, et pour celui de son peuple dont il se sentait tout aussi responsable, il fit bien plus : représentant de Dieu sur terre, il exerça une véritable théocratie royale, qui l'amena non seulement à régenter l'Église, mais encore à codifier la discipline et à définir la doctrine.

Église d'État et État d'Église.

Dans le long préambule de l'*Admonitio generalis*, ou *Avertissement général*, de 789, important capitulaire destiné à fixer la vie de l'Église surtout d'après les canons des anciens conciles, Charles se rappelle avoir lu « dans le Livre des rois comment saint Josias s'est efforcé de ramener au culte du vrai Dieu le royaume que Dieu lui avait donné en le parcourant, le corrigeant et l'exhortant. Je le dis, continue-t-il, non pas pour me comparer à sa sainteté, mais parce qu'il est de notre devoir de suivre partout et toujours les exemples des saints et parce qu'il est nécessaire de rassembler tous ceux que nous pouvons en vue de la pratique d'une bonne vie en l'honneur et à la gloire de Notre-Seigneur Jésus-Christ ». C'est tout un programme : le fait est que Charlemagne cherche à le mettre en pratique, à coups de conciles, convoqués et réunis par lui, de capitulaires, rassemblant les décisions conciliaires prises sous son autorité, et de lettres, de réprimande autant que d'encouragement.

Charles, donc, revendiqua une autorité exclusive sur l'Église ; et s'il continua d'entretenir avec la papauté les liens étroits qu'avait noués son père, allant jusqu'à pleurer à chaudes larmes à l'annonce de la mort d'Adrien, il ne souffrit jamais que celui-ci et *a fortiori* Léon III détinssent une autorité spirituelle supérieure à la sienne. Les évêques de Rome, comme ceux de Gaule et l'ensemble de leurs clergés, furent toujours confinés dans un rôle purement sacerdotal. Bien sûr, tels d'entre eux — Alcuin pour commencer, ou encore Wilchaire, métropolitain de Sens et successeur de Chrodegang à la légation des Gaules, sans parler des archichapelains qui se sont succédé au palais — jouèrent auprès du souverain un rôle de conseil spirituel, éventuellement politique (qui aurait fait la différence ?), mais, en dernier ressort, la décision appartenait toujours au seul Charlemagne. Celle, pour commencer, de pourvoir aux sièges, en puisant volontiers dans le stock des palatins, même laïcs, pourvu qu'ils fussent compétents ; et de définir la mission de tout nouvel élu.

« A l'époque où vous m'envoyiez gouverner cette Église, lui écrivit Leidrade en 801, trois ans après sa nomination au siège métropolitain de Lyon, vous n'avez pas dédaigné de me signaler certaines négligences qui y avaient été commises ; c'est pourquoi vous avez bien voulu m'inviter à exercer cette vigilance pleine de sollicitude afin que les fautes commises fussent réparées et que les fautes possibles à l'avenir fussent évitées. C'est qu'en effet cette Église était à cette époque dénuée de beaucoup de choses, tant à l'intérieur qu'à l'extérieur, tant dans ses offices que dans ses édifices ou dans les autres fonctions ecclésiastiques. Daignez donc entendre ce que moi, votre humble serviteur, j'ai accompli, avec le secours de Dieu et le Vôtre, après être arrivé ici... » Ainsi Charles exigea-t-il de ses métropolitains et de ses évêques les mêmes rapports d'activité que ceux qu'il exigeait de ses comtes et de ses intendants. De la même façon, il voulut structurer la hiérarchie en sorte qu'elle convergeât non vers le pape (le texte le montre bien), mais vers lui. Il réaffirma la prééminence des métropoles (anciennes capitales des 17 provinces romaines, réduites au nombre de 16 après la disparition d'Eauze), enjoignant les archevêques, par exemple par un capitulaire de 813, de surveiller étroitement leurs suffragants, et les évêques, par un capitulaire de 802, d'ordonner les prêtres «suivant la loi canonique», et de les visiter régulièrement dans les paroisses, fussent-elles privées.

Car il fut soucieux que la réforme engagée par ses oncle et père fût reçue partout. Il continua l'entreprise d'uniformisation liturgique partie de Metz et désormais officialisée dans la chapelle palatine d'Aix : dans sa lettre, Leidrade rendit grâces à l'empereur de lui avoir adressé un clerc de l'église cathédrale de Metz pour enseigner à Lyon l'art de la psalmodie romaine «suivant le rituel du sacré palais» — ce qui veut dire que, curieux effet de la centralisation carolingienne, pour être enfin appliquée à Lyon, la liturgie romaine a dû transiter par Metz et par Aix-la-Chapelle ! Il voulut restaurer la discipline, celle des laïcs («Que tous les fidèles communient et restent à la messe jusqu'à la dernière prière», capitulaire de 806) et celle des clercs : on le vit admonester les religieux de la plus prestigieuse église des Gaules, Saint-Martin de Tours (qui étaient désireux de troquer la règle monastique pour celle, plus souple, des chapitres canoniaux), et leur envoyer, en la personne d'Alcuin, un abbé redresseur de torts «afin qu'il [les] remît dans la bonne voie par ses discours et ses conseils». Surtout, Charles se voulut docteur de la foi, prenant position autoritaire dans les affaires de dogme qui secouaient alors les églises, et le faisant savoir par voie de capitulaires : c'est ainsi qu'après les *Libri carolini* (791-792) qui prenaient position sur l'iconoclasme, le capitulaire d'Aix de 809 décréta, encore contre Byzance, que le Saint-Esprit procédait non «du père *par* le Fils», mais «du Père *et* du Fils», et que la nouvelle définition figurât dans le *Credo* !

Quand Charlemagne voulait faire des cadres de l'Église

franque autant de relais de son autorité, aussi indispensables à l'exécution de ses décisions en matière religieuse que l'étaient les comtes en matière civile, il restait dans la logique de ses prédécesseurs, pour qui n'existait pas la moindre séparation entre temporel et spirituel. Mais, à leur différence, il était intimement persuadé qu'il préparait ainsi le salut de la société chrétienne qui lui avait été confiée. C'est ce désir qui, plus que tout, le poussa à vouloir réformer l'institution monastique, qui n'était plus depuis longtemps un isolat social exclusivement voué à la rédemption du monde. Alors qu'on dénombrait quelque 200 monastères dans la Gaule des environs de 600, il s'en trouvait près de 600 au début du IXᵉ siècle. Charles, on en a eu un exemple avec Saint-Martin de Tours, revendiqua le monopole des nominations abbatiales — mais ses choix, même parmi les laïcs, furent toujours judicieux. Surtout, il voulut, dans son perpétuel souci de mise en ordre de la société, uniformiser la règle, au profit de celle de saint Benoît : « Peut-on être moine sans observer la règle de saint Benoît ? », demandait-il encore à l'assemblée générale du Champ de mai de 811. Dans ce domaine encore, il put bénéficier du concours de monastères-relais : Aniane, d'une part, fondé en 782 dans le Midi languedocien par Witiza, fils d'un comte goth de Maguelone et formé au palais, et qui, sous le nom de Benoît, sut, par une activité incessante, rallier à la Règle de nombreuses abbayes d'Aquitaine, de Septimanie et de Provence ; Centula-Saint-Riquier, d'autre part, près de l'estuaire de la Somme, dont Angilbert, abbé laïc depuis 789, fit, sous la houlette de Charles, un véritable laboratoire du monachisme carolingien : autour de ses trois églises (dédicacées au Sauveur, à Notre-Dame et à Saint-Benoît), où priaient 300 moines au rythme de la liturgie stationnale et de la psalmodie romaine, fut organisée une véritable cité sainte, peuplée de tous les corps de métier, les uns et les autres œuvrant au rayonnement du monastère, de l'Empire et de Dieu.

C'est que le monachisme réformé de Charles était, sans que fût remise en question sa vocation première qui était la prière, résolument ouvert au monde : par la mission, à laquelle s'offraient les champs vierges ou mal défrichés de la Germanie conquise ; par l'hospitalité et l'aumône, qui expliquent que, dans le plan fameux du monastère de Saint-Gall (820), figurent une hôtellerie des hôtes de marque, une hôtellerie des pauvres et un hôpital ; par l'étude et par l'art enfin, auxquels Charles apporta tous ses soins.

*Une culture et un art
à la gloire de Dieu et de l'Empire.*

Charles était convaincu que, pour préparer la Cité de Dieu sur terre et assurer le salut de la société chrétienne dans l'audelà, il fallait en relever le niveau intellectuel et moral. Naturellement, le préalable indispensable était d'améliorer l'instruction des clercs « pour qu'ainsi brillât Votre lumière à la face des hommes », comme dit, reproduisant un verset évangélique, l'*Admonitio* de 789. « Il nous a paru utile, ajouta Charles dans une circulaire de peu postérieure, que les évêchés et les monastères dont la direction nous a été confiée par la grâce du Christ, outre l'ordonnance de la vie régulière et une conduite conforme à la sainte religion, soient aussi consacrés à l'étude des saintes Écritures et mis à la disposition de ceux qui, avec l'aide de Dieu, peuvent se livrer aux études. » Après l'irrémédiable déclin des écoles antiques, où l'on apprenait, notamment, la grammaire et la rhétorique indispensables à l'intelligence et à la transmission des Écritures, seules les églises, en particulier les monastères les plus influencés par la tradition insulaire, continuaient de diffuser les rudiments de grammaire latine sans lesquels les remarquables *scriptoria*, ou ateliers d'écriture, qu'on vit se développer un peu partout — par exemple à Corbie, à Fleury-sur-Loire, à Saint-Martin de Tours — n'auraient jamais vu le jour.

Ce que voulurent Charles et ses conseillers de l'Académie palatine, singulièrement Alcuin, ce furent la multiplication des écoles, la normalisation de leur enseignement et leur ouverture au monde laïc. Dès 789, l'*Admonitio*, véritable loi-cadre, fixait le programme : « Qu'il y ait des écoles pour apprendre à lire aux enfants, et que dans chaque monastère, dans chaque évêché, on enseigne les psaumes, les notes, le

chant, le comput, la grammaire ; et qu'on corrige soigneuse-
ment les livres pieux, car souvent, alors que certains désirent
prier Dieu, ils ne le peuvent pas du fait des fautes qui en-
combrent les livres. » On aimerait connaître avec précision
l'effet d'une législation que renouvelèrent, jusqu'aux conciles provinciaux de 813, tant de capitulaires et tant de man-
dements. Le fait que nombre des nouveaux évêques et abbés
avaient été formés dans ce qu'on appelle l'« école du palais »
— en fait, une institution informelle qui donnait aux *nutriti*
des rudiments de grammaire, de connaissances religieuses et
de gestion administrative — donne à penser qu'ils se firent
volontiers les relais de la réforme. Leidrade d'ailleurs, encore
lui, rapporte qu'il créa des écoles de chantres, dont la plupart étaient devenus capables d'en former à leur tour, et des
écoles de lecteurs désormais capables de « s'exercer aux leçons
de l'office, ou encore de retirer de la méditation des livres
divins les fruits de l'interprétation spirituelle ». Théodulfe,
devenu évêque d'Orléans en 798, évoque l'école de sa cathédrale, celles des monastères de Saint-Aignan, de Saint-Lifard
et de Fleury ; il a même pris des dispositions pour ouvrir dans
les campagnes des écoles paroissiales... Il est vrai qu'avec de
tels évêques on a affaire à l'élite de l'intelligentsia carolingienne.

Mais si, comme paraissait l'indiquer le projet initial, l'un
des buts fondamentaux de la réforme était d'améliorer la qualité graphique et grammaticale des livres saints, pour rendre
plus facile la méditation spirituelle, on doit reconnaître la
réussite de l'entreprise. Pour commencer, Charlemagne
encouragea la diffusion d'une calligraphie qui s'était développée dans certains *scriptoria* de la Gaule du Nord, à Tours,
à Corbie, à Aix même, et qui, rompant avec la tradition faite
d'arabesques, de hastes démesurées, de boucles tourmentées,
juxtaposait des caractères parfaitement alignés, remarquables par la régularité des tracés, l'équilibre entre les pleins
et les déliés, en un mot leur lisibilité : il s'agit de la *minus-
cule caroline*, dont on fait volontiers l'ancêtre de nos caractères d'imprimerie. Cette écriture donna leur support et leur
crédibilité à des textes que les temps carolingiens multiplièrent à l'infini dans les *scriptoria* monastiques : aux vieux

fonds des bibliothèques, faits essentiellement des livres de la
Bible et d'ouvrages liturgiques, on ajouta les œuvres contemporaines — annales, vies de saints, *Gesta* — dont la production, importante sous Charlemagne, annonce la floraison des
décennies à venir ; et surtout des manuscrits nouveaux
d'œuvres anciennes, copiées et recopiées à partir de spécimens rares venus d'Irlande, d'Angleterre, d'Espagne et d'Italie, c'est-à-dire de ces milieux, berceaux du renouveau de la
culture chrétienne, où Charles avait recruté les plus beaux
fleurons de son entourage lettré. Ainsi les bibliothèques de
Corbie, de Saint-Riquier, de Jumièges, de Fontenelle, de
Fleury, de Saint-Denis s'enrichirent-elles des œuvres des Pères
de l'Église, des grammairiens latins, des encyclopédistes de
la basse Antiquité, et même — concession à la culture profane grâce à laquelle bien des chefs-d'œuvre sont parvenus
jusqu'à nous — des auteurs de la latinité classique.

En même temps, les saintes Écritures et les textes liturgiques étaient recopiés dans de superbes *codices*, aux couver-
tures enrichies d'or, d'ivoire et de pierreries (comme les
véritables châsses, porteuses du Verbe divin, qu'ils étaient)
et aux pages illustrées de somptueuses peintures. Les miniatures qui ornent l'évangéliaire que le moine Godescalc, *ulti-
mus famulus* du roi, a offert à la reine Hildegarde peu avant
sa mort en 783 expriment bien le carrefour d'influences enfin
maîtrisées qu'était alors devenue la Gaule du Nord : on y voit
aussi bien les rouleaux, entrelacs et initiales ornementales des
manuscrits irlandais, que les palmettes et dégradés multico-
lores de l'art méditerranéen. Mais, signe de temps où l'Empire
de l'Ouest s'apprête à rivaliser avec l'Empire de l'Est, les figures de pleine page vont chercher leurs modèles iconographi-
ques à Byzance (Christ en majesté) et à Jérusalem (fontaine
de vie). Avec ce livre naquit ce qu'on convient d'appeler l'atelier du palais, qui a donné d'autres évangéliaires (celui
d'Abbeville, sans doute cadeau de Charlemagne à Angilbert
à l'occasion de la visite qu'il rendit à Saint-Riquier en l'an
800 ; ou celui de Saint-Médard de Soissons, donné plus tard,
en 827, par Louis le Pieux à ce monastère) dans lesquels
s'imposent, conformément aux modèles antiques, la recherche sur le modelé, les volumes, la perspective, qui allaient

caractériser la production des grands ateliers — champenois, tourangeau — de la grande *Renaissance carolingienne* du IXᵉ siècle.

Renaissance, en effet, par la redécouverte de l'art antique. Renaissance aussi par l'extraordinaire floraison de l'architecture, singulièrement religieuse, qui, si elle puisa ses modèles, et éventuellement ses matériaux, dans les monuments anciens, réussit à édifier, comme naguère le Saint-Denis de Pépin et Fulrad, des édifices intégrés et synthétiques qui annoncent le grand art roman. On a beaucoup construit et restauré sous le règne de Charlemagne : Leidrade lui-même se félicitait d'avoir remis en état les églises Saint-Jean-Baptiste, Saint-Étienne, Saint-Nizier, Sainte-Marie, Sainte-Eulalie, Saint-Paul de Lyon... Il semble qu'au total 27 cathédrales, 232 monastères et 65 ensembles palatiaux aient été édifiés entre 768 et 814 — sans compter de simples oratoires comme celui, à plan tréflé et décoré de mosaïques inspirées de modèles romains, que Théodulfe éleva à Germigny-des-Prés, non loin de son nouveau siège épiscopal d'Orléans.

Une des principales nouveautés est qu'on tendit désormais à concentrer la liturgie dans des espaces restreints. Rappelons-nous en effet que les monastères et les groupes cathédraux hérités des temps paléochrétiens et mérovingiens (ceux de Jumièges et de Metz, par exemple) étaient marqués par la multiplicité des édifices cultuels, les uns de plan basilical, les autres de plan centré, entre lesquels se répartissaient les offices de l'année liturgique. Dans le Saint-Riquier de Charlemagne et d'Angilbert, il se trouvait encore, on l'a vu, trois églises. Mais les gravures du XVIIᵉ siècle, copies d'une miniature du XIᵉ, qu'on en a conservées montrent que l'une d'elles, Saint-Sauveur, l'emportait sur les autres par sa magnificence : à chaque extrémité de la nef, orientée d'ouest en est, s'élevaient deux transepts et deux énormes tours imitées des rotondes antiques. Au rez-de-chaussée de ces tours, comme aux étages, se trouvaient des autels, qui faisaient de chaque portion de l'édifice une église dans l'église, où se déplaçaient les offices au rythme du calendrier liturgique. Ainsi était-ce au premier étage de la tour occidentale, au-dessus de la *capsa maior*, reliquaire prestigieux contenant des reliques du Christ rame-

nées de Terre sainte, que l'ensemble de la communauté
monastique célébrait les grandes fêtes christologiques — Nati-
vité, Pâques, Ascension. La synthèse était ainsi réalisée qui
intégrait en un unique ensemble plan central et plan basilical, qui allongeait l'édifice suivant un rythme ternaire (massif occidental, d'où sortiraient les porches et les tours de nos
églises romanes ; nef ; et chœur oriental), et qui donnait un
cadre homogène à toutes les célébrations de l'année liturgique. Dans le plan du monastère de Saint-Gall, postérieur de
quelque vingt ans, n'apparaît plus qu'une seule église, elle
aussi développée suivant un rythme ternaire, elle aussi jalon-
née de très nombreux autels.

Comme naguère Pépin III à Saint-Denis, Angilbert se fit
enterrer en 814 sous le porche occidental de sa nouvelle abbatiale. Cet homme, l'un des rares Francs à avoir participé au
renouveau des lettres et des arts à la cour d'Aix-la-Chapelle,
est un pur produit de la synthèse carolingienne. Il était l'ami
de Pépin le Jeune, roi d'Italie, et l'amant de Bertrade, fille
préférée de Charles, dont il eut un fils, Nithard — historien
à venir des luttes entre les fils de Louis le Pieux, ses cousins
germains. Surnommé Homère dans le cadre de l'Académie
palatine, Angilbert laissa plusieurs poèmes à la rhétorique
boursouflée, assez caractéristique d'une génération de parvenus de la culture. Devenu abbé de Saint-Riquier en 789,
il n'abandonna pas pour autant l'état de laïc, ni ne renonça
à fréquenter la cour, et Bertrade. N'empêche qu'il fut un très
grand abbé, non seulement par son œuvre temporelle, mais
aussi par son œuvre spirituelle : avec son *Institutio de diver-
sitate officiorum*, il nous a même laissé un véritable traité
de liturgie. Cet homme entre deux vies, entre deux états, entre
deux *ordres* aurait pu choquer ses contemporains, mais Charlemagne garda jusqu'au bout son amitié à celui qui, en 800,
fit avec lui le voyage de Rome, et qui, en 811, fut l'un des
témoins qui signèrent son testament. C'est que la raison
d'État et la raison privée, si intimement mêlées dans l'esprit
de Charles, voulaient qu'à la tête du monastère dont il avait

voulu faire le laboratoire du nouveau monachisme fût placé un familier dans lequel, moine ou pas, il avait toute sa confiance.

Le but, cependant, qu'avait poursuivi Charles tout au long de son règne avait bien été la mise en *ordre*, on est tenté de dire la mise en *ordres*, de la société chrétienne. Car l'idée augustinienne d'un ordre providentiel, suivant laquelle chacun avait été mis par Dieu à la place qui était la sienne sur terre et devait exécuter la tâche qui lui était dévolue, avait fait son chemin depuis qu'elle avait servi à fonder la réponse du pape Zacharie à Pépin III. Désormais il était entendu, comme l'a clairement formulé Théodulfe dans son poème *Sur les hypocrites*, que « le sein de l'Église porte ces trois genres, différents par leur ordre, mais qu'unit une même foi : le clerc dans le champ du Seigneur, le moine dans la retraite, les laïcs au moulin ». Charles fit le maximum pour que chacun fût à sa place, et la place de chacun clairement définie. Mais, tout représentant de Dieu qu'il fût sur terre, avait-il vraiment les moyens, tant matériels qu'intellectuels, de réussir ?

Épilogue

Charlemagne
entre l'échec et la réussite

Charles précéda de peu Angilbert dans la tombe : il mourut le 28 janvier 814 et fut enterré le jour même dans la chapelle palatine d'Aix. Éginhard rapporte le texte de son épitaphe : « Sous cette pierre repose le corps de Charles, grand et orthodoxe empereur, qui noblement accrut le royaume des Francs et pendant XLVII années le gouverna heureusement, mort septuagénaire l'an du Seigneur DCCCXIV, indiction VII, le V des calendes de février. » Dès 811, le souverain avait donné un testament dans le but « non seulement d'assurer une distribution méthodique et raisonnable de sa fortune sous forme d'aumônes [essentiellement au profit des églises métropolitaines de l'Empire], suivant la tradition chrétienne, mais aussi et surtout [de] mettre ses héritiers à même de connaître clairement et sans aucune ambiguïté ce qui devait leur revenir et de faire entre eux sans contestation ni dispute un partage équitable ». Et Éginhard de conclure que « Louis, fils de Charles et son successeur par la volonté divine, s'est employé aussitôt après la mort de son père et dans les plus courts délais à en faire exécuter scrupuleusement tous les articles [1] ». Heureusement, en effet, pour sa succession et pour la destinée de l'Empire, Charles ne laissait derrière lui qu'un fils royal. Pépin, roi d'Italie, était mort en 810, et Charles le Jeune, « duc du Maine », en 811. Le survivant, Louis, roi d'Aquitaine, avait été associé à l'Empire : le 11 septembre 813, son père l'avait couronné lui-même (sans que le pape fût présent) du diadème impérial, et l'avait fait acclamer « empereur et auguste » par le peuple franc rassemblé à Aix.

1. Traduction de Louis Halphen (46).

N'empêche que sept ans plus tôt, le 6 février 806, Charles avait, à l'instar de ses prédécesseurs rois des Francs, prévu le partage de ses États entre ses trois fils « afin que le royaume ne fût pas transmis dans l'indivision et sans règle, comme un sujet de discorde » : à Louis, l'Aquitaine et la Bourgogne ; à Pépin, l'Italie et la Germanie au sud du Danube ; à Charles, la Neustrie, l'Austrasie et la Germanie au nord du Danube — en sorte que chaque lot était constitué du royaume ou *ducatus* que chacun possédait déjà, augmenté de territoires sur lesquels le père exerçait son autorité directe. On mesure du même coup le poids des résistances régionales qui s'opposaient encore à l'intégration dans un État homogène. Et ce d'autant plus que la *divisio regnorum* ne mentionnait nulle part le devenir de la dignité impériale, comme si Charles acceptait l'idée que, distinction personnelle, elle disparaîtrait avec lui. Il fallut donc les décès, précipités à la fin du règne, des deux aînés, pour que l'unité et la dignité de l'Empire fussent sauvegardées. Comme on le sait, ce ne fut qu'un sursis.

Une autre menace s'était fait jour dans les dernières années du règne : la menace viking. Dès la fin de 799, des voiles venues des îles Britanniques, sans doute majoritairement norvégiennes, s'étaient profilées à l'horizon des côtes vendéennes et avaient amené sur le pays leur cohorte de pillards. Mais c'est en 810 que le danger se précisa, à quelques journées de cheval du palais d'Aix : tandis que Charles était occupé à consolider dans la Nordalbingie saxonne une *marca Northmannica*, une marche normande contre les turbulents Danois, ceux-ci fondirent sur les côtes de Frise, infligeant aux habitants une lourde rançon de cent livres d'argent. Charles se précipita à Boulogne, puis à Gand, pour y constituer des flottilles de guerre et préparer la riposte. Mais elle ne vint jamais : les mers du Nord, qui avaient ouvert la Gaule des VIIe-VIIIe siècles à de nouveaux horizons, porteurs des plus grandes espérances, deviendraient bientôt les voies de tous les périls.

Ainsi Charles eut-il l'occasion, au soir de sa vie, de pressentir la double menace — déchirements intérieurs, agressions extérieures — qui, dès le règne de Louis, commencerait d'entamer l'intégrité de l'Empire, avant de le conduire inéluctablement à sa perte. Or Charles porte une lourde responsabilité dans cette inéluctabilité. En pratiquant la confusion systématique entre service public et engagement privé, il laissait une lourde hypothèque à ses successeurs : seuls sa force, l'éclat de ses victoires, son prestige lui avaient permis d'accrocher les fidélités — celles que des vassaux devaient à leur seigneur. Que vînt un roi faible, humilié, vaincu ; ou que surgît une compétition entre plusieurs prétendants au pouvoir, chacun pouvait être tenté, désormais, de vendre sa foi au plus offrant. C'est pourquoi, en dépit des quelques séditions que les annalistes n'ont pu taire, celle, par exemple, de Pépin le Bossu, qui a su en 792 entraîner quelques comtes derrière lui, le règne de Charlemagne marqua un point d'équilibre dans l'histoire de la société franque : seules son autorité et ses propres richesses ont pu faire converger vers lui les forces centrifuges qui étaient venues à bout du pouvoir mérovingien, et qui, à terme, mineraient le pouvoir de ses successeurs. Du coup, il a osé, ou plutôt on a osé pour lui, prétendre à l'universalité de son pouvoir ; et son rayonnement fut immense.

Ce rayonnement fut aussi celui de son peuple, le peuple franc, dont les dithyrambes officiels faisaient le peuple élu de Dieu, nouvel Israël, sous la conduite du roi sacré, nouveau David. « Heureux, écrivait Alcuin, le peuple exalté par un chef et soutenu par un prédicateur de la foi dont la main droite brandit le glaive des triomphes et dont la bouche fait retentir la trompette de la vérité catholique. C'est ainsi que David soumit à Israël par son glaive victorieux les nations d'alentour et prêcha parmi les siens la loi divine. De la noble descendance d'Israël est sortie, pour le salut du monde, la fleur des champs et des vallées, le Christ, à qui de nos jours *le peuple qu'il a fait sien* doit un autre roi David [...], un roi à l'ombre duquel *le peuple chrétien* repose dans la paix et qui de toutes parts inspire la terreur aux nations païennes [1]. » Le peuple franc, désormais assimilé à la société chrétienne tout entière, par un auteur anglo-saxon de surcroît :

1. Cité par Georges Tessier (150), p. 401.

quel chemin parcouru depuis le baptême de Clovis, événement fondateur, et même depuis les sacres de Pépin ! Le vœu du moine de Saint-Denis, auteur en 763 du nouveau prologue de la loi salique, paraît exaucé qui voulait que « le Christ qui aime les Francs protège leur règne, remplisse ses dirigeants de la lumière de sa grâce, veille sur leur armée, leur accorde le rempart de la foi, leur concède les joies de la paix et le bonheur de ceux qui dominent leur époque [1] ». Un vœu dont les *reges Francorum*, tant carolingiens que capétiens, qui se succéderaient en *Francia*, puis en France, feraient volontiers leur programme.

Il est vrai que leurs prédécesseurs des Ve-VIIIe siècles, qui s'étaient convertis au christianisme, qui avaient engagé, éventuellement par la voie législative ou militaire, leurs peuples à en faire autant, qui enfin avaient pris l'habitude de se faire enterrer auprès des saintes reliques et dans le chœur des églises, les avaient mis sur la voie. L'un des legs principaux que ces siècles réputés obscurs firent aux siècles à venir fut assurément l'adhésion unanime des populations de la Gaule, d'origine barbare aussi bien que romaine, parlant le germanique, le celtique, autant que le latin rustique, à un dogme qui promettait la rédemption dans l'autre monde ; et à ce qui fut sans doute son expression la plus visible, telle par exemple qu'elle a été révélée par la fouille de tant de sites urbains de la Gaule du Midi et tant de sites ruraux de la basse Normandie, la progressive intégration de la cité des morts à la cité des vivants au sein d'un même espace, l'espace paroissial, centré sur son église et sur les corps saints que l'on y vénérait.

L'autre grand legs des premiers siècles médiévaux à l'histoire de la France fut assurément l'ouverture au nord des horizons politiques, culturels, économiques et sociaux. Pour la première fois de son histoire, la Gaule du Sud se trouvait sous le joug de la Gaule du Nord, et du peuple qui depuis Clovis s'en était rendu maître, le peuple franc. Si au temps de Char-

1. Cité par Pierre Riché (137).

lemagne les principaux centres de décision, centralisés comme ils ne l'avaient jamais été depuis l'apogée romain, se trouvaient rassemblés à Aix-la-Chapelle et dans une Austrasie presque totalement germanisée, il était arrivé dans un passé récent (sous Pépin III, sous Charles Martel) et même ancien (sous Dagobert, sous Clovis) que le pouvoir franc privilégiât une région à peine germanisée (le cœur de la Neustrie) et une ancienne cité romaine (Paris) pour y établir le siège de son autorité. Ce fut tellement vrai que certains auteurs carolingiens n'hésitèrent pas à limiter l'acception du mot *Francia* à la seule région parisienne, la future Ile-de-France. Que revînt le temps des partages, celle-ci s'imposerait, naturellement et définitivement, comme région capitale du royaume des Francs de l'Ouest, comme il était arrivé naguère qu'elle le fût de l'ensemble du royaume des Francs.

Chronologie

575	Assassinat de Sigebert par Chilpéric. Avènement de son fils Childebert II comme roi d'Austrasie.
584	Mort de Chilpéric et avènement de son fils Clotaire II.
587	Traité d'Andelot et rétablissement provisoire de la paix entre les Francs.
v. 590	Fondation du monastère de Luxeuil par saint Colomban.
597	Mort de Frédégonde.
av. 600	Vague d'épidémies et crise économique.
v. 600	Reprise de la faide royale entre Clotaire II, d'une part, et les petits-fils de Sigebert et de Brunehaut, d'autre part.
613	Supplice de Brunehaut. Clotaire II, seul roi des Francs.
614	Édit de paix de Clotaire II.
623	Dagobert, fils de Clotaire II, délégué comme roi en Austrasie.
629	Mort de Clotaire II. Dagobert, seul roi des Francs, installe sa résidence dans la région parisienne.
v. 630	Campagnes de Dagobert contre les Frisons du bas Rhin, puis contre les Wendes, au-delà de l'Elbe.
632	Sigebert, fils de Dagobert, délégué comme roi en Austrasie.
v. 634	Dagobert fonde la foire de Saint-Denis.
639	Mort de Dagobert. Le roi est enterré à Saint-Denis. Ses fils Sigebert III et Clovis II lui succèdent, le premier en Austrasie, le second en Neustrie-Bourgogne.
640	Mort de Pépin Ier, maire du palais d'Austrasie.
643	Grimoald, fils de Pépin Ier, devient maire du palais d'Austrasie.
656	Mort de Sigebert III. Plutôt que le prince royal Dagobert, Grimoald impose pour lui succéder son propre fils, Childebert « l'Adopté ».
658	Ébroïn, maire du palais de Neustrie.
662	Assassinat de Grimoald et de Childebert.
663-v. 679	Épiscopat de Léger d'Autun, chef du parti bourguignon.
v. 670	Substitution progressive du parchemin au papyrus dans les actes émanés de la chancellerie mérovingienne. Début de la diffusion en Gaule des pseudo-*sceattas* anglo-frisons.
673-675	Childéric II, fils de Clovis II, seul roi des Francs.
673-676	Construction d'une principauté d'Aquitaine indépendante sous l'autorité du duc Loup.
677-687	Guerre entre la Neustrie et l'Austrasie.
v. 680	Pépin II, neveu de Grimoald, nouveau maire du palais d'Austrasie.
687	Bataille de Tertry, à l'issue de laquelle Pépin II s'empare de la mairie du palais de Neustrie et s'impose comme maître indiscutable de tout le Nord du royaume, sous la couverture d'une royauté devenue purement nominale.
690-695	Conquête des bouches du Rhin aux dépens des Frisons.
695	Collaboration de Pépin II et de la papauté pour la fondation de l'évêché d'Utrecht au profit de l'Anglo-Saxon Willibrord.

714   Mort de Pépin II. Soulèvement conjugué des Neustriens, emmenés par le maire du palais Ragenfred, et des Frisons, emmenés par leur roi Radbod.

716-720   Par les victoires successives d'Amblève, de Vincy et de Néry, Charles Martel, fils de Pépin II, rétablit l'autorité austrasienne.

719-725   Conquête de la Septimanie par les musulmans d'Espagne. En 721, Toulouse est défendue par le prince d'Aquitaine Eudes.

720-738   Campagnes de Charles Martel en Germanie et intégration progressive de celle-ci au royaume des Francs.

722   L'Anglo-Saxon Boniface, sacré évêque, procède à l'établissement de la hiérarchie ecclésiastique en Germanie.

732   Sollicité par Eudes, Charles Martel arrête près de Poitiers un raid lancé par les musulmans d'Espagne.

733-739   Campagnes répétées de Charles Martel en Bourgogne, en Provence et en Septimanie.

737   Mort de Thierry IV, seul roi des Francs.
Charles Martel ne lui donne pas de successeur.

739   Appel — resté sans écho — du pape Grégoire III à Charles Martel contre les Lombards qui menacent Rome.

741   Mort de Charles Martel. Ses fils Carloman et Pépin lui succèdent à la mairie du palais. Soulèvement des oppositions, spécialement périphériques.

743   Les deux maires désignent Childéric III comme roi : il serait le dernier souverain mérovingien.

743-746   Campagnes en Aquitaine et en Germanie.

743-747   Réforme de l'Église franque sous l'égide des maires et de Boniface. Concile germanique, concile des Estinnes, concile de Soissons.

747   Abdication de Carloman. Pépin, seul maire du palais.

749   Le pape Zacharie donne son aval au projet d'usurpation de Pépin.

751   Pépin III dépose Childéric III et se fait proclamer roi par les grands réunis à Soissons et sacrer par les évêques francs.

754   Pépin III se fait sacrer à Saint-Denis par le pape Étienne II, venu solliciter son aide contre les Lombards. Première expédition de Pépin en Italie.

756   Seconde expédition de Pépin en Italie. Victoire sur le roi Aistulf et création du patrimoine de saint Pierre.

755-762   Continuation de l'œuvre de réforme de l'Église, débuts de l'organisation canoniale, institution de la dîme ecclésiastique et diffusion de la liturgie romaine.

759   Soumission définitive de la Septimanie.

760-768   Campagnes répétées, suivies de la soumission définitive de l'Aquitaine.

768   Mort de Pépin III. Le roi est enterré à Saint-Denis.
Son royaume est partagé entre ses fils Charles et Carloman.

771	Mort de Carloman. Charlemagne seul roi des Francs.
772-780	Premières expéditions de Charlemagne contre les Saxons.
773-774	Campagne de Charlemagne contre l'Italie lombarde ; siège de Pavie et capitulation du roi Didier. Charles, roi des Lombards.
778	Expédition de Charlemagne en Espagne. Échec du siège de Saragosse ; massacre de l'arrière-garde par les Basques au col de Roncevaux.
781	Louis, fils de Charles, âgé de trois ans, est promu roi d'Aquitaine.
782-785	Soulèvement des Saxons, répression et promulgation du capitulaire *De partibus Saxoniae*.
782	L'Anglo-Saxon Alcuin est appelé à la cour de Charlemagne.
786 ou 792	Premier serment exigé des hommes libres du royaume par Charlemagne.
789	*Admonitio generalis*, ou *Avertissement général*, le plus important des capitulaires de Charlemagne.
791-792	*Libri carolini*, ou *Capitulaire des images*.
791-796	Expéditions contre les Avars.
792-797	Révolte des Saxons du Nord et des Frisons de l'Est. Expéditions répressives. Et nouveau *Capitulaire saxon*.
794	Début de la construction du complexe palatial d'Aix-la-Chapelle.
	Consolidation du denier d'argent institué par Pépin III.
796	Apogée des relations diplomatiques entre Charlemagne et le roi Offa de Mercie.
798	Léon III, pape depuis 795, commande les nouvelles mosaïques du Latran, qui peuvent être interprétées comme un véritable programme de restauration impériale.
799	Conspiration romaine contre Léon III, qui vient chercher à Paderborn le soutien de Charlemagne.
800	Concile romain présidé par Charles ; couronnement impérial de Charles par Léon III (25 décembre).
802	*Capitulaire impérial*, mettant au point le programme impérial. Régularisation de l'institution des *missi*. Nouveau serment exigé de tous les sujets à la personne de Charles, empereur.
803	Rupture entre l'empereur d'Orient Nicéphore et Charlemagne.
806-811	Guerre des deux empereurs en Vénétie et en Dalmatie.
806	Projet de partage de l'Empire par Charlemagne entre ses trois fils.
v. 807	Construction de l'oratoire épiscopal de Germigny-des-Prés.
807	Stabilisation de la résidence de la cour à Aix-la-Chapelle.
809	*Capitulaire d'Aix*, prenant position dans l'affaire du *Filioque*.
810	Premier raid danois sur les côtes de Frise, et premier tribut aux Danois de cent livres d'argent.
	Mort de Pépin, fils royal.

811   Mort de Charles, fils royal.
813   Louis, seul fils royal survivant de Charles, est associé par
        son père à l'Empire.
814   Mort de Charlemagne, inhumé dans la chapelle d'Aix.
        Son fils Louis lui succède.

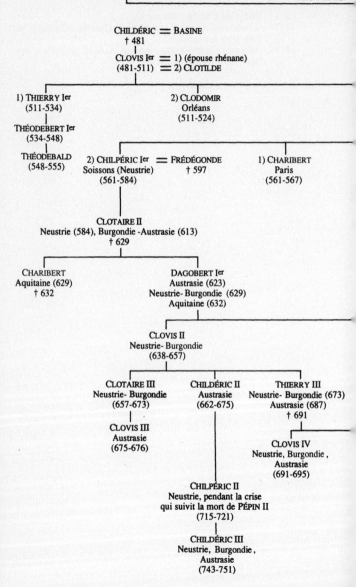

CHILDÉRIC = BASINE
† 481
CLOVIS Ier = 1) (épouse rhénane)
(481-511) = 2) CLOTILDE

1) THIERRY Ier
(511-534)

THÉODEBERT Ier
(534-548)

THÉODEBALD
(548-555)

2) CLODOMIR
Orléans
(511-524)

2) CHILPÉRIC Ier = FRÉDÉGONDE
Soissons (Neustrie) † 597
(561-584)

1) CHARIBERT
Paris
(561-567)

CLOTAIRE II
Neustrie (584), Burgondie -Austrasie (613)
† 629

CHARIBERT
Aquitaine (629)
† 632

DAGOBERT Ier
Austrasie (623)
Neustrie- Burgondie (629)
Aquitaine (632)

CLOVIS II
Neustrie- Burgondie
(638-657)

CLOTAIRE III
Neustrie- Burgondie
(657-673)

CLOVIS III
Austrasie
(675-676)

CHILDÉRIC II
Austrasie
(662-675)

THIERRY III
Neustrie- Burgondie (673)
Austrasie (687)
† 691

CLOVIS IV
Neustrie, Burgondie ,
Austrasie
(691-695)

CHILPÉRIC II
Neustrie, pendant la crise
qui suivit la mort de PÉPIN II
(715-721)

CHILDÉRIC III
Neustrie, Burgondie ,
Austrasie
(743-751)

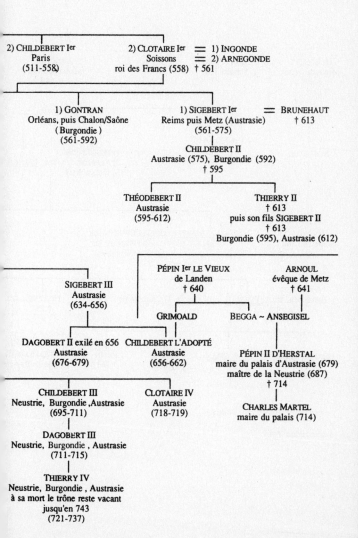

2) CHILDEBERT Ier
Paris
(511-558)

2) CLOTAIRE Ier = 1) INGONDE
Soissons = 2) ARNEGONDE
roi des Francs (558) † 561

1) GONTRAN
Orléans, puis Chalon/Saône
(Burgondie)
(561-592)

1) SIGEBERT Ier = BRUNEHAUT
Reims puis Metz (Austrasie) † 613
(561-575)

CHILDEBERT II
Austrasie (575), Burgondie (592)
† 595

THÉODEBERT II
Austrasie
(595-612)

THIERRY II
† 613
puis son fils SIGEBERT II
† 613
Burgondie (595), Austrasie (612)

PÉPIN Ier LE VIEUX
de Landen
† 640

ARNOUL
évêque de Metz
† 641

SIGEBERT III
Austrasie
(634-656)

GRIMOALD

BEGGA ~ ANSEGISEL

DAGOBERT II exilé en 656
Austrasie
(676-679)

CHILDEBERT L'ADOPTÉ
Austrasie
(656-662)

PÉPIN II D'HERSTAL
maire du palais d'Austrasie (679)
maître de la Neustrie (687)
† 714

CHILDEBERT III
Neustrie, Burgondie ,Austrasie
(695-711)

CLOTAIRE IV
Austrasie
(718-719)

CHARLES MARTEL
maire du palais (714)

DAGOBERT III
Neustrie, Burgondie , Austrasie
(711-715)

THIERRY IV
Neustrie, Burgondie , Austrasie
à sa mort le trône reste vacant
jusqu'en 743
(721-737)

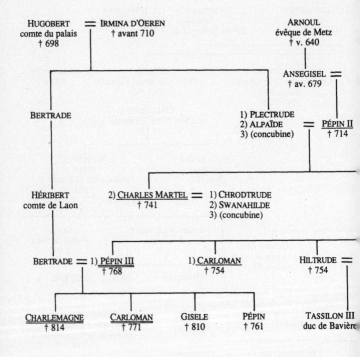

HUGOBERT = IRMINA D'OEREN
comte du palais   † avant 710
† 698

ARNOUL
évêque de Metz
† v. 640

ANSEGISEL =
† av. 679

BERTRADE

1) PLECTRUDE
2) ALPAÏDE   = PÉPIN II
3) (concubine)   † 714

HÉRIBERT
comte de Laon

2) CHARLES MARTEL = 1) CHRODTRUDE
† 741   2) SWANAHILDE
                      3) (concubine)

BERTRADE = 1) PÉPIN III
              † 768

1) CARLOMAN
   † 754

HILTRUDE =
† 754

CHARLEMAGNE   CARLOMAN   GISELE   PÉPIN
† 814   † 771   † 810   † 761

TASSILON III
duc de Bavière

———— maires du palais

═══ rois

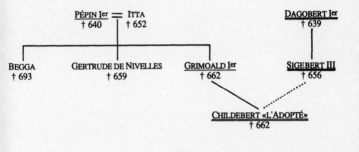

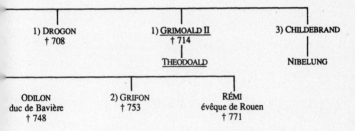

Bibliographie

Il est hors de question de citer ici tous les travaux qui ont été mis à contribution : on trouvera seulement les livres et les quelques articles qui ont paru les plus fondamentaux, ou qui ont fait l'objet de renvois explicites en notes. Il convient cependant de dire d'emblée, parce qu'on ne les retrouvera pas recensés ci-dessous, les services qu'ont rendus à l'auteur et que rendront au lecteur : 1) les différents volumes de la collection d'histoire régionale « Univers de la France » (édités chez Privat à Toulouse) ; 2) les actes des colloques d'histoire du haut Moyen Age tenus chaque année à Spolète (*Settimane di studio del Centro Italiano di studi sull'Alto Medioevo*, Spolète, depuis 1954) ; 3) les bulletins de liaison et les actes des colloques de l'Association Française d'Archéologie mérovingienne.

1. Philippe Ariès, *L'Homme devant la mort*, Paris, Éd. du Seuil, 1978.

2. Philippe Ariès et Georges Duby éd., *Histoire de la vie privée*, t. I, Paris, Éd. du Seuil, 1986.

3. Hartmut Atsma éd., *La Neustrie*, actes du colloque de Rouen, 2 vol., Sigmaringen, Thorbecke Verlag, 1989.

4. Michel Aubrun, *L'Ancien Diocèse de Limoges des origines au milieu du XIe siècle*, Clermont-Ferrand, Institut d'études du Massif central, 1981.

5. Michel Aubrun, *La Paroisse en France des origines au XVe siècle*, Paris, Picard, 1986.

6. Bernard S. Bachrach, *Merovingian Military Organization*, Minneapolis, University of Minnesota Press, 1972.

7. Michel Banniard, *Le Haut Moyen Age*, Paris, PUF, 1980.

8. Michel Banniard, *Genèse culturelle de l'Europe Ve-VIIIe siècle*, Paris, Éd. du Seuil, 1989.

9. Robert-Henri Bautier, « La campagne de Charlemagne en Espagne (778). La réalité historique », *Bulletin de la Société des sciences, lettres et arts de Bayonne*, 1979.

10. Robert-Henri Bautier, « Haut Moyen Age », dans l'*Histoire de la population française* dirigée par J. Dupâquier, t. I, Paris, PUF, 1988.

11. Wolfgang Braunfels éd., *Karl der Grosse. Lebenswerk und Nach-leben*, 4 vol., Düsseldorf, Schwann Verlag, 1965-1968.

12. Peter Brown, *Le Culte des saints. Son essor et sa fonction dans la chrétienté latine*, Paris, Éd. du Cerf, 1984.

13. Raymond Brulet, *Archéologie du quartier Saint-Brice à Tournai*, catalogue d'exposition, Tournai, 1986.

14. *Des Burgondes à Bayard*, catalogue d'exposition, Grenoble, 1981.

15. Fabienne Cardot, *L'Espace et le Pouvoir. Étude sur l'Austrasie mérovingienne*, Paris, Publications de la Sorbonne, 1987.

16. Jean-Christophe Cassard, « La guerre des Bretons armoricains au haut Moyen Age », *Revue historique*, 1986.

17. Jean Chapelot et Robert Fossier, *Le Village et la Maison au Moyen Age*, Paris, Hachette, 1980.

18. André Chédeville et Hubert Guillotel, *La Bretagne des saints et des rois*, Rennes, Ouest-France, 1984.

19. Jean Chélini, *Histoire religieuse de l'Occident médiéval*, Paris, Armand Colin, 1968.

20. *Childéric-Clovis*, catalogue d'exposition, Tournai, 1982.

21. *La Christianisation des pays entre Loire et Rhin (IVᵉ-VIIᵉ siècle)*, colloque de Nanterre, numéro spécial de la *Revue d'histoire de l'Église de France*, 1976. Rééd. Paris, Le Cerf, 1993.

22. Dietrich Claude, « Untersuchungen zum Frühfrankischen Comitat », *Zeitschrift der Savigny Stiftung für Rechtsgeschichte*, 1964.

23. Dietrich Claude, *Der Handel im westlichen Mittelmeer während des Frühmittelalters*, Göttingen, Van den Hoeck & Ruprecht, 1985.

24. Roger Collins, « Theodebert I, *Rex Magnus Francorum* », dans *Ideal and Reality*, éd. par P. Wormald *et al.*, ici n° **164**.

25. Roger Collins, *The Basques*, Londres, Basil Blackwell, 1986.

26. *Colonia Antiqua. Fouilles archéologiques à Cologne*, catalogue d'exposition édité par E. Borger *et al.*, Bruxelles, 1977.

27. Pierre Courcelle, *Histoire littéraire des grandes invasions germaniques*, Paris, Hachette, 1964.

28. W.J. De Boone, *De Franken van hun eerste optreden tot de doot van Childerik*, Amsterdam, Laporte & Dosse, 1954.

29. Jean Decarreaux, *Les Moines et la Civilisation en Occident des invasions à Charlemagne*, Paris, Arthaud, 1962.

30. André Deléage, *La Vie rurale en Bourgogne jusqu'au début du XIe siècle*, 3 vol., Mâcon, Protat, 1941.

31. Pierre Demolon, *Le Village de Brebières (VIe-VIIe siècle)*, Arras, Mémoires de la Commission départementale des Monuments historiques du Pas-de-Calais, 1972.

32. Émilienne Demougeot, *La Formation de l'Europe et les Invasions barbares*, t. II, 2 vol., Paris, Aubier, 1979.

33. Jean-Pierre Devroey, « Réflexions sur l'économie des premiers temps carolingiens (768-877) : grands domaines et action politique entre Seine et Rhin », *Francia*, 1985.

34. Jan Dhondt, *Le Haut Moyen Age (VIIIe-XIe siècle)*, éd. française revue par Michel Rouche, Paris, Bordas, 1976.

35. Alain Dierkens, « Cimetières mérovingiens et histoire du haut Moyen Age. Chronologie, société, religion », *Histoire et Méthode*, t. IV des *Acta Historica Bruxellensia*, Bruxelles, 1981.

36. Alain Dierkens, « Superstitions, christianisme et paganisme à la fin de l'époque mérovingienne. A propos de l'*Indiculus superstitionum et paganiarum* (mars 744) », dans *Magie, Sorcellerie et Parapsychologie*, H. Hasquin éd., Bruxelles, 1984.

37. Alain Dierkens, *Abbayes et Chapitres entre Sambre et Meuse (VIIe-XIe siècle)*, Sigmaringen, Thorbecke Verlag, 1985.

38. Alain Dierkens, « Prolégomènes à une histoire des relations culturelles entre les îles Britanniques et le continent pendant le haut Moyen Age. La diffusion du monachisme dit colombanien ou irofranc dans quelques monastères de la région parisienne au VIIe siècle et la politique religieuse de la reine Bathilde », dans *La Neustrie*, éd. par H. Atsma, ici n° 3.

39. Georges Duby éd., *Histoire de la France*, t. I, Paris, Larousse, 1970.

40. Georges Duby, *Guerriers et Paysans (VIIe-XIIe siècle)*, Paris, Gallimard, 1973.

41. Georges Duby et A. Wallon éd., *Histoire de la France rurale*, t. I, Paris, Éd. du Seuil, 1975.

42. Georges Duby éd., *Histoire de la France urbaine*, t. I, Paris, Éd. du Seuil, 1980.

43. Jean Durliat, « Du caput antique au manse médiéval », *Pallas*, 1982.

44. Jean Durliat, « Le polyptyque d'Irminon et l'impôt sur l'armée », *Bibliothèque de l'École des chartes*, 1983.

45. Marcel Durliat, *Des Barbares à l'an mil*, Paris, Mazenod, 1985.

46. Éginhard, *Vie de Charlemagne*, éd. et trad. par Louis Halphen, 4e éd., Paris, Les Belles-Lettres, 1967.

47. Eugen Ewig, *Trier im Merowingerreich. Civitas, Stadt, Bistum*, Trèves, Paulinus Verlag, 1952.

48. Eugen Ewig, *Frühes Mittelalter*, t. I, vol. 2 de la *Rheinische Geschichte*, Düsseldorf, Schwann Verlag, 1980.

49. Eugen Ewig, *Spätantikes und Fränkisches Gallien*, recueil d'articles éd. par Hartmut Atsma, 2 vol., Munich, Artemis, 1976-1979.

50. Eugen Ewig, *Die Merowinger und das Frankenreich*, Stuttgart-Berlin, Kohlhammer Verlag, 1988.

51. Léon Fleuriot, *Les Origines de la Bretagne*, Paris, Payot, 1980.

52. Robert Folz, *Le Couronnement impérial de Charlemagne*, Paris, Gallimard, 1964.

53. Robert Folz, André Guillou, Lucien Musset, Dominique Sourdel, *De l'Antiquité au monde médiéval*, Paris, PUF, 1972.

54. Gabriel Fournier, *Le Peuplement rural en basse Auvergne durant le haut Moyen Age*, Paris, PUF, 1962.

55. Gabriel Fournier, *Les Mérovingiens*, Paris, PUF, 1966.

56. Frédégaire, *The Fourth Book of the Chronicle of Fredegar with its Continuations*, éd. par J.M. Wallace-Hadrill, Londres, Nelson, 1966.

57. François L. Ganshof, *Qu'est-ce que la féodalité ?*, 5ᵉ éd., Paris, Taillandier, 1982.

58. Nancy Gauthier, *L'Évangélisation des pays de la Moselle. La province romaine de Première Belgique entre Antiquité et Moyen Age (IIIᵉ-VIIIᵉ siècle)*, Paris, De Boccard, 1980.

59. Patrick Geary, *Aristocracy in Provence : The Rhône Basin at the Dawn of the Carolingian Age*, Philadelphie, University of Pennsylvania Press, 1985.

60. Patrick Geary, *Before France and Germany. The Creation and Transformation of the Merovingian World*, Oxford, Oxford University Press, 1988.

61. Walter Goffart, « From Roman taxation to medieval seigneurie : three notes », *Speculum*, 1972.

62. Walter Goffart, « Old and new in Merovingian taxation », *Past and Present*, 1982.

63. Walter Goffart, « Merovingian polyptychs. Reflections on two recent publications », *Francia*, 1982.

64. Grégoire de Tours, *Histoire des Francs*, trad. de Robert Latouche, 2 vol., Paris, Les Belles-Lettres, 1963-1965.

65. Philip Grierson, *Dark Age Numismatics*, recueil d'articles, Londres, Variorum Reprints, 1979.

66. Philip Grierson et Mark Blackburn, *Medieval European Coinage*, t. 1, *5th/10th Centuries*, Cambridge, Cambridge University Press, 1986.

67. Louis Halphen, *Charlemagne et l'Empire carolingien*, 2ᵉ éd., Paris, Albin Michel, 1968.

68. Ingrid Heidrich, « Les maires du palais neustriens du milieu du VIIᵉ au milieu du VIIIᵉ siècle », dans *La Neustrie*, éd. par H. Atsma, ici n° **3**.

69. Martin Heinzelmann, « L'aristocratie et les évêchés entre Loire et Rhin jusqu'à la fin du VIIᵉ siècle », dans *La Christianisation*, ici n° **21**.

70. Martin Heinzelmann, *Bischofsherrschaft in Gallien (4.-7. Jahrhundert)*, Munich, Artemis, 1976.

71. Martin Heinzelmann, « La noblesse du haut Moyen Age (VIIᵉ-XIᵉ siècle). Quelques problèmes à propos d'ouvrages récents », *Le Moyen Age*, 1977.

72. Martin Heinzelmann, « Gallische Prosopographie (260-527) », *Francia*, 1983.

73. Martin Heinzelmann et Joseph-Claude Poulin, *Les Vies anciennes de sainte Geneviève de Paris*, Paris, Champion, 1986.

74. Carol Heitz, *Recherches sur les rapports entre architecture et liturgie à l'époque carolingienne*, Paris, SEVPEN, 1963.

75. Carol Heitz, *L'Architecture religieuse carolingienne : les formes et leurs fonctions*, Paris, Picard, 1980.

76. Carol Heitz, *La France pré-romane. Archéologie et architecture religieuse du haut Moyen Age du IVᵉ siècle à l'an mil*, Paris, Errance, 1987.

77. Jean Heuclin, *Aux origines monastiques de la Gaule du Nord. Ermites et reclus du Vᵉ au XIᵉ siècle*, Lille, Presses universitaires de Lille, 1988.

78. Richard Hodges, *Dark Ages Economics. The Origins of Towns and Trade (A.D. 600-1000)*, Londres, Duckworth, 1982.

79. Richard Hodges et David Whitehouse, *Mohammed, Charlemagne and the Origins of Europe. Archaeology and the Pirenne Thesis*, Londres, Duckworth, 1983.

80. J. Hoyoux, « Le collier de Clovis », *Revue belge de philologie et d'histoire*, 1942.

81. Jean Hubert, J. Porcher et W.F. Volbach, *L'Europe des invasions*, Paris, Gallimard, 1967.

82. Jean Hubert, J. Porcher et W.F. Volbach, *L'Empire carolingien*, Paris, Gallimard, 1968.

83. *L'Inhumation privilégiée du IVᵉ au VIIIᵉ siècle en Occident*, actes du colloque de Créteil (Y. Duval et J.-Ch. Picard éd.), Paris, De Boccard, 1986.

84. Edward James, *The Merovingian Archaeology of South-West Gaul*, 2 vol., Oxford, British Archaeological Reports, 1977.

85. Edward James, *Les Origines de la France. De Clovis à Hugues Capet (de 486 à l'an mil)*, Paris, Errance, 1986.

86. Edward James, *The Franks*, Oxford, Basil Blackwell, 1988.

87. Walter Janssen et Dietrich Lohrmann, *Villa-Curtis-Grangia. Landwirtschaft zwischen Loire und Rhein von der Römerzeit zum Hochmittelalter*, Munich, Artemis, 1983.

88. Reinhold Kaiser, *Bischofsherrschaft zwischen Königtum und Fürstenmacht im frühen und hohen Mittelalter*, Bonn, L. Röhrscheid, 1981.

89. Jean Lafaurie, «Le trésor d'Escharen aux Pays-Bas», *Revue numismatique*, 1959-1960.

90. Jean Lafaurie, «Numismatique : des Mérovingiens aux Carolingiens. Les monnaies de Pépin le Bref», *Francia*, 1974.

91. Jean-Pierre Laporte, «La chasuble de Chelles», article suivi de la traduction de la vie de Bathilde par G. Duchet-Suchaux, *Bulletin du Groupement archéologique de Seine-et-Marne*, 1982.

92. Charles-Marie de La Roncière, Robert Delort, Michel Rouche, *L'Europe au Moyen Age. Documents expliqués*, t. I : *395-888*, Paris, Armand Colin, 1969.

93. Robert Latouche, *Les Origines de l'économie occidentale (IVᵉ-XIᵉ siècle)*, Paris, Albin Michel, 1956.

94. Stéphane Lebecq, *Marchands et Navigateurs frisons du haut Moyen Age*, 2 vol., Lille, Presses universitaires de Lille, 1983.

95. Stéphane Lebecq, «Dans l'Europe du Nord aux VIIᵉ-IXᵉ siècles : commerce frison ou commerce franco-frison ?», *Annales ESC*, 1986.

96. Jacques Le Goff et Jean-Noël Biraben, «La peste dans le haut Moyen Age», *Annales ESC*, 1969.

97. Jacques Le Goff et René Rémond éd., *Histoire de la France religieuse*, t. I, Paris, Éd. du Seuil, 1988.

98. Régine Le Jan-Hennebicque, «Structures familiales et politiques au IXᵉ siècle : un groupe familial de l'aristocratie franque», *Revue historique*, 1982.

99. Charles Lelong, *La Vie quotidienne en Gaule à l'époque mérovingienne*, Paris, Hachette, 1963.

100. Léon Levillain, « Études sur l'abbaye de Saint-Denis à l'époque mérovingienne », *Bibliothèque de l'École des chartes*, 1921, 1925, 1926, 1930.

101. Claude Lorren, « L'église Saint-Martin de Mondeville (Calvados) : quelques questions », dans les *Mélanges d'archéologie et d'histoire médiévales en l'honneur du doyen Michel de Boüard*, Genève-Paris, Droz, 1982.

102. Claude Lorren, « Le village de Saint-Martin de Trainecourt à Mondeville (Calvados), de l'Antiquité au haut Moyen Age », dans *La Neustrie*, éd. par H. Atsma, ici n° **3**.

103. Ferdinand Lot, *La Naissance de la France*, Paris, Fayard, 1948.

104. Rosamond McKitterick, *The Frankish Church and the Carolingian Reforms (789-895)*, Londres, Swift, 1977.

105. Rosamond McKitterick, *The Frankish Kingdoms under the Carolingians (751-987)*, Londres-New York, Longman, 1983.

106. Élisabeth Magnou-Nortier, *Foi et Fidélité. Recherches sur l'évolution des liens personnels chez les Francs du VIIe au IXe siècle*, Toulouse, Publications de l'université de Toulouse Le Mirail, 1976.

107. Élisabeth Magnou-Nortier, « Étude sur le privilège d'immunité du IVe au IXe siècle », *Revue Mabillon*, 1984.

108. Élisabeth Magnou-Nortier, « Le grand domaine : des maîtres, des doctrines, des questions », *Francia*, 1987.

109. Marquise de Maillé, *Les Cryptes de Jouarre*, Paris, Picard, 1971.

110. Henri-Irénée Marrou, *Décadence romaine ou Antiquité tardive ?*, Paris, Éd. du Seuil, 1977.

111. Max Martin, *Das fränkische Gräberfeld von Basel-Bernering*, Bâle-Mayence, Ph. von Zabern, 1976.

112. Marie-Thérèse Morlet, *Les Noms de personnes sur le territoire de l'ancienne Gaule du VIe au XIIe siècle*, 2 vol., Paris, Éd. du CNRS, 1968 et 1972.

113. Lucien Musset, *Les Invasions*, t. I, *Les Vagues germaniques*, 2e éd., Paris, PUF, 1969.

114. Lucien Musset, *Les Invasions*, t. II, *Le Second Assaut contre l'Europe chrétienne (VIIe-XIe siècle)*, Paris, PUF, 1965.

115. Renée Mussot-Goulard, *Charlemagne*, Paris, PUF, 1984.

116. *La Neustrie. Les pays au nord de la Loire de Dagobert à Charles le Chauve (VIIe-IXe siècle)*, catalogue d'exposition édité par Patrick Périn et Laure-Charlotte Feffer, Rouen, Musées et Monuments départementaux de Seine-Maritime, 1985.

117. *Le Nord de la France de Théodose à Charles Martel*, catalogue d'exposition, Musées du Nord-Pas-de-Calais, Aire-sur-la-Lys, 1984.

118. *Paris mérovingien*, catalogue d'exposition, Paris (musée Carnavalet), 1981-1982.

119. Patrick Périn, « Trois tombes de chefs du début de la période mérovingienne : les sépultures n° 66, 68 et 74 de la nécropole de Mézières (Ardennes)», *Bulletin de la Société archéologique champenoise*, 1972.

120. Patrick Périn, avec une contribution de René Legoux, *La Datation des tombes mérovingiennes. Historique, méthodes, applications*, Genève, Droz, 1980.

121. Patrick Périn et Laure-Charlotte Feffer, *Les Francs*, 2 vol., Paris, Armand Colin, 1987.

122. *La Picardie, berceau de la France. Clovis et les derniers Romains*, catalogue d'exposition, Amiens, 1986.

123. Luce Piétri, *La Ville de Tours du IVᵉ au VIᵉ siècle. Naissance d'une cité chrétienne*, Rome, École française, 1983.

124. Christian Pilet, *La Nécropole de Frénouville (Calvados)*, Oxford, British Archaeological Reports, 1980.

125. Christian Pilet, *A ciel ouvert treize siècles de vie (VIᵉ siècle av. J.-C.-VIIᵉ siècle apr. J.-C.). La nécropole de Saint-Martin de Fontenay (Calvados)*, Paris, Plon, 1987.

126. Henri Pirenne, *Mahomet et Charlemagne*, Paris, PUF, 1970.

127. Daniel Piton, *La Nécropole de Nouvion-en-Ponthieu*, Berck-sur-Mer, Amis du Musée, 1985.

128. Odette Pontal, *Histoire des conciles mérovingiens*, Paris, Le Cerf, 1989.

129. *Premiers Temps chrétiens en Gaule méridionale. Antiquité tardive et haut Moyen Age (IIIᵉ-VIIIᵉ siècle)*, catalogue d'exposition, Lyon, 1986.

130. Friedrich Prinz, *Frühes Mönchtum im Frankenreich*, Munich-Vienne, Oldenburg Verlag, 1965.

131. Marc Reydellet, *La Royauté dans la littérature latine de Sidoine Apollinaire à Isidore de Séville*, Rome, École française, 1981.

132. Pierre Riché, *Césaire d'Arles*, Paris, Éd. Ouvrières, 1956.

133. Pierre Riché, *Éducation et Culture dans l'Occident barbare (VIᵉ-VIIIᵉ siècle)*, 3ᵉ éd., Paris, Éd. du Seuil, 1973.

134. Pierre Riché, avec la collaboration de G. Tate, *Textes et Documents d'histoire du Moyen Age (Vᵉ-Xᵉ siècle)*, 2 vol., Paris, SEDES, 1973-1974.

135. Pierre Riché, *La Vie quotidienne dans l'Empire carolingien*, Paris, Hachette, 1973.

136. Pierre Riché, *Écoles et Enseignement dans le haut Moyen Age*, 2ᵉ éd., Paris, Picard, 1989.

137. Pierre Riché, *Les Carolingiens. Une famille qui fit l'Europe*, Paris, Hachette, 1983.

138. Michel Rouche, « Les Aquitains ont-ils trahi avant la bataille de Poitiers ? », *Le Moyen Age*, 1968.

139. Michel Rouche, *L'Aquitaine des Wisigoths aux Arabes (418-781). Naissance d'une région*, Paris, EHESS et J. Thouzot, 1979.

140. Michel Rouche, « L'héritage de la voirie antique dans la Gaule du haut Moyen Age (vᵉ-xiᵉ siècle) », *L'Homme et la Route en Europe occidentale*, actes du 2ᵉ colloque de *Flaran*, Auch, 1982.

141. Michel Rouche éd., *Saint Géry et la Christianisation dans le Nord de la Gaule (vᵉ-ixᵉ siècle)*, actes du colloque de Cambrai, numéro spécial de *La Revue du Nord*, 1986.

142. Michel Rouche, « La crise de l'Europe au cours de la deuxième moitié du viiᵉ siècle et la naissance des régionalismes », *Annales ESC*, 1986.

143. *Saint Chrodegang*, actes du colloque de Metz, Metz, Le Lorrain, 1967.

144. Edouard Salin, *La Civilisation mérovingienne d'après les sépultures, les textes et le laboratoire*, 4 vol., Paris, Picard, 1950-1959.

145. Georg Scheibelreiter, *Der Bischof in merowingischer Zeit*, Vienne-Cologne-Graz, Böhlau Verlag, 1983.

146. Claude Seillier, « Développement topographique et caractères généraux de la nécropole de Vron (Somme) », *Archéologie médiévale*, 1986.

147. Josef Semmler, « Saint-Denis : von den bischöflichen Coemeterialbasilika zur königlichen Benediktinerabtei », dans *La Neustrie*, éd. par H. Atsma, ici n° **3**.

148. Sidoine Apollinaire, *Poèmes* et *Lettres*, éd. par A. Loyen, 3 vol., Paris, Les Belles-Lettres, 1960-1970.

149. Georges Tessier, *Le Baptême de Clovis*, Paris, Gallimard, 1964.

150. Georges Tessier, *Charlemagne*, Paris, Albin Michel, 1967.

151. Laurent Theis, *Dagobert. Un roi pour un peuple*, Paris, Fayard, 1982.

152. Adriaan Verhulst, « Der Handel im Merowingerreich », *Early Medieval Studies*, 1970.

153. Adriaan Verhulst éd., *Le Grand Domaine aux époques mérovingienne et carolingienne*, actes du colloque de Gand, Gand, Centre belge d'histoire rurale, 1985.

154. John Michael Wallace-Hadrill, *The Long-Haired Kings*, 2ᵉ éd., Toronto, University of Toronto Press, 1982.

155. John Michael Wallace-Hadrill, *Early Germanic Kingship in England and on the Continent*, Oxford, Clarendon Press, 1971.

156. John Michael Wallace-Hadrill, *The Frankish Church*, Oxford, Clarendon Press, 1983.

157. Joachim Werner, « Frankish Royal Tombs in the cathedrals of Cologne and Saint-Denis », *Antiquity*, 1964.

158. Karl Ferdinand Werner, *Structures politiques du monde franc (VIᵉ-XIIIᵉ siècle)*, recueil d'articles, Londres, Variorum Reprints, 1979.

159. Karl Ferdinand Werner, *Les Origines*, t. I de *L'Histoire de France* dirigée par Jean Favier, Paris, Fayard, 1984.

160. Matthias Werner, *Der Lütticher Raum in frühkarolingischer Zeit*, Göttingen, Van den Hoeck & Ruprecht, 1980.

161. Herwig Wolfram, *History of the Goths*, 2ᵉ éd., en langue anglaise, Los Angeles, University of California, Los Angeles Press, 1988.

162. Ian Wood, *The Merovingian North Sea*, Alingsas, Viktoria Bokforlag, 1983.

163. Ian Wood, « Gregory of Tours and Clovis », *Revue belge de philologie et d'histoire*, 1985.

164. Patrick Wormald, Donald Bullough, Roger Collins éd., *Ideal and Reality in Frankish and Anglo-Saxon Society*, Studies presented to J.M. Wallace-Hadrill, Oxford, Basil Blackwell, 1983.

165. Bailey Young, « Paganisme, christianisation et rites funéraires mérovingiens », *Archéologie médiévale*, 1977.

166. Bailey Young, *Quatre Cimetières mérovingiens de l'Est de la France : Lavoye, Dieue-sur-Meuse, Mézières-Manchester et Mazerny*, Oxford, British Archaeological Reports, 1984.

167. Bailey Young, « Exemple aristocratique et mode funéraire dans la Gaule mérovingienne », *Annales ESC*, 1986.

168. Erich Zöllner, *Geschichte der Franken, bis zur Mitte des 6. Jahrhunderts*, Munich, Beck, 1970.

COMPLÉMENT BIBLIOGRAPHIQUE

Le nombre des ouvrages parus depuis la première édition de ce livre en 1990 est tel que l'auteur en a délibérément limité le nombre à ceux qui sont devenus ses instruments de travail les plus familiers et à ceux qui lui paraissent refléter le mieux les tendances récentes de la recherche.

Michel Banniard, *Viva Voce. Communication écrite et communication orale du IVe au IXe siècle en Occident latin*, Paris, Institut des études augustiniennes, 1992.

Peter Brown, *L'Essor du christianisme occidental. Triomphe et diversité (200-1000)*, Paris, Seuil, 1997.

Jean Chélini, *L'Aube du Moyen Âge. Naissance de la chrétienté occidentale*, Paris, Picard, 1991.

Paul Fouracre (dir.), *The New Cambridge Medieval History*, t. I, *ca. 500-ca. 700*, Cambridge, Cambridge University Press, 2005.

Die Franken. Wegbereiter Europas, Mayence, Philipp von Zabern Verlag, 2e éd., 1997.

Fabrice Guizard-Duchamp, *Les Terres du sauvage dans le monde franc (IVe-IXe siècle)*, Rennes, Presses universitaires de Rennes, 2009.

Inge Lyse Hansen et Chris Wickham (dir.), *The Long Eighth Century. Production, Distribution and Demand*, Leyde, Brill, « The Transformation of the Roman World », 11, 2000.

Jörg Jarnut, Ulrich Nonn, Michael Richter (dir.), *Karl Martell in seiner Zeit*, Sigmaringen, Jan Thorbecke Verlag, 1994.

Stéphane Lebecq (dir.), *Quentovic. Environnement, archéologie, histoire*, Lille, Ceges Lille 3, 2010

Régine Le Jan, *Famille et pouvoir dans le monde franc (VIIe-Xe siècle). Essai d'anthropologie sociale*, Paris, Publications de la Sorbonne, 1995.

Rosamond McKitterick (dir.), *The New Cambridge Medieval History*, t. II, *ca. 700-ca. 900*, Cambridge, Cambridge University Press, 2005.

Rosamond McKitterick, *Charlemagne. The Formation of a European Identity*, Cambridge, Cambridge University Press, 2008.

Charles Mériaux, *Gallia irradiata. Saints et sanctuaires dans le nord de la Gaule du haut Moyen Âge*, Stuttgart, Franz Steiner Verlag 2006.

Frans Theuws et Janet L. Nelson (dir.), *Rituals of Power from Late Antiquity to the Early Middle Ages*, Leyde, Brill, « The Transformation of the Roman World », 8, 2000.

Cécile Treffort, *L'Église carolingienne et la mort. Christianisme, rites funéraires et pratiques commémoratives*, Lyon, Presses universitaires de Lyon, 1996.

Bryan Ward-Perkins, *The Fall of Rome and the End of Civilization*, Oxford, Oxford University Press, 2005.

Chris Wickham, *Framing the Early Middle Ages. Europe and the Mediterranean (400-800)*, Oxford, Oxford University Press, 2005.

Ian Wood, *The Merovingian Kingdoms (450-751)*, Londres/New York, Longman, 1994.

Index

Table

1

Les Francs et le tropisme méditerranéen
(481-613)

2

Au nord, les forces de l'avenir
(613-714)

3
La synthèse carolingienne
(714-814)

NORMANDIE ROTO IMPRESSION S.A.S. À LONRAI
DÉPÔT LÉGAL : FÉVRIER 1990. Nº 11552-8 (104787)
Imprimé en France